SOUS LE SIGNE DU
SCORPION

MAGGIE STIEFVATER

SOUS LE SIGNE DU
SCORPION

Traduit de l'anglais (États-Unis)
par Camille Croqueloup

hachette

Photo de couverture : © Scott Barbour/Getty Images
Couverture : Marie Drion

Traduit de l'anglais (États-Unis) par Camille Croqueloup

L'édition originale de cet ouvrage a paru en langue anglaise chez
Scholastic Press, an imprint of Scolastic Inc., sous le titre :

THE SCORPIO RACES

À Marian,
qui voit des chevaux dans ses rêves

Prologue

Neuf ans plus tôt

Sean

Nous sommes le 1ᵉʳ novembre, quelqu'un va donc mourir aujourd'hui.

Même sous ce soleil étincelant, la mer glacée d'automne garde les bleus sombres, les noirs et les bruns de la nuit. Je contemple les motifs changeants laissés par les sabots qui martèlent le sable.

On fait courir les chevaux sur le pâle ruban de grève, entre l'eau noire et les falaises de craie. L'exercice s'avère toujours périlleux, mais jamais autant qu'aujourd'hui, jour de course.

À cette époque de l'année, je vis, je *respire* la plage. Les joues griffées par les grains de sable emportés par le vent, la peau des cuisses à vif à force de frotter contre la selle et les muscles des bras endoloris de contrôler sans cesse une bonne tonne d'animal, j'oublie ce qu'est avoir chaud, dormir une nuit entière ou entendre mon nom prononcé d'un ton normal, et non hurlé de l'autre extrémité du rivage.

Je me sens si extraordinairement vivant !

Alors que mon père et moi descendons vers le pied de la falaise, l'un des organisateurs de la Course m'interpelle :

— Sean Kendrick, tu n'as que dix ans et tu ne l'as pas encore découvert, mais il y a de meilleures façons de mourir que sur cette grève !

Mon père revient sur ses pas et saisit l'homme par le bras comme il le ferait d'un cheval rétif. Ils débattent tous deux un moment des restrictions d'âge prévues par le règlement, et c'est mon père qui l'emporte.

— Si votre fils se tue, dit l'organisateur, vous n'aurez à vous en prendre qu'à vous-même !

Mon père s'éloigne sans daigner lui répondre, entraînant son étalon *uisce*.

Nous marchons vers le rivage, dans la cohue et la bousculade d'hommes et de chevaux. Soudain, une bête se cabre, secouant son cavalier agrippé à ses rênes. Je perds l'équilibre, glisse sous ses sabots et me retrouve tout à coup de l'autre côté, sain et sauf, face au large, entouré de *capaill uisce* — les chevaux de mer. Noires, rouges, dorées, blanches, ivoire, grises ou bleues, leurs robes ont toutes les teintes des galets de la plage. Les hommes ornent leurs brides de pompons rouges et de marguerites pour apaiser les flots sombres de novembre, mais je ne confierais pas ma vie à une poignée de pétales : l'an passé, un cheval de mer tout harnaché de fleurs et de grelots a à demi arraché le bras d'un homme de son torse.

Les *capaill uisce* ne sont pas des créatures ordinaires. Drapez-les de charmes et de sortilèges, dérobez-les à la vue de l'océan, mais surtout, aujourd'hui sur la grève, ne leur tournez jamais le dos !

Certains écument, en nage, et la mousse qui affleure sur leurs lèvres comme à la crête de vagues cache des dents prêtes à déchiqueter la chair des hommes.

Splendides et funestes, ils nous aiment et nous haïssent.

Mon père m'envoie chercher son tapis de selle et son brassard. La couleur des tissus, qui doit permettre aux spectateurs postés sur les falaises de distinguer les concurrents, est dans son cas superflue, tant la robe alezan feu de son étalon tranche sur toutes les autres.

— Ah, Kendrick, dit l'officiel en me voyant. Un brassard rouge pour lui !

Quand je retourne rejoindre mon père, un cavalier me hèle :

— Ho, Sean Kendrick ! Beau temps pour la course !

L'homme est minuscule, maigre et musclé. Son visage semble taillé dans du roc. Je me sens flatté qu'il me salue comme un adulte, comme quelqu'un qui a sa place ici. Nous échangeons un signe de tête, puis il se retourne vers son cheval et achève de le harnacher. Quand il soulève le rabat de sa petite selle de course artisanale pour en resserrer une dernière fois la sangle, je vois des mots brûlés dans le cuir : « Nos morts abreuvent l'océan. »

Le cœur trépidant, je tends le tapis de selle et le brassard à mon père. Lui aussi semble nerveux, et je me prends à regretter que ce ne soit pas moi qui doive concourir.

À moi, je fais confiance.

L'étalon *uisce* s'agite, impatient, et souffle des naseaux, les oreilles dressées. Il déborde d'énergie, il sera rapide aujourd'hui ; rapide et difficile à contrôler.

Mon père me donne les rênes et entreprend de seller l'étalon avec le tissu rouge. Je passe ma langue sur mes dents – elles ont un goût de sel – et le regarde nouer son brassard. Je l'observe ainsi tous les ans, et jusqu'ici il l'a toujours fait d'une main ferme, mais plus maintenant : ses doigts s'agitent maladroitement, et je comprends qu'il a peur de son cheval de mer.

J'ai déjà monté ce *capall*. Quand il m'emportait, battus par les vents, les jambes éclaboussées d'embruns, nous ne fatiguions jamais.

Je me penche tout près de l'étalon, je trace du doigt au-dessus de son œil un cercle dans le sens contraire des aiguilles d'une montre et je murmure dans son oreille si douce.

— Sean ! gronde mon père. (Le *capall uisce* relève si brusquement la tête que son crâne manque de heurter le mien.) Qu'est-ce qu'il te prend aujourd'hui, de mettre ton visage aussi près de lui ? Il ne t'a pas l'air assez affamé ? Tu crois que tu serais beau, avec la moitié de la figure en moins ?

Mais je me borne à fixer la pupille carrée de l'étalon, qui me rend mon regard en détournant un peu la tête. J'espère qu'il se souviendra de ce que je viens de lui dire : « Ne mange pas mon père ! »

Ce dernier s'éclaircit la gorge.

— Tu devrais retourner là-haut, maintenant. Viens ici…

Il me tapote l'épaule avant de se mettre en selle.

Monté sur l'étalon alezan feu, il paraît petit et sombre. Ses mains s'activent déjà sans relâche sur les rênes pour maîtriser le cheval, et le mors se tord dans la bouche de l'animal qui secoue la tête. Ce n'est pas ainsi que j'aurais procédé, mais ce n'est pas non plus moi qui suis perché sur son dos.

Je veux prévenir mon père de se méfier, lui signaler que ce *capall* s'affole facilement s'il devine un mouvement à main droite et que, selon moi, il voit sans doute mieux de l'œil gauche, mais je n'en fais rien.

— À tout à l'heure, je lui dis seulement.

Nous échangeons un bref hochement de tête, embarrassés et mal à l'aise comme des étrangers.

Je suis la Course du haut de la falaise. Soudain, un cheval *uisce* gris happe mon père par le bras, puis par le torse.

L'espace d'un instant, les vagues cessent d'assaillir la rive, les mouettes de battre des ailes, et l'air mêlé de sable reste coincé dans mes poumons.

Le cheval de mer arrache mon père du dos de l'étalon de feu.

Le gris relâche bientôt sa prise malaisée. Le corps de mon père s'affaisse sur le sable, déchiqueté avant même que les sabots l'atteignent. Comme il arrivait deuxième, une longue minute s'écoule avant que les autres chevaux aient achevé de le piétiner et que je puisse le voir à nouveau. Il ne reste alors de lui qu'une longue trace de noir et d'écarlate à demi immergée dans l'écume des vagues. Mi-cheval, mi-monstre marin affamé, l'étalon de feu galope en décrivant des cercles, mais il fait ce que je lui ai demandé : il s'abstient de manger cette chose qui fut mon père. Il s'engouffre dans les flots. Rien n'est plus rouge que la mer ce jour-là.

Je ne pense pas souvent au cadavre de mon père étalé le long du ressac ensanglanté. Je le revois plutôt tel que je l'ai surpris avant la Course : effrayé.

Je ne commettrai pas la même erreur.

Chapitre 1

Puck

Les gens disent que mes frères seraient perdus sans moi, mais en réalité, je crois que c'est moi qui le serais sans eux.

Si vous demandez à un habitant de l'île d'où il vient, il vous répondra d'ordinaire quelque chose comme « De tout près de Skarmouth », ou « De l'autre côté de Thisby, du côté dur », ou encore « À un jet de pierre de Tholla », mais pas moi. Je me rappelle, petite, agrippée à la main ridée de mon père, avoir entendu un vieux fermier aux traits burinés, qui semblait exhumé de la terre qu'il travaillait, me demander :

— D'où es-tu, fillette ?

— De la maison Connolly, j'avais répondu d'une voix bien trop forte pour ma minuscule personne semée de taches de rousseur.

— Et qu'est-ce que c'est que ça ?

— C'est là où on habite, nous, les Connolly ! (Cela me gêne un peu de l'avouer dans la mesure où ça révèle un sale côté de mon caractère, mais j'avais ajouté.) Parce que moi, j'en suis une, de Connolly, et pas vous !

Les choses sont ainsi : d'un côté, il y a les Connolly, et de l'autre, tout le reste – ce qui, sur Thisby, ne représente pas grand monde. Jusqu'à l'automne dernier, nous avions toujours vécu ensemble, mon petit frère Finn, mon grand frère Gabe, nos parents et moi. Nous formions une famille plutôt tranquille, tous les cinq. Finn ne cessait de démonter et remonter des objets et conservait ses pièces détachées dans une boîte qu'il rangeait sous son lit. Gabe, mon aîné de six ans, n'était guère loquace, lui non plus ; il mettait toute son énergie à grandir, et à l'âge de treize ans, mesurait déjà un mètre quatre-vingts. À la maison, notre père jouait de la flûte irlandaise, et notre mère accomplissait chaque soir le miracle quotidien des pains et des poissons, même si ce n'est qu'après son départ que j'ai réalisé que c'en était un.

Nous n'étions pas en mauvais termes avec les autres habitants de l'île, mais nous nous entendions mieux entre nous, tout simplement. Être un Connolly venait en premier. C'était la seule règle. Vous pouviez offenser qui vous vouliez, à partir du moment où il ne s'agissait pas d'un Connolly.

C'est maintenant la mi-octobre. Comme toujours en automne, la journée sur l'île s'amorce froide, puis se réchauffe progressivement et reprend des couleurs au fur et à mesure que le soleil se lève. Je vais chercher une étrille et une brosse et je fais tomber la poussière du pelage de Dove jusqu'à ce que mes doigts se réchauffent. Quand je pose la selle sur son dos, elle est toute propre et moi toute sale. Dove est ma jument et ma meilleure amie, et je l'aime tellement que je ne cesse de craindre qu'il lui arrive malheur.

Quand je tends la sangle, elle enfonce son nez dans mon flanc, feignant de me mordiller, puis retire prestement sa tête. Elle m'aime, elle aussi. Je ne peux pas la monter longtemps ce matin, parce qu'il faut que je revienne vite pour aider Finn à confectionner des gâteaux qui seront vendus dans les magasins des environs ; je décore également des théières pour les touristes, et, à l'approche de la saison des courses, j'ai plus de commandes qu'il ne m'en faut. Ensuite, les étrangers venus du continent disparaîtront jusqu'au printemps : l'océan se montre par trop imprévisible, lorsque le temps se met au froid. Gabe est parti pour la journée ; il travaille à l'hôtel Skarmouth, où il prépare les chambres des visiteurs venus suivre les compétitions. Un orphelin doit trimer dur sur Thisby pour joindre les deux bouts.

C'est seulement il y a quelques années, quand j'ai commencé à lire des magazines, que j'ai pris conscience de l'étroitesse de notre monde. Je n'y songe pas, d'ordinaire, mais notre île est en réalité un univers minuscule : quatre mille habitants disséminés sur un escarpement rocheux qui émerge des eaux, à des heures et des heures de mer du continent. Thisby n'est que falaises, chevaux, moutons et routes à une seule voie sinuant entre des champs sans arbres jusqu'à Skarmouth, l'agglomération principale. Les gens s'en contentent, pourtant, du moins jusqu'à ce qu'ils en sachent plus.

Or j'en sais plus, et mon île me suffit malgré tout.

Ce matin, donc, je monte Dove, les pieds gelés dans mes bottes boueuses. Devant la maison, assis dans la Morris, Finn colle méticuleusement du ruban adhésif noir sur un accroc du siège passager – une contribution de Puffin, notre chat, qui a eu au moins le mérite d'apprendre à mon frère à ne jamais laisser la voiture vitres baissées. Il feint d'être contrarié, mais je vois bien qu'il prend plaisir à la tâche, seulement trahir son enthousiasme irait contre ses principes.

Quand il me remarque, Finn me lance un drôle de regard. Autrefois, avant l'automne dernier, il aurait souri d'un air malin, tourné la clef dans le contact, et nous aurions fait la course, moi sur Dove et lui dans la voiture, bien qu'il soit encore officiellement beaucoup trop jeune pour conduire. Cela importait peu, il n'y avait personne pour nous arrêter. Nous aurions foncé de conserve, moi à travers champs et lui sur les routes. Le premier arrivé à la plage devait faire le lit de l'autre tous les jours pendant une semaine.

Mais nous ne nous sommes pas mesurés ainsi depuis presque un an maintenant, depuis que mes parents sont morts sur le bateau.

Je fais tourner Dove en petits cercles autour de la cour. Elle bouillonne, trop impatiente pour se concentrer, et j'ai trop froid pour la faire travailler convenablement et l'échauffer. Elle a envie de galoper.

J'entends vrombir le moteur de la Morris et me retourne juste à temps pour voir la voiture dévaler la route dans un épais nuage de gaz d'échappement. Une seconde plus tard, mon frère sort par la vitre son visage pâle sous ses cheveux pleins de poussière et me sourit de toutes ses dents.

— Qu'est-ce que tu attends ? Une invitation ? crie-t-il, puis il rentre la tête dans l'habitacle et fait hurler le moteur en passant une vitesse.

— D'accord, c'est parti !

Mais le voilà déjà loin, bien trop loin pour m'entendre. Les oreilles de Dove se tournent vers moi, puis vers la route, frémissantes. Par ce matin froid, j'ai à peine besoin de la solliciter. Je presse ses flancs de mes mollets et je fais claquer ma langue.

Dove s'élance aussitôt à toute allure, et ses sabots impriment des demi-cercles dans son sillage tandis que nous nous ruons à la poursuite de Finn.

L'itinéraire de mon frère n'a rien de secret. Il n'a pas le choix, il est obligé d'emprunter les routes, et seule la voie qui mène à Skarmouth passe devant chez nous. Ce n'est pas le chemin le plus court pour la plage – la route contourne toute une mosaïque de prés enclos de murets de pierre et de haies – et cela n'aurait aucun sens d'essayer de suivre Finn, dont une traînée de poussière marque la progression. Dove et moi coupons donc à travers champs. Comme tous les chevaux venus de l'île, où l'herbe pousse rare et maigre, ma jument n'est pas bien grande, mais elle se montre vaillante et pleine de ressources. Nous nous jetons donc, elle et moi, à corps perdu par-dessus les haies, partout où le sol est ferme et sûr.

Nous coupons le premier coin, au grand effroi de quelques moutons.

— Désolée, je leur lance par-dessus mon épaule.

La haie suivante arrive avant que je me retourne. Dove se tord et la franchit in extremis. Je lui abandonne les rênes, ce qui manque d'élégance mais ménage sa bouche, et elle relève très haut les antérieurs contre son poitrail nous sauvant toutes les deux. Pendant qu'elle s'éloigne au grand galop, je reprends les rênes en main et lui flatte l'encolure pour lui montrer que j'apprécie son exploit. Elle penche une oreille en arrière pour me faire savoir qu'elle en est heureuse.

Nous traversons ensuite un champ dans lequel paissaient autrefois des moutons, mais où il ne reste plus à présent que de vieux morceaux de cuir en attente d'être brûlés. La silhouette sombre de la Morris suivie de son nuage de poussière a encore un peu d'avance sur nous, mais cela ne m'inquiète pas. Pour arriver à la plage, mon frère doit soit emprunter la route qui traverse la ville, avec ses rues à angle droit et ses piétons qui les traversent, soit faire un détour, ce qui le retarderait de plusieurs minutes et nous donnerait une bonne chance de le rattraper.

J'entends la Morris hésiter au rond-point, puis foncer vers la ville. Je peux opter pour la route autour de Skarmouth et éviter ainsi d'autres sauts, ou bien contourner l'agglomération de tout près, au prix de quelques intrusions dans des jardins privés, et risquer d'être vue par Gabe à l'hôtel.

Je m'imagine déjà déboulant la première sur les sables.

Je décide de prendre le risque. Il y a si longtemps que nous n'avons pas fait la course que, à partir du moment où nous ne piétinons pas quoi que ce soit d'utile, les vieilles dames bornées ne peuvent pas trop se plaindre d'un cheval qui traverse leurs plates-bandes.

— Va, Dove, va ! je murmure.

Elle traverse la route et s'engouffre dans la trouée d'une haie. Ici se succèdent des maisons qui semblent avoir poussé dans le rocher et dégurgité dans leurs jardins de derrière toutes sortes d'épaves. De l'autre côté s'ouvre une étendue rocheuse sur laquelle aucun cheval ne devrait jamais avoir à galoper. Notre seule solution est de traverser le plus vite possible une demi-douzaine de jardins et de passer devant l'hôtel.

Je croise les doigts pour que tout le monde soit occupé sur la jetée ou dans les cuisines. Nous entrons en trombe dans les jardins, franchissant d'un bond quelques brouettes dans le premier, évitant une plate-bande d'herbes aromatiques dans le suivant, poursuivis par les aboiements d'un fox-terrier hargneux dans le troisième, puis nous sautons par-dessus une vieille baignoire vide dans le dernier, avant de rejoindre la route qui mène à l'hôtel.

Gabe est là, bien sûr, et il nous repère tout de suite.

Armé d'un immense balai-brosse, il nettoie l'allée devant l'imposant édifice à la façade couverte d'un lierre soigneusement taillé en carré, pour laisser la lumière entrer par les fenêtres bleu vif. Le bâtiment intercepte le soleil matinal et projette une ombre d'un bleu plus sombre sur les dalles de pierre. Dans sa veste marron tendue sur ses larges épaules, Gabe semble grand et très adulte. Ses cheveux d'un blond roux, un peu trop longs, lui arrivent dans le cou, mais il est beau quand même, et je ressens une fierté farouche à le savoir mon frère. Il s'arrête, s'appuie sur le manche de son balai et me regarde, montée sur Dove, passer au petit galop devant lui.

— Ne sois pas furieux ! je lui crie.

Un sourire traverse une moitié de son visage, mais pas l'autre, ce qui lui donnerait presque l'air heureux, pour qui n'aurait jamais connu autre chose. C'est triste à dire, mais je me suis habituée à ce semblant d'expression, j'en suis venue à me contenter d'attendre que son vrai sourire réapparaisse, sans réaliser que je devrais tout mettre en œuvre pour le faire ressurgir.

Nous poursuivons notre course. Quand nous regagnons l'herbe, je lance Dove au grand galop. Ici, le terrain souple et sablonneux descend abruptement, et le chemin de la plage devient plus étroit entre les collines et les dunes. Je ne peux pas voir si Finn me devance ou me suit. Quand la pente s'accentue encore, je dois ralentir Dove jusqu'au trot, et finalement elle franchit d'un bond le passage délicat qui nous amène au niveau de l'eau. Dans le dernier virage, je laisse échapper un grognement : la Morris est déjà là, à la limite du sable et de l'herbe. L'odeur des gaz d'échappement flotte dans l'air, emprisonnée par les dunes qui nous entourent.

— Bien joué quand même ! je chuchote à Dove.

Hors d'haleine, elle s'ébroue ; elle trouve que c'était une bonne course.

Finn se dresse sur le marchepied, moitié dans la voiture, moitié à l'extérieur, un bras posé sur le toit et l'autre appuyé sur la portière. Il regarde vers le large, mais, lorsque Dove fait à nouveau vibrer ses lèvres, il se retourne vers moi en s'abritant les yeux de la main. Je vois qu'il a l'air inquiet et je fais approcher ma jument. Je laisse flotter les rênes pour qu'elle puisse brouter, pourtant, au lieu de baisser la tête, elle se tourne elle aussi vers l'océan.

— Qu'est-ce qu'il y a ? je demande, le ventre noué d'angoisse.

Je suis le regard de mon frère. Au loin émerge un instant une tête grise, d'une teinte si proche de celle de la mer houleuse que, si Finn n'écarquillait pas ainsi les yeux, je croirais presque l'imaginer. Elle ressurgit et s'approche en soufflant si fort que ses naseaux sombres se dilatent et que j'aperçois, même d'ici, une tache rouge tout au fond. La tête apparaît alors entièrement, puis l'encolure à la crinière frisée collée par le sel et les massives épaules luisantes. Le cheval de mer jaillit de l'océan et bondit très haut, comme si les dernières vagues de la marée montante représentaient un obstacle énorme.

Finn tressaille quand l'animal se rue sur la plage et galope vers nous. Les battements de mon cœur résonnent dans mes oreilles, mais je pose une main sur son coude.

— Pas un geste, je lui chuchote. Ne-bouge-pas-ne-bouge-pas-ne-bouge-pas !

Je me raccroche à ce que l'on nous a maintes et maintes fois répété, à savoir que les chevaux de mer raffolent des proies mouvantes, que c'est la chasse qu'ils adorent. Je dresse mentalement une liste des raisons pour lesquelles celui-ci ne nous attaquera pas : nous sommes immobiles, loin de l'eau, tout près de la Morris, et ces bêtes ont horreur de l'acier.

Effectivement, l'animal passe en trombe devant nous, sans s'arrêter. Finn déglutit, et sa pomme d'Adam monte et descend dans son cou maigre. Le cheval de mer a l'air si impressionnant que nous avons du mal à garder notre calme ; puis il se précipite à nouveau dans les vagues et disparaît dans l'océan.

Les voici donc de retour.

Cela se produit chaque automne. Mes parents n'appréciaient guère les courses, mais je connais tout de même les grandes lignes de la chose : plus novembre approche, plus la mer rejette de chevaux, et les habitants de l'île qui veulent participer aux Courses se regroupent pour tenter d'attraper les *capaill uisce* surgis des flots, ce qui n'est jamais sans danger, car les animaux sont affamés et encore fous de l'océan ; c'est aussi le moment pour les concurrents de commencer à dresser ceux qu'ils ont capturés les années précédentes, et qui se montrent relativement dociles... du moins jusqu'à ce que le parfum de la mer d'automne attise leur magie.

Pendant tout ce temps, et jusqu'au 1er novembre, l'île se transforme en zones sûres et zones à redouter, car, mis à part les cavaliers, personne ne veut se trouver dans les parages quand un *capall uisce* devient fou. Nos parents ont fait de leur mieux pour nous dissimuler l'existence des chevaux *uisce,* mais peine perdue : un de nos amis avait manqué l'école parce que l'un d'eux avait tué son chien pendant la nuit ; ou papa avait été obligé, en allant à Skarmouth en voiture, de contourner un cadavre déchiqueté à l'endroit où un *capall uisce* et un cheval ordinaire avaient lutté jusqu'à la mort ; ou bien les cloches de St. Columba s'étaient mises à sonner en pleine journée pour les funérailles d'un pêcheur surpris sur le rivage.

Inutile de nous répéter combien ces chevaux sont dangereux. Finn et moi le savons, nous le savons au quotidien.

— Viens !

Tourné vers le large, ses bras maigres serrés contre son torse, mon petit frère a l'air très jeune, même s'il est pris en fait dans cette étrange transition entre enfant et adulte. J'ai soudain envie de le protéger des blessures qu'octobre ne manquera pas d'apporter, mais je sais ces chagrins à venir moins préoccupants que ceux d'un automne passé depuis longtemps.

Finn ne répond pas, mais se glisse dans la Morris et referme la portière sans me regarder. C'est déjà une mauvaise journée, et Gabe n'est même pas encore rentré à la maison.

Chapitre 2

Sean

Beech Gratton, le fils du boucher, vient d'égorger une vache dont il recueille pour moi le sang dans un seau, quand j'apprends la nouvelle. Nous sommes dans la cour derrière la boutique, nous ne parlons pas ; notre silence amplifie l'écho de nos pas sur la pierre. C'est une belle et fraîche journée. Incapable de tenir en place, je fais passer sans cesse le poids de mon corps d'une jambe sur l'autre. Les dalles irrégulières, descellées et soulevées par endroits par des racines d'arbres depuis longtemps disparus, sont souillées de taches, d'éclaboussures et de coulures brunes et noires.

— Tu as entendu, Beech ? Les chevaux sont revenus !

Thomas Gratton, son père, sort du magasin et commence à traverser la cour, mais s'arrête en me voyant.

— Bonjour, Sean Kendrick. Je n'avais pas réalisé que vous étiez là.

Je ne réponds pas.

— Il est passé quand il a appris que j'abattais aujourd'hui, grogne Beech.

Il désigne d'un geste la carcasse de la vache, suspendue, sans tête ni pattes, à un trépied de bois. Le sol disparaît sous une couche de sang là où il n'a pas mis le seau assez vite. La tête de l'animal traîne, renversée sur le côté, au bord de la cour. Les lèvres de Thomas Gratton bougent comme s'il allait faire une remarque, mais il ne dit rien. L'île de Thisby ne manque pas de rejetons qui déçoivent leur père.

— Vous étiez au courant, Kendrick ? me demande Thomas Gratton. C'est pour ça que vous êtes ici et pas sur le dos d'un cheval ?

Je suis venu parce que les nouveaux employés que Malvern a embauchés pour nourrir les chevaux se révèlent au mieux effrayés, au pire incompétents, et parce que le foin se fait rare cette année, et la viande encore plus. Il n'y a eu pour ainsi dire pas de sang à donner aux *capaill uisce*, à croire que, en les traitant comme des chevaux ordinaires, les palefreniers espèrent qu'ils le deviendront. Je suis venu parce qu'il y a des tâches dont je dois m'acquitter moi-même si je tiens à ce qu'elles soient faites correctement. Mais je me contente de répondre :

— Non, je l'ignorais.

Beech donne une tape amicale sur le cou de la vache morte et incline le seau d'un côté, puis de l'autre. Il interroge son père sans le regarder :

— Qui te l'a dit ?

La réponse ne m'intéresse pas. Qui a vu ou entendu quoi importe peu, ce qui compte, c'est que les *capaill uisce* ont commencé à sortir de l'océan. Je sens dans mes os que la nouvelle est vraie. Cela explique pourquoi je n'arrivais pas à trouver le sommeil, ma nervosité, ce matin, et pourquoi Corr arpentait ainsi le sol devant la porte de sa stalle.

— Les gosses Connolly en ont vu un, dit Thomas Gratton.

Beech émet un bruit et frappe de nouveau la vache, sans réelle nécessité, juste pour ponctuer la phrase. L'histoire des Connolly est en effet l'une des plus pitoyables de Thisby : trois enfants de pêcheur rendus doublement orphelins par les *capaill uisce*. L'île ne manque pourtant ni de femmes dont les maris ont disparu dans la nuit, succombant à la férocité d'un cheval de mer ou aux tentations du continent, ni d'hommes dont les épouses ont été arrachées au rivage par des mâchoires équines ou emmenées par des touristes au portefeuille bien garni, mais perdre d'un seul coup ses deux parents, voilà qui est plus inhabituel. Mon propre passé – un père mort et enterré, une mère happée par le continent – est assez ordinaire pour qu'on l'ait oublié depuis long-temps, ce qui me convient parfaitement. Il y a de meilleures raisons pour être connu.

Thomas Gratton observe son fils sans un mot. Beech me passe le seau et se met à débiter négligemment la carcasse. On pourrait croire qu'il n'existe pas de belle façon de décou-per une vache, pourtant si, et ce n'est pas ainsi. Je reste un bon moment à regarder Beech charcuter sans cesser de mar-monner, ou de fredonner, peut-être. L'ingénuité du garçon et le plaisir enfantin qu'il tire manifestement de son travail bâclé me fascinent. Mes yeux croisent ceux de Thomas Grat-ton.

— C'est sa mère qui lui a appris, pas moi, me dit-il.

Je ne souris pas tout à fait, mais ma réaction paraît lui faire plaisir.

— Si tu n'aimes pas comment je m'y prends, dit Beech sans relever la tête, sache que je préférerais être au pub et que ce couteau tient aussi bien dans ta main que dans la mienne.

Thomas Gratton tire de quelque part entre ses narines et son palais un son puissant, sans doute à l'origine de bien des grognements de Beech, puis se détourne et fixe du regard le toit de tuiles rouges de l'un des bâtiments attenants à la cour.

— Alors, fin prêt pour la Course, cette année ?

Beech ne répond pas, parce que c'est à moi que son père s'adresse, bien sûr.

— Il me semble que oui.

Thomas Gratton reste un moment sans réagir, à contempler le flamboiement rouge orangé des tuiles sous le soleil couchant.

— Oui, j'imagine que c'est ce que Malvern attend de vous, commente-t-il.

Je travaille au haras Malvern depuis l'âge de dix ans. Certains disent qu'on m'a donné la place par pitié, mais ils se trompent. Les Malvern tirent leur renom et leur subsistance de leurs écuries – ils exportent des chevaux de course sur le continent – et ne sont pas gens à admettre que quoi que ce soit puisse venir compromettre leurs activités, à plus forte raison un sentiment aussi humain que la compassion. Je suis chez eux depuis assez longtemps pour savoir que les Gratton ne les aiment pas, et je devine que le boucher voudrait m'entendre prononcer des mots qui lui permettraient de mieux mépriser Benjamin Malvern. J'attends quelques instants pour laisser le temps à sa remarque de se dissiper dans les airs, puis je fais sonner la poignée du seau.

— Je vous payerai ça plus tard dans la semaine, si ça ne vous gêne pas.

Thomas Gratton rit doucement.

— Vous êtes bien le plus âgé des jeunes gens de dix-neuf ans qu'il m'ait été donné de rencontrer, Sean Kendrick !

Je ne lui réponds pas car il a probablement raison. Il me dit de venir régler la note ce vendredi, comme d'habitude, et Beech bougonne en guise d'adieu. Je quitte la cour en emportant mon seau plein de sang.

Je devrais songer à rentrer les poneys du pâturage, à modifier l'alimentation des pur-sang, et à comment chauffer ce soir mon petit logement au-dessus des écuries, pourtant je ne pense qu'à la nouvelle. Même ici, sur la route, une partie de moi se trouve déjà sur la grève, et mon sang chante : « Je suis vivant, si extraordinairement vivant ! »

Chapitre 3

Puck

Cette nuit-là, Gabe enfreint notre seule et unique règle.

Je ne me mets pas en frais pour le dîner, il n'y a pas le choix, nous mangerons des haricots, et j'en ai assez, mais je prépare aussi un gâteau aux pommes qui me fait me sentir plutôt vertueuse. Finn m'agace, il a passé tout l'après-midi dans la cour à démonter une vieille tronçonneuse cassée, qu'on lui aurait soi-disant donnée, mais qu'il a plus probablement tirée d'une poubelle pour en récupérer les engrenages. Je suis contrariée d'être à la maison, parce que ça me donne l'impression que je devrais faire du ménage, ce dont je n'ai pas envie. Je claque des tiroirs et des portes de placard, je fais du raffut du côté de l'évier, comme toujours empli de vaisselle, mais Finn ne m'entend pas, ou feint de ne pas m'entendre.

Finalement, juste avant que le soleil disparaisse complètement derrière les hauteurs à l'ouest, j'ouvre à toute volée la porte de côté, je me plante sur le seuil et je fixe mon frère d'un air éloquent, attendant qu'il lève la tête et m'adresse la parole. Il est accroupi, penché sur la machine dont il a soigneusement aligné les pièces détachées sur le sol de terre battue de la cour. Il a enfilé un des sweat-shirts de Gabe qui, bien que vieux de plusieurs années, est encore trop grand pour lui, et raccourci les manches en les repliant plusieurs fois en deux gros bourrelets parfaitement symétriques. Avec ses cheveux sombres ébouriffés et pleins d'huile attachés sur la nuque, il a tout d'un orphelin, ce qui n'arrange pas mon humeur.

— Tu comptes rentrer un jour et goûter au gâteau avant qu'il soit tout froid ?

J'ai parlé d'un ton plutôt acide, mais je m'en fiche.

— J'arrive, répond-il sans relever la tête. Une minute !

Il n'y croit pas lui-même, et je le sais.

— Je vais le manger en entier toute seule !

Il ne répond pas, perdu dans les mystères de la tronçonneuse, et je songe, juste un instant, que je hais les petits frères qui ne se rendent jamais compte de l'importance qu'on attache à une chose et ne se soucient que de leurs propres affaires.

Je suis sur le point de dire quelque chose que je risque de regretter plus tard, quand je vois Gabe arriver en poussant sa bicyclette. Il ouvre la barrière, fait rouler l'engin dans la cour et referme derrière lui, mais aucun de nous ne le salue, Finn parce qu'il est trop occupé et moi parce que je suis en colère contre Finn.

Gabe range son vélo dans le petit appentis derrière la maison et vient se poster derrière son frère. Il retire sa casquette, la coince sous son aisselle et observe en silence. Je doute que, dans la pénombre bleutée du soir, il puisse identifier l'objet, mais Finn le tourne un peu sur le côté pour qu'il voie mieux et Gabe n'a sans doute pas besoin de plus pour comprendre, car il hoche brièvement la tête à l'adresse de son cadet qui le regarde, menton levé.

Leur langage muet me charme et m'exaspère tout à la fois.

— J'ai fait un gâteau aux pommes, il est tout chaud !

Gabe ôte sa casquette de son aisselle et se tourne vers moi.

— Qu'est-ce qu'il y a pour le dîner ?

— Du gâteau, rétorque Finn.

— Et de la tronçonneuse ! Finn nous a confectionné une délicieuse tronçonneuse en accompagnement.

— Du gâteau aux pommes, c'est parfait, approuve Gabe, mais son visage est las. Ne laisse pas la porte ouverte, Puck, il fait froid dehors.

Je recule pour le laisser entrer et je remarque au passage qu'il pue le poisson. J'ai horreur de ça, quand les Beringer lui en font vider, parce qu'alors toute la maison empeste.

Gabe s'arrête sur le seuil. J'observe sa façon de se tenir, sa main posée sur l'huisserie, son visage tourné comme s'il examinait ses doigts ou la peinture rouge écaillée au-dessous. Il a une expression lointaine, presque étrangère, et j'ai soudain envie de le serrer dans mes bras, comme quand j'étais petite.

— Finn, dit-il à mi-voix, je dois vous parler, à Kate et à toi, quand tu en auras fini avec ça.

Finn relève la tête d'un air surpris, mais Gabe a déjà disparu dans la chambre que les garçons partagent toujours, bien que celle de nos parents soit maintenant vide. L'annonce de Gabe, ou bien le fait qu'il m'a appelée par mon vrai nom, a réussi à capter l'attention de mon petit frère là où mon gâteau a échoué. Il se met à rassembler prestement les pièces et à les fourrer dans une boîte en carton cabossée.

Je me sens nerveuse tandis que j'attends que Gabe ressorte de la chambre. La cuisine est redevenue le petit espace jaune de la nuit, quand les ténèbres se pressent aux fenêtres. Je me hâte de laver trois assiettes assorties et je coupe une grosse tranche de gâteau pour chacun de nous, en réservant la plus épaisse pour Gabe. Disposer ces trois assiettes sur la table, là où autrefois j'en aurais mis cinq, me flanque le cafard, et je m'affaire à préparer du thé à la menthe pour éviter d'y penser. J'arrange et réarrange les tasses près de nos assiettes, et je me demande, un peu tard, si le thé à la menthe et le gâteau aux pommes vont bien ensemble.

Finn a entrepris de se laver les mains, ce qui peut lui prendre des siècles. Il se savonne méticuleusement les paumes avec la barre de savon au lait et frotte la mousse entre chaque doigt et dans chaque repli de peau. Il n'a pas encore fini quand Gabe entre, vêtu de frais, mais toujours accompagné d'une odeur de poisson.

— Ça a l'air délicieux, tout ça, et que cette menthe sent bon, après une longue journée de travail, me dit-il en tirant sa chaise, et je suis soulagée, parce que je vois que rien ne cloche et que tout ira bien.

J'essaie de penser à ce que maman ou papa lui auraient dit, mais, à cet instant précis, la différence d'âge entre nous m'apparaît comme un gouffre qui nous sépare.

— Je croyais qu'ils voulaient que tu prépares les chambres à l'hôtel, ce soir ?

— Ils manquaient de bras sur la jetée, me répond Gabe, et Beringer sait que je travaille plus vite que Joseph.

Joseph est trop fainéant pour se montrer rapide en quoi que ce soit. Gabe m'a dit un jour que nous devrions remercier le ciel que le fils de Beringer se montre incapable de se soucier de quoi que ce soit d'autre que lui-même, parce que c'est à cela qu'il doit son emploi, mais ce soir je n'éprouve aucune gratitude : à cause de ce crétin, mon frère pue le poisson.

Gabe tient sa tasse à la main mais ne boit pas. Finn n'a pas fini de se laver. Je m'assieds à ma place. Gabe attend encore un peu avant de se mettre à parler :

— Finn, *ça suffit maintenant !* D'accord ?

Finn se rince encore les mains, ce qui lui prend une minute entière, puis il referme le robinet et vient s'installer en face de moi.

— On doit dire le bénédicité même s'il y a seulement du gâteau aux pommes ?

— Et de la tronçonneuse, je lui rappelle.

— Bénissez, Seigneur, ce gâteau et cette tronçonneuse, déclare Gabe. Ça vous va, comme ça ?

— À qui le dis-tu ?

— Certainement pas au Créateur, dit Finn, c'est toi qu'il faut toujours satisfaire !

Ce qui me paraît horriblement injuste, mais je m'interdis de répondre à sa provocation. Je regarde Gabe, qui regarde son assiette.

— Alors, qu'est-ce qu'il se passe ?

J'entends Dove hennir à la jonction du pré et de la cour ; elle veut sa poignée de céréales. Finn fixe Gabe, qui contemple toujours son assiette et presse ses doigts sur le dessus du gâteau comme pour en contrôler la texture. Je réalise tout à coup que l'idée du lendemain — ce sera l'anniversaire de la mort de nos parents — me hante depuis le matin et que je n'ai même pas songé qu'il en allait peut-être de même pour Gabe, mon frère solide et si silencieux.

Il ne lève pas les yeux.

— Je pars, déclare-t-il.

Finn ne le quitte pas des yeux.

— Quoi ?

Je reste muette, comme si Gabe s'était exprimé dans une langue étrangère et que mon cerveau devait traduire avant que je comprenne.

— Je vais quitter l'île, répète-t-il d'une voix plus ferme, mais les yeux toujours baissés.

Finn est le premier à parvenir à assembler une phrase complète :

— Qu'est-ce qu'on va faire de nos affaires ?

— Et de Dove ? j'ajoute.

— *Moi*, je vais quitter l'île ! dit Gabe.

Finn fait une tête comme s'il l'avait giflé. Je pointe le menton et j'essaie d'obliger Gabe à croiser mon regard.

— Sans nous ? (Mon cerveau trouve enfin une explication logique, qui donne une excuse à mon frère.) Alors, tu veux dire pas longtemps, juste pour… (Je secoue la tête, incapable d'envisager la suite.)

Gabe relève enfin les yeux.

— Je vais vivre ailleurs.

En face de moi, Finn agrippe le bord de la table. Ses doigts pressés contre le bois ont blanchi aux extrémités et rougi aux articulations, mais je ne crois pas qu'il ait remarqué.

— Quand ? je demande.

— Dans deux semaines, répond Gabe.

Puffin miaule et se frotte le menton contre sa jambe et le pied de sa chaise sans arriver à attirer son attention.

— J'ai promis à Beringer de rester encore quinze jours.

— À *Beringer* ? Tu lui as promis ça *à lui* ? Et *nous*, alors, qu'est-ce qu'on va devenir ?

Il refuse de me regarder, et j'essaie d'imaginer comment on peut vivre avec un salaire de Connolly en moins et un lit vide en plus.

— Tu ne peux pas partir, je réplique. Pas si vite, c'est impossible !

Mon cœur martèle ma poitrine, et je dois serrer les mâchoires pour empêcher mes dents de s'entrechoquer.

Gabe n'a pas changé d'expression, et je sais que je vais regretter ce que je m'apprête à dire, mais je ne trouve rien d'autre.

— Je vais participer aux Courses !

Maintenant, les garçons font tous les deux attention à moi, et mes joues me brûlent comme si je m'étais penchée au-dessus du poêle.

— Oh, Kate, arrête !

Mais la voix de Gabe trahit moins d'assurance qu'elle ne le devrait. Il me croit à moitié, malgré lui. Avant de poursuivre, je dois réfléchir et décider si *moi*, je me crois. Je repense à ce matin et au vent dans mes cheveux quand j'ai senti Dove accélérer l'allure jusqu'au galop, je songe aux lendemains des courses, au sable taché de rouge haut sur la grève, là où la mer ne monte pas encore, aux derniers bateaux qui partent avant l'hiver, et à Gabe sur le pont.

Oui, je pourrai le faire, s'il le faut.

— Je ne plaisante pas. Tu n'as pas entendu la nouvelle, en ville ? Les chevaux sont sortis, l'entraînement commence demain.

J'ai parlé d'un ton ferme, ce dont je suis très fière.

Les lèvres de Gabe remuent comme s'il disait toutes sortes de choses sans ouvrir la bouche, et je sais qu'il passe en revue dans sa tête tout ce qu'il pourrait m'objecter. Une partie de moi voudrait l'entendre dire « Impossible ! », pour que je puisse rétorquer « Comment ça ? » et qu'il se rende compte qu'il ne peut pas répondre « Parce que Finn risquerait de rester tout seul ». Et il ne peut pas non plus me demander « Pourquoi ? », car cela l'obligerait à répondre lui-même à cette question. Je devrais me sentir très futée et très contente de moi, parce que ce n'est pas facile du tout de river son clou à mon grand frère, mais les battements sourds de mon cœur s'affolent dans ma poitrine, et j'espère à moitié entendre Gabe annoncer que, si je renonce à concourir, lui renoncera à partir.

— Bon, alors je resterai jusqu'à la fin des courses, dit-il d'un air contrarié. Pas plus longtemps, je m'en irai avant que les bateaux s'arrêtent pour l'hiver ; mais c'est vraiment une décision idiote, Kate !

Il est furieux contre moi, mais je m'en moque. Tout ce qui m'importe, c'est qu'il reste encore un peu avec nous.

— Il me semble que l'argent du prix nous serait bien utile.

J'essaie de paraître aussi adulte et blasée que possible, mais en même temps je me dis que, si je gagne, Gabe ne partira peut-être pas. Je me lève et je vais poser mon assiette et ma tasse dans l'évier, comme si c'était un soir comme tous les autres, puis je vais dans ma chambre, ferme la porte et mets mon oreiller sur ma tête pour que personne ne m'entende.

— Sale égoïste ! je chuchote dans la taie.

Et je fonds en larmes.

Chapitre 4

Sean

Je suis en train de rêver de la mer quand ils me réveillent.

Ou plus exactement de la nuit où j'ai attrapé Corr, mais c'est la mer que j'entends. La légende veut que les *capaill uisce* capturés de nuit soient les plus forts et les plus rapides, donc, à trois heures du matin, je me trouve accroupi, perché sur un rocher au pied des falaises, plusieurs dizaines de mètres au-dessus de l'étendue de sable. L'eau a creusé dans le calcaire une arche dont la voûte plafonne loin au-dessus de ma tête. Je suis entouré de murs blancs. Il devrait faire sombre, puisque la lumière de la lune n'entre pas jusqu'ici, mais l'océan reflète ses lueurs contre la roche pâle et j'y vois juste assez pour éviter de trébucher sur les pierres couvertes de varech. Sous mes pieds, le sol s'apparente plus aux fonds marins qu'au rivage, et je dois prendre garde à ne pas glisser.

J'écoute.

Dans l'obscurité et le froid, je guette un changement du bruit de l'océan. La mer approche encore, vive et silencieuse ; dans une heure, l'eau aura envahi cette amorce de caverne et montera plus haut que ma tête. J'attends un bruit d'éclaboussures, le choc d'un sabot dans l'onde, n'importe quel signe qui m'indiquerait qu'un *capall uisce* sort des flots. Je sais qu'entendre cliqueter un sabot sur le rocher, c'est être déjà condamné.

Mais il n'y a rien, hormis le silence inquiétant de la mer : ni cri d'oiseau marin dans la nuit, ni éclats de voix de garçons sur le rivage, ni bourdonnement lointain d'un moteur de bateau. Le vent s'acharne impitoyablement sur moi. Déséquilibré par une rafale soudaine, je dérape et me rattrape au mur, doigts écartés en éventail. Je retire prestement la main – les méduses luisantes rouge sang qui recouvrent les parois semblent cligner des yeux à mon adresse. Mon père m'a affirmé qu'elles ne présentaient aucun danger, mais je ne le crois pas : rien n'est jamais parfaitement inoffensif.

Tout en bas, l'eau s'engouffre entre les rochers au fur et à mesure que la marée monte. Ma paume saigne.

Je perçois un bruit de chaton qui miaule, ou de bébé qui pleure, et je me fige. Ici, sur la grève, ne se trouvent ni chatons ni bambins, juste moi et les chevaux. Brian Carroll m'a raconté qu'il lui arrive, lorsqu'il sort en mer de nuit, d'entendre les *capaill uisce* se héler sous les flots, et que leurs voix rappellent alors le chant des baleines, les pleurs d'une veuve ou une créature qui s'esclaffe.

J'observe l'eau à mes pieds, dans la crevasse la plus profonde. Le niveau a monté vite. Depuis combien de temps suis-je ici ? Les rochers devant moi ont déjà presque disparu, leur surface trempée émerge à peine des eaux noires. Je suis bredouille, et à court de temps, aussi – il me faut partir, retracer mon chemin entre les pierres gluantes d'algues avant que ma retraite ne soit coupée.

Je regarde ma main. Un épais ruisseau de sang s'est formé dans ma paume et a coulé tout le long de mon avant-bras.

Il s'accumule, enfle, puis goutte sans bruit dans l'eau. La douleur viendra plus tard. Je contemple la mer, là où mon sang disparaît. Je reste silencieux. La grotte aussi.

Et, quand je me retourne, je vois un cheval.

Il se tient assez près pour que je perçoive son odeur saumâtre et la chaleur de sa peau encore humide, pour que je discerne la pupille carrée, dilatée, de ses yeux, et que je sente les effluves de sang dans son souffle.

C'est à ce moment-là qu'ils me réveillent.

Brian et Jonathan Carroll ont l'air inquiet. Brian fronce les sourcils et serre les lèvres, tandis que le visage de Jonathan s'orne d'un sourire d'excuse qui change sans cesse de forme. Brian a le même âge que moi, je l'ai rencontré sur la jetée. Nous dépendons tous les deux de la mer pour notre travail, ce qui nous rapproche, mais nous ne sommes pas vraiment amis. Son frère Jonathan le suit comme son ombre, y compris dans sa façon de penser.

— Tu es réveillé, Kendrick ? me demande Brian.

À présent, je le suis, mais je reste coi, étendu sur ma couchette comme si j'y étais attaché.

— Désolé de te déranger ! dit Jonathan.

— On a besoin de toi, explique Brian. (À cette heure-ci, je ne me sens pas très bien disposé à son égard, même si je n'ai rien contre lui d'ordinaire, mais il ne parle pas à la légère.) On n'a pas d'autre solution. Mutt est dans un sérieux pétrin. Il s'était mis dans le crâne d'attendre qu'un *capall* sorte de l'eau et, maintenant qu'il a eu ce qu'il voulait, je ne crois pas que ça lui plaise.

— Le cheval va les tuer, ajoute Jonathan.

Il semble ravi d'avoir pu énoncer cette évidence avant son frère.

— *Les ?*

Il fait froid, et je n'ai plus du tout envie de dormir.

— Mutt et ses potes, précise Brian. Ils sont partis en expédition et ils ont attrapé le *capall*, mais ils ne peuvent ni le relâcher ni le ramener.

Je me suis redressé dans mon lit. Je n'éprouve aucune affinité pour Mutt – alias Matthew –, le fils bâtard de mon patron, ni pour aucun des palefreniers qui lui collent servilement aux basques, mais impossible d'abandonner sur la plage un cheval pris au piège que ces idiots lui ont tendu.

— Toi, ces chevaux, tu les connais, Kendrick ! reprend Brian. Quelqu'un risque de se faire tuer, si tu ne nous accompagnes pas là-bas.

Là-bas. Je m'explique mieux à présent l'expression des deux frères : ils ont participé à l'opération et savent que je vais les mépriser pour cela.

Je ne dis rien d'autre, mais je me lève, j'enfile mon vieux pull et j'attrape ma veste bleu-noir pleine de graisse aux poches remplies de tout mon attirail. Je désigne la porte d'un bref mouvement du menton, et les garçons filent devant moi comme des bécasseaux. Jonathan ouvre le portail de l'écurie et tient le battant pour que Brian puisse sortir en premier.

Dehors, le vent souffle tel un être vivant et affamé. Si au-dessus de Skarmouth les lumières des lampadaires colorent le ciel d'un brun terne, partout ailleurs règne une obscurité d'encre. La lune brille pourtant un peu, il fera plus clair près de l'océan, mais pas beaucoup. Nous piquons droit sur la grève, au plus court, en coupant à travers champs. Il n'y a rien par ici, hormis des rochers et des moutons, mais on peut facilement buter dessus.

— La torche !

Brian l'allume et me la tend, mais je secoue la tête : je dois garder les mains libres. Derrière nous, Jonathan trottine et trébuche dans ses efforts pour ne pas se laisser distancer, et le faisceau lumineux de la lampe dans sa main décrit des courbes folles dans le noir. Cela me rappelle ma mère qui traçait des mots sur le mur avec une lampe, une nuit où l'électricité avait été coupée par la tempête.

— Où, sur la plage ?

Dans quelques heures, la mer aura monté. Si les garçons se trouvent derrière la pointe, un *capall uisce* tout frais deviendra alors le moindre de leurs problèmes.

— Pas loin, halète Brian.

Il n'est pas en mauvaise condition physique, mais il tend à s'essouffler lors d'un effort soutenu et, sans cette angoisse que j'ai vue sur le visage des frères un peu plus tôt, je me serais arrêté un instant pour le laisser reprendre haleine.

Je distingue juste l'endroit où les collines s'écartent et où passe le chemin qui mène à la grève – la terre se découpe plus sombre sur le ciel – quand j'entends un bruit porté par le vent. C'est un cri perçant et déchiqueté, dont je ne peux dire s'il provient d'un gosier humain ou animal. Les poils de ma nuque me picotent, mais j'ignore l'avertissement et je me mets à courir.

Brian ne m'emboîte pas le pas – il en serait sans doute incapable –, et je sens Jonathan déchiré entre rester avec son frère et me suivre.

— J'ai besoin de la torche, Jonathan ! je lance par-dessus mon épaule.

Une bourrasque éparpille mes paroles, je n'entends pas la réponse. Hors de la zone éclairée par sa lampe, je fonce à toute allure dans l'obscurité, trébuchant et glissant sur la pente raide. Je n'y vois plus rien et crains un instant de devoir m'arrêter, mais j'avance encore de quelques mètres, et là-bas, sur le sable, devant la mer qui scintille sombrement sous la lueur chiche de la lune, apparaît enfin un nœud mouvant de pinceaux lumineux.

Le vent emporte au loin tous les sons, et je pourrais croire les hommes muets et leur combat presque factice, jusqu'à ce que j'arrive tout près. Quatre d'entre eux ont réussi à s'emparer d'un cheval de mer gris qu'ils tiennent attaché par le cou et le paturon d'un postérieur, juste au-dessus du sabot. Quand ils tirent sur les cordes, l'animal bondit, et ils sautent précipitamment en arrière. Ils se trouvent en mauvaise posture et ils le savent : après avoir capturé le tigre par la queue, ils viennent seulement de réaliser que celle-ci est bien assez longue pour que les griffes les atteignent.

— Kendrick ! crie quelqu'un, mais je ne sais pas qui. Où est Brian ?

— Sean Kendrick ? demande un autre. (Je reconnais Mutt à sa silhouette, ses larges épaules et le cou épais qui fait chez lui office de menton. Il tient la longe reliée à l'encolure de l'animal.) Qui a demandé à ce bâtard de venir ? Retourne dans ton lit, pouilleux ! J'ai la situation bien en main.

Il maîtrise le cheval autant qu'une barque de pêche la mer. Je vois maintenant que c'est Padgett, un homme plus âgé et qui devrait avoir assez de jugeote pour ne pas risquer sa peau avec Mutt, qui agrippe la seconde corde. Entre deux sautes de vent, je perçois non loin un bruit léger. Je tourne la tête. Recroquevillé contre la falaise, un autre des amis de Mutt gémit à mi-voix en soutenant un de ses bras, qui a l'air cassé.

— Fiche le camp, Kendrick ! me crie Mutt.

Je croise les bras sur ma poitrine et j'attends. Le *capall uisce* a renoncé à se débattre pour l'instant. Les lignes noires et tremblantes des cordes se découpent sur le fond blanc crayeux de la falaise. L'animal fatigue, mais les hommes aussi. Les bras musclés de Mutt tremblent comme les cordes. Ses comparses gravitent autour de l'animal et disposent des lassos sur le sable dans l'espoir que le cheval entrera dans une boucle. Quelqu'un qui ne connaîtrait pas les chevaux de mer pourrait facilement croire vaincu ce *capall uisce* pantelant, mais, à sa tête rejetée en arrière et son allure de prédateur presque rapace, je sais que les choses sont sur le point de devenir hideuses.

— Mutt !

Il ne tourne même pas la tête. J'aurai essayé, au moins.

Soudain, le *capall* gris se précipite sur lui, et la corde attachée à sa jambe se tend à se rompre. Ses sabots creusent le sable et me bombardent de petits galets. Des cris s'élèvent de toutes parts. Padgett vacille et tire sur la longe. Il tente d'écarter le cheval de Mutt, qui se soucie trop de sa propre survie pour lui rendre la politesse. La boucle autour de l'encolure se détend subitement, la bête recule, ses sabots imprimant des cercles dans le sable, puis l'animal se cabre, se précipite sur l'homme, l'emprisonne de ses antérieurs et plonge les dents dans son épaule. Incroyablement, Padgett tient toujours debout, suspendu, puis le cheval le lâche et se laisse tomber à genoux, l'écrasant sous son poitrail.

Mutt tâche maintenant de haler la corde attachée au cou de l'animal, mais c'est trop tard, il n'a pas assez de force, et d'ailleurs quel poids pourrait-il peser face à un *capall uisce* ?

Padgett commence à prendre un aspect improbable et à ressembler moins à un humain qu'à de la viande. Une voix plaintive s'élève : « Kendrick ! » Je fais un pas en avant et, arrivé à la hauteur du cheval, crache sur les doigts de ma main gauche et saisis une poignée de crinière tout en haut, juste derrière les oreilles. De ma main droite, je sors un ruban rouge de la poche de ma veste et le presse contre le chanfrein de l'animal. Il sursaute et secoue la tête, mais ma prise reste ferme sur son nez et son cou. Je chuchote à son oreille, et il recule, trébuche sur Padgett et plonge un sabot dans le corps en cherchant à conserver son équilibre, mais Padgett m'importe peu. Mon problème immédiat, ce sont ces deux tonnes d'animal sauvage amarrées à une ficelle, qui ont déjà détruit deux hommes et qu'il me faut éloigner des autres avant de lâcher prise.

— Je ne te conseille pas de le laisser partir, menace Mutt, pas après tout ce qu'on a fait ! Ne t'avise pas de gâcher tout ça !

Je voudrais lui dire qu'il s'agit d'un cheval de mer et non d'un chien, et que le mener à l'intérieur des terres, loin des eaux salées de ce presque novembre, est une tâche qui ne m'emballe guère, à l'instant. Mais je veux éviter de crier et de donner au *capall* une raison supplémentaire de se souvenir de ma présence tout près de lui.

— Fais ce que tu dois faire, Kendrick ! hurle Brian, qui nous a finalement rejoints.

— T'as pas intérêt à le lâcher ! insiste Mutt.

On aura déjà de la chance si on s'en tire vivants. Arriver à ramener le cheval jusqu'à l'eau et à le libérer assez loin pour qu'il ne fasse plus de victimes serait déjà un miracle, mais je peux faire mieux, comme ils le savent tous, et surtout Mutt Malvern.

Je murmure comme la mer à l'oreille du cheval et recule hors du faisceau des lampes. Un pas m'éloigne d'eux, un pas me rapproche de l'océan. La marée tirebouchonne mes chaussettes dans mes bottes. Le cheval gris frémit sous ma main.

Je me tourne vers Mutt et je laisse partir l'animal.

Chapitre 5

Puck

J'ai l'impression de ne pas avoir dormi, mais je dois me tromper, parce que le matin j'ai les paupières tout engluées, et on dirait qu'une taupe a creusé un réseau de tunnels sous mes couvertures. Le ciel derrière la fenêtre a presque le bleu du jour, et je décide que je suis réveillée, quelle que soit l'heure. Je perds du temps à frissonner dans mon haut de pyjama – celui avec des bretelles en dentelle qui me grattent un peu, mais que je porte quand même, parce que c'est maman qui me l'avait fait – en fixant le contenu de ma commode et en essayant de choisir ce que je vais mettre pour aller sur la grève. Je ne sais pas si j'aurai encore froid après avoir monté un moment, ni si je veux m'habiller en fille, parce que Joseph Beringer sera sans doute là-bas, à me dévisager d'une façon répugnante.

J'essaie surtout de chasser les pensées sublimes, du type : *Tu te souviendras de cette journée toute ta vie.*

En fin de compte, j'enfile ma tenue habituelle – mon pantalon marron qui ne m'irrite pas la peau et le gros pull vert sombre qu'une amie de maman avait tricoté pour elle. J'aime à penser que ma mère l'a porté, ça donne un passé au vêtement. Je me regarde dans mon miroir tout piqueté de taches et je prends une mine féroce, les sourcils froncés au-dessus de mes yeux bleus. J'ai l'air en pétard. J'extrais une mèche de ma queue-de-cheval et je la dispose sur mon front, en espérant que ça me fera ressembler à quelqu'un d'autre que celle que je suis devenue au cours des années, quelqu'un qui ne s'attirera pas les rires des badauds en arrivant sur la grève. Ça ne marche pas, j'ai trop de taches de rousseur, alors je remets mes cheveux en place.

Dans la cuisine, je trouve Finn déjà debout, planté devant l'évier. Il porte le même sweat-shirt que la veille et a l'air d'un garçon qui aurait rétréci pendant la nuit et dont les vêtements seraient tombés en flaque autour de lui. Dans l'air flotte un léger relent de grillé presque agréable, qui me fait un moment penser à du steak ou à un toast, jusqu'à ce que je réalise que c'est en fait une mauvaise odeur, comme celle de papier et de cheveux brûlés.

— Gabe est levé ?

Je fourre vaguement le nez dans le placard pour éviter de regarder Finn.

Je ne suis pas très sûre d'avoir envie de parler. Ni de manger, tout compte fait, une fois les étagères inspectées.

— Il est déjà parti pour l'hôtel, répond Finn. Je... Tiens !

Il pose sur la table devant moi un mug d'où dépasse une cuillère. Le liquide a coulé sur le côté, et je sais qu'il va laisser un anneau sur la table, mais ça fume, et je soupçonne que c'est du chocolat chaud.

— Tu as préparé ça toi-même ?

Finn me toise.

— Non, saint Antoine l'a apporté au milieu de la nuit. Il était dégoûté que je ne t'en donne pas aussitôt !

Il me tourne le dos.

Je suis stupéfaite, à la fois par le retour de l'humour de mon frère et par le luxe de la boisson. Le plan de travail disparaît sous l'invraisemblable fatras de toutes les casseroles et des instruments que Finn a sortis pour concocter cet unique chocolat chaud, et il ne fait maintenant aucun doute que l'odeur dans la pièce est bien celle de lait renversé sur la cuisinière, mais je m'en moque. La gentillesse de mon petit frère me touche au point que ma lèvre inférieure se met à trembler, et je dois la mordre jusqu'à ce qu'elle cesse complètement. Quand Finn s'assied en face de moi avec son propre mug, j'ai repris mon sang-froid.

— Merci pour le chocolat !

Mon frère a l'air mal à l'aise. maman disait toujours que Finn, telle une fée, n'aime pas les remerciements, alors j'ajoute :

— Pardon.

— J'ai mis du sel dedans, précise-t-il comme pour me dispenser de toute gratitude.

Je goûte. C'est bon. S'il y a effectivement du sel, je n'en trouve pas trace autour des îlots de cacao qui flottent à la surface et se dissolvent agréablement dans ma bouche. Je ne me souviens plus s'il est déjà arrivé à Finn de préparer du chocolat, je crois qu'il m'a juste vue le faire.

— Je ne le sens pas.

— Le sel donne un goût plus sucré, déclare-t-il.

Cela me semble une affirmation passablement crétine, parce que, comment une chose qui n'est pas sucrée pourrait-elle rendre une autre plus sucrée, je vous le demande un peu, mais je ne relève pas. Je touille le chocolat et écrase du dos de la cuillère quelques grumeaux contre le bord du mug.

— Tu peux demander à Palsson, si tu veux, me dit Finn, qui voit bien que je reste sceptique. Je les ai vus préparer des muffins au chocolat. Avec du sel.

— Je ne t'ai jamais dit que je ne te croyais pas ! En fait, je ne t'ai même rien dit du tout.

Il brasse sa cuillère dans son propre mug.

— Je sais.

Il ne me demande pas combien de temps je serai partie aujourd'hui, ni comment je vais trouver une monture, ni quoi que ce soit au sujet de Gabe, et je n'arrive pas à décider si je suis soulagée de ne pas en parler ou si son silence m'exaspère. Nous finissons bruyamment de siroter le chocolat, puis je vais mettre mon mug dans l'évier.

— Je ne pense pas rentrer avant la fin de la journée.

Finn se lève et dépose son mug à côté du mien. Avec son cou décharné comme celui d'une tortue qui émerge de son énorme sweat-shirt, il a l'air très sérieux. Il montre du doigt le plan de travail derrière lui, et je vois, au milieu des casseroles et de la vaisselle sinistrées, une pomme découpée en quartiers, avec des miettes collées dessus.

— Pour Dove. Je voudrais t'accompagner aujourd'hui.

— Tu ne peux pas, je réponds, sans même m'arrêter sur ce que ses mots déclenchent en moi.

— Pas chaque fois, insiste-t-il, seulement celle-ci, pour le premier jour !

Je balance un instant entre arriver seule et fière sur la grève, et apparaître escortée d'un frère qui resterait à observer l'entraînement.

— D'accord. Ça serait sympa.

Finn va chercher son bonnet et moi le mien. C'est moi qui les ai tricotés tous les deux, le mien est blanc avec deux tons de bruns différents, et celui de Finn rouge et blanc. Ils sont assez informes, mais ils tiennent bien sur nos têtes.

Les bonnets enfoncés sur le crâne, nous balayons du regard la cuisine en pagaille. Un instant, je perçois la pièce comme le ferait un étranger : tout ce qui nous entoure a l'air sorti en rampant du trou de l'évier. C'est un désastre, nous sommes en plein désastre, et il n'y a rien d'étonnant à ce que Gabe veuille partir.

— Allons-y !

Chapitre 6

Sean

Ce premier jour, Gorry me demande de descendre sur la plage pour essayer une jument pie qu'il a tirée de l'océan à un moment ou à un autre dans le passé. Il est si sûr que je vais vouloir l'acheter pour Malvern qu'il en estime le prix à celui de deux chevaux. Sous le ciel bleu sombre du petit matin, sur le sable que la mer commence tout juste à découvrir, les doigts gelés là où ils dépassent de mes mitaines, je le regarde aller et venir en faisant trotter l'animal. Les marques de ses sabots sont les premières aujourd'hui à s'imprimer sur la plage. La marée a effacé toutes les traces de la sotte entreprise de Mutt de la nuit dernière.

Cette jument est très belle. Les *capaill uisce* ont, comme les chevaux ordinaires, des robes de teintes variées : souvent baies ou alezanes, plus rarement palomino, noires, grises ou louvettes. On ne voit presque jamais un *capall* pie, aux noir et blanc également répartis comme des nuages clairs sur un champ sombre. Mais ce ne sont pas les couleurs vives qui remportent les courses.

La jument pie ne trotte pas d'une façon particulièrement remarquable ; elle a de bonnes épaules, mais ce n'est pas inhabituel chez un cheval de mer ; elle m'impressionne peu, et je contemple les cormorans noirs qui tournoient dans le ciel, tels de petits dragons.

Gorry m'amène la jument. Je me hisse sur son dos et le regarde d'en haut.

— C'est le *capall uisce* le plus rapide que tu monteras jamais, affirme-t-il de sa voix râpeuse.

Corr est le *capall uisce* le plus rapide que j'aie jamais monté.

La jument pie sent le cuivre et les algues pourries. De l'eau de mer goutte de son œil qui me fixe. Je n'aime pas la sensation qu'elle me donne – elle me paraît tortueuse et fuyante – mais je suis habitué à Corr.

— Va donc faire un tour, dit Gorry. Tu ne trouveras pas mieux !

Je la laisse trotter. Elle traverse l'étendue de sable compact et se dirige vers l'eau en ondulant de l'arrière-train, les oreilles collées au crâne. Je sors mes pièces de fer de mes manches et les fais tourner dans le sens contraire des aiguilles d'une montre juste au-dessus d'une marque blanche en forme de cœur sur son garrot. Elle frémit et se trémousse en tentant de s'y soustraire. Je n'aime ni sa façon d'incliner la tête, ni celle dont elle ne redresse jamais les oreilles. Je sais qu'il ne faut se fier à aucun de ces chevaux, mais elle me paraît encore plus traîtresse que les autres.

Gorry insiste pour que je la fasse galoper et que je teste par moi-même sa vitesse. Je doute qu'elle puisse faire quoi que ce soit pour me convaincre qu'elle vaut mieux que je ne le pressens, mais je relâche les rênes et presse mes jambes contre ses flancs.

Elle fonce sur la plage comme un balbuzard sur un poisson, à une vitesse à couper le souffle, mais ne cesse de se déporter vers la mer qui l'attire, et je perçois de nouveau son mouvement ondoyant et fuyant. Même maintenant, en plein mois d'octobre et sur la terre ferme, même alors que je murmure à son oreille, elle ressemble moins à un cheval qu'à une créature de l'océan.

De fait, elle est rapide. Ses foulées dévorent la plage, et nous dépassons l'anse qui marque la fin des sables sûrs en l'espace de quelques secondes seulement. La vitesse explose en moi comme des bulles à la surface de l'eau. Je refuse de croire qu'elle court mieux que Corr, mais elle s'en approche sûrement, et comment m'en assurer puisqu'il n'est pas là ?

Le sol devient plus rocailleux et, quand je tente de modérer son allure, la jument pie se cabre et claque des mâchoires, menaçante.

Subitement, elle se met à dégager une très forte odeur de mer : pas de sable, d'algues ou de sel, ce que la plupart des gens prennent pour l'odeur de la mer, mais celle qu'on sent quand, la tête immergée, on respire à fond sous l'eau. Mes pièces de fer ne font aucun effet à la jument, et nous fonçons à toute allure vers le large.

Mes doigts s'activent dans sa crinière, tressant des nœuds par trois et sept. Je chante dans son oreille et la contrains sans cesse, par un effet de rênes, à décrire des cercles de plus en plus petits et à s'éloigner peu à peu de l'eau, mais rien n'est gagné d'avance.

Tandis que nous volons sur le sable, je sens la magie qui habite ma monture m'attirer insidieusement. Rares sont les endroits où ma peau nue la touche – si mon poignet frôle à l'occasion son encolure, mes bottes protègent mes jambes – mais son pouls n'en bat pas moins jusqu'en moi, me berce, me charme et m'exhorte à lui faire confiance et à me laisser emporter sous les eaux, et ce n'est que grâce à toutes ces années que j'ai passées à monter des douzaines de *capaill uisce* que je résiste à son piège.

Et encore, de justesse.

Tout en moi me pousse à abandonner la lutte et à me précipiter avec elle au fond de l'océan.

Trois ; sept ; le fer sur ma paume.

— Non, tu ne seras pas celle qui me noiera ! je lui chuchote.

J'ai l'impression que plusieurs minutes s'écoulent avant que je puisse la faire ralentir et retourner vers Gorry, mais je me trompe peut-être. Tout ce temps, elle me paraît sournoise. Elle montre les dents comme aucun cheval ordinaire ne le ferait et ne cesse de frémir.

J'ai du mal à oublier combien elle filait vite.

— Je t'avais bien dit que tu ne trouverais pas plus rapide !

Je me laisse glisser à terre et je tends les rênes à Gorry, qui les prend avec une expression perplexe.

— Cette jument va tuer quelqu'un !

— Oh, arrête ! objecte-t-il. Tous les *capaill uisce* ont tué.

— Je refuse de m'en mêler, je déclare, en partie à contrecœur.

— Alors quelqu'un d'autre me l'achètera, dit Gorry, et toi, tu regretteras.

— Cet autre sera mort. Rends-la à la mer !

Je lui tourne le dos.

J'entends Gorry derrière moi.

— Elle court plus vite que ton alezan !

— Renvoie-la, je répète.

Mais je sais qu'il n'en fera rien.

Chapitre 7

Puck

Je ne pensais pas que ça serait aussi affreux.

On dirait que l'île tout entière s'est rassemblée sur la grève. Finn a insisté pour prendre la Morris, qui s'est empressée de tomber en panne, et nous sommes arrivés bons derniers. Devant nous, deux océans : la mer d'un bleu soutenu au loin, une masse grouillante d'hommes et de chevaux au premier plan. Pas une seule fille, sauf si l'on compte Tommy Falk, qui a de si jolies lèvres. Les humains font mille fois plus de bruit que l'océan. Je ne comprends pas comment les cavaliers peuvent s'entraîner, ni même bouger ou respirer, dans une telle cohue. Ils ne cessent de crier à l'adresse des chevaux et de se héler l'un l'autre. Cela ressemble à une immense altercation, mais je ne saurais pas dire qui est furieux contre qui.

À mi-chemin sur le long sentier qui descend vers la plage, nous nous arrêtons, hésitants. Sous nos pieds, le sol est inégal et semé des mottes de terre soulevées par les sabots des chevaux qui nous ont précédés. Finn détaille en fronçant les sourcils la multitude d'hommes et de bêtes au loin. J'ai l'œil attiré par un cheval qui galope à l'autre extrémité des sables. Il a la couleur du sang frais, et une petite silhouette sombre est couchée sur son encolure. Toutes les quelques foulées, ses sabots frappent les vaguelettes et font jaillir des gerbes d'eau.

La vision de ce cheval qui court, étiré de tout son long, à une vitesse prodigieuse, est si splendide que les yeux me picotent.

— Regarde, celui-là a l'air de deux assemblés en un ! me dit Finn.

Je quitte le cheval et son cavalier des yeux.

La jument dont parle mon frère a une robe d'un blanc de neige semée de grandes taches noires, avec près du garrot une petite marque blanche en forme de cœur. Un homme presque nain coiffé d'un chapeau melon l'entraîne loin des autres.

— Ça, c'est un cheval pie, j'explique.

— *Ça, c'est un cheval pie !* répète Finn en singeant ma voix.

Je lui donne une bonne tape et me retourne vers l'endroit où se trouvaient le cheval couleur de sang et son cavalier, mais ceux-ci ont disparu.

Je me sens étrangement déçue.

— On devrait descendre sur la grève.

— Tout le monde est là ?

— Ça m'en a l'air.

— Comment vas-tu trouver un cheval ?

La question m'agace, parce que je n'ai pas vraiment de réponse, et mon irritation croît quand je remarque que nous nous tenons exactement dans la même position, Finn et moi, ce qui veut dire que soit je faisais comme lui, soit lui faisait comme moi. Je sors mes mains de mes poches.

— Tu comptes mener un interrogatoire en règle ? Tu vas me harceler jusqu'au soir ?

Finn arrange ses lèvres et ses sourcils en deux lignes parallèles. Il est très doué pour ça, mais je ne sais pas bien ce que cela signifie. Quand il était petit, maman l'appelait alors *le crapaud*, mais, maintenant qu'il a quelque chose à raser, ça lui donne un peu moins une tête d'amphibien.

Quoi qu'il en soit, mon frère prend sa face de batracien et se faufile dans la foule. Je me demande si je vais lui emboîter le pas, quand un cri suraigu me cloue au sol.

Ça vient de la jument pie. Seule à l'écart, tournée vers les autres chevaux, ou peut-être vers la mer, elle a rejeté la tête en arrière mais ne hennit pas ; elle hurle.

Sa voix tranche le vent, le grondement du ressac et le brouhaha affairé de la foule, tel un cri de prédateur antédiluvien, à mille lieues de ce qui pourrait sortir du gosier d'un cheval ordinaire.

Et c'est horrible.

Une seule idée me traverse la tête : *Est-ce ça, la dernière chose que mes parents ont entendue ?*

Je sais que si je ne descends pas tout de suite sur la plage, je vais flancher. Je le sens. J'ai les jambes molles comme des algues, et qui tremblent tant que je manque de me tordre la cheville sur une motte de terre, puis l'affreux bruit cesse et je respire enfin. En approchant, je remarque que même l'odeur des *capaill uisce* ne ressemble pas à celle des autres chevaux : Dove dégage un doux parfum de foin, d'herbe et de mélasse ; eux sentent le sel, la viande, les ordures et le poisson.

J'essaie d'inspirer par la bouche et de ne pas y penser. Des chiens se faufilent entre mes jambes et les gens foncent sans regarder où ils vont. Des chevaux se cabrent, griffant l'air de leurs antérieurs. Des hommes proposent aux cavaliers assurances et protections. Tous sont plus excités que des terriers dans une boucherie. Je suis bien contente que Finn ait disparu, parce que je ne supporterais pas qu'il me voie ainsi, complètement abasourdie.

À vrai dire, j'ai une très vague idée de comment m'y prendre pour me procurer un cheval sans bourse délier. Elle se base principalement sur ce que les garçons disaient à l'école, quand ils racontaient tous que, une fois grands, ils participeraient aux courses. La plupart d'entre eux n'en ont rien fait, ils sont partis vivre sur le continent ou devenus fermiers, mais leurs rêves d'enfant s'avéraient une mine de renseignements, surtout pour moi, dont la famille ne s'intéressait pas à la compétition.

— Hé, toi ! m'apostrophe un homme qui tient un rouan qui piaffe, trépigne et galope sur place. Regarde un peu où tu mets les pieds, satanée gamine !

Je baisse les yeux et je vois, trop tard, le cercle tracé dans le sable que mes bottes ont écorné. J'en sors d'un bond.

— Laisse tomber ! me crie-t-il alors que je m'efforce de le reconstituer. Le rouan tire vers la brèche. Je recule, et on m'invective à nouveau : deux hommes emportent un garçon plus âgé que moi qui saigne de la tête et me lance une insulte. En tournant les talons, je trébuche et manque de m'étaler sur un chien à la fourrure ébouriffée pleine de sable.

— Le diable t'emporte ! je fulmine, juste parce que je sais qu'il ne me répondra pas.

— Puck Connolly ! me hèle Tommy Falk-aux-belles-lèvres. Que fais-tu ici ?

Du moins, je crois que c'est ce qu'il me dit, mais presque tous les mots se perdent dans le brouhaha alentour, et le vent emporte le reste.

— Je cherche des melons.

On raconte qu'on reconnaît les pourvoyeurs de chevaux – ailleurs sur l'île, on dit parfois des *maquignons*, ce qui n'est pas vraiment un compliment – à leurs chapeaux melon noirs. Il arrive que les jeunes gens en portent aussi, dans l'espoir de passer pour des rebelles, alors que la plupart du temps ce ne sont que des enquiquineurs.

— Qu'est-ce que tu dis ?

Je sais qu'il m'a entendue, simplement il refuse d'y croire. Papa m'a dit un jour que le cerveau des gens a l'oreille dure. Mais peu importe que Tommy soit sourd comme un pot envasé, car je viens de repérer un melon sur la tête de l'homme qui tient la jument pie.

— Merci ! je crie à Tommy, bien qu'il ne m'ait pas vraiment aidée.

Je le quitte et me fraye un passage dans la foule vers le gnome. De près, il a l'air un peu moins petit, mais on jurerait qu'une brique a percuté violemment son visage, deux fois pour bien l'écraser, et une de plus pour faire bonne mesure.

Il discute avec quelqu'un.

— Sean Kendrick ! crache le maquignon. (Le nom me dit vaguement quelque chose, surtout prononcé sur ce ton méprisant ; l'homme a une voix rauque de fumeur et roule des *r* grumeleux.) Hé, ce type a la caboche à moitié ramollie par l'eau de mer ! Qu'est-ce qu'il raconte sur mes chevaux ?

— J'ai des scrupules à vous le répéter, répond l'autre poliment.

C'est le docteur Halsal, un homme aux cheveux d'un noir brillant, trapu, élégant et plein de sang-froid, qui me fait penser à un dessin plus qu'à une personne réelle ; quand j'avais six ans, je voulais me marier avec lui.

— Il est aussi siphonné que l'océan, affirme le maquignon en melon. Allez, si vous misez dessus, c'est que vous la voulez !

— Il n'empêche, dit le docteur Halsal, que je crains de devoir passer la main.

— Elle est rapide comme le diable en personne, insiste le gnome, mais le docteur lui a tourné le dos et s'éloigne déjà.

59

— Excusez-moi !

Ma voix me paraît très haut perchée.

Le gnome se retourne, son expression irritée rend son visage défiguré effrayant. Je tâche d'organiser mes pensées en une question d'apparence raisonnable :

— Vous prenez les quintes ?

Les quintes, une autre de ces choses que j'ai apprises des garçons qui rêvaient tout haut, sont une forme de pari : un maquignon vous cède un cheval gratuitement et, en contre-partie, vous lui donnez les quatre cinquièmes de ce que vous gagnez dans la course, ce qui ne représente pas grand-chose, sauf si vous arrivez premier : dans ce cas-là, vous gagnez de quoi acheter l'île tout entière, si ça vous chante ; ou du moins la majeure partie de Skarmouth, à l'exception de ce qui appartient à Benjamin Malvern.

Le gnome me toise.

— Non, me répond-il, mais je vois bien que ce qu'il veut vraiment dire, c'est : « Pas avec vous ! »

Je me sens toute retournée, je n'avais pas envisagé que j'essuierais un refus – y a-t-il tant de cavaliers qui veulent monter un *capall uisce* que les vendeurs peuvent se permettre de faire les difficiles ?

— Très bien. Dans ce cas, pouvez-vous m'indiquer quelqu'un qui les accepte, monsieur ? (J'ajoute ce dernier mot en toute hâte, parce que papa a dit un jour qu'en appe-lant « monsieur » une brute on la transforme en gentleman.)

— Adressez-vous aux melons, me répond le gnome.

Certaines brutes le demeurent. Plus jeune, j'aurais craché sur ses chaussures, mais maman m'avait fait perdre cette habitude à l'aide d'un petit tabouret bleu et à grand renfort de savon.

Je me contente donc de m'éloigner sans le remercier – il m'a encore moins aidée que Tommy Falk – et je me plonge dans la foule à la recherche d'un autre melon. Sans succès.

Tous disent non à la jeune fille aux cheveux roux. Ils ne prennent même pas le temps d'y réfléchir. L'un fronce les sourcils, un deuxième rit, un autre ne me laisse pas achever ma phrase.

L'heure du déjeuner approche, j'ai l'estomac qui gargouille. Des gens sont venus vendre de la nourriture aux cavaliers, mais ça coûte cher et tout sent le sang et le poisson avarié. Je ne vois Finn nulle part. La mer commence à monter, certains parmi les moins courageux ont déjà quitté la plage. Je recule et m'adosse à la falaise de craie, les mains à plat sur la pierre froide. Plusieurs mètres au-dessus de ma tête, une ligne plus claire marque le niveau que l'eau atteindra dans quelques heures. Je m'imagine restant là jusqu'à ce que cela se produise et que l'eau salée me submerge peu à peu.

Des larmes de frustration me brûlent les yeux, mais le pire, c'est que, dans un sens, je suis contente que tous aient refusé. Les *capaill uisce*, ces monstres terrifiants, ne ressemblent pas du tout à Dove, je ne m'imagine pas en monter un, et encore moins le ramener à la maison et l'habituer à manger de la viande sanglante et onéreuse, plutôt que moi. En été, les enfants attrapent parfois des libellules, leur attachent des fils juste derrière les yeux et les promènent comme des animaux domestiques. Les hommes qui montent les *capaill uisce* me font penser à ces insectes : les chevaux les emportent comme s'ils ne pesaient rien. Alors, que me feraient-ils, à moi ?

Je contemple la mer. Turquoise près du rivage, là où des rochers blancs sont tombés des falaises, l'eau vire au noir quand le sombre varech brun recouvre les gros galets. Au-delà de cette immensité se dressent les villes qui nous voleront Gabe. Je sais que nous ne le reverrons plus, et peu importera alors qu'il soit vivant quelque part, tout sera aussi affreux que quand nos parents sont morts.

Maman aimait à dire que certaines choses n'arrivent pas sans raison, et qu'un obstacle survient parfois pour nous empêcher de faire une bêtise. Elle le répétait souvent. Mais, un jour qu'elle le rappelait à Gabe, papa a affirmé à mon frère que, de temps à autre, les difficultés nous invitent juste à redoubler d'efforts.

J'inspire un grand coup et me dirige vers le gnome, le seul chapeau melon qui n'évite pas mon regard. Il n'a plus qu'un seul cheval maintenant, la jument pie qui hurlait tout à l'heure.

— Hé, vous ! m'apostrophe-t-il comme s'il s'attendait à ce que je passe devant lui sans m'arrêter.

— Je crois que nous devons parler.

Je me sens mal disposée à son égard. J'ai l'air débraillée, et toute l'amabilité dont j'ai pu disposer se trouve à présent à la maison, auprès des ingrédients d'un bon sandwich.

— Je le pense aussi. J'allais partir, et je préférerais ne pas avoir à revenir demain. Vous voulez un *capall*, combien me donnez-vous pour elle ?

Je commence par me demander de quelle somme je dispose, puis je me souviens de son hostilité, un peu plus tôt.

— A priori, rien, je lui réponds. (Je dois rester ferme : si Gabe nous quitte et nous laisse nous débrouiller seuls, nous serons totalement démunis.) Je cherche une quinte.

— C'est une jument extraordinaire, affirme le gnome. La bête la plus rapide sur cette Terre, pour l'instant !

Il recule pour que je puisse la voir. Elle s'agite au bout de la longe, une chaîne passée dans l'anneau du licol lui entoure le nez. Elle est gigantesque, incroyablement belle, et empeste comme un cadavre drossé par la tempête. J'ai l'impression qu'il me faudrait empiler deux Dove l'une sur l'autre avant de pouvoir plonger les yeux tout au fond de ses pupilles sauvages. Elle fixe l'un des chiens errants qui courent en tous sens sur la plage avec un je-ne-sais-quoi dans le regard qui me semble profondément troublant.

— Dans ce cas, vous devriez vouloir miser dessus !

Je me sens d'humeur querelleuse, mais je tâche de prendre un air sérieux et compétent. Parvenir à se faire traiter en adulte lors d'une négociation n'est pas la chose la plus aisée au monde, surtout quand l'idée même de réussir donne un peu la nausée.

— Je n'ai pas envie de devoir revenir chercher mes gains, dit l'homme.

Je croise les bras et je fais semblant d'être Gabe. Lui sait comment paraître à la fois peu impressionné et peu intéressé, alors qu'il est et l'un et l'autre. Je prends une voix aussi blasée que possible :

— Soit cette jument est tout ce que vous prétendez, soit elle ne l'est pas. Si, comme vous l'affirmez, c'est le cheval plus rapide sur cette Terre, pourquoi ne pas lui faire confiance pour vous rapporter plus que vous n'obtiendriez en la vendant ?

Le gnome me scrute.

— Ce n'est pas à elle que je ne fais pas confiance !

Je le fusille du regard.

— Exactement ce que je pense !

Soudain, il me sourit.

— Allez, montez, me dit-il, et faites-moi voir ce que vous valez sur son dos !

Il désigne d'un geste de la tête sa selle posée sur le sable, dressée sur le pommeau.

Je prends une grande inspiration en essayant d'oublier le hurlement que poussait l'animal et de ne pas songer à la mort de mes parents. Il faut que je garde en tête Gabe et son visage quand il nous a annoncé qu'il allait partir. On dirait que mes mains, pourtant immobiles à mes côtés, ont un peu la bougeotte.

Je peux le faire.

Chapitre 8

Puck

Le maquignon mène la jument à un rocher couvert de varech, sur lequel je vais pouvoir grimper pour m'aider à monter dessus, mais elle tourne autour en piaffant sans s'approcher assez. Elle persiste à suivre des yeux le chien, qui rôde dans les parages, attiré par les reliefs d'un petit déjeuner abandonné dans le sable. Le vent est froid sur mon cou, et mes orteils gourds comme des pierres dans mes bottes.

— Elle ne va pas se calmer plus que ça, dit l'homme. Alors vous montez, oui ou non ?

Je serre les poings, de peur que le tremblement de mes mains ne me trahisse. Je n'arrive pas à m'ôter de l'esprit ces mâchoires aux dents énormes, que j'imagine entraînant mes parents jusqu'au fond de l'océan. À cet instant précis, ce n'est même plus la peur qui me paralyse, mais l'idée qu'ils me regardent (voit-on la plage, du paradis, ou les falaises bouchent-elles la vue ?), et je me demande ce qu'ils en pensent.

Eux qui avaient toujours méprisé les Courses du Scorpion ont été tués en mer par des *capaill uisce*, or me voilà sur le point d'en enfourcher un pour participer à la compétition. Je revois clairement l'expression de mon père et la petite ride en demi-cercle qui apparaissait sur sa lèvre supérieure quand il se sentait déçu ou écœuré.

La jument relève brusquement la tête, et les pieds du gnome manquent de décoller.

Il doit bien y avoir une solution, *quelque chose d'autre* que je puisse faire, au lieu de monter cette jument. Mais comment courir sans elle ?

Je me rends alors compte que Finn est venu me rejoindre près du rocher sur lequel je suis perchée et me regarde en silence. Il pince sans cesse ses biceps, mais ne semble pas le remarquer.

— Arrête ça !

Il obéit. Je crois que j'ai pris ma décision.

— Jeune fille, dit le maquignon, allez-y !

Les muscles de la jument frémissent sous sa peau.

Non, je ne suis pas cette personne-là.

— Désolée, mais j'ai changé d'avis, je déclare.

J'ai juste le temps de le voir lever les yeux au ciel avant que tout sombre dans la confusion : un déferlement noir et blanc, quelque chose qui me heurte, et je tombe du rocher. Mon dos entre si violemment en contact avec le sol que j'en ai le souffle coupé. Une partie de mon visage devient chaude et humide. La jument se cabre au-dessus de moi, j'entends un hurlement et je comprends en un éclair que ce qui m'arrose la tête est du sang, du sang venu d'en haut et non de moi-même ; du sang qui gicle de la chose que la jument pie tient dans ses dents.

Je roule sur moi-même, hors d'atteinte des sabots, et frotte le sable de mes yeux en essayant de me redresser, de reprendre haleine et de voir ce qu'il se passe. La jument s'accroupit, secoue sa sombre proie, la maintient au sol d'un sabot et la déchire. Des flaques rouges imbibent le sable.

Je hurle le nom de Finn.

Les oreilles collées au crâne, l'animal me lance un morceau de sa victime. Je recule d'un bond, suffocante, à demi étranglée par un sanglot. Un filament sanglant pointe tel un tentacule de méduse de la chair en bouillie. Je voudrais pouvoir me laisser tomber à genoux et arrêter de penser.

Le bout de viande devant moi, couvert de poils noirs et courts maculés de sable et de sang, est à peine identifiable. Je me sens à deux doigts de vomir.

C'est le chien.

J'entends crier « Sean Kendrick ! », mais moi, je hurle « Finn ! », et mon frère apparaît. Il ressemble aux personnages des étranges bas-reliefs qui ornent les vantaux des portes de l'église de Skarmouth, ces petits vieillards aux énormes yeux ronds comme des soucoupes.

— J'ai cru que...

Je sais ce qu'il veut dire. Moi aussi, je l'ai pensé.

— Je t'en supplie, ne le fais pas ! m'implore-t-il avec ferveur (quand m'a-t-il demandé pour la dernière fois quoi que ce soit d'un ton pareil ?). Ne monte pas une de ces bêtes-là !

— Non, je ne le ferai pas. Je monterai Dove.

Chapitre 9

Sean

Ce soir-là, bien après que le flot a refoulé tout le monde vers l'intérieur des terres, je mène Corr sur le rivage. Nos ombres sont comme des géants couchés à nos pieds. En cette saison, la nuit tombe dès cinq heures, et le sable commence déjà à perdre de sa chaleur. Je laisse ma selle et mes bottes en haut de la cale, là où poussent encore quelques touffes d'herbe. Corr fixe des yeux l'océan qui se retire peu à peu.

Nous imprimons des traces toutes fraîches dans le sable compact découvert par la mer. Quand mes pieds nus s'enfoncent dedans, l'eau froide sourd contre ma peau et la glace, mais elle soulage mes ampoules.

C'est donc la fin de cette première, de cette interminable journée. La grève a vu son lot de victimes : un garçon, en tombant, s'est ouvert le front contre un rocher ; un homme a reçu un méchant coup de dents et sa morsure avait un vilain aspect, mais une pinte de bière et quelques heures de sommeil suffiront sans doute à le remettre sur pied ; puis il y a eu le chien, et je ne suis pas surpris que ce soit la jument pie qui l'ait tué.

Tout bien considéré, on a vu de pires débuts pour un entraînement.

Les inscriptions chez Gratton s'ouvrent ce soir. Je donnerai mon nom et celui de Corr, même si, à ce stade, cela me semble une simple formalité. Viendra ensuite une semaine de frénésie, pendant laquelle les insulaires ou les étrangers encore indécis évalueront leur monture et leur courage, pour tâcher de déterminer s'ils oseront vraiment participer à la Course sur le cheval qu'ils ont choisi ; des bêtes seront achetées, vendues, échangées ; des hommes deviendront maquignons, jockeys, coureurs de quinte. Pour moi, c'est une période frustrante, avec trop de marchandages et pas assez d'entraînement, et je vois toujours avec soulagement arriver le festival qui clôt la première semaine et oblige les cavaliers à déclarer officiellement leur monture.

C'est là que la vie commence vraiment.

Corr lève la tête, oreilles dressées, et cambre l'encolure comme s'il courtisait la mer. Je tire sur sa longe et murmure à son oreille : je veux qu'il m'écoute moi, et non le chant des flots puissants. J'observe son œil, ses oreilles et tout son corps, pour sentir quelle voix le dominera ce soir, la mienne ou celle de l'océan.

Il se tourne vers moi d'un geste si vif que j'ai déjà tiré de ma poche une pièce de fer. Mais non, il ne cherchait pas à m'attaquer, seulement à me voir de son œil valide.

J'ai plus confiance en Corr qu'en aucun autre.

Je ne devrais pas me fier à lui du tout.

La peau de ses paupières est tendue, mais son encolure reste souple. Quand nous entrons dans l'eau, le froid monte le long de mes chevilles et me coupe le souffle. Nous restons immobiles, tandis que j'observe les effets de la magie qui bouillonne à nos jambes. Corr tressaille, mais sans se raidir. Nous n'en sommes pas à notre premier essai, et le mois ne fait que commencer. Je puise de l'eau dans le creux de la main et la verse sur son épaule en chuchotant, les lèvres pressées contre sa peau. Il ne bronche toujours pas ; alors je reste comme ça, sans bouger, avec lui, et laisse les vagues râpeuses venir lécher mes pieds las.

Aussi rouge que le couchant, Corr contemple l'océan. Comme la mer est à l'est, il regarde la nuit, dont le bleu sombre vire au noir, et le ciel et la mer qui se reflètent l'un l'autre. À chaque vague écumante, nos ombres changent de couleur. Celle de Corr me fait penser à un élégant géant, et je surprends pour la première fois dans la mienne la silhouette de mon père : lui courbait plus les épaules, comme s'il craignait toujours d'avoir froid, et portait les cheveux plus longs, mais je le retrouve dans mon menton relevé et la rigidité de ma pose, une allure de cavalier, même pied à terre.

Quand Corr fait un écart, pris au dépourvu, je ne réagis pas et, avant que je comprenne ce qu'il se passe, il s'est déjà à demi cabré. Puis il repose les sabots exactement au même endroit en m'aspergeant copieusement le visage d'une grande gerbe d'eau. Je sens le sel dans ma bouche ; Corr bombe l'échine et pointe vers moi ses oreilles.

J'éclate de rire, ce qui ne m'est pas arrivé depuis longtemps. Corr ondule de la tête et de l'encolure comme un chien qui s'ébroue. Je recule de quelques pas, il me suit, je reviens vers lui et je l'arrose en donnant un grand coup de pied dans l'eau. Il grimace, prend un air profondément offensé et piétine sur place pour me rendre la pareille. Nous jouons ainsi à avancer, reculer et avancer encore – mais jamais je ne lui tourne le dos. Il fait semblant de boire l'eau de mer et secoue la tête avec un dégoût feint ; je fais mine d'en avaler une poignée que je lui lance.

Finalement, je suis tout essoufflé, j'ai mal aux pieds à force de marcher sur les galets, et l'eau me paraît presque insupportablement froide. Je m'approche de Corr, il baisse la tête et presse son nez contre mon torse, et sa chaleur se diffuse à travers ma chemise trempée. Je trace du doigt une lettre derrière ses oreilles pour l'apaiser, et enfonce la main dans sa crinière pour me calmer moi-même.

J'entends non loin un bruit d'éclaboussures. Peut-être un poisson, mais il faudrait qu'il soit énorme pour que le son me parvienne par-dessus le bruit des vagues. Je fixe la mer qui s'obscurcit.

Je ne crois pas que ce soit ça, et Corr, qui s'est retourné vers l'horizon, ne le croit pas non plus. Il tremble à présent et, quand je reviens vers la plage, il me faut une longue minute pour le persuader de me suivre. Il fait lentement un pas, puis un autre, il sort de l'eau et s'arrête, jambes rigides ; il regarde encore le large, lève la tête et montre les dents.

Je tire brusquement sur la longe et presse le fer contre son poitrail sans lui laisser le temps de hennir. Tant qu'il sera en mon pouvoir, il n'entonnera pas ce chant.

En remontant la pente douce vers la cale, je lève les yeux sur la falaise qui se découpe en noir sur le pourpre du ciel. J'aperçois des gens là où passe la route de Skarmouth et, malgré la distance, je reconnais parmi eux la lourde silhouette de Mutt Malvern. Je vois bien qu'ils m'observent et j'avance avec méfiance.

Il ne me faut pas longtemps pour me rendre compte que Mutt Malvern a pissé dans mes bottes.

Les garçons s'esclaffent sur la corniche. Je ne donnerai pas à Mutt la satisfaction de laisser percer mon dégoût. Je vide les bottes – l'urine de ce porc est indigne de souiller la grève – et je les attache par les lacets. Je les accroche sur la selle en les laissant pendre des deux côtés et je commence à gravir le raidillon. Il fait presque nuit, mais il me reste encore beaucoup à faire. Je dois être chez Gratton avant dix heures. La journée s'étire encore devant moi, invisible dans l'ombre.

Nous remontons vers l'intérieur des terres.

Mes bottes sentent la pisse.

Chapitre 10

Puck

Voilà bien longtemps que je ne me suis pas trouvée à Skarmouth après le coucher du soleil, et ça me rappelle la fois où papa s'est fait couper les cheveux. Pendant les sept premières années de ma vie, il a porté des boucles noires qui se comportaient à peu près comme les miennes – autrement dit, il leur indiquait chaque matin ce qu'il attendait d'elles, à la suite de quoi elles en faisaient à peu près à leur tête ; mais, quand j'avais sept ans, il est revenu un jour des docks avec les cheveux courts, et, en le voyant franchir la porte et embrasser ma mère sur la bouche, j'ai fondu en larmes parce que je le prenais pour un étranger.

Skarmouth m'a fait le même coup, une fois la nuit tombée : elle s'est métamorphosée en une ville complètement différente de celle que j'avais toujours connue, et je n'ai pas la moindre envie de la laisser m'embrasser sur la bouche. Les ténèbres l'ont plongée dans un océan de bleu sombre où les maisons agrippées au roc, serrées les unes contre les autres, contemplent d'en haut l'interminable quai noir. Les réverbères dessinent des halos brillants, et les lanternes de papier le long des fils de fer entre des poteaux du téléphone ressemblent à des décorations de Noël, ou alors à des lucioles s'élevant en spirale vers la silhouette sombre et indistincte de St. Columba, qui domine la ville. Une armada de bicyclettes s'appuie contre les murs. Dans les rues sont garés plus de véhicules que je n'aurais cru exister sur l'île tout entière, et leurs pare-brise accrochent la lumière des réverbères. Les voitures ont déversé des cargaisons d'inconnus, et des vélos sont descendus des garçons aux visages à demi familiers. Je n'ai jamais vu autant de monde ici, sauf les jours de foire.

Tout me semble magique et terrifiant. Je me sens perdue, et ce n'est que Skarmouth ! Comment Gabe se débrouillerait-il sur le continent ?

— Puck Connolly ! (C'est la voix de Joseph Beringer.) Tu ne devrais pas être déjà au lit ?

Je laisse le vélo de Finn aussi près de la boucherie que possible, appuyé contre la rambarde métallique qui doit vous empêcher de tomber sur le quai à moins que vous ne le souhaitiez expressément. L'eau sent curieusement le poisson, ce soir, et je jette un coup d'œil en bas pour voir s'il n'y traîne pas des bottes de pêcheur, ce qui expliquerait l'odeur, mais il n'y a que le noir et ses reflets miroitants, une autre Skarmouth immergée sous l'eau salée.

Joseph bredouille encore quelque chose, mais je fais la sourde oreille. En un sens, je suis soulagée de retrouver ici ce balourd : il est tellement typique de la vie locale que sa présence rend tout ce qui l'entoure plus familier, et ça me rassure.

Ma tête part soudain en arrière : Joseph vient de tirer sur ma queue-de-cheval. Je pivote sur les talons et lui fais face, mains aux hanches, et il m'adresse son habituel sourire béat.

Son visage est couvert de boutons sous sa chevelure blonde, et je vois sa bouche faire « Ouahhh ! » comme si mon regard l'impressionnait.

J'essaie de penser à une réplique mordante, mais l'idée que ce qui faisait rire un gamin de onze ans paraisse encore comique à un garçon de dix-sept m'irrite, et je ne trouve rien.

— Je n'ai pas de temps à perdre avec toi, Joseph Beringer ! je lui lance férocement.

Ce qui est toujours vrai, mais plus encore ce soir, car je dois m'inscrire pour la Course. Voyant que j'étais pressée, Finn m'a gentiment proposé de nourrir Dove à ma place et, quand je suis partie, il contemplait un seau comme s'il s'agissait de l'invention la plus compliquée qu'il ait jamais vue.

Près de moi, Joseph continue à radoter sur l'heure de mon coucher − il aime s'emparer d'un sujet et ne plus le lâcher, et si on ne l'écoute pas, on ne risque jamais de rater une subtilité. Je l'ignore et me hâte vers la boucherie de Gratton. La foule est pleine de touristes et je pense à maman, qui disait que nous avions besoin des courses et que, sans elles, l'île serait morte.

Thisby se montre bien vivante ce soir.

De la boucherie s'échappe un tumulte de voix. Les gens débordent de la boutique sur le trottoir, et je dois me frayer un passage dans la cohue pour entrer. Je ne trouve pas les habitants de Skarmouth particulièrement mal élevés d'une façon générale, mais la bière les rend sourds. Dans le magasin, l'effervescence est à son comble, et une longue file de gens s'étire à angle droit contre les murs. Le plafond semble plus bas qu'à l'ordinaire et tout encombré par ses poutres apparentes. Je n'ai encore jamais vu autant de monde ici. C'est horrible à dire, mais, dans un sens, il est logique que la boucherie abrite le centre officieux des courses, puisque c'est là que tous les cavaliers se ravitaillent en viande.

Tous, sauf moi.

Je repère immédiatement Thomas Gratton, qui, près du mur en face de moi, crie quelque chose dans l'oreille de son voisin. Peg, sa femme, bavarde en souriant derrière le comptoir, un morceau de craie à la main. Papa disait que, si la boutique appartenait à Thomas, c'était Peg qui faisait la loi. Tous les hommes de Skarmouth sont amoureux d'elle et, d'après mon père, c'est parce qu'ils savent qu'elle pourrait leur émincer presto le cœur et qu'ils adorent ça. En tout cas, ce n'est sûrement pas pour son physique ; un jour, Gabe a affirmé que Mutt Malvern avait plus de poitrine qu'elle, ce qui est sans doute vrai, mais je me souviens d'avoir été scandalisée d'entendre mon frère parler de façon si grossière et si injuste, parce qu'au fond, qu'est-ce qu'une fille y peut, à la taille de ses seins ?

Je me glisse au bout de la file de gens qui aboutit à l'endroit où Peg inscrit des noms sur le tableau. Devant moi se tient un homme qui porte une veste bleu terne et un chapeau ; son dos immense me bouche entièrement la vue, et je me sens comme une toute petite enfant perdue dans une pièce pleine de crochets à viande. Thomas Gratton rugit à la cantonade de ne pas fumer dans sa boutique. Certains rient et le raillent en disant qu'il ne supporte pas la chaleur sur sa couenne.

Je me sens un peu indécise, maintenant, comme si je n'étais pas sûre d'avoir le droit de faire la queue. J'ai l'impression qu'on me dévisage. J'entends les gens près du comptoir miser sur des chevaux. Peut-être que je me trompe, et que tout ceci n'a rien à voir avec l'enregistrement pour les courses, et peut-être qu'on ne me laissera même pas m'inscrire avec Dove. Le seul point positif, c'est que j'ai enfin réussi à me débarrasser de Joseph Beringer.

Je fais un pas sur le côté pour contourner le géant devant moi et apercevoir le tableau. Tout en haut est écrit « JOC-

KEYS », et à droite « CAPAILL ». Près de « JOCKEYS », quelqu'un a ajouté en plus petit « viande ». Plus bas, après une ligne vide, commencent les noms. La colonne sous « JOCKEYS » est plus remplie que sous « CAPAILL », et j'ai envie d'interroger à ce sujet la montagne qui se tient devant moi. Je me demande aussi si Joseph le sait, si Gabe est rentré à la maison et si Finn a fini par découvrir comment fonctionne un seau. Je n'arrive pas à réfléchir long-temps à quoi que ce soit.

C'est là que je le vois : un garçon brun, tout en angles. Il porte une veste bleu-noir au col relevé sur la nuque. Debout près du comptoir, immobile, les bras croisés sur la poitrine, il attend son tour en silence, une expression farouche sur le visage. Il ne paraît pas à sa place ici, avec ses cheveux ébouriffés par le vent. Sans chercher ni éviter le regard de quiconque, il se tient là, les yeux fixés au sol, l'esprit visiblement ailleurs, très loin de la boucherie. Bien que tout le monde se fasse bousculer, personne ne le heurte, lui, mais on ne semble pas non plus vouloir le fuir. Il a juste l'air de ne pas se trouver au même endroit que nous autres.

— Tiens, Puck Connolly ! dit une voix derrière moi.

En me retournant, je vois un vieil homme qui ne fait pas la queue, mais se contente de regarder. Je crois qu'il s'appelle Reilly, ou Thurber, ou quelque chose comme ça, je le reconnais, c'est un de ces amis de mon père assez âgés pour que je n'aie pas vraiment besoin de savoir leur nom. Il est tout sec et fripé, avec un visage sillonné de rides assez profondes pour que les mouettes y nichent.

— Qu'est-ce que tu es venue faire ici ce soir ?

— Fourrer mon nez dans ce qui ne me regarde pas ! je rétorque pour qu'il me laisse tranquille.

Je fixe à nouveau le garçon près du comptoir. Il se tourne, dévoilant son profil, et je me rappelle soudain l'avoir déjà vu sur la grève : c'est lui qui montait l'étalon alezan couleur de feu, et quelque chose dans son expression, dans sa chevelure en bataille, fait cogner mon cœur.

— Ne mange pas *celui-là* des yeux, Puck Connolly ! me dit le vieillard.

La phrase m'intrigue trop pour que je fasse la sourde oreille.

— Pourquoi ? Qui est-ce ?

— Sean Kendrick, pardi ! (Je hausse les sourcils : le nom me dit vaguement quelque chose, comme un fragment d'histoire entendu plusieurs fois à l'école, sans qu'on doive le retenir.) Personne ne connaît les chevaux comme lui ! Chaque année il participe à la Grande Course, et à mon avis, cette fois-ci, c'est encore lui qui va gagner, comme toujours. Il vit un pied sur terre et l'autre dans l'océan, et je te conseille de ne pas l'approcher !

— Entendu, je réponds, bien que je ne sois pas décidée.

Je le regarde à nouveau, en me répétant son nom. Sean Kendrick.

C'est son tour, à présent. Peg lui adresse un sourire éblouissant – trop éblouissant, comme si elle voulait prouver quelque chose. Je ne peux pas les quitter du regard, même si je n'entends pas ce qu'elle lui dit. Il se penche un peu vers elle, décroise les bras et, tout en parlant, lève les doigts, les repose sur le comptoir, puis le tapote à deux reprises, comme s'il comptait. Je vois que lui n'est pas amoureux de Peg Gratton, et je me demande s'il ne sait pas qu'elle pourrait lui émincer presto le cœur, ou s'il le sait mais que ça ne l'impressionne pas.

Peg se tourne, craie à la main, s'étire de toute sa taille et, en la voyant écrire sans hésiter « Sean Kendrick » tout en haut de la liste de noms, je comprends que la ligne sous « JOCKEYS » a été laissée libre exprès. Quelques acclamations fusent autour de moi. Sean Kendrick ne sourit pas, mais fait un signe de tête à Peg.

Un homme le tire sur le côté pour lui parler. La queue avance. J'ai progressé d'un pas vers mon inscription, et je sens mes entrailles effectuer une petite danse dans mon ventre. Encore un pas. Je ne sais pas si ce sont mes nerfs ou la chaleur oppressante dégagée par tous ces corps, mais j'ai des étourdissements. Un pas de plus.

Mon estomac tangue comme un océan démonté, tandis que l'homme devant moi place un pari. Puis vient mon tour.

Peg me sourit, comme elle le fait à tous. Elle n'a pas l'air du tout effrayante, juste ordinaire et amicale.

— Bonsoir, mon chou, qu'est-ce qu'il te faut ? Tu as bien choisi ton moment pour passer !

Visiblement, elle croit que je suis venue acheter de la viande. Je sens mes joues s'empourprer et je tâche de prendre un ton ferme :

— Je viens m'inscrire.

Le sourire de Peg ne s'efface pas, mais il se fige ; il n'atteint pas ses yeux et ressemble maintenant plutôt à une image de sourire accrochée à son visage.

— Ton frère m'a dit de ne pas te laisser le faire. Il voudrait que je trouve un article du règlement qui te l'interdise.

Elle parle de Gabe, bien sûr. Mon estomac se soulève comme jamais encore. Je me penche au-dessus du comptoir taché de sang en essayant de dissimuler ma panique. C'est alors que je comprends qu'elle savait depuis le début pourquoi j'étais venue, même si elle m'a posé la question ; ce qui signifie que je dois revoir ma façon de penser à elle, sauf que je n'y arrive pas, parce qu'elle continue à avoir l'air ordinaire et amicale.

— Il n'en existe pas, non ? Rien ne m'interdit de participer à la Course !

— Non, rien, et c'est bien ce que j'ai répondu à ton frère. Cependant… (Son sourire s'est évanoui, et soudain je l'imagine tout à fait m'éminçant presto le cœur, avec des gestes durs et mécaniques, et sans même remarquer le sang.) Cependant que diraient tes parents ? Y as-tu bien réfléchi ? Les gens perdent la vie dans cette Course, mon chou ! Je soutiens les femmes, mais ceci n'est pas pour elles !

Je ne sais pas très bien pourquoi, mais ce qu'elle dit m'irrite plus que tout ce que j'ai pu entendre aujourd'hui. Ce n'est même pas un argument *pertinent*. Je lui décoche le regard féroce que je me suis entraînée à faire devant le miroir.

— C'est tout réfléchi ! Je veux entrer mon nom dans la liste. S'il vous plaît !

Elle me dévisage encore un bref instant, mais je reste impassible. Alors elle soupire, prend la craie et se tourne vers le tableau. Elle commence à tracer un P, puis l'efface de la paume et me jette un coup d'œil.

— J'ai oublié ton vrai prénom, mon chou.

— Kate. (J'ai l'impression que tout Skarmouth fixe soudain mon dos.) Kate Connolly.

Il y a des moments dont on se souviendra pour le restant de ses jours et d'autres dont on *pense* que l'on se souviendra pour le restant de ses jours, et il n'arrive pas souvent que les deux coïncident ; mais, lorsque Peg Gratton ajoute mon nom sur la liste, blanc sur noir, je sais sans l'ombre d'un doute que je n'oublierai jamais cet instant.

Elle me fait face de nouveau, un sourcil levé.

— Et le nom de ton cheval ?

— Dove.

Mais je n'ai pas parlé assez fort et je dois répéter.

Elle n'objecte pas, bien sûr. Pourquoi mettrait-elle en doute le fait que Dove soit un *capall uisce* ?

Je me mordille la lèvre. Peg attend.

— L'inscription coûte cinquante livres, Puck, me dit-elle.

Je ne me sens pas très bien, tandis que je fouille mes poches pour en sortir les pièces. Pendant un affreux moment, je crois que je ne vais pas avoir assez, puis je retrouve l'argent que j'avais pris pour acheter de la farine. Je le tends à Peg, mais sans le mettre dans sa main.

— Attendez ! (Je me penche au-dessus du comptoir et je baisse la voix.) Est-ce qu'il y a des règles précises pour les chevaux ? Si je suis disqualifiée et qu'*en plus* je perds ces cinquante livres, je serai vraiment mal. Alors…

— Tu veux une copie du règlement ?

Elle doit aller la chercher. Pendant que je l'attends, j'ai l'impression que tout le monde regarde mon nom sur le tableau. Peg revient et me donne une feuille de papier froissée, dont je parcours le recto et le verso. Il n'y a que deux lignes concernant les chevaux : *Les participants doivent déclarer leur monture au plus tard à la fin de la première semaine du Festival du Scorpion, que clôt la Parade des Cavaliers. Aucun changement ne sera autorisé après cette date.*

Je cherche, mais ne trouve rien d'autre. Rien qui interdise à Dove de courir.

Finalement, je donne les pièces à Peg.

— Merci.

— Tu veux garder ça ? me demande-t-elle en indiquant le règlement.

Je m'en moque, mais je hoche la tête.

— D'accord. Te voici donc officiellement inscrite.

Me voici donc officiellement inscrite.

Je sors dans la nuit et j'inspire de grandes goulées d'air froid. Les effluves saumâtres de tout à l'heure ont été remplacés par un relent de pots d'échappement, mais qui paraît divin après l'odeur de transpiration et de viande de la boucherie. J'ai la tête qui tourne, je me sens à la fois exaltée et terrifiée, et j'ai l'impression de percevoir avec une acuité particulièrement intense toutes les petites bosses de la chaussée à mes pieds, la moindre parcelle de rouille sur la rambarde du quai et chacune des vaguelettes à la surface de l'eau. Tout est soit noir – le ciel sans fond et la mer d'encre – soit jaune clair – la lueur des réverbères et les lumières des fenêtres et de la devanture de la boucherie.

Non loin de moi s'élèvent des voix, et je reconnais dans la pénombre la veste de Sean Kendrick. Mutt Malvern lui fait face, il a l'air massif et tout en sueur par contraste. Quelques personnes se sont arrêtées pour observer la scène, et je comprends que l'échange tourne à l'aigre.

On dirait des oiseaux tourmentant un corbeau. Je les ai vus dans les champs, quand le corbeau s'approche trop de leur nid ou les offense d'une façon ou d'une autre : ils descendent en piqué et hurlent contre lui, tandis qu'il reste là, sombre, immobile et indifférent.

Face à face, donc, Sean et l'héritier de la plus grande fortune de l'île. Un trait de salive luit sur les bottes de Sean.

— Belles bottes ! raille Mutt.

Mutt baisse les yeux sur les bottes, mais Sean, lui, fixe son visage de cet air distant qu'il avait dans la boucherie. L'expression de Mutt m'horrifie et me fascine tout à la fois ; je n'y vois pas exactement de la colère, mais quelque chose qui y ressemble.

Un long moment s'écoule, puis Sean se tourne comme pour partir.

— Hé ! dit Mutt, et il sourit d'un air méchant. T'es si pressé que ça de retourner aux écuries ? Ça fait pourtant que quelques heures que t'as eu ta dernière dose !

Et le garçon appuie ses propos d'un vigoureux balancement de reins.

J'aurais mal supporté la raillerie de Mutt, si je n'avais pas surpris l'expression de Sean. Une fraction de seconde, les lèvres presque immobiles, les paupières imperceptiblement plissées, il sourit avec dédain, et je réalise à ce moment-là que je lis de la haine sur ces deux visages si différents.

— Réponds-moi, toi, le mordu des canassons ! insiste Mutt. T'as apprécié mon petit cadeau ?

Il serre les poings, et je ne crois pas que ce qu'il espère soit vraiment des paroles.

Sean persiste dans son silence. Il semble juste un peu las et, lorsque Mutt se met à tourner autour de lui, il s'éloigne sans un mot.

— Ne file pas comme ça ! gronde Mutt.

Mutt rattrape Sean en trois enjambées, lui agrippe le bras de sa grosse main et le fait pivoter aussi facilement qu'un enfant.

— Tu travailles pour moi, alors tu ne me plantes pas là comme ça !

Sean met ses mains dans les poches de sa veste.

— Très bien, monsieur Malvern, répond-il d'un ton si mortellement calme que le docteur Halsal, qui observait la scène, fronce les sourcils et retourne dans la boucherie. Et que puis-je pour vous ce soir ?

Mutt Malvern a l'air momentanément déconcerté, et je me dis qu'il va peut-être frapper Sean pour se donner le temps de trouver en hâte une réplique, mais il s'abstient.

— Je vais te faire mettre à la porte par mon père ! Pour vol. Inutile de protester ! J'avais capturé ce cheval, Kendrick, et tu l'as laissé échapper. Je te ferai perdre ta place, pour ça !

Rares sont les riches sur cette île. On n'y parle pas à la légère de priver quelqu'un de son travail, et, même si je ne suis pas directement concernée, je sens déjà ce pincement à l'estomac qui me saisit lorsque j'ouvre la porte du garde-manger et que je constate que nos réserves diminuent.

— Ah oui ? répond Sean doucement.

Il s'interrompt. On entend le son étouffé des voix dans la boucherie.

— J'ai vu que vous vous étiez inscrit pour les courses, reprend-il, mais aucun nom de cheval ne figure à côté du vôtre. Pourquoi donc, Mutt Malvern ?

Le visage de ce dernier vire au pourpre.

— Je crois, poursuit Sean de cette même voix si calme que nous retenons tous notre souffle pour l'entendre, je crois que c'est parce que, comme chaque année, votre père attend que je choisisse votre cheval.

— Pas vrai, dit Mutt, t'es pas plus fort que moi ! Seulement mon père te laisse me donner les minables et les carnes dont personne ne veut, pendant que tu te réserves les meilleurs. Si j'avais mon mot à dire, je monterais l'alezan de feu. Je ne vais pas me faire refiler un perdant cette année !

La porte s'ouvre sur le docteur Halsal, qui revient avec Thomas Gratton. Ils se tiennent sur le seuil, et Thomas s'essuie les mains sur son tablier de boucher en jaugeant la situation. Le ton posé de Sean Kendrick a calmé la dispute tout en l'aggravant. L'espace entre Sean Kendrick et Mutt Malvern semble chargé d'énergie comme un océan sous tension par une nuit paisible.

— Les garçons, intervient Thomas Gratton, et je perçois une certaine réserve sous la jovialité de son ton. Je crois qu'il est temps de rentrer à la maison !

Sean l'ignore et se penche vers Mutt.

— Voilà maintenant cinq ans que je vous empêche de mourir sur cette plage. C'est ce que votre père souhaite de moi, et je continuerai à le faire. Vous monterez le cheval que je lui indiquerai.

Il se tourne vers Gratton et hoche la tête brièvement à son adresse – il a l'air soudain plus vieux – puis il part à grandes enjambées vers l'intérieur des terres. Mutt fait un geste obscène dans son dos, puis voyant Gratton le regarder, il prend tout son temps pour abaisser le bras et remettre sa main dans sa poche.

— Il se fait tard, Matthew, lui dit Gratton.

Le docteur Halsal me jette un coup d'œil. Il plisse les paupières, comme s'il tâchait de se convaincre de la réalité de la scène, et je me hâte de récupérer le vélo de Finn avant qu'il puisse me dire quoi que ce soit. Je dois partir : il est tard, comme vient de le faire remarquer Thomas Gratton, et il faut que je me lève très tôt demain.

Je ne connais pas Sean Kendrick, et il n'y a aucune raison pour que je partage ses soucis ; il n'est qu'un cavalier parmi tant d'autres sur la plage.

Chapitre 11

Puck

Cette nuit-là, je rêve que maman m'apprend à monter. Je suis assise, blottie devant elle, et ses bras m'enserrent comme si nous ne formions qu'une seule créature. Mes mains agrippent la crinière du poney, les siennes tiennent légèrement les rênes, et je vois combien nos doigts, courts et un peu épais, se ressemblent. Comme souvent sur Thisby, il ne pleut ni ne fait beau, mais l'humidité de l'air perle sur ma peau.

— N'aie pas peur ! me dit-elle.

Le vent souffle ses boucles dans mon visage et les miennes dans le sien. Nos cheveux ont la couleur de l'herbe rousse que les rafales couchent et redressent tour à tour sur les falaises d'automne.

— Les poneys de Thisby adorent galoper, mais on détache plus facilement une bernacle de son rocher qu'une femme de mon clan de sa monture.

Je la crois volontiers, car elle me semble faire corps avec

le poney comme un centaure. Impossible que l'une de nous deux tombe.

Je me réveille. Je garde en tête un souvenir de la porte de la maison qui se referme, je crois que c'est ce qui m'a tirée de mon songe. Je reste allongée à regarder dans le vide, parce qu'il fait trop sombre dans la chambre pour y voir quoi que ce soit, et j'attends que mes yeux s'accoutument à l'obscurité ou que je me rendorme. J'essuie des larmes qui ont coulé sur mes joues et, au bout de quelques minutes, je me mets à douter d'avoir entendu la porte claquer.

Je sens alors une odeur d'eau salée – qui me terrifie une seconde –, puis je vois Gabe sur le seuil, qui regarde dans ma chambre. Je lui dis et redis tout haut dans ma tête : *Entre, s'il te plaît !* Je meurs d'envie qu'il vienne s'asseoir au bout de mon lit, comme avant la mort de nos parents, et qu'il me demande comment s'est passée ma journée ; je voudrais qu'il m'annonce qu'il a changé d'avis et que, tout compte fait, il est inutile que je participe à la Course ; et je voudrais qu'il me dise d'où il revient si tard.

Mais, avant tout, qu'il entre et qu'il s'assoie sur mon lit.

Il ne le fait pas. Il frappe silencieusement du poing le chambranle, comme si j'avais fait une remarque qui l'avait déçu. Puis il se tourne et s'en va. Après un moment, je me rendors, mais je ne rêve plus de maman.

Sean

Les écuries de Malvern sont un endroit hanté, la nuit.

Je suis debout depuis déjà dix-sept heures, et je dois me lever dans cinq heures si je veux avoir la grève pour moi demain matin, mais je ne monte pas directement dans mon logement. Je m'attarde dans l'écurie froide, je parcours les allées faiblement éclairées en vérifiant que les palefreniers ont bien nourri et abreuvé les pur-sang et les chevaux de trait. Ils ont nettoyé la plupart des box, mais ils n'ont pas eu le courage, maintenant que novembre approche, d'entrer dans les quelques stalles occupées par les *capaill uisce*, même quand ceux-ci étaient sortis avec moi. Je pense que ça doit être dû en partie à la réputation des chevaux de mer et en partie à celle des écuries. Quoi qu'il en soit, il reste trois stalles dans lesquelles je refuse qu'un *capall uisce* passe la nuit. En tant que premier entraîneur, je ne suis pas censé perdre mon temps à curer un box, mais je préfère m'en charger plutôt que de laisser deux couards bâcler le travail.

Je nettoie donc les trois stalles, entouré des petits bruits doux que les chevaux font la nuit entre les murs sombres et complices des écuries. J'essuie les surfaces de la réserve où on stocke la nourriture et distribue aux *capaill uisce* leur ration de viande, même si je les crois trop nerveux pour manger. Tout en travaillant, j'imagine que cette immense écurie et ces chevaux que je soigne m'appartiennent, et que les acheteurs qui les essaient hochent la tête avec approbation en me regardant moi et non Benjamin Malvern.

Ces écuries n'étaient pas les siennes, à l'origine. Les bâtiments de pierre, qui sont parmi les plus anciens de Thisby, ont abrité des chevaux longtemps avant que le nom de Malvern n'apparaisse sur l'île, et seule l'église de St. Columba à Skarmouth paraît aussi imposante que ces constructions massives et érigées avec une même ferveur spirituelle. Leurs voûtes reposent sur des colonnes sculptées d'hommes aux yeux exorbités dont les mains soutiennent les pieds d'autres hommes, qui eux-mêmes en portent d'autres, et ainsi de suite jusqu'en haut, où des centaures couronnent le tout. L'écurie principale est gigantesque. Comme à St. Columba, on y voit des arcs-boutants de pierre entre lesquels se trouvent des fresques d'animaux aux pattes entrelacées, et de curieux petits personnages tordus, des hommes avec des sabots à la place des mains, des femmes qui crachent des chevaux par la bouche ou des étalons à crinière et queue de tentacules sont disséminés dans des endroits étranges : au coin d'une stalle, au beau milieu du sol, sur la pierre à gauche des fenêtres.

La fresque la plus impressionnante couvre tout le mur du fond. Elle montre la mer et un homme – un dieu oublié de l'océan ? – qui entraîne un cheval rouge vers des flots couleur du sang.

Les stalles sont si vastes que, dans toutes sauf trois, Malvern a fait poser des cloisons pour pouvoir y loger un plus grand nombre de ces chevaux de course qu'il vend sur le continent. Les huisseries sont ici en acier, les poignées de porte ne tournent que dans le sens contraire des aiguilles d'une montre, et une inscription en runes rouges surmonte le grand portail. La pierre des colonnes de la stalle la plus proche des falaises semble toute éclaboussée d'écume et son sol maculé de sang ; Malvern les a fait repeindre à maintes reprises, en vain : quand la lumière du matin entre à flots, les taches ne manquent jamais de réapparaître ; l'une d'elles, près de la poignée de la porte, figure l'empreinte d'une main aux doigts largement écartés.

L'endroit n'a pas toujours abrité d'élégants chevaux de course.

Je finis de nettoyer et m'acquitte de toutes les autres tâches qui me viennent à l'esprit, puis j'éteins les lumières et je reste là, immobile. Un *capall uisce* fait claquer sa langue, un autre lui répond, et d'instinct le bruit me donne la chair de poule, même si je connais bien les chevaux. Tous les occupants de l'écurie se sont tus ; ils tendent l'oreille.

À dire vrai, je ne rêve pas vraiment de posséder ces écuries sous leur forme actuelle. Je ne veux pas de tous ces riches acheteurs qui viennent chaque année assister aux courses et acheter les pur-sang de Malvern, et je ne convoite ni sa fortune, ni sa réputation, ni sa liberté de venir à Thisby ou de quitter l'île à sa guise. Je n'ai pas besoin de quarante chevaux pour me sentir bien.

Voici ce que je désire : un toit au-dessus de ma tête qui soit le mien, un compte à mon propre nom chez Gratton et chez Hammond et, par-dessus tout, Corr.

Je me remémore le visage violacé et les poings serrés de Mutt Malvern et, pour la première fois depuis neuf ans, je ferme à clef la porte de mon logement. Puis je me couche et je reste longtemps éveillé, à écouter l'océan battre avec violence les rochers sur la côte nord-ouest de l'île et à songer à la jument pie.

Enfin, je m'endors et, cette fois, je rêve que je tourne le dos à Mutt Malvern et que je poursuis mon chemin.

Chapitre 12

Puck

Le matin est tout rose quand je vais rejoindre Dove dans son pré, et l'air vif, froid comme un téton de sorcière, aurait dit mon père, ce à quoi maman rétorquait : « C'est comme ça que tu apprends à parler à tes fils ? », et visiblement oui, parce que je l'ai aussi entendu dans la bouche de Gabe l'autre jour ; mais il ne fait pas assez froid pour que la boue gèle – cela n'arrive que rarement – et je dérape, tape des pieds et frissonne en traversant la cour. Je me sens nerveuse, mais j'essaie de ne pas y penser et j'y arrive presque.

J'appelle Dove en cognant la boîte à café dans laquelle je verse sa ration contre le poteau de la clôture. Je ne l'ai pas beaucoup remplie – je la nourrirai mieux après le travail – mais cela devrait suffire à l'attirer. Pourtant, alors que je vois sa croupe sale qui dépasse de l'appentis, sa queue ne frémit même pas quand j'agite encore la boîte.

Je sursaute en entendant la voix de Finn à côté de moi :

— Elle sait que tu es mal lunée, c'est pour ça qu'elle ne vient pas.

Je le fusille des yeux. Le vent apporte l'odeur de petits pâtés à la viande que quelqu'un prépare quelque part à Skarmouth, et mon estomac gronde.

— Je ne suis pas mal lunée ! Et toi, tu ne serais pas censé être en train de nettoyer la cuisine, par hasard ?

Il hausse les épaules et grimpe sur le barreau d'en bas de la clôture. Il semble indifférent au froid.

— Dove ! appelle-t-il gaiement.

Je constate avec satisfaction que ma jument ne bouge pas d'un pouce pour lui non plus.

— Eh bien, ce n'est qu'une sale tête de mule ! Qu'est-ce que tu comptes faire, aujourd'hui ?

— Je l'emmène sur la grève.

Je me tâte le bout du nez du dos de la main. Par un temps pareil, j'ai toujours l'impression qu'il coule, même quand ce n'est pas le cas.

— Sur *la grève* ? répète Finn. Mais pourquoi ?

L'idée de lui répondre me contrarie au moins autant que de devoir lui expliquer, alors je tire le règlement de la poche de ma veste de laine et le lui tends. Pendant qu'il déplie la feuille et qu'il la lit, je secoue encore la boîte à café en essayant de ne pas m'apitoyer sur mon sort. Il faut un moment à mon frère pour arriver à la règle qui répond à sa question, mais je sais exactement quand il en est là, parce que je le vois pincer les lèvres. Au début, quand j'ai décidé de participer avec Dove à la compétition, je comptais l'entraîner très loin de la grève des courses et n'aller là-bas que pour les épreuves, mais le règlement que Peg Gratton m'a donné me l'interdit. Aucun concurrent n'est autorisé à s'entraîner à plus de cent cinquante mètres du rivage, sous peine de se voir disqualifié et de perdre les droits d'inscription. À croire que ça a été conçu exprès pour contrecarrer mes plans, même si je n'ignore pas qu'il y a une bonne raison à cela : personne ne veut que, à l'approche de novembre, les chevaux de mer sèment la terreur sur l'île.

— Tu peux peut-être leur demander une autorisation spéciale, dit Finn.

— Je ne veux pas attirer l'attention sur moi du tout.

Si je vais voir les responsables pour faire tout un tintouin au sujet de Dove, ils risquent de me disqualifier d'emblée. À l'instant, mon plan me paraît affreusement fragile ; et tout ça pour un frère qui, encore ce matin, a quitté la maison avant qu'aucun de nous deux ne soit levé !

Un bruit de moteur sur la route nous fait sursauter. Une voiture dans les parages n'est jamais de bon augure. Rares sont les habitants de l'île à en posséder une, plus rares encore ceux qui ont une raison de venir jusqu'ici et, d'ordinaire, nos seuls visiteurs sont des hommes qui nous tendent des factures sans retirer leur chapeau.

Toujours courageux, Finn s'éclipse promptement. Ça ne changera rien à la somme à débourser, mais il est moins pénible de ne pas donner l'argent soi-même.

Il ne s'agit pourtant pas cette fois d'un créancier. Une élégante automobile apparaît, aussi longue que notre cuisine et ornée d'une calandre de la taille d'une poubelle et de phares ronds et sympathiques aux sourcils chromés ; son pot d'échappement exhale de petits nuages blancs qui se lovent autour des roues ; et elle est rouge, pas comme le cheval que j'ai vu sur la plage l'autre jour, mais d'une teinte que seuls des humains peuvent avoir conçue : un rouge acidulé, qui donne envie d'y goûter ou de s'en enduire les lèvres.

Rouge comme le péché, comme le remarque souvent et non sans tristesse le père Mooneyham.

Je connais cette voiture. Officiellement, elle appartient à St. Columba. À la suite d'une sorte de révélation spirituelle quelque part aux alentours de Skarmouth, un paroissien bien intentionné l'a donnée au père Mooneyham pour ses visites à domicile. Le père l'utilise pour sillonner l'île, rendre visite à ses habitants et leur administrer tous les sacrements, mais il ne la conduit jamais lui-même. Bien qu'il soit vieux comme Mathusalem, s'il ne trouve personne pour se mettre au volant, il prend son vélo comme il le faisait avant.

Je regrette que Finn se soit retranché dans la maison, la belle voiture lui aurait plu, mais c'est bien fait pour lui, il n'avait qu'à ne pas se montrer aussi froussard.

Avant que je ne puisse me demander pourquoi le père Mooneyham vient nous rendre visite, la portière du conducteur s'ouvre et Peg Gratton sort de l'auto. Elle porte des bottes en caoutchouc vert sombre que la boue de notre cour ne risque guère d'impressionner. Le père Mooneyham s'agite nerveusement sur son siège, mais sans se lever ; c'est Peg qui est venue nous voir, et cela m'inquiète.

— Bonjour, Puck ! (Ses cheveux roux, courts et bouclés sont joliment décoiffés, ce qui me donne de l'espoir pour les miens.) Tu as sans doute un petit moment à me consacrer.

C'est rusé de sa part de l'affirmer, plutôt que de me poser la question ; impossible de refuser sans la contredire, à présent. Je me promets de réutiliser la technique, à l'occasion.

— Oui. Voulez-vous une tasse de thé ?

Je lui propose ça à contrecœur, parce que la cuisine est dans une pagaille telle que l'on jurerait que les fées y ont passé la nuit à pratiquer la magie noire.

— Je ne peux pas faire attendre le père Mooneyham. Il a eu la bonté de me conduire ici.

Ce qui n'est bien sûr pas vrai, ce serait plutôt l'inverse. Je scrute le visage de Peg. La voiture rouge me rappelle que je ne me suis pas confessée depuis longtemps et qu'en plus j'ai fait beaucoup de choses dont je devrais m'accuser, et ce n'est pas un sentiment très confortable.

Maintenant, Peg hésite. Elle contemple la cour autour d'elle, qui a l'air un peu misérable. J'arrache régulièrement les mauvaises herbes les plus envahissantes des bords de la haie et de la maison, mais des tiges sombres et pleines de feuilles s'entêtent à surgir aux points de jonction des structures ; ailleurs, il ne pousse pas grand-chose d'autre que de la boue. Il faudrait que je demande à Finn de réparer la brouette, qui a rendu l'âme dans un coin de la cour. Peg ne semble pas s'en soucier, mais fixe des yeux la selle posée à cheval sur la barrière près de mes brosses et la boîte à café dans ma main.

— Hier soir, juste avant de dormir, nous parlions de toi, mon mari et moi.

Je ne sais pas pourquoi, mais ça me fait un drôle d'effet de les imaginer dans un lit, elle et ce rougeaud de Thomas Gratton, en train de parler de moi, qui plus est. Je me demande de quoi ils discutent, les autres soirs ; peut-être du temps, du prix des courgettes, ou de cette manie qu'ont les touristes de porter des chaussures blanches quand il pleut. Il me semble que, si j'étais mariée à un boucher, c'est de ça qu'on bavarderait.

— Thomas avait l'air de penser que tu n'allais pas monter un *capall uisce*, poursuit Peg. Je lui ai dit que ça me paraissait impossible. Ce n'est déjà pas une bonne idée de participer aux courses, et ça ne ferait que te compliquer encore plus la tâche.

— Et qu'est-ce qu'il a répondu ?

— Il m'a affirmé, dit-elle en regardant la queue pleine de boue de Dove, qu'il croyait se souvenir que les Connolly avaient une petite jument louvette nommée Dove, et je lui ai dit qu'il me semblait bien que c'était le nom que tu m'avais fait écrire sur le tableau, hier soir.

Je tiens la boîte à café parfaitement immobile.

— Exact, je dis. Les deux choses sont vraies.

— C'est bien ce que je craignais. Alors j'ai dit que j'allais venir te parler, pour te dissuader de concourir.

Ça n'a pas l'air de l'enthousiasmer outre mesure. C'est sans doute une de ces idées qui semblent meilleures au lit, près d'un mari au teint fleuri, que par un petit matin froid et brumeux, quand on me regarde en face.

— Je suis désolée que vous vous soyez donné cette peine, je lui réponds, bien que ce soit faux et que je ne mente que rarement avant d'avoir pris un vrai petit déjeuner. Mais vous ne pouvez pas me dissuader.

Elle pose une main sur sa hanche et l'autre derrière sa nuque, ce qui aplatit complètement ses boucles. Son attitude trahit un tel degré de frustration que je me sens un peu coupable d'en être la cause.

— C'est pour l'argent que tu y tiens tant ? me demande-t-elle finalement.

J'hésite à me sentir insultée. Effectivement, nous avons besoin de cet argent, mais je serais bien la plus fieffée idiote de toute l'île si je m'imaginais avoir une chance de gagner contre ces monstres de chevaux. Pourtant ce que je viens de penser me hérisse, et je me rends compte, non sans une certaine dose de culpabilité, qu'une part infime de moi, une part assez petite pour être dissoute dans une tasse de thé ou causer une ampoule au talon dans une chaussure, a bien dû y rêver : oui, j'ai espéré en montant la jument sur laquelle j'ai grandi devancer les chevaux qui ont tué mes parents, et je dois bien être la plus fieffée idiote de l'île, tout compte fait.

— Pour des raisons d'ordre privé, je rétorque avec raideur, car c'est ce que ma mère m'a toujours conseillé de dire quand il s'agit de disputes avec mes frères, de maladies à ramifications intestinales, du début de mes règles ou de questions d'argent – étant donné que ma décision est liée à deux de ces quatre rubriques, ma réponse me paraît plus qu'adéquate.

Peg me dévisage, et je la vois essayer de deviner ce que je lui cache.

— Je crois que tu ne réalises pas bien ce à quoi tu t'engages, dit-elle enfin. Ce qu'il se passe là-bas sur la grève, c'est une guerre !

Je hausse les épaules, ce qui me rappelle Finn et me fait regretter mon geste.

— Tu risques d'y laisser ta peau, Puck !

Je vois bien qu'elle cherche à me choquer, mais elle n'y arrive pas du tout.

— Il faut que je le fasse.

Dove choisit ce moment pour apparaître, couverte de boue, toute petite et l'air plutôt minable. Elle s'approche de la clôture et essaie de mordiller la selle. Je lui lance un sale regard. Malgré ses muscles et sa bonne condition physique, comparée aux *capaill uisce* que j'ai vus hier, elle ressemble à un jouet.

Peg pousse un soupir et hoche la tête, mais sa mimique, qui ne s'adresse pas à moi, signifie clairement : « Au moins, j'aurai essayé ». Elle traverse à nouveau d'un pas lourd la cour boueuse et cogne ses bottes contre le bord de la portière pour éviter de salir l'habitacle de la belle voiture rouge. Je flatte le chanfrein de Dove, en me sentant coupable d'avoir déçu Peg Gratton.

Puis j'entends le père Mooneyham qui m'appelle. J'ai du mal à croire que Peg ait réussi à le convaincre que ma présence sur le rivage relève du domaine spirituel et je m'approche docilement, sans le moindre enthousiasme, de la portière du passager.

— Bonjour, Kate Connolly !

Le père a un corps très long dans toutes les directions, avec un menton, des pommettes et le bout du nez en forme de boules, toutes un peu rouges. Il en a également une en guise de pomme d'Adam, je l'ai vue un jour qu'il était tombé de vélo et que son col avait été dérangé, mais celle-là n'était pas rouge.

— Bonjour, mon père.

Il me regarde et trace de l'ongle une croix sur mon front, comme quand j'étais petite et que je crachais encore à l'église.

— Passe donc te confesser ! Tu ne l'as pas fait depuis longtemps.

Peg et moi attendons qu'il poursuive, mais il se contente de relever sa vitre et de faire signe à Peg de démarrer. Ils sortent en marche arrière de la cour, et je vois Finn, le nez collé à la fenêtre de la chambre, suivre des yeux la voiture qui s'éloigne.

Chapitre 13

Sean

Dans une carrière circulaire du haras Malvern, un Américain et moi regardons Corr trotter en rond autour de nous. Le ciel est bleu pâle ce matin, le temps ne deviendra agréable que plus tard dans la journée. J'avais l'intention de descendre sur la grève avant que les autres cavaliers arrivent, mais Malvern m'a intercepté et m'a demandé de m'occuper de ce client. Comme je ne trouvais pas que c'était une bonne idée d'emmener un étranger là-bas, je l'ai conduit ici pour une séance de dressage que je compte bien faire durer jusqu'à ce qu'il se lasse. La règle obligeant les *capaill uisce* à s'entraîner sur le rivage ne s'applique que lorsqu'ils sont sellés, un point dont je ne manque jamais de tirer avantage, mais il n'y a pas grand-chose à faire dans un enclos pour s'entraîner à survivre sur les sables.

Voilà déjà vingt minutes que Corr tourne au bout de la longe. L'Américain se montre enthousiaste et plein de déférence. Je crois que je l'impressionne plus que Corr. Nos accents différents rendent nos échanges circonspects.

— Une architecture remarquable, vraiment ! Ces bâtiments ont-ils été construits à l'intention des *capaill uisce* ?

L'étranger articule les derniers mots avec précaution, mais les prononce correctement : *coppel ooshka.*

Je hoche la tête. De l'autre côté des écuries se trouve un manège circulaire de quinze mètres de diamètre, entouré d'un haut mur en légers tubes métalliques qui ressemble à une barrière, dans lequel je fais travailler les chevaux de course. Corr ne tolérerait pas longtemps tout ce métal et, du reste, personne n'oserait mettre un *capall uisce* dans une structure d'apparence aussi fragile ; ce qui explique que j'aie choisi d'exercer Corr dans cette superbe carrière, conçue par Malvern peu avant mon arrivée chez lui et creusée à deux mètres cinquante de profondeur dans le flanc d'une colline, de sorte que la terre forme un solide rempart tout autour. L'unique entrée, étroite, passe entre de hauts remblais de terre et débouche sur un portail de chêne qui fait également office de mur. J'aime assez cet endroit, sauf quand il pleut.

— *Capaill uisce* ? *Capall uisce* ?

L'Américain fronce les sourcils, en proie au doute.

— « *Capaill* » est le pluriel, « *capall* » le singulier.

— Compris. On se demande souvent s'il est en train de pleuvoir ou non, par ici, n'est-ce pas ?

Il doit avoir une bonne trentaine d'années et il est très beau garçon. Il porte une casquette plate bleu marine, un polo blanc à col en V et un pantalon dont le pli ne résistera pas longtemps à l'humidité ambiante. De fait, il crachine, mais ce n'est pas vraiment de la pluie, et cela aura disparu avant que je descende sur le rivage rejoindre les autres.

— Combien de temps comptez-vous le faire trotter ?

Corr en a déjà assez. Mon père a dit un jour qu'aucun *capall uisce* n'était fait pour trotter. Les chevaux ont tous quatre allures naturelles – le pas, le trot, le petit galop et le galop – et il n'y a aucune raison de privilégier l'une par rapport à l'autre, mais Corr préférerait galoper jusqu'à ce qu'il écume comme l'océan plutôt que passer la moitié de ce temps au trot. Ma mère soutenait que moi non plus je n'étais pas fait pour trotter, et elle n'avait pas tort : la cadence est trop lente pour être exaltante, le mouvement trop saccadé pour être confortable et, pour le moment, je suis ravi de laisser Corr trotter seul, sans le monter.

Je vois bien qu'il a conscience qu'un étranger l'observe : il lève les sabots et agite sa crinière un peu plus que d'habitude. Je le laisse se donner en spectacle, car il y a pire défaut chez un cheval que la vanité.

Comme l'Américain me fixe toujours des yeux, je me décide à lui répondre :

— Je le fatigue un peu. La grève sera encore noire de monde, aujourd'hui, je ne veux pas y aller avec trois chevaux trop fringants.

— En tout cas, celui-ci est magnifique !

Il le dit pour me flatter et, effectivement, ça me fait plaisir.

— Je vois à votre sourire que je ne vous apprends rien.

Je ne savais pas que je souriais, mais non, il ne m'apprend rien.

— Au fait, je m'appelle George Holly. Je vous serrerais bien la main, mais la vôtre est occupée.

— Sean Kendrick.

— Je sais, c'est pour vous que je suis venu. On m'a raconté que, sans vous, les courses n'ont plus aucun intérêt.

Je fais la moue.

— Malvern m'a dit que vous étiez intéressé par certains des yearlings.

— C'est exact, je suis venu pour eux aussi, répond Holly en essuyant la bruine sur ses sourcils. Mais, s'il ne s'agissait que de ça, j'aurais pu me contenter d'envoyer mon agent. Combien de fois avez-vous gagné les courses ?

— Quatre.

— Quatre fois ! Cela fait donc de vous le champion à battre absolument. Un trésor national, ou peut-être régional. L'île de Thisby est-elle autonome ? Pourquoi ne participeriez-vous pas à des courses sur le continent ? Ou le faites-vous, mais je les ai manquées ? Les nouvelles locales ne nous parviennent qu'avec du retard, vous savez !

George Holly l'ignore, mais j'ai accompagné une fois mon père sur le continent pour assister à des courses. J'y ai vu une pléthore de jaquettes, de casquettes plates, de chapeaux melon et de cannes, de chevaux en mors de filet, de jockeys en vêtements de soie et de femmes qui ressemblaient à des poupées. Une balustrade blanche bordait la piste, des collines moutonnaient docilement de chaque côté des tribunes ; le soleil brillait. Des paris avaient été engagés, le favori a gagné de deux longueurs. Nous sommes rentrés à la maison, et je ne suis jamais retourné là-bas.

— Je n'ai rien d'un jockey, je dis.

Corr commence à se rapprocher de nous. Je l'en dissuade d'un petit geste de la chambrière. La baguette n'est pas assez longue pour le toucher, mais la lanière de cuir rouge fixée à son extrémité le rappelle à l'ordre en claquant.

— Moi non plus, annonce Holly sans hésiter en enfonçant ses mains dans ses poches comme un gamin. (Il pivote sur ses talons au fur et à mesure que je tourne et regarde Corr qui continue à trotter autour de nous.) Je me définirais plutôt comme un amoureux des chevaux.

Maintenant qu'il m'a dit son nom, je sais exactement qui il est. Je ne l'avais jamais rencontré, mais je connais son agent, qui vient tous les ans acheter deux ou trois yearlings. Holly est l'équivalent américain de Malvern, le propriétaire d'une immense ferme d'élevage connue pour ses sauteurs et ses chevaux de selle, et il est assez riche et excentrique pour faire tout le voyage jusqu'à Thisby dans l'espoir d'améliorer son cheptel. « Un amoureux des chevaux », c'est vraiment le moins qu'on puisse dire, mais cela me rend tout de même l'homme un peu plus sympathique.

Et Malvern qui m'a choisi pour le chaperonner ! Je devrais me sentir flatté, mais je me demande comment je vais réussir à m'en débarrasser pour aller sur la grève.

— Pensez-vous que Benjamin Malvern serait disposé à se défaire de celui-ci ? me demande Holly en suivant des yeux Corr qui trotte toujours, infatigable.

Je crois bien qu'il l'imagine sur ses terres.

J'ai le souffle court et, pour la première fois, la réponse à cette question, qui m'a déjà valu bien des nuits d'insomnie, me soulage :

— Malvern refuse de vendre ses chevaux de mer à quiconque.

En outre, il est illégal de faire sortir les *capaill uisce* de l'île, bien que cela ne me semble pas un détail à arrêter quelqu'un comme Holly. S'il était un cheval, il me faudrait sans doute le faire trotter en rond dans cette carrière pendant très longtemps avant de parvenir à le calmer.

— Peut-être ne lui en a-t-on pas offert un prix suffisant ?

Mes doigts se crispent sur la longe. Toujours attentif à mon humeur, Corr le perçoit et tourne brièvement l'oreille vers moi.

— On lui a fait de très bonnes propositions.

Au moins une : tout ce que j'ai économisé au cours des années et toute ma part de ce que j'ai gagné en remportant les courses. Je pourrais acheter une dizaine des yearlings ou des autres chevaux de Malvern. Mais pas celui que je veux.

— J'imagine que, si quelqu'un est au courant, c'est bien vous, dit Holly. Il arrive que les gens recherchent autre chose que l'argent. (Il ne semble pas contrarié, en homme habitué à obtenir comme à se voir refuser ce qu'il demande, sans qu'aucune des deux éventualités ne le surprenne.) Mais je dois admettre que celui-ci me séduit énormément. Fichtre ! Des bêtes magnifiques, ces chevaux de Malvern !

Il paraît si enthousiaste qu'il devient difficile de lui en vouloir.

— Pour combien de temps êtes-vous venu ?

— Je reprends le bateau le lendemain de la course, avec tous les chevaux que Benjamin Malvern m'aura cédés en m'assurant que je ne peux pas vivre sans. Voudriez-vous m'accompagner ? J'aurais bien besoin d'un jeune homme tel que vous, pas comme jockey, mais pour faire le travail dont vous jugerez qu'il vous convient. Qu'en dites-vous ?

Je lui accorde une ombre de sourire, qui lui montre bien toute l'impossibilité de son offre.

— Je vois. (Il désigne Corr du menton.) Puis-je le tenir un moment ? Pensez-vous qu'il accepterait de me laisser faire ?

Il a formulé sa demande si poliment que je lui tends la longe et la chambrière. Holly les prend délicatement et écarte les pieds par réflexe, pour se donner plus de stabilité. À sa main légère sur la chambrière, qu'il tient comme si elle prolongeait son bras, je comprends qu'il a sans doute fait tourner ainsi à la longe des centaines de chevaux.

Corr le met tout de même à l'épreuve. Il relève brusquement la tête et s'approche du centre, et Holly doit aussitôt faire usage de la lanière. Corr s'entête.

— Faites-la claquer, je lui dis. Il doit l'entendre.

Il recommence, assez fort cette fois pour que l'on perçoive le bruit du cuir qui fend l'air. Corr tourne la tête avec plus d'indulgence que d'irritation et retourne au trot jusqu'au mur. Holly arbore un large sourire heureux.

— Combien de temps vous a-t-il fallu pour l'amener à ce stade ?

— Six ans.

— Et vous pourriez faire de même avec les deux autres juments que j'ai vues ?

J'ai en effet déjà essayé la longe sur la jument baie ; bien que cela n'ait pas tourné à la catastrophe, ça n'avait rien de très joli non plus, et je n'aurais sûrement pas aimé savoir Holly, ou qui que ce soit d'autre, avec moi dans l'enclos ce jour-là. Je ne crois pas que six années passées à faire travailler une des juments puisse aboutir au même résultat qu'avec Corr, et je me demande si c'est parce que, après tout ce temps, lui me comprend mieux qu'elles ou parce que moi je le comprends mieux.

— Qui vous a appris tout cela ? Certainement pas Malvern, dit Holly en me lançant un coup d'œil.

Corr profite aussitôt de ce bref instant où Holly détourne son regard pour s'écarter du mur et foncer vers nous. Prompt et silencieux.

Sans attendre que Holly réagisse, je lui arrache la chambrière des mains, bondis vers Corr et appuie le bout de la baguette contre son épaule. Il se cabre pour échapper au contact, mais je suis son mouvement. Quand il se dresse sur ses postérieurs, je pose la lanière de cuir rouge contre sa joue et je le défie de me mettre à l'épreuve, comme il l'a fait du visiteur.

Nous avons déjà joué cette scène et en connaissons tous deux le dénouement.

Corr repose ses antérieurs sur le sol.

Holly hausse les sourcils. Il me tend la longe et s'essuie les paumes sur son pantalon.

— Ma première tentative au volant. Je ne l'aurais pas envoyé dans le fossé, du moins !

Il ne semble pas troublé le moins du monde.

— Bienvenue à Thisby ! je lui lance.

Chapitre 14

Puck

Après le départ de Peg Gratton, Finn et moi nous préparons à aller à Skarmouth. Je trouve assez désagréable de me voir à nouveau privée de l'occasion d'y faire mon entrée, fière et solitaire, sur le dos de Dove, mais il nous faut apporter les théières en ville, et la Morris refuse de démarrer. Les événements prennent donc une tournure décourageante, et je dois me résoudre à atteler Dove à notre petite carriole. Je sais que je vais trouver ça embarrassant, ce qui me met de mauvaise humeur, et je fais beaucoup de bruit en chargeant les poteries dans la voiture.

Puis j'ai un brusque doute.

— Comment vas-tu ramener la carriole à la maison ?

Finn dispose méticuleusement les cartons sur le plateau en alignant les angles avec un soin maniaque. Les piles qu'il construit ressemblent à des murs de briques, mais ça lui prend un temps fou. Moi, je m'en fiche que les gros se retrouvent en haut ou en bas, du moment que ça ne s'effondre pas en route.

— Je vais sur la plage avec Dove, mais *sans* la carriole, je précise.

— Je la ramènerai moi-même, répond-il gentiment.

Il pose délicatement deux doigts sur un carton et rectifie sa position d'un iota.

— *Toi-même ?*

— Oui, bien sûr. Elle sera vide, à ce moment-là.

J'ai une brève vision de mon frère quittant Skarmouth en tirant une carriole à poney, tel un troll émacié dans un pull-over géant, et je regrette de ne pas pouvoir moi aussi disparaître sur le continent, là où personne ne connaît mon nom. Mais j'ai le choix entre ça et arriver sur la plage à marée haute. La brume ne s'est pas levée, mais le ciel commence à s'éclaircir et me rappelle que le temps passe.

— Dory nous permettra peut-être de la laisser derrière la boutique, je dis. Dans ce cas-là, je pourrais passer la prendre avec Dove quand j'aurai terminé.

Finn lui chatouille la croupe du doigt, et elle tape du sabot comme pour chasser une mouche.

— Dove dit qu'elle n'aura pas envie de tirer une carriole, quand elle aura fini de courir pour échapper aux monstres marins, affirme-t-il.

— Dove dit que tu auras l'air idiot, attelé comme un âne bâté !

Il adresse un vague sourire à sa pile de cartons.

— Je m'en moque.

— Je m'en rends compte ! je rétorque sèchement.

Nous avons fini de charger les poteries et ne nous sommes toujours pas mis d'accord, mais il n'est plus temps de discuter. Nous partons, moi devant, guidant Dove, et lui traînant derrière. Notre chat Puffin nous accompagne un moment, malgré les *pcht !* répétés de Finn pour le chasser, qui ne semblent que l'encourager à se joindre à nous.

À mi-chemin, je sens dans l'air une odeur d'avarié. Finn et moi échangeons un regard. L'île ne manque pas de puanteurs variées – les poissons morts rejetés par les tempêtes pourrissent sur le rivage, les prises des pêcheurs s'abîment par temps chaud, et le soir souffle un vent fétide chargé de saumure et de relents d'algues humides – mais ceci ne vient pas de la mer. Une chose est morte qui n'aurait pas dû, et a été abandonnée à un endroit où elle n'aurait pas dû. Je n'ai pas envie de m'arrêter, mais il pourrait s'agir d'un homme, alors je dis à Finn de rester près de Dove et j'escalade le muret de pierre.

Le vent souffle de face, droit dans ma figure, et parvient même à percer la brume sans pour autant la disperser. J'avance en contournant les tas de crottes de mouton, le corps recroquevillé pour me tenir chaud. Je regrette de ne pas avoir envoyé Finn en reconnaissance, mais mon frère ne supporte pas la vue du sang, il tourne tout de suite de l'œil, et c'est donc moi qui découvre ce qui empeste ainsi, à savoir la dépouille de ce qui fut naguère un mouton. Il n'en reste pas grand-chose, hormis les sabots, un petit bout de la courte queue et des morceaux d'entrailles – c'est ça qui pue –, ainsi qu'un crâne mutilé à l'orbite enfoncée. Le peu de laine qui s'accroche encore à la base du cou porte une trace de peinture bleue faite à la bombe, ce qui indique que l'animal vient du troupeau de Hammond. Je sens ma peau se hérisser d'instinct, bien que je doute que le *capall uisce* responsable de ce massacre puisse se trouver encore dans les parages, car l'endroit est malgré tout bien loin de la côte pour que l'un de ces chevaux s'y aventure.

Je retourne rejoindre Finn et Dove. Ils sont plongés dans un jeu qui semble consister pour lui à lui tapoter la lèvre supérieure, et pour elle à prendre un air grognon. Finn lève la tête.

— C'est un mouton !

— Je le savais bien.

— Alors, la prochaine fois, tu es prié de sortir ta boule de cristal avant que je traverse un champ plein de boue.

— Tu ne m'as pas demandé mon avis.

Et nous repartons pour Skarmouth.

Nous nous rendons à la boutique de Dory Maud, qui s'appelle *Fathom & Fils*, même si on se demande bien pourquoi, puisque Dory n'a pas de fils ni du reste de mari. Elle vit avec ses deux sœurs (elles aussi sans enfants) et collecte toute l'année des objets qu'elle revend aux touristes, une fois la saison des courses venue. Quand j'étais petite, la chose qui m'impressionnait le plus chez Dory, c'était qu'elle changeait tous les jours de chaussures, un détail à la fois extravagant et d'un luxe inouï sur Thisby ; à présent, ce qui me frappe le plus, c'est que les sœurs n'ont pas de nom de famille, ce qui doit être bizarre et inhabituel à peu près partout dans le monde.

Leur magasin se trouve dans une des petites rues transversales de Skarmouth, une venelle bordée de pierres à peine assez large pour Dove et la carriole. Ni la brume ni le soleil ne pénètrent jusqu'ici, et nous frissonnons. Le cliquetis des sabots de Dove résonne contre les murs.

À quelques portes de là, dans les ombres bleutées du matin, Jonathan Carroll lance des morceaux de biscuit à un colley. Les frères Carroll ont tous deux des cheveux courts et noirs, mais l'un est doté d'un tas de bouillie en guise de cerveau et l'autre d'un tas de bouillie en guise de poumons. Un jour où j'avais accompagné maman en ville, nous sommes tombées sur Brian (celui aux poumons en compote) accroupi sur le quai, tremblant de tout son corps. Il étouffait. Maman lui a dit d'expirer tout l'air vicié avant de tenter d'inspirer, et elle m'a laissée pour le surveiller pendant qu'elle allait lui chercher du café noir. J'étais furieuse parce qu'elle m'avait promis une des torsades à la cannelle de chez Palsson, qui disparaissent toujours très vite, et j'ai un peu honte en repensant que j'ai annoncé à Brian que, si en mourant il me privait de mon gâteau, je ne manquerais pas de cracher sur sa tombe. Je ne sais pas s'il s'en souvient encore, il avait l'air très concentré sur le fait de respirer dans le creux de ses mains jointes en coupe sur son nez ; j'espère que non, d'autant que mon caractère s'est depuis nettement amélioré : aujourd'hui, je me contenterais de *penser* à cracher, sans le lui dire en face.

En tout cas, ce n'est pas Brian, mais Jonathan qui lance des morceaux de biscuit. Il me regarde, il regarde Dove et Finn, puis il dit juste : « Bonjour, poney ! », ce qui ne fait que confirmer qu'il s'agit du frère au cerveau en bouillie.

— Attends-moi ici et commence à décharger ! je dis à Finn. Je m'occuperai de la carriole.

La boutique a la forme d'un couloir étroit bourré comme un coquelet farci de tout un bric-à-brac sur lequel les petites étiquettes de prix luisent dans la pénombre comme des dents. L'air y est constamment imprégné d'une divine odeur de beurre fondu. Je ne sais pas dans quelle mesure les clients y viennent, je crois que le plus gros des ventes se fait sur un étal le week-end et durant la période d'affluence des courses. Les étiquettes et la délicieuse odeur de beurre ne servent sans doute à rien pendant la majeure partie de l'année.

Aujourd'hui aussi, ça sent bon à l'intérieur, et je prends une grande inspiration un peu affamée en ouvrant la porte. J'entends les sœurs qui se disputent, comme d'habitude. J'ai à peine franchi le seuil que Dory Maud me fourre d'autorité une brochure dans les mains.

— Regarde-moi ça ! Tu achèterais bien quelque chose dans ce catalogue, n'est-ce pas, Puck ?

Les sœurs m'appellent Puck au lieu de Kate, parce qu'elles sont d'accord avec moi sur le fait que l'on devrait porter le nom que l'on souhaite, plutôt que celui qui nous a été donné à la naissance. Je ne me souviens même pas de leur avoir dit que je préférais Puck à Kate – j'ai les deux noms –, mais ça ne me dérange pas.

— Elle n'a pas le sou, alors bien sûr que ça va lui plaire ! objecte Elizabeth dédaigneusement, du haut des marches au fond de la boutique.

L'escalier mène au premier étage, que les sœurs se partagent. Je ne suis jamais montée là-haut, même si j'en ai toujours eu secrètement envie. J'imagine que ça doit être tout plein de chaussures et de lits ; et aussi de beurre.

Je regarde ce que Dory Maud m'a mis entre les mains et je constate avec surprise qu'il s'agit d'un catalogue des objets qu'on peut acheter dans la boutique. Quand je l'incline, il s'ouvre tout seul sur une page où je vois de belles photos en noir et blanc d'une femme en pull-over tricoté, d'une paire de gants crochetés et d'un cou sans corps ni tête, mais orné d'un de ces colliers avec une croix de pierre en pendentif dont les touristes raffolent. Chacun des articles est décrit en détail, tandis qu'un bandeau annonce : PENSEZ À VOS HÉRITIERS ! OFFREZ-VOUS UNE MODE DURABLE ! Ça ressemblerait à une de ces brochures qu'apporte le bateau du courrier, mais qui présenterait tous les objets en vente chez *Fathom & Fils*. Ma mauvaise humeur s'estompe.

— Formidable ! Comment avez-vous fait ça ? L'impression est impeccable ! je m'exclame en changeant de position pour que l'antique statue de la déesse de la fertilité qui se dresse depuis longtemps près de la porte sans trouver acquéreur cesse de m'enfoncer ses doigts de pierre dans l'épaule.

— C'est M. Davidge, l'imprimeur, qui s'en est chargé, me répond Dory Maud, visiblement ravie de ma réaction, en regardant par-dessus mon autre épaule.

— Parce que Dory Maud s'est chargée de lui ! reprend Elizabeth du haut des escaliers.

Elle est encore en chemise de nuit. Ses bouclettes factices datent d'il y a deux jours.

— Oh, retourne te coucher ! réplique Dory du tac au tac.

Je préfère ignorer leurs prises de bec. Dory est ce que maman appelait *une femme imposante*, autrement dit, vue de dos, elle ressemble à un homme et, vue de face, elle fait regretter le dos. Elizabeth, qui a de longs cheveux blonds et un nez retroussé par l'hérédité et relevé par l'habitude, est la plus jolie de toutes. Quant à la troisième sœur, Annie, personne ne la remarque, car elle est aveugle.

Je feuillette le catalogue. Je sais que je suis piégée et qu'elles me retardent, mais je me rends compte que ça ne me déplaît pas.

— Nos théières y sont ? Qui verra tout ça ?

— Oh, juste les trois pékins qui lisent les annonces en dernière page du *Post* et qui accepteront d'attendre quelques années pour recevoir le catalogue, me répond Elizabeth, qui a remonté deux marches, mais reste encore loin d'avoir regagné son lit.

— Le *Post* ! Sur le continent !

J'ai trouvé les théières – un dessin au trait très précis en montre une, toute ventrue, avec son décor de chardons, et je remarque que les illustrations sont de la même main que les annonces au dos du petit hebdomadaire de Skarmouth, qui paraît tous les mercredis. Le texte décrit la théière comme une « pièce originale » et avertit le lecteur que « les stocks sont limités » ; il précise également que les exemplaires sont numérotés et signés, ce qui n'est pourtant pas le cas. Ça me fait tout drôle de penser à une chose qui m'appartient traversant sans moi l'océan.

— Et ça, qu'est-ce que c'est ?

Je montre du doigt le passage sur la signature, et Dory Maud lit le descriptif.

— Ça leur donne plus de valeur, et ça ne te prendra qu'une minute de les numéroter et de les signer. Viens boire un thé avec nous, Elizabeth va arrêter de rouspéter. Où est ton frère ?

— Je ne peux pas rester, je réponds à regret. Il faut que j'aille avec Dove sur la grève. Est-ce que Finn peut laisser la carriole derrière la boutique, quand il aura tout déchargé ?

J'ai parlé à toute vitesse, sans m'arrêter, de crainte qu'on ne me pose des questions, mais les sœurs m'écoutent à peine. Dory Maud a ouvert la porte. Finn tient dans ses bras Puffin, qui a fini par nous suivre jusqu'à Skarmouth.

— J'espère que tu vas apprécier le goût de la pauvreté, dit Elizabeth à sa sœur. Imprimer ces catalogues a déjà coûté une fortune, as-tu songé à ce qu'il faudra payer pour les envoyer aux ménagères sur le continent ?

— Elles l'achèteront, lui répond Dory Maud. C'est écrit dans l'annonce que je t'ai montrée il y a moins d'une heure, comme tu l'aurais sans doute vu si tu n'avais pas des écailles sur les yeux ! Entre donc, Finn Connolly ! Que fais-tu avec ce chat dans les bras, tu cherches à le vendre, lui aussi ?

— Non, madame.

Finn fait un pas dans la boutique, et la déesse de la fertilité plante aussitôt les doigts dans sa poitrine. Je recule un peu pour lui laisser la place de se dégager : la dernière chose que je souhaite, c'est qu'il devienne fertile, lui aussi.

— Il faut que je parte, je suis vraiment désolée, je m'excuse, parce que je ne veux pas paraître impolie.

— Où as-tu dit que tu allais, déjà ? me demande Dory Maud.

— Et si je téléphonais moi aussi à M. Davidge ? propose Elizabeth de son perchoir. Alors, peut-être que moi non plus je ne me ferais plus de souci pour les factures ! Comment procède-t-on, Dory Maud ? On lui demande : « Puis-je vous confier la police de mon caractère, monsieur Davidge ? »

Dory Maud se tourne vers elle.

— La ferme, langue de vipère ! lui lance-t-elle, mais sans acrimonie.

Finn écarquille les yeux. Puffin aussi. Dory Maud saisit avec enthousiasme mon frère par le bras et le propulse vers l'arrière-boutique et le thé.

— À plus tard ! je lui chuchote.

Je me sens un peu coupable de l'abandonner ainsi entre leurs griffes, mais au moins il pourra se restaurer.

Je laisse la porte se refermer derrière moi.

Dove, qui attend patiemment, relève la tête quand elle me voit apparaître. Finn a dételé la carriole, mais ma jument est toujours harnachée. Elle n'a pas vraiment l'allure d'un cheval de course.

Deux ou trois mèches se sont échappées de ma queue-de-cheval. Je rattache mes cheveux.

Je ne ressemble sans doute pas vraiment à un jockey, moi non plus.

Chapitre 15

Sean

Il y a une fille sur la plage.

Ici, le vent a déchiré la brume en lambeaux, et les silhouettes des cavaliers et de leurs chevaux se détachent nettement sur le sable. Je distingue la moindre boucle des brides, les pompons attachés aux rênes, le tremblement de chaque main. Nous sommes le deuxième jour d'entraînement, et les choses sérieuses commencent. La première semaine prend l'allure d'un ballet complexe et sanglant, au cours duquel les danseurs évaluent leurs forces respectives. C'est le moment où les cavaliers découvrent si les charmes agissent ou non sur leurs chevaux, les moyens dont ils disposent pour les persuader de galoper en ligne droite et à quelle distance l'océan devient par trop périlleux. Ils apprennent également combien de temps s'écoule entre le moment où ils sont désarçonnés et celui où leur monture les attaque. Ce rituel plein de tension ne ressemble en rien à une course.

Je ne remarque au premier abord rien d'inhabituel. Il y a là le survivant des frères Privett, qui cravache son *capall* gris avec une badine, Hale, qui vend des sortilèges qui ne sauveront la vie de personne, et Tommy Falk, ballotté par sa jument noire qui veut l'entraîner vers le large.

Et la fille. Quand, de mon poste d'observation sur la route de la crête, je l'aperçois sur sa jument louvette, ce qui m'étonne n'est pas qu'elle soit une fille, mais qu'elle soit dans l'eau. D'ordinaire, tous redoutent ce deuxième jour au cours duquel surviennent les premières morts, et personne ne s'approche alors de la mer. Pourtant elle trotte, plongée dans les vagues jusqu'aux genoux. Sans crainte.

J'amorce la longue descente jusqu'à la plage. La séance de travail de ce matin a débarrassé Corr de toute idée scélérate, mais les deux juments, elles, ne sont ni aussi fatiguées ni aussi dociles que lui. Leurs sabots tintent à chaque écart, et les grelots que j'ai fixés à leurs paturons me rappellent constamment que je ne dois pas relâcher ma vigilance. J'ai posé sur la croupe de la plus dangereuse des deux un tissu ajouré noir, hérité de mon père, qui se compose d'un réseau de fils et de centaines d'étroits œillets de fer, qui tient autant du linceul que de la cotte de mailles, et que j'espère assez lourd pour lester la jument et la maintenir au sol. Jamais je n'userai de tels procédés avec Corr – ils auraient pour seul effet de le perturber et de l'irriter, et nous sommes trop proches l'un de l'autre pour que j'en arrive là avec lui.

Plus près, je comprends pourquoi la fille se montre si courageuse. Elle monte une simple ponette de l'île, à la robe couleur de sable, aux jambes noires comme du varech humide, et dont le ventre gonflé atteste que l'herbe maigre de Thisby l'a rassasiée sans vraiment la nourrir.

Je veux savoir pourquoi elle se trouve sur ma grève, et aussi pourquoi personne n'objecte à sa présence. Tous l'ont remarquée, pourtant. Les chevaux dressent les oreilles, courbent l'encolure et retroussent les lèvres, la tête tournée vers elle ; et parmi eux, bien sûr, la jument pie hurle sa faim, avide. Je me doutais bien que Gorry ne la rendrait pas à la mer.

En entendant le cri du *capall*, la jument louvette couche les oreilles de terreur. Elle sait bien que la jument pie ne voit en elle qu'un repas et sent dans son hurlement un présage de mort. La fille se penche et lui flatte l'encolure pour la rassurer.

Je retourne à contrecœur à mes propres affaires. J'ai un goût de sel dans la bouche, et le vent me poursuit partout sans relâche. Par un temps pareil, personne ne parviendra à se réchauffer. Je trouve une faille qui s'ouvre dans la falaise, comme si un géant l'avait entaillée à la hache, et je mène Corr et les juments à l'intérieur. Tout en haut, le vent lance ses mugissements assourdis, tel un moribond invisible. Je trace un cercle dans le sable et je crache dedans.

Corr m'observe. Les juments fixent l'océan. Je regarde la fille.

J'ouvre ma sacoche de cuir et j'en tire le paquet enveloppé de papier sulfurisé que j'y ai rangé sans cesser de me demander ce qu'elle fait là. Je lance les morceaux de viande dans le cercle, mais les juments n'y touchent pas. Elles guettent le poney et la fille comme la promesse d'un repas plus alléchant.

La sacoche en bandoulière, je retourne à l'entrée de la crevasse, je croise les bras et j'attends que la foule des chevaux et des hommes s'écarte et me permette de voir à nouveau la fille et sa monture. Cette dernière n'a rien d'extraordinaire, malgré la délicatesse de sa tête et sa belle ossature, et si, pour une ponette, elle ne manque pas d'allure, elle est loin de faire le poids face à un *capall uisce*.

La fille – mince, avec une queue-de-cheval rousse – n'a rien non plus de bien remarquable. Elle semble moins nerveuse que sa ponette, alors que c'est pourtant elle qui court le plus grand danger.

Soudain, une de mes juments pousse un cri. Je fais prestement volte-face, ouvre ma sacoche et lui lance une poignée de sel ; ça ne lui fait pas mal, mais elle rejette la tête en arrière d'un air vexé. Je la regarde dans le blanc des yeux assez longtemps pour qu'elle sache que je me tiens prêt à recommencer, le cas échéant. Sa robe baie sans la moindre marque blanche est censée être un gage de vitesse, mais je n'ai pas encore réussi à la faire courir en ligne droite suffisamment longtemps pour en avoir le cœur net.

Quand je me retourne vers l'océan, le vent fait voler le sable dans mes yeux, ce qui ne me fait pas mal mais me vexe ; je souris à l'idée et remonte mon col. La fille continue à faire évoluer sa ponette dans l'eau. Elle a choisi le seul endroit où personne ne risque de l'approcher, aujourd'hui. Bien entendu, elle n'a pas à se méfier seulement des *capaill uisce* sur la plage, mais je sens à la voir qu'elle le sait : son regard se dirige à intervalles réguliers vers le large et la marée montante. Je ne pense pas qu'elle puisse repérer un cheval de mer en chasse – quand, rapides et sombres sous la surface des eaux, ils nagent parallèlement aux déferlantes, ils deviennent presque invisibles – mais je ne l'imagine pas non plus ne pas en chercher des yeux.

J'entends non loin un homme gémir, sans doute désarçonné, ou piétiné, ou mordu. Sa voix semble amère, ou peut-être chargée d'étonnement. Est-ce que personne ne l'avait prévenu que la souffrance hante ces sables, qu'elle s'y enfouit et se nourrit de notre sang ?

J'observe les mains de la fille sur les rênes, son aisance, son assiette ; elle monte bien, mais c'est le cas de tous les habitants de Thisby.

— Je parie que tu n'en as encore jamais vu une comme ça, intervient Gorry de sa voix râpeuse. Tu sais que ce n'est pas avec les yeux qu'on les déshabille, Kendrick ?

Je lui jette un coup d'œil, le temps de voir qu'il tient toujours la jument pie, puis je le fixe encore une seconde, pour qu'il sache que je l'ai remarqué, avant de revenir à l'océan. Devant nous, une bagarre a éclaté, et des chevaux s'affrontent en grondant et à grand renfort de coups de patte, comme des chats ; grelots et clochettes retentissent. Chacun des *capaill uisce* sur cette grève est affamé d'océan et assoiffé de chasse.

J'observe à nouveau la jument pie. Gorry a tressé son licol de fils de cuivre qui ne servent à rien, sinon à en mettre plein la vue.

— Elle s'est inscrite pour les courses, me dit-il en désignant de sa cigarette la fille dans la mer. Avec ce poney ; du moins, c'est ce qu'on raconte.

L'odeur de la fumée m'agresse plus que le vent. La fille envisagerait de concourir sur cette ponette ? Elle ne survivra pas une semaine.

La jument pie piaffe, je la devine qui creuse le sable, j'entends grincer ses dents. Cette bride représente pour elle une malédiction, et cette île une prison. Elle empeste toujours la charogne.

— C'est parce qu'elle pue comme ça que je ne peux pas la vendre, dit Gorry. Qu'est-ce que tu me conseillerais, toi, l'expert ?

Je n'ai rien à lui répondre. Lorsqu'on s'adonne au commerce des monstres, on court fatalement le risque d'en dégoter un qui se révèle intolérablement repoussant.

J'entends à nouveau un tintement de clochettes et je tourne la tête en essayant de le localiser. Il ne provient ni de mes juments ni du *capall* pie, juste d'un cheval entouré d'autres, mais j'y perçois une note d'urgence telle qu'elle me saisit. Le danger chante dans le vent et se répercute contre les murs abrupts des falaises blanches. Aujourd'hui sur le rivage se trouvent trop de cavaliers impatients de faire leurs preuves, de s'exercer et de devenir plus rapides ; ils n'ont pas encore découvert que les plus rapides ne sont pas ceux qui verront poindre le jour des courses.

Il suffit alors d'être le plus rapide de ceux qui restent.

Soudain, un cri s'élève, accompagné d'un affreux hennissement, et je me retourne juste à temps pour voir Jimmy Blackwell sauter à bas de son étalon blanc qui se précipite dans les vagues mugissantes. L'homme roule sur lui-même et évite de justesse deux autres monstrueux chevaux de mer. Blackwell ne manque pas d'expérience, il est agile et a survécu à une demi-douzaine de compétitions.

Gorry rit.

— Et toi qui semblais croire que ma jument allait semer la zizanie !

Je l'écoute, mais je regarde aussi. Blackwell s'éloigne encore des *capaill* qui se battent. Il ne s'agit que d'une escarmouche, mais les chevaux sont tout sabots et dents. Un homme tente sans grande conviction de les séparer, puis on entend un claquement de mâchoires et, soudain, ses doigts ont disparu. Quelqu'un crie : « Hé ! » pour se taire aussitôt. Il n'a plus rien à dire.

Mon regard passe de l'un à l'autre, puis revient à la mer où l'étalon de Blackwell, mi-bondissant mi-nageant, brasse l'eau en soulevant une écume blanche. Il ne quitte pas des yeux la petite jument louvette et sa cavalière.

Un son plaintif s'élève, que je prends d'abord pour un cri, avant de reconnaître mon nom : « Où est Kendrick ? »

Quelqu'un risque de mourir.

Je pose ma sacoche au pied de la falaise, hors du chemin, et me mets à courir. Mes pieds s'enfoncent dans le sable. Je ne peux être qu'à un seul endroit à la fois et je suis impuissant à faire cesser le combat sur la plage. La jument louvette est dans l'eau jusqu'au poitrail. L'étalon blanc se cabre devant elle, ses sabots fendent l'air juste au-dessus de la fille. Celle-ci écarte brutalement sa monture, ce qui la déséquilibre et les sauve toutes les deux, mais elle tombe dans l'eau glacée.

Précisément ce que visait le *capall uisce*, cet effroyable Pégase terne aux ailes d'écume jaillissante. Ses dents couleur de corail mort lancent des éclairs. Il heurte violemment de sa tête massive celle de la fille, ses mâchoires se referment sur le sweat-shirt à capuche et ses jambes s'agitent : il s'apprête à plonger. Je suis déjà dans l'eau et je nage vers lui, les doigts gourds de froid, mais je progresse à une vitesse désespérément lente. La fille ne cesse de disparaître sous les vagues et de ressurgir en se débattant.

Je m'approche de la queue du cheval qui flotte à la surface, j'enfourche à demi l'animal et me hisse sur son dos en m'agrippant à sa crinière. Je n'ai plus le temps de passer un fer le long de ses veines ou de le contraindre à décrire un cercle dans le sens contraire des aiguilles d'une montre, et rien de ce que je pourrais lui chuchoter à l'oreille ne l'affectera. Je parviens juste à saisir dans la poche de ma veste une poignée de baies de houx d'un rouge toxique et à les presser contre ses naseaux dilatés.

Ses énormes jambes brassent convulsivement la mer, et l'un de ses genoux cogne contre le crâne de la fille. Je ne peux pas voir si elle s'enfonce ou non sous l'eau, car l'étalon s'est mis à souffler et projette de toutes parts un mélange de baies rouges, d'algues, de méduses et de fragments de corail. Il râle, sur le point d'expirer, et j'ai besoin de toute mon énergie pour résister et ne pas couler avec lui.

L'étalon tourne vers moi ses mâchoires béantes. L'espace d'une seconde, le temps se fige, et je distingue clairement les poils rudes de son menton où perlent des gouttelettes d'eau salée.

Ma vision explose en mille couleurs, dont aucune n'est celle du ciel.

Puis, dans une ruée de son, je recouvre la vue, et avec elle les sensations : la main de la fille qui tire ma tête au-dessus de l'eau, la brûlure de l'océan dans mes narines. Du *capall* blanc ne reste qu'une crinière dérivant sur l'océan et un corps que les vagues drossent vers le rivage. Debout sur la grève, la jument louvette lance à la fille un hennissement perçant chargé d'angoisse. Du sang se mêle à l'eau, et du sang macule le sable là où l'homme a perdu ses doigts. J'entends encore des voix appeler mon nom, mais je ne sais pas si l'on réclame mon aide ou de l'aide pour moi. La fille tousse, mais sans régurgiter d'eau et, bien qu'elle tremble de tous ses membres, son regard reste farouche.

Je viens de tuer un *capall uisce*, une de ces bêtes splendides et mortelles que j'aime tant, et j'ai failli mourir. Une fièvre court dans mes veines, mais je ne trouve rien d'autre à dire à la fille que :

— Gardez votre poney à l'écart de cette plage !

Chapitre 16

Puck

Je claque des dents et je tousse encore en arrivant dans la cour de la maison. La moindre ombre affole Dove, et tous ses mouvements sont saccadés comme ceux d'une marionnette. Lorsqu'elle entend la barrière cliqueter en se refermant, elle se rue dans son paddock, la croupe basse. J'ai de la chance qu'elle ne boite pas.

Je ferme les yeux. J'ai de la chance qu'elle ne soit pas *morte*.

L'étalon a tôt fait de nous dominer ; une minute de plus, et j'aurais été noyée pour de bon.

Je m'appuie sur la barrière et j'attends que Dove reprenne son calme et se mette à mâchonner son foin – ce qu'elle ne fait pas – jusqu'à ce que j'aie trop froid dans mes vêtements trempés. Je rentre dans la maison, je les enlève un par un et j'en enfile d'autres, mais je reste frigorifiée.

Elle aurait pu mourir.

Dans la cuisine, je mange une tranche de pain tartinée d'une bonne couche de notre précieux beurre et une orange tout entière. Ce fruit coûte si cher qu'en temps normal j'aurais employé une des techniques de maman pour en tirer le maximum. De seulement quelques-unes, elle savait faire un gâteau, nous régaler de beurre ou de glaçage parfumé, et mijoter le reste en confiture amère. Lorsqu'il nous arrivait d'en manger une telle quelle, nous nous en partagions toujours les quartiers.

Cette fois-ci, je la dévore. Le temps que je finisse, j'ai cessé de grelotter, mais le choc sourd du genou du *capall uisce* résonne encore dans ma tête.

Je suce les dernières traces d'orange sur mon index et ne sens sur ma langue que le sel de l'océan, ce qui n'arrange pas mon humeur. De ma première chevauchée avec Dove sur la grève des courses, je ne rapporte que du sable incrusté dans chaque pli de ma peau et un bon coup de pied au crâne.

Dire que je n'ai même pas été capable de passer une seule journée sans qu'on vienne me secourir !

Je tente sans cesse de chasser Sean Kendrick de mes pensées, mais mon esprit repasse en boucle l'image de ses traits acérés et le son de sa voix enrouée d'eau de mer, et je me sens à chaque instant rougir de honte à nouveau.

Je passe une main sur mon front à la peau rêche de sel et pousse un long soupir tremblant.

Gardez votre poney à l'écart de cette plage !

J'ai envie de renoncer. Je ne fais tout cela que pour retenir Gabriel sur l'île encore quelques semaines, alors à quoi bon ? Je ne l'ai même pas revu, depuis que j'ai annoncé que j'allais participer aux courses, et mon plan m'apparaît soudain stupide : je risque au mieux de me ridiculiser devant l'île tout entière, au pire de nous tuer toutes les deux, Dove et moi, et tout ça pour un frère qui ne prend pas la peine de rentrer à la maison.

L'idée d'abandonner me soulage et me met mal à l'aise tout à la fois. Je ne supporte pas de penser que je retournerai sur la plage, mais je ne parviens même pas à envisager de dire à Gabe que j'ai changé d'avis. J'ai du mal à croire qu'il me reste encore assez de fierté pour que je veuille la ménager, mais je constate que c'est pourtant le cas.

On frappe à la porte. Je n'ai pas le temps d'arranger mes cheveux, et je doute même que ce soit possible tant je les sens collants et alourdis d'eau salée. Mon cœur pèse comme du plomb dans ma poitrine. Je n'arrive pas à croire à la possibilité d'une quelconque bonne nouvelle.

J'ouvre la porte. Benjamin Malvern se tient sur le seuil. Je le reconnais, parce que sa photo dédicacée est accrochée sur le mur derrière le bar, à la *Fille aux Yeux Noirs*. Un jour, j'ai demandé à papa pourquoi on l'avait mise là, et il m'a expliqué que Benjamin Malvern avait donné beaucoup d'argent pour que la taverne puisse ouvrir, mais ça ne m'a jamais paru une raison suffisante pour afficher le portrait de quelqu'un sur un mur.

— Gabriel Connolly est à la maison ? demande Malvern en entrant dans la cuisine.

Je reste plantée là à tenir la porte. Bras croisés, l'homme le plus riche de Thisby promène son regard du plan de travail encombré de la cuisine à la pile de bois et de tourbe qui s'écroule près de la cheminée, puis à la selle que j'ai perchée sur le dossier du fauteuil de papa. Il porte un pull de laine à col en V et une cravate. Ses cheveux sont gris et laids, et il sent bon, ce qui m'agace.

Je ne referme pas la porte, parce que ça aurait l'air de suggérer que je l'ai invité à entrer, ce que je n'ai pas fait.

— Pas pour le moment.

— Ah, dit Malvern en continuant à inspecter la pièce. Vous devez être sa sœur.

— Kate Connolly, je précise d'un ton aussi hérissé que possible.

— Je vois. Je crois que nous devrions prendre une tasse de thé.

Il s'assied à notre table.

— Monsieur Malvern, je commence d'une voix sévère.

— Parfait, vous n'ignorez donc pas qui je suis. Voilà qui nous simplifiera les choses. Maintenant, loin de moi l'idée de vous dire ce que vous devez faire, mais il fait froid dehors, et une porte grande ouverte offre bien peu de protection contre le vent.

Je la referme, et ma bouche aussi par la même occasion. Je commence à préparer du thé en me sentant aussi intriguée qu'offusquée.

— Qu'est-ce qui vous amène par ici ?

J'ai posé la question poliment, ce qui me contrarie.

Il fixait la selle, mais, en m'entendant, il se tourne vers moi. Ses yeux m'intimident un peu. Ils sont rusés, même si, par ailleurs, il a juste l'air d'un vieux riche.

— Une affaire désagréable, me répond-il d'un ton affable.

— J'aurais cru que vous aviez des gens pour s'occuper des choses désagréables à votre place, je m'étonne non sans insolence. Vous prenez du sucre ou du lait ?

— Du beurre, du lait et du sel, s'il vous plaît.

Je le regarde pour voir s'il plaisante, mais non, il n'y a pas la moindre trace d'humour sur son visage et, du reste, je ne suis pas sûre de pouvoir l'imaginer sourire. Il aurait plutôt une tête à figurer sur un billet d'une livre. Je lui tends une tasse, la salière et notre petit beurrier. Assise en face de lui, je le regarde couper un morceau de beurre, le laisser tomber dans son thé, ajouter une bonne dose de sel, puis y verser du lait, avant de remuer consciencieusement le tout. Le liquide se couvre de mousse. Ça ressemble à ce fluide que j'ai vu un jour s'écouler de sous une vache. J'ai du mal à croire qu'il va vraiment le boire, mais je me trompe.

Malvern pose les doigts sur le bord de sa tasse.

— C'est votre poney, celui que j'ai vu dehors ?

— Ce n'est pas un poney, mais une jument, je rectifie. Elle mesure un mètre cinquante-deux.

— Vous en tireriez plus en la nourrissant mieux, dit Malvern. Si vous lui donniez autre chose que ce misérable foin, elle aurait plus d'énergie et le ventre moins enflé.

Évidemment que Dove aurait plus d'énergie si elle mangeait du foin et du grain de meilleure qualité ! Moi aussi, j'en aurais plus si mon ordinaire se composait d'autre chose que de haricots et de gâteau aux pommes. Nous subsistons ainsi toutes les deux faute de mieux, et pour les mêmes raisons.

Nous buvons le thé. J'imagine Finn rentrer à l'instant et trouver Malvern assis à la table de notre cuisine. Je rassemble des miettes en une petite pyramide derrière le beurrier.

— Vos parents sont décédés, à ce que j'ai cru comprendre, dit Benjamin Malvern.

Je repose ma tasse.

— Monsieur Malvern...

— Je suis au courant, m'interrompt-il, et je ne souhaite pas en parler. Ce que je veux savoir, c'est ce qui vient après. De quoi vivez-vous, tous les trois – car vous êtes bien trois, n'est-ce pas ?

J'essaie de deviner comment mes parents auraient réagi en la circonstance. Ils se montraient invariablement réservés et courtois, et je suis douée pour l'une des deux attitudes, à défaut de l'autre.

— On se débrouille, je réponds, mal à l'aise. Gabe travaille à l'hôtel. Finn et moi donnons un coup de main ici ou là, et nous décorons des objets pour les touristes.

— Ce qui suffit à payer le thé, commente Malvern, les yeux fixés sur la porte du garde-manger.

Je sais qu'il a vu les étagères vides, quand j'ai ouvert pour prendre le sucrier.

— On se débrouille, je répète.

Malvern avale les dernières gouttes de son thé – comment il a réussi à ingurgiter ce breuvage si vite et sans se boucher le nez me dépasse – et il croise les bras sur la table. Quand il se penche vers moi, je sens son eau de Cologne.

— Je suis venu vous expulser.

Je reste un instant interdite, sans comprendre, puis je me lève en toute hâte. Ma tête bouillonne comme l'eau brassée par les jambes du *capall uisce*. La phrase passe et repasse dans mon esprit.

— Personne n'a effectué de versement pour cette maison depuis un an, poursuit-il, et je voulais rencontrer ses occupants. Je tenais à vous voir pour vous le dire en face.

Je le trouve alors le plus monstrueux de tous les monstres qui peuplent l'île. Il me faut un certain temps pour retrouver l'usage de la parole.

— Mais je ne savais pas, je croyais que la maison avait été payée, je dis finalement.

— Gabriel Connolly est au courant, lui, et ça ne date pas d'hier.

Malvern parle d'une voix calme et surveille étroitement mes réactions. Je n'arrive pas à croire que je lui ai servi du thé.

Je le regarde et je serre les lèvres. Je veux être sûre que je ne vais pas dire quelque chose que je regretterai par la suite. Ce qui me touche plus que tout, c'est que je me sens trahie : Gabe savait que nous vivions sur une bombe à retardement et, pourtant, il ne nous en a rien dit.

— Et que voyez-vous, maintenant ? Ce que vous espériez ?

Mes paroles sonnent comme un défi, mais Malvern, imperturbable, opine légèrement de la tête.

— Oui, il me semble bien. Répondez-moi, à présent : que seriez-vous prêts à faire, vous et vos frères, pour conserver cette maison ?

Il y a quelques années, l'île a connu un problème de bagarres de chiens. Des pêcheurs ivres qui s'ennuyaient les élevaient et les dressaient à se combattre férocement et, à l'instant, je me sens comme une de ces bêtes. Malvern m'a lancée dans la fosse et se penche par-dessus le bord pour mieux voir comment je vais réagir, si je vais reculer ou montrer les dents.

Je ne lui donnerai pas la satisfaction de me voir capituler. Mon futur prend soudain forme devant mes yeux.

— Laissez-moi trois semaines.

Il ne tourne pas autour du pot.

— Jusqu'à après les courses, vous voulez dire.

Pense-t-il que c'est de la folie pour une fille comme moi d'y participer ? Qu'il n'y a aucune raison d'attendre jusqu'à la fin du mois, parce que, à ce moment-là, il n'y aura toujours pas d'argent, car soit je serai arrivée bonne dernière, soit je serai tout simplement déjà morte ?

Gardez votre poney à l'écart de cette plage !

Je me contente de hocher la tête.

— Vous n'avez pas la moindre chance de gagner, énonce Malvern sans méchanceté. Pas sur ce poney. Pourquoi monter celui-là ?

Cette jument, je corrige à part moi.

— Mes parents ont été tués par des chevaux de mer. Je ne leur ferai pas l'insulte de monter un *capall uisce*.

Malvern ne sourit pas, mais ses sourcils se détendent comme s'il envisageait de le faire.

— Voilà qui est noblement parler ! Ce n'est donc pas parce que personne ne miserait sur vous si vous montiez un *capall* ?

— J'ai eu l'occasion de prendre une quinte, mais j'ai refusé, je rétorque vivement.

Il médite la chose.

— Seul le premier gagne une somme conséquente.

— Je sais.

— Et vous vous attendez vraiment à ce que je vous accorde un délai, dans l'espoir que votre poney et vous franchissiez la ligne d'arrivée avant tout le monde ?

Je fixe son idiote de tasse pleine de son thé idiot. Le thé ordinaire ne lui suffit donc pas ? Seuls d'horribles vieillards qui s'ennuient et régentent l'île comme leur échiquier peuvent inventer de mettre du sel et du beurre dedans.

— Je crois que vous trouverez la suite des événements digne d'intérêt et, compte tenu du fait que vous avez déjà patienté douze mois...

Malvern repousse sa chaise et se lève. Il tire de sa poche une feuille de papier, la déplie et la pose sur la table. Je reconnais sa signature tout en bas. Ainsi que celle de mon père.

— Je ne suis pas un homme généreux, Kate Connolly.

Je ne réponds pas. Nous nous dévisageons.

Il pousse de deux doigts la feuille à travers la table.

— Montrez ceci à votre frère aîné. Je passerai récupérer ce document après votre mort.

Chapitre 17

Sean

Ils ont tous peur.

Assis dans la barque, à demi tourné, je surveille mon élève. Les mots *Noir de Mer* sont peints en blanc sur la coque noire. Derrière l'esquif nage Fundamental, un poulain bai plein de promesses, sur le point d'être vendu sur le continent pour des centaines de livres, et dont je suis sûr que Malvern va essayer de le faire acheter à George Holly. Son poil paraît noir dans l'eau. Toutes les quelques brasses, il souffle par les naseaux, mais ne montre aucun signe de fatigue. L'embarcation et le cheval progressent lentement dans la crique. Les falaises, qui se dressent ici en biais comme si un enfant les avait renversées, interceptent la majeure partie du vent et toutes les vagues, et me renvoient en pleine figure le ronronnement du moteur du bateau.

En temps normal, je me sentirais amer de devoir me consacrer à une banale séance d'entraînement pendant le mois précédant les courses, mais, après cette étrange matinée, je ne suis pas fâché de rester assis au calme quelques instants et de pouvoir réfléchir un peu. Je n'arrive toujours pas à imaginer ce que cette fille avait en tête.

Je jette un coup d'œil à l'entrée de la crique. Daly, un des nouveaux, fait le guet. Entre le bruit du moteur et celui de la respiration de Fundamental, je risque de ne pas repérer un *capall uisce* en chasse, mais cette crique est facile à protéger : l'accès en est étroit, une personne suffit à le surveiller tandis que l'autre travaille, et la natation renforce le tonus musculaire des chevaux au prix d'une contrainte mécanique si faible que le jeu en vaut la chandelle. Daly est équipé d'un fusil qui ne lui servira pas à grand-chose, mais également d'une paire de poumons, ce qui devrait me laisser le temps de faire sortir Fundamental de l'eau en cas de danger.

Daly vient du continent. Il est jeune et nerveux, mais je préfère les nerveux aux présomptueux. J'ai besoin que ses yeux se substituent aux miens : il ne doit pas quitter une seconde l'entrée de la crique du regard.

Fundamental nage toujours. Je l'ai vu naître, plein d'articulations noueuses, avec des pupilles immenses. Il nage sans me regarder. Il a dans les veines assez de sang de *capall uisce* pour le rendre particulièrement résolu et tenace, et je dois le surveiller d'aussi près que Daly les abords de la crique : il serait bien capable de nager jusqu'à ce qu'il coule.

Demain, Malvern voudra que je choisisse un cheval pour Mutt. Chaque année, le troisième jour d'entraînement, il me le demande et, chaque année, je crains qu'il n'exige que je le donne à son fils.

L'idée seule me fait horreur.

Fundamental secoue la tête comme pour décoller sa crinière trempée de son encolure, et je me penche vers lui afin de vérifier qu'il ne fatigue pas. Je ne veux pas l'épuiser, même si l'exercice dans l'eau demande moins d'efforts que sur terre : on m'a dit que des acheteurs viendraient le voir demain.

Je me sens vaguement inquiet, sans trop savoir pourquoi. Est-ce à cause de cette fille, qui a bouleversé la routine qui est la mienne depuis des années, ou de la pisse de Mutt dans mes bottes ? Ou peut-être parce que, en retraversant la crique et en voyant le niveau de l'eau sur la roche, j'ai l'impression que quelque chose cloche, que la mer monte un peu trop haut. Dans le ciel tout bleu flottent quelques nuages légers ; si une tempête s'annonce, elle n'arrivera que dans plusieurs jours.

Mais je n'arrive pas à retrouver mon calme.

— Kendrick ! Kendrick !

Le bruit du moteur couvre à demi le cri.

Je vois toute la scène en quelques secondes.

Daly, qui a quitté l'entrée de la crique, se tient sur le petit croissant de plage près de la rampe d'accès des bateaux. Je n'ai pas le loisir de me demander pourquoi. C'est lui qui vient de m'appeler.

Une silhouette se dresse là où il était posté. Mutt Malvern. Qui me regarde, non, qui guette un point juste devant moi dans l'eau.

À dix mètres, la mer se creuse légèrement.

Je connais cette dépression peu naturelle des eaux. Elle semble insignifiante, mais advient quand une masse importante se déplace à grande vitesse juste sous la surface.

Pas le temps de regagner le rivage.

La tête dressée, Fundamental bat des postérieurs.

Puis s'enfonce.

Sur la pointe de la crique, Mutt Malvern a l'air pétrifié.

Je plonge.

Chapitre 18

Sean

Je ne nage pas dans de l'eau, mais dans du sang. De grands tourbillons bouillonnent autour de moi, tandis que je trouve d'une main l'encolure de Fundamental. Je serre de l'autre une poignée de baies de houx. Voilà déjà plusieurs années que je ne les ai pas utilisées pour tuer un cheval de mer, et je les tiens aujourd'hui pour la deuxième fois dans ma paume.

L'épine dorsale de Fundamental se contorsionne, une de ses jambes brasse l'eau au-dessous de moi, et je sens les remous m'aspirer vers le bas. Ma main progresse à tâtons sur sa crinière. J'ai l'impression que mes poumons s'écrasent, comprimés dans ma poitrine.

Un moment, tout s'efface, puis je vois à nouveau.

Fundamental écarquille sans me voir un œil cerné de blanc. Un cheval de mer sombre et luisant l'a mordu et le tient fermement par la gorge. Le sang coule à flots de la plaie déchiquetée. Le *capall uisce* m'ignore, ses jambes tranchent l'eau salée tandis qu'il serre le poulain dans sa prise implacable. En ce qui le concerne, le petit étranger vulnérable que je suis ne représente aucune menace.

Je suffoque. J'ai besoin d'air, d'une longue inspiration, puis d'une autre et d'une autre encore. Devant moi se dessinent les naseaux longs et fins du *capall*. Je sens les baies dures et mortelles dans ma main. Je peux le tuer.

Mais près des deux têtes entremêlées, à l'extrémité de la plaie béante de Fundamental, je vois alors le gros cœur courageux du poulain qui bat frénétiquement, au rythme de mon propre pouls affolé, et pompe la vie hors de son corps.

Impossible de le sauver.

Fundamental que j'ai vu naître. Ce poulain exceptionnel, si proche des chevaux de mer qu'il chérit comme moi l'océan.

Des couleurs sans nom vacillent aux confins de mon champ visuel.

Il me faut me résoudre à l'abandonner.

Chapitre 19

Puck

Ce soir-là, Finn et moi restons à attendre Gabe. Je mets des haricots à cuire – ces satanés haricots, à croire qu'on ne mange que ça – et je ronge mon frein en méditant ce que je vais lui dire à son retour. Pendant que je fais la cuisine, Finn traîne près de la fenêtre et, quand je lui demande ce qu'il fabrique, il marmonne quelque chose à propos d'une tempête. Dehors, le ciel qui s'assombrit à l'approche de la nuit reste pourtant dégagé, à l'exception, très loin sur l'horizon, de quelques légers nuages assez fins pour qu'on voie au travers. Aucun signe de mauvais temps. Finn se comporte souvent de façon incompréhensible, et je n'essaie même pas de le détourner de sa lubie.

Nous attendons et attendons, et l'impression d'être trahie frémit, bouillonne, puis frémit encore en moi. Impossible d'entretenir ma colère aussi longtemps. J'aimerais confier à Finn ce qui me tourmente, mais je ne peux pas lui parler de la visite de Malvern : mon frère se remettrait aussi sec à se triturer et se gratter les bras, et ses rituels du matin prendraient des proportions alarmantes.

— Si on vendait la Morris ? je lui demande, sans avoir l'air d'y toucher, en faisant pivoter le beurrier pour que le hibou peint sur le côté nous regarde tour à tour. Qu'est-ce que t'en penses ? Pourquoi tu te marres ?

Il tambourine sur la vitre.

— Elle ne marche même pas !

— Et si elle marchait ?

— Je pourrais peut-être la réparer demain, me répond-il vaguement. (Je crois qu'il ne se sert de la fenêtre que comme prétexte pour guetter Gabe.) Je ne veux pas qu'elle soit dehors quand la pluie arrivera.

— Oui, bien sûr. Mais je te parle de la vendre. Qu'en dis-tu ?

— Eh bien, j'imagine que ça dépend de pourquoi on le fait.

— Pour pouvoir mieux nourrir Dove pendant son entraînement.

Un silence atrocement long a le temps de s'installer avant que Finn réagisse. Pendant ce temps-là, il tapote du doigt autour d'un carreau, puis se penche tout près pour inspecter le joint de mastic. Il semble satisfait d'avoir mené à bien son contrôle d'étanchéité avant de poursuivre la conversation.

— Ça coûterait si cher que ça, du fourrage de meilleure qualité ?

— Tu vois beaucoup de luzerne pousser sur cette île ?

— Difficile à dire, vu que je ne sais pas à quoi ça ressemble.

— Au fromage fondu que tu as dans le crâne ! Oui, bien sûr que ça coûterait cher, ça vient du continent !

Je me sens un peu coupable de lui parler si sèchement, alors que je ne suis pas en colère contre lui, mais contre

Gabe. Je n'arrive pas à me faire à l'idée de ne pas voir mon grand frère ce soir, de ne pas avoir l'occasion de le mettre au pied du mur et de lui parler de la visite de Malvern. Je ne peux pas veiller trop tard : je dois me lever tôt demain si je veux retourner à la grève des courses.

Finn fait une tête d'enterrement. Je me sens très mal. Peut-être qu'on pourrait vendre autre chose, par exemple ces poulets qui passent leur temps à rendre l'âme avant que nous les ayons tués pour les manger ; mais, si notre basse-cour tout entière suffirait à acheter une balle de foin, elle ne payerait pas une seule mesure de grain de bonne qualité.

— Ça l'aiderait à courir plus vite ? demande Finn.

— Un cheval de course devrait avoir une alimentation de cheval de course.

Il jette un coup d'œil vers notre dîner, qui se compose des haricots et d'un morceau de lard offert par Dory Maud.

— Alors, s'il le faut vraiment.

À l'entendre, on jurerait que je lui ai demandé d'amputer sa jambe gauche, mais je comprends ce qu'il ressent : il aime la Morris comme j'aime Dove, et que lui restera-t-il, sans la voiture à bricoler ? Seulement les fenêtres, et notre maison n'en comporte que cinq.

— Si je gagne, nous aurons assez d'argent pour la racheter. (Il a toujours l'air sombre.) Et même assez pour en acheter deux, et on pourra utiliser la seconde pour tracter la première quand son moteur tombera en panne !

Il esquisse un fantôme de sourire. Nous nous mettons à table et nous mangeons nos haricots au lard. D'un accord tacite, nous finissons le gâteau aux pommes sans en laisser pour Gabe. Deux personnes, derrière cette table prévue pour cinq. Je ne vois pas comment je vais pouvoir dormir, avec ce nœud de colère en moi. Mais où donc est Gabe ?

Je pense au mouton décapité que Finn et moi avons trouvé sur la route de Skarmouth. Comment sommes-nous censés savoir si Gabe travaille tard, ou s'il gît mort sur le bas-côté de la route ? Et, du reste, comment lui est-il censé savoir que nous sommes bien rentrés, sains et saufs, et que nous ne gisons pas nous-même sur le bas-côté ?

Et c'est finalement Finn qui le dit :

— On pourrait croire qu'il est déjà parti !

Chapitre 20

Sean

Cette nuit-là, je ne dors pas. Allongé dans mon lit, je fixe la fenêtre et son petit carré de ciel noir. Même sec, je reste gelé jusqu'aux os comme si j'avais avalé la mer et qu'elle vivait en moi. Mes bras me font mal. J'ai l'impression de soutenir tout le poids des falaises.

Je pense à Fundamental qui nageait, si farouchement déterminé à suivre le bateau ; à sa tête rejetée en arrière et au blanc de ses yeux, et il s'enfonce à nouveau sous les eaux, et les remous tourbillonnent autour de moi.

Je plonge et replonge maintes et maintes fois, mais il fait toujours trop sombre, trop froid, tout se passe trop vite et j'arrive trop tard.

Je revois sans cesse, debout à la pointe de la crique, Mutt Malvern qui me regarde.

Son père ne s'est pas encore manifesté, mais il le fera. Ce n'est qu'une question de temps.

— *Kendrick !* crie la voix de Daly.

Trop tard.

Je ne peux plus rester au lit. Je roule sur moi-même et j'atterris sur mes pieds. Ma veste, que j'ai accrochée à la volute de fer du radiateur, est encore humide et pleine de sable. Sans allumer, j'enfile mon pantalon et mon chandail de laine et je descends l'escalier étroit qui mène aux écuries.

Les trois ampoules de l'allée centrale projettent des cercles de lumière sur le sol juste au-dessous d'elles, mais tout le reste est plongé dans l'obscurité. Mon souffle se perd dans le noir et le fait paraître plus vaste. Les pur-sang et les chevaux de trait décèlent ma présence et lancent de petits hennissements pleins d'espoir. Depuis le drame de cet après-midi, je n'arrive plus à les regarder ; je les ai tous vus naître, eux aussi.

Impossible pourtant de passer sans les entendre : ils mâchonnent tranquillement leur foin et cognent du sabot contre le sol quand une jambe les démange ; la paille crisse ; bruits rassurants et familiers des chevaux.

Je marche jusqu'à la dernière stalle. Corr se tient juste à l'extérieur de la zone éclairée, et sa robe prend dans l'ombre la couleur du sang coagulé. Je m'appuie contre la porte et l'observe. Lui ne passe pas ses nuits comme les chevaux ordinaires, à grignoter du foin et pousser des soupirs en faisant vibrer ses lèvres. Il reste debout au milieu de son box, oreilles dressées, dans une immobilité parfaite, les yeux brillant d'une lueur qu'on ne verra jamais chez un pur-sang : un éclat intense et prédateur.

Il me scrute de son œil gauche, puis porte son regard plus loin. Il écoute. La rumeur de la marée montante, l'odeur de sang de cheval sur mes mains et ma propre nervosité l'empêchent de se détendre.

Je ne sais pas pourquoi Mutt Malvern a pris la place de Daly, ni comment il espère cacher à son père qu'il se tenait sur la pointe quand le *capall uisce* a pénétré dans la crique.

Je songe de nouveau à Fundamental, à ses yeux immenses roulant dans leurs orbites. Mutt n'a pas hésité à le sacrifier pour me faire du mal. Pour obtenir ce qu'il voulait.

Et moi, que serais-je disposé à sacrifier pour obtenir ce que je veux ?

— Corr ! je chuchote.

Les oreilles de l'alezan se tournent aussitôt vers moi, et il me fixe de ses prunelles sombres et mystérieuses comme des fragments d'océan. De jour en jour, il devient, et nous devenons, plus dangereux.

Je ne supporte pas l'idée que Mutt Malvern le monte, si je partais.

Le garçon espère que son père va me mettre à la porte à cause de ce qui s'est passé aujourd'hui. Je me dis que je pourrais aussi bien donner ma démission, et je songe à la satisfaction de prendre mes économies et de planter là les Malvern, avec tout ce qu'ils possèdent.

Corr émet un bruit léger, presque inaudible, sur une note descendante, comme un cri poussé sous l'eau, mais qui, venant de lui, est un salut et un appel.

Je fais claquer une fois ma langue, et il se tait aussitôt. Aucun de nous ne s'approche de l'autre, mais nous changeons tous deux de jambe d'appui au même moment. Je soupire, et lui aussi.

Je ne peux pas me passer de Corr.

Chapitre 21

Puck

Forte de mon expérience de la veille sur la plage, j'échafaude un nouveau plan : je décide d'affronter la marée haute, quitte à voir surgir des chevaux de mer venus du large, plutôt que de monter plus tard, à marée basse, quand je ne pourrai éviter de les rencontrer sur la plage. Je mets donc mon réveil à sonner à cinq heures et, quand je selle Dove, elle est encore à moitié endormie.

Gabe a déjà disparu. Je ne suis même pas sûre qu'il soit rentré, la nuit dernière. J'en arrive presque à me réjouir de la pente sombre et traîtresse du chemin, qui accapare mon attention et m'interdit de ruminer ce que son absence implique.

Une fois arrivée au pied des falaises, je dois progresser lentement pour éviter que Dove ne bute contre un des nombreux rochers disséminés au-dessus de la ligne d'étale. La faible lumière du petit matin blanchit l'haleine de la jument et lui donne l'air solide. Il fait si sombre que j'entends mieux l'océan que je ne le vois. « Shhhhh… shhhhh… », murmure-t-il, comme une mère apaisant son enfant qui ronchonne, mais, si j'étais sa fille, je préférerais être orpheline.

Bien réveillée à présent, Dove tourne les oreilles vers l'eau. La mer reste encore assez haute, mais, quand l'aube viendra, l'océan cédera à contrecœur aux cavaliers une étendue de plusieurs dizaines de mètres de sable compact, et ils auront alors un peu plus de place où s'entraîner et le fuir ; pour l'instant, les vagues qui déferlent avec furie nous acculent à la falaise.

Je ne me sens guère courageuse.

La marée haute, l'obscurité, et ce ciel de novembre. En cette saison, l'océan autour de Thisby grouille de *capall uisce*. Je sais combien nous sommes vulnérables, Dove et moi, sur cette plage sombre. Il pourrait y en avoir un dans l'eau juste à l'instant.

Mon cœur bat sourdement dans mes oreilles. « Shhhhh… shhhhh… », me berce inlassablement l'océan, mais je ne m'y fie pas. Dove ne le quitte pas des yeux. Je règle mes étriers mais reste pied à terre, l'oreille tendue, à l'affût du moindre signe de vie. Je n'entends que le bruit des vagues, mais, soudain, je vois l'eau étinceler comme d'un méchant sourire. Ça pourrait être un reflet sur une échine sinueuse de *capall uisce*.

Dove le sait sans doute. Je dois lui faire confiance. Elle pointe encore les oreilles, attentive, mais sans méfiance. Je dépose un baiser sur son épaule poussiéreuse pour me porter chance, je grimpe sur son dos et je l'éloigne autant que possible de l'eau. Tout en haut, où des rochers et des galets jonchent le sable, il est impossible de monter. Plus près, *shhhhh… shhhhh…*

Je fais trotter doucement Dove en cercle pour l'échauffer. J'espère toujours que je vais me détendre et oublier où je me trouve, mais non. Le moindre éclat de lumière sur l'eau me fait tressaillir, et mon corps hurle devant la menace de cet océan noir. Il me revient en mémoire l'histoire que, sur Thisby, on raconte aux enfants dès qu'ils deviennent pubères : celle des deux jeunes amoureux qui s'étaient donné rendez-vous en cachette sur la plage, et qu'un cheval de mer tapi là a entraînés dans l'océan où ils ont péri ; les adultes espèrent ainsi mettre en garde la jeunesse de Skarmouth et la faire réfléchir à deux fois avant d'aller s'embrasser en douce.

Ce récit maintes fois entendu, que ce soit dans une salle de classe ou devant la caisse d'un commerçant, et qui ne m'avait jamais paru digne de foi, me semble maintenant, dans cette nuit, prendre des airs de promesse. Mais il ne sert à rien d'y penser, et je dois employer bien le temps dont je dispose. Je m'efforce donc de faire semblant que nous nous trouvons dans le pré boueux, et nous nous entraînons consciencieusement, Dove et moi : nous trottons dans un sens, puis dans l'autre, galopons dans un sens, puis dans l'autre. À intervalles réguliers, je m'arrête pour tendre l'oreille et scruter l'obscurité, en cherchant à discerner dans les vagues une forme plus sombre. Dove se calme progressivement, mais je continue à trembler, un peu à cause du froid et un peu parce que j'ai encore les nerfs en pelote.

Très loin sur l'horizon, l'aube commence à pointer ; les autres cavaliers arriveront bientôt.

J'arrête Dove et j'écoute. *Shhhhh… shhhhh…*

J'attends un long, très long moment, mais je n'entends que l'océan.

Alors je lance Dove au grand galop.

Elle s'élance joyeusement, en faisant claquer sa queue d'enthousiasme. Les vagues se brouillent en ligne sombre, les falaises se fondent en un long mur gris indistinct, et le martèlement des sabots de Dove et son souffle précipité couvrent le grondement de l'océan.

Les mèches échappées de ma queue-de-cheval me giflent comme de petits fouets. Dans son allégresse, Dove lance une ruade, puis une autre. Elle me fait rire. Nous pilons net et repartons dans l'autre sens.

Je crois voir quelqu'un qui nous observe du haut de la falaise, mais, quand je regarde à nouveau, il n'y a plus personne.

Je songe à notre entraînement de ce matin. Dove est maintenant hors d'haleine, et moi aussi. La mer descend. Nous en avons assez fait pour aujourd'hui, et les autres ne sont même pas encore arrivés sur la plage.

Mon plan pourrait fonctionner.

Je ne sais pas à quelle vitesse nous avons couru, mais ce n'est pas ce qui importe, pour l'instant. Chaque chose en son temps.

Chapitre 22

Sean

Le premier étage du salon de thé est désert à cette heure de la journée. Je me tiens tout seul au milieu d'une multitude de petites tables couvertes de nappes, chacune ornée d'un chardon violet fiché dans un vase. La salle longue et étroite, au plafond bas, évoque un cercueil douillet ou une église étouffante. Les rideaux roses en dentelle accrochés aux petites fenêtres derrière moi baignent la pièce d'une lueur rosée, et je représente l'élément le plus sombre du décor.

Je m'assieds. Evelyn Carrick, la fille cadette de la maison, vient me demander ce que je désire. Elle ne me regarde pas, ce qui me convient parfaitement dans la mesure où je ne la regarde pas, moi non plus. Je fixe des yeux le petit carton imprimé posé sur la nappe devant moi.

Quelques mots en français ressortent sur le menu ; les plats en anglais portent des noms longs et compliqués. Même si je ne voulais que du thé, je ne serais pas sûr de le reconnaître.

— Je vais attendre un peu.

Elle hésite. Ses yeux me cherchent, puis m'évitent, comme ceux d'un cheval méfiant devant un objet inconnu.

— Puis-je prendre votre manteau ?

— Je préfère le garder.

Après une nuit à sécher sur le radiateur, ma veste est roide de sel et toute maculée de boue et de sang. Chacune des journées passées sur le rivage reste inscrite dans ses fibres, et je conçois mal Evelyn la toucher de ses petites mains blanches.

La jeune fille se livre à une manipulation complexe sur la serviette et la soucoupe de l'autre côté de la table, puis disparaît dans l'escalier exigu. J'entends les marches grincer et soupirer sous ses pas. Enserré entre l'épicerie et le bureau de poste, le salon de thé occupe un bâtiment haut et étroit dans l'une des plus vieilles maisons de Skarmouth. Je me demande ce que c'était, avant qu'on y vende des viennoiseries.

Malvern est en retard pour ce rendez-vous qu'il m'a fixé et auquel je m'attendais, sans avoir prévu qu'il aurait lieu ici. Je me tourne pour observer la rue en contrebas par les jours des rideaux. Il y a déjà quelques touristes, bien que le festival n'ait pas encore commencé, et j'entends des joueurs de tambour répéter leur morceau. Sous peu, la foule aura envahi la ville et occupé toutes les tables du salon de thé. À la fin du festival, les cavaliers défileront dans les rues, et moi avec eux, si je n'ai pas perdu mon travail d'ici là.

Je relève un peu la manche de ma veste pour jeter un coup d'œil à mon poignet. Pendant l'entraînement de ce matin, le tissu rêche a frotté contre ma peau et l'a mise à vif. Une bagarre s'est déclenchée entre les chevaux, aujourd'hui, et il m'a fallu intervenir. J'aimerais vraiment que Gorry renonce à essayer de vendre la jument pie et qu'il la relâche : elle a une mauvaise influence sur les autres.

Les marches craquent sous le poids de quelqu'un de plus lourd qu'Evelyn, et Benjamin Malvern traverse la salle à grandes enjambées. Il s'arrête près de ma table et attend que je me lève pour le saluer. Avec son manteau luxueux, son œil vif et son nez bulbeux qui surplombe des lèvres trop charnues, il incarne une certaine laideur soignée, tel un cheval de course d'un prix exorbitant mais aux traits grossiers.

— Sean Kendrick, me dit-il. Comment allez-vous ?

— Bien.

— Et comment se porte la mer ?

Il se doit de plaisanter un peu, en signe de bienveillance, et moi de faire semblant que j'apprécie, pour justifier mon salaire.

J'esquisse un sourire.

— Comme toujours.

— Asseyons-nous.

Je le laisse joindre le geste à la parole avant de l'imiter. Il prend le menu, mais ne le lit pas.

— Vous êtes donc fin prêt pour le festival de ce week-end ?

L'escalier craque. Evelyn réapparaît et dépose devant Malvern une tasse remplie d'un liquide mousseux.

— Que prenez-vous ? me demande-t-elle de nouveau.

— Rien, merci.

— Il n'entend pas abuser de votre hospitalité, intervient mon patron. Apportez-lui donc une tasse de thé !

Je hoche la tête à l'adresse d'Evelyn. Malvern ne semble même pas remarquer son départ.

— Il ne rime à rien de se priver, quand des affaires désagréables nous attendent, énonce-t-il en prenant une gorgée de son étrange breuvage.

Je ne bouge ni ne parle.

— Vous êtes un jeune homme taciturne, Sean Kendrick.

Le rythme accéléré des Tambours du Scorpion derrière les fenêtres jure du tout au tout avec ce monde rose et tendre qui nous entoure. Malvern se penche et pose les coudes sur la table.

— Je ne crois pas vous avoir raconté comment j'en suis venu à m'occuper de chevaux.

Je croise son regard.

— À l'époque, j'étais jeune et pauvre et je vivais sur une île, mais pas celle-ci. Je n'avais rien, sinon une paire de chaussures et des bleus plein la peau. Au bout de la rue où j'habitais, un homme vendait toutes sortes de chevaux, des montures dignes d'un roi comme de mauvais bourrins, des sauteurs comme des chevaux de boucherie. Il organisait chaque mois une vente aux enchères, à laquelle on venait assister de plus loin que vous n'êtes allé dans votre vie tout entière.

Malvern s'arrête, le temps de voir si l'idée que j'ai déjà pris racine dans cette île m'attriste, mais je reste impassible, et il reprend, déçu.

— Cet homme avait un étalon, une bête en or comme si Midas l'avait touchée : un mètre soixante-dix, un mètre quatre-vingts au garrot, et une crinière, une queue de lion ! À le voir évoluer dans la cour, on l'aurait cru parfait, mais il y avait un hic : personne ne pouvait le monter. Il avait déjà désarçonné quatre hommes et en avait tué un cinquième. Il engloutissait de quatre à huit balles de foin par jour, et nul n'allait se risquer à enchérir pour un tueur. J'ai donc proposé au vendeur de le dresser. Si j'y parvenais, je lui demandais en échange de me donner du travail, de sorte que je ne sois plus jamais pauvre. Le maquignon m'a répondu qu'il ne pouvait me le garantir, mais qu'il promettait en revanche de me garder à son service jusqu'à sa mort. Alors j'ai bridé l'étalon, j'ai découpé dans la robe d'une vierge un bandeau que j'ai noué sur ses yeux et j'ai enfourché l'animal. Nous avons parcouru au galop toute la campagne alentour, lui aveugle, moi chevauchant comme un roi, et, lorsque je l'ai ramené, il était dressé et j'avais du travail. Que pensez-vous de mon histoire ?

Je regarde Malvern. Il boit, et je sens une odeur de beurre.

— Je ne vous crois pas. (Il hausse un sourcil.) Vous n'avez jamais été jeune.

— Et moi qui vous pensais dépourvu de tout humour, monsieur Kendrick !

Il ne dit plus rien pendant qu'Evelyn vient déposer une tasse de thé devant moi. Elle me propose du lait et du sucre, que je refuse d'un signe de tête, et Malvern attend qu'elle ait de nouveau disparu dans les escaliers pour se remettre à parler :

— Mon fils affirme que vous avez tué un de mes chevaux.

Je sens une colère brûlante monter dans ma poitrine jusqu'à ma gorge.

— Vous ne semblez pas surpris, ajoute Malvern.

— Je ne le suis pas.

Dehors, les battements des Tambours du Scorpion s'amplifient au fur et à mesure qu'ils se rapprochent. Des rires fusent, suivis d'un de ces ricanements bas et moqueurs qui font froncer les sourcils de ceux qui ne sont pas au fait de la plaisanterie. Malvern se renfrogne, lui aussi, et incline la tête comme s'il imaginait la scène à l'extérieur plus clairement qu'il ne voit mon visage. Le rythme des tambours imite à présent un martèlement de sabots, et je me demande si mon patron revoit à cet instant le grand étalon courir dans la campagne d'une île que je ne connais pas.

— Quinn Daly m'a fait part de sa version des choses, poursuit Malvern. Il m'a dit que vous exerciez Fundamental dans la crique. Selon lui, vous aviez l'air distrait, vous n'étiez pas concentré sur votre travail, et vous n'auriez pas détecté une menace venue de l'eau.

Évidemment que j'étais distrait, entre cette fille rousse et son poney, et ces traces de sang laissées sur le sable par les juments féroces ! Je n'arrive pas à croire que Malvern puisse me mettre à la porte à cause de ça, ou de quoi que ce soit d'autre ; quoique si, à la réflexion. Je me tiens sur le fil d'un rasoir.

— Et que vous a-t-il raconté d'autre ?

— Que Matthew lui a dit qu'il allait le remplacer pour surveiller la crique, puis, juste après, il a vu Fundamental couler et vous avez plongé aussitôt. (Malvern croise les mains sur la table devant lui.) Mais mon fils soutient tout autre chose, et c'est la parole de l'un contre celle de l'autre. Qu'avez-vous à me dire ?

Je serre les dents. Je joue une partie perdue d'avance, et je parle à contrecœur.

— Je ne peux pas accuser votre fils de mentir.

— Vous n'y êtes pas obligé, me répond Malvern. L'état de votre veste est éloquent et montre bien ce qu'il en est.

Nous restons un moment silencieux.

— Je voudrais savoir ce que vous avez en tête, Kendrick, reprend finalement Malvern. Qu'attendez-vous de la vie ?

La question me prend au dépourvu. À supposer qu'il existe quelqu'un à qui je voudrais ouvrir mon cœur, ce ne saurait en aucun cas être Benjamin Malvern, et il m'est tout aussi inconcevable de lui avouer mes rêves que de l'imaginer me confiant les siens.

Pourtant, je lui réponds, et il ne me quitte pas des yeux.

— Un toit au-dessus de ma tête, des rênes dans mes mains et le sable sous mes pieds.

Un très grand raccourci, mais sincère.

— Eh bien, dans ce cas, vous avez déjà atteint vos objectifs.

Je ne peux tout de même pas, assis en face de lui et buvant son thé, lui annoncer que ce que je désire vraiment, c'est ne plus être à ses ordres.

— Beaucoup d'eau a coulé sous les ponts depuis que j'ai dressé ce premier étalon, dit Malvern. Vu de l'extérieur, je ne sais pas à quoi peut ressembler le parcours qui m'a conduit jusqu'à cette île misérable perdue au milieu de l'océan, et mon expérience ne m'est d'aucun recours quand il s'agit de prévoir le chemin que prendra mon fils.

Mutt Malvern peut prendre toutes sortes de chemins, mais je crois que nous savons l'un comme l'autre qu'aucun ne le mènera à la tête d'un haras réputé dans le monde entier.

— Avez-vous eu le temps de vous forger une opinion sur les performances de mes chevaux ?

Ce qu'il me demande, c'est quels sont ses *capaill uisce* les plus rapides.

— Je les connais depuis le début.

Il se fend d'un sourire méchant, mais qui ne m'est pas destiné.

— Alors, dites-moi, quel est le plus lent ?

— La jument baie sans marque blanche.

J'ai parlé sans une seconde d'hésitation. Je ne lui ai pas donné de nom, elle ne le mérite pas encore. C'est une écervelée, agitée comme la houle, à qui la mer monte à la tête, et qui ne court pas vite parce qu'elle ne prend aucun plaisir à contenter son cavalier.

— Et le plus rapide ?

Là, je réfléchis, car je sais qu'il choisira la monture de Mutt pour cette saison en fonction de ma réponse. Je n'ai aucune envie de lui dire la vérité, mais il ne me servirait à rien de lui mentir, puisqu'il finira bien par le savoir.

— Corr, l'étalon alezan.

— Le moins dangereux ?

— Edana, la baie avec une étoile.

Malvern pose alors les yeux sur moi. Pour la première fois, il me regarde vraiment et il fronce les sourcils, comme s'il découvrait soudain ce garçon qui a grandi dans ses écuries et débourré ses chevaux. Je contemple ma tasse.

— Pourquoi avez-vous plongé à la suite de Fundamental ?

— J'en étais responsable.

— Effectivement, mais ce poulain appartenait au haras Malvern, et donc à mon fils. (Il repousse sa chaise et se lève.) Matthew montera Edana. Relâchez l'autre baie, à moins que vous ne pensiez qu'elle puisse donner quelque chose l'année prochaine.

Il me lance un coup d'œil interrogateur. Je secoue la tête.

— Laissez-la partir, dans ce cas ; quant à vous (il dépose quelques pièces sous le rebord de sa soucoupe), vous monterez Corr.

Chaque année, j'attends avec impatience qu'il le dise et, chaque année, quand il prononce ces mots, mon cœur s'apaise.

Mais, cette fois-ci, j'ai l'impression de continuer à attendre.

Chapitre 23

Puck

Le lendemain, à l'heure du déjeuner, je me sens morose. En me levant le matin, j'ai découvert que Gabe s'était déjà éclipsé et j'ai décidé de prendre les choses en main et d'aller le trouver à l'hôtel Skarmouth. Là-bas, on m'a dit qu'il était sur le port, et sur le port qu'il était parti en bateau, et quand j'ai demandé sur quel bateau, on m'a ri au nez et on m'a répondu que c'en était peut-être bien un avec un coup dans l'aile.

Il m'arrive de haïr tous les hommes.

En rentrant, je fulmine et me plains qu'on ne peut plus jamais parler à notre frère.

— Moi, j'ai discuté avec lui ce matin, avant qu'il parte, me répond Finn. Du poisson.

Je parviens à réprimer ma fureur, mais de justesse.

— Eh bien, la prochaine fois que tu le verras, dis-lui qu'il faut que je lui parle. Quel poisson ?

— Quoi ? demande Finn en souriant d'un air vague à une tête de chien en porcelaine.

— Laisse tomber !

Puis j'emmène Dove sur la plage, à la marée haute. Elle se montre irascible et léthargique, et pas du tout d'humeur à travailler. Elle a souvent des jours comme ça, bien sûr, mais jusqu'ici ce n'était pas important ; non que ce le soit aujourd'hui, mais, si elle se comporte ainsi le matin de la course, je ferais aussi bien de rester dans mon lit.

Une fois de retour à la maison, je la lâche dans le paddock et je lance une brassée de foin par-dessus la barrière. Je sais que c'est du mauvais foin de l'île, même si ça ne m'avait jamais encore vraiment tourmentée, et je regarde sombrement le ventre gonflé de Dove avant d'ouvrir la porte de la maison.

— Finn ?

Personne. J'espère qu'il est parti réparer la Morris. Ce serait bien qu'il y ait au moins une chose qui fonctionne, sur cette fichue île.

— Finn ?

Toujours pas de réponse. Je prends la boîte à biscuits sur le plan de travail et la secoue pour faire tinter les pièces, non sans me sentir coupable. Je les sors, je les compte et les remets en place, et j'imagine tout ce dont Dove serait capable si elle mangeait mieux. Puis je ressors l'argent et je me dis qu'il suffirait à acheter seulement une semaine de nourriture correcte, et que le dépenser réduirait à néant toutes nos économies. Je le range dans la boîte.

En tout cas, si je ne fais rien, nous allons perdre la maison.

Je fixe la boîte, les poings serrés.

Je vais demander à Dory Maud une avance sur les théières.

Je fourre la plus grande partie des pièces dans ma poche, en n'en laissant que quelques-unes. Sans Finn ni la Morris, sans doute encore en panne, il n'y a aucune chance pour qu'on m'emmène chez *Colborne & Hammond*, le fournisseur de matériel agricole. Je vais donc chercher le vélo de maman dans l'appentis, en repoussant Dove qui bloque la porte. Je vérifie que les pneus sont bien gonflés et je descends la route en zigzaguant pour éviter les nids-de-poule. Heureusement que la tempête annoncée par Finn n'a pas encore éclaté : le magasin se trouve à Hastoway, de l'autre côté de Skarmouth, et j'aurai bien assez mal aux jambes sans en plus me faire tremper.

Je quitte le gravier et je tourne sur la route asphaltée, en jetant un coup d'œil par-dessus mon épaule pour vérifier qu'il n'y a pas de voitures qui viennent ; c'est rarement le cas, mais, depuis que le camion de Martin Bird a projeté le père Mooneyham dans le fossé, je fais attention.

Le vent souffle droit des collines, je dois me pencher en pédalant pour empêcher la bicyclette de se renverser. Devant moi, la route serpente entre les rochers les plus massifs. Papa disait que, la première fois qu'on l'a goudronnée, elle tranchait comme une cicatrice ou une fermeture éclair noire sur les bruns ternes et les verts des collines alentour. La couleur du bitume et des lignes peintes dessus a maintenant passé, et elle s'est fondue dans le paysage rude et tourmenté ; çà et là, les taches de goudron plus sombre dont on a rempli les cratères qui ont percé à sa surface dessinent comme un motif de camouflage et, de nuit, il devient presque impossible de la suivre sans se fourvoyer.

J'entends derrière moi un bruit de moteur percer celui du vent et me range sur le côté pour laisser passer le véhicule, mais celui-ci s'arrête. C'est la grande bétaillère à moutons de Thomas Gratton, un camion Bedford dont les phares et la calandre lui donnent la tête de Finn quand il fait sa face de crapaud.

— Bonjour, Puck Connolly, me lance par la vitre baissée Thomas Gratton, qui ouvre déjà sa portière. Où vas-tu comme ça ?

— À Hastoway.

Je ne me rappelle pas être descendue de mon vélo, mais, un instant plus tard, Gratton le soulève par-dessus la ridelle du camion.

— Moi aussi, me dit-il.

Comme je sais reconnaître un coup de chance quand j'en vois un, je grimpe sur le siège passager, que je débarrasse d'une boîte en fer-blanc, d'un journal et d'un border collie avant de m'asseoir.

— Prends des biscuits, grogne Thomas Gratton en se hissant laborieusement dans l'habitacle, ça m'évitera de les manger tous moi-même !

Il démarre. Je mords dans un biscuit et j'en donne un au chien, en jetant à la dérobée un coup d'œil à Thomas Gratton pour voir s'il a remarqué et, si oui, si ça le contrarie, mais il chantonne en agrippant le volant comme pour l'empêcher de s'enfuir ; puis je repense à Peg et lui parlant de moi, et je me demande si je n'ai pas commis une erreur en me laissant enfermer dans ce camion avec lui.

Nous poursuivons un moment notre route dans un silence tout relatif – la bétaillère vibre comme si le moteur cherchait à s'en échapper, et *silence* ne sonne pas vraiment comme le bon mot. L'habitacle regorge de papiers de pastilles contre la toux, de bouteilles de lait vides et de vieux fragments friables de journaux tachés de boue, ce que je remarque avec satisfaction : l'ordre et la propreté me donnent toujours l'impression que je dois bien me tenir, et mon milieu naturel, c'est le bazar.

— Comment va ton frère ? me demande Gratton.

— Lequel ?

— Le héros à la carriole.

— Oh, Finn !

Je pousse un soupir si profond que le collie entreprend de me lécher le visage pour me consoler.

— C'est un garçon consciencieux. Crois-tu qu'il accepterait d'entrer en apprentissage ?

Ce serait pour nous une aubaine, et je regrette d'avoir à répondre :

— Malheureusement, il ne supporte pas la vue du sang.

— Alors, il a bien mal choisi son île ! dit Thomas Gratton en riant.

Je me souviens non sans répugnance du mouton mort que j'ai découvert l'autre jour, et je songe à Finn, toujours fourré chez Palsson. S'il pouvait devenir apprenti n'importe où, je suis sûre qu'il choisirait la boulangerie, là où on le laisserait mettre du sel dans son chocolat chaud, mais son patron serait alors obligé d'embaucher un second apprenti pour nettoyer derrière lui.

— Qui est-ce, là-bas ? demande Thomas Gratton.

Il me faut un moment pour distinguer la silhouette sombre et solitaire qui chemine parallèlement à la route. Gratton arrête le camion et descend la vitre de sa portière.

— Sean Kendrick !

Je sursaute.

C'est bien lui, en effet. Il marche les épaules courbées et le col de sa veste relevé contre le froid et le vent.

— Que diable faites-vous par ici, sans votre cheval ?

Sean ne répond pas tout de suite ; il reste imperturbable, mais un je-ne-sais-quoi fluctue sur son visage, comme s'il passait à une autre vitesse.

— Je marche un peu pour m'aérer la tête.

— Et dans quelle direction ?

— Je ne sais pas. Hastoway.

— Alors venez vous aérer la tête avec nous dans le camion, nous y allons aussi.

Un instant, l'injustice de la situation me frappe de plein fouet : Thomas Gratton m'a d'abord offert de m'emmener moi, et voilà qu'il me faut partager la place, et avec qui, avec ce Sean-Gardez-Votre-Poney-À-L'Écart-De-Cette-Plage-Kendrick ! Puis je vois que lui aussi m'a vue, et qu'il hésite à monter dans le camion, ce qui me fait plaisir. J'aimerais avoir l'air terrifiant, et je le fusille des yeux.

Mais l'expression de Gratton doit neutraliser la mienne, car Sean Kendrick, après un coup d'oeil en arrière, contourne le camion vers l'autre côté. Le mien. Gratton ouvre la portière et ordonne à son chien de passer derrière, et le collie obtempère en nous lançant un sale regard. Je me décale sur le siège jusqu'à la place que le chien occupait, ce qui me met juste à côté de Gratton. Son haleine sent les pastilles au citron dont les emballages jonchent le sol. Je me creuse frénétiquement la tête à la recherche d'une phrase mordante à lancer à Sean quand il ouvrira la portière, quelque chose qui lui fera aussitôt comprendre que je me souviens très bien de ce qu'il m'a dit sur la grève, qu'il ne m'impressionne ni ne m'intimide, et aussi, peut-être, que je suis plus intelligente qu'il ne le pense.

Sean Kendrick ouvre la portière.

Il me regarde.

Je le regarde.

De près, avec ses pommettes tranchantes, son nez en lame de couteau et ses sourcils sombres, il apparaît presque trop austère pour être beau. Ses mains couvertes d'ecchymoses et de plaies trahissent son travail avec les *capaill uisce* et, à l'instar des pêcheurs de l'île, il plisse continuellement les paupières, comme pour protéger ses yeux de la luminosité du soleil et de la mer. Il ressemble à un animal sauvage, et il n'a pas l'air du tout amical.

Je ne dis rien.

Il grimpe dans le camion.

Il referme la portière, et je me retrouve coincée entre la jambe massive de Thomas Gratton, que j'imagine aussi rougeaude que le reste de sa personne, et celle, rigide, de Sean

Kendrick. Les dimensions réduites de l'habitacle nous obligent à nous tasser les uns contre les autres et, si le corps de Gratton semble composé de farine et de pommes de terre, celui de Sean rappelle la pierre, le bois flotté, et peut-être ces anémones de mer urticantes qui échouent parfois sur le rivage.

Je me penche pour m'écarter de lui. Il se tourne vers la vitre.

Gratton fredonne.

À l'arrière, on entend geindre le collie. Le camion vibre et siffle par intermittence.

— J'ai cru comprendre que Mutt – Matthew – n'est pas très satisfait du cheval que vous lui avez choisi, déclare Gratton d'un ton affable.

Sean Kendrick lui lance un regard aigu.

— Qui fait courir ces bruits ?

Je ne sais pas pourquoi, mais sa voix me surprend, maintenant que je l'entends parler normalement et non crier par-dessus le vent. Elle le fait paraître plus humain. Je remarque qu'il sent bon le foin et les chevaux, et il m'horripile un peu moins.

— En fait, dit Gratton, il a piqué une crise en plein milieu de ma boutique tout à l'heure. Il soutient que vous voulez qu'il perde et que vous ne supportez pas la concurrence.

— Tiens donc ! répond Sean avec dédain.

Il tourne de nouveau les yeux vers la vitre. Nous longeons un des pâturages de Malvern où paissent de splendides juments.

Gratton tapote le volant de ses doigts.

— Et là, il a eu affaire à Peg !

Sean le regarde encore. Il se tait, il attend. Je comprends alors que son silence, en incitant Gratton à poursuivre, lui donne à lui, Sean, un avantage subtil dans la conversation, et je me promets d'apprendre à utiliser sa technique.

— Matthew soutenait que, sur votre étalon alezan, lui aussi aurait déjà gagné quatre fois la course. Alors Peg lui a dit qu'il n'y connaissait rien de rien s'il se figurait que la course se réduisait à la monture. Elle a démarré au quart de tour ce matin, parce qu'on est un jour de la semaine qui finit en *di*.

Je m'esclaffe, ce qui rappelle à Gratton ma présence.

— Mais, vous n'avez pas besoin de la concurrence de Mutt Malvern. Vous avez déjà bien assez de Puck !

Je me jure in petto de régler son compte à Thomas Gratton par la suite. Je voudrais m'enfoncer dans la banquette et disparaître, mais je me borne à foudroyer Sean des yeux, en le défiant de faire un commentaire.

Il ne moufte pas. Il me dévisage un instant, les sourcils un peu froncés, comme si, d'une façon ou d'une autre, les raisons qui me poussent à perturber son entraînement sur la grève n'allaient pas manquer de s'éclaircir par elles-mêmes, puis se remet à contempler le paysage.

Je n'arrive pas à savoir si je me sens offensée ou non. Son mutisme m'apparaît pire que n'importe quelle critique. Je choisis de l'ignorer et me tourne vers Thomas Gratton.

— Vous me disiez que vous cherchiez un apprenti ?

— C'est vrai.

— Pourquoi ne pas prendre Beech ?

— Il va partir pour le continent après les courses.

J'ouvre la bouche, mais aucun son ne s'en échappe.

— Beech, Tommy Falk et ton frère Gabriel nous quitteront tous en même temps. D'ailleurs, je te remercie, Puck, de nous avoir donné encore quelques semaines avec lui. On m'a dit que ton frère comptait rester jusqu'à la fin des courses, parce que tu y participes, et que les autres ont retardé leur départ pour lui.

J'ai parfois l'impression que l'île tout entière est plus au courant de mes affaires que je ne le suis moi-même.

— C'est vrai, je dis à mon tour. (Apprendre que Gabe
ne part pas seul assombrit encore plus mon humeur, sans
que je me l'explique vraiment.) Tommy sera dans la course,
lui aussi, n'est-ce pas ?

— Oui. Il a décidé d'y participer, puisqu'il sera encore
sur l'île à ce moment-là.

— Ça vous fait de la peine, que Beech parte ?

Je me rends compte aussitôt que ma question manque
sans doute de délicatesse, mais c'est trop tard.

— Ah, ainsi va la vie, sur cette île ! Tout le monde ne
peut pas rester, sinon on tomberait des falaises, pas vrai ?
me répond Thomas Gratton, mais sa voix contredit la légè-
reté de son ton. Et tout le monde n'a pas non plus sa place
sur cette île ; toi, par contre, oui, je le vois bien. Je me
trompe ?

— Jamais je ne la quitterai, je murmure avec ferveur, ce
serait comme... m'arracher le cœur, ou quelque chose
d'approchant.

Je me sens stupide de me montrer si sentimentale. Derrière le pare-brise, j'aperçois au loin un de ces minuscules
îlots rocheux qui entourent Thisby, un promontoire bleuté
trop petit pour être habitable. Il est beau de cette sorte de
beauté à laquelle on ne s'habitue jamais.

Nous restons silencieux un bon moment, puis j'entends
la voix de Sean :

— J'ai un autre cheval, Kate Connolly, si vous souhaitez
monter un *capall uisce*.

Chapitre 24

Puck

Finn scrute mon visage en émiettant lentement un biscuit entre ses doigts.

— Alors, Sean Kendrick va te vendre un cheval de mer ?

Nous sommes assis dans l'arrière-boutique de *Fathom & Fils*, une pièce oppressante aux murs couverts de rayonnages encombrés de boîtes marron, qui ménagent juste assez de place pour une table pleine d'éraflures au milieu. Ça sent moins le beurre et plus le carton moisi et le vieux fromage que dans le reste de la maison. Quand nous étions petits, maman nous laissait là avec une provision de biscuits pour aller bavarder avec Dory Maud dans le magasin, et Finn et moi jouions à deviner, chacun à notre tour, le contenu des boîtes marron : des outils ; des crackers ; des pattes de lapin ; les bijoux de famille des mystérieux amants de Dory Maud.

— Pas forcément, je lui réponds sans relever la tête. (Je suis en train de signer et de numéroter des théières tout en sirotant une tasse de thé, malheureusement froid à présent.) Ce n'est qu'une possibilité. En réalité, il n'a pas parlé de « vendre ».

Finn me dévisage.

— Ni moi d'« acheter », du reste.

— Je croyais que tu allais monter Dove ?

J'inscris mon nom au bas d'une théière. *Kate Connolly.* Ça ressemble à mon écriture sur un formulaire pour l'école, ça manque de panache, et j'ajoute un paraphe en bas du *y*.

— Ce sera sans doute le cas. J'y réfléchis, c'est tout.

Je me sens rougir sans savoir pourquoi, ce qui m'exaspère. Je croise les doigts pour que la faible lumière de l'ampoule du plafond et la clarté diffuse qui filtre par les étroites fenêtres au-dessus des étagères ne me trahissent pas.

— Je n'ai plus que deux jours pour me décider, alors autant que je sois fixée.

— Tu vas défiler avec les cavaliers ? me demande Finn.

Il ne me regarde plus. Maintenant qu'il a fini de disséquer son biscuit, il entreprend de compresser les miettes en une forme plus petite et plus compacte.

Chaque année, une semaine après que les chevaux ont surgi de l'océan, se tient le Festival du Scorpion. Je n'y suis allée qu'une seule fois, et on ne m'a pas autorisée à rester assez longtemps pour assister à l'événement majeur de la nuit, la Parade des Cavaliers, quand ceux-ci déclarent officiellement leur monture et que les parieurs se déchaînent.

À l'idée, je sens un petit gouffre de nerfs se creuser dans mon estomac.

— Oui, tu y seras ?

Dory Maud, un sourcil levé, se tient sur le seuil. Elle porte une robe dont les délicates manches en dentelle jurent sur ses bras épais ; on dirait qu'elle l'a volée.

Je fronce les sourcils avec humeur.

— J'espère que vous n'allez pas essayer de me faire changer d'avis !

— Au sujet du défilé, ou de la course ? me demande-t-elle en tirant à elle la troisième chaise de la pièce et en s'asseyant. Ce que je n'arrive pas à comprendre, c'est pourquoi une jeune fille aussi douée et aussi indispensable que toi tient tant à passer pour une idiote ou à se faire tuer.

Finn sourit à son biscuit.

— J'ai mes raisons, je réplique sèchement. Et ne me dites pas non plus que mes parents seraient si tristes, s'ils savaient ! Je l'ai déjà entendu. J'ai déjà *tout* entendu !

— Elle a été irritable comme ça toute la semaine ? demande Dory Maud à Finn.

Il opine.

— Cela aurait déplu à ton père, en effet, poursuit-elle, mais ta mère, elle, aurait été mal placée pour objecter. C'était une rebelle, et je crois bien que la seule chose dont elle s'est abstenue, sur cette île, c'est de participer aux courses.

— Vraiment ? je dis, avide de plus d'informations.

— Sans doute, répond Dory Maud. Pourquoi manges-tu cette horreur, Finn ? Ça ressemble à de la nourriture pour chats.

— Ça vient de la maison, soupire mon frère, et, quand on est passés devant chez Palsson, ils sortaient les torsades à la cannelle.

— Ah, les torsades (Dory Maud griffonne quelque chose sur un morceau de papier, de son écriture si atrocement illisible que j'en arrive à croire qu'elle la travaille exprès pour ça), même les anges ont dû les sentir !

Finn a un air mélancolique.

Je me sens coupable à l'idée du stock de foin et de grain que je viens d'acheter ; je ne suis pas absolument sûre que l'investissement soit meilleur que ne l'auraient été des torsades à la cannelle.

— Pourriez-vous me donner une avance sur quelques théières, Dory Maud ? (Je pousse vers elle une pièce dûment

numérotée et signée, en gage de bonne volonté.) La nourriture pour chevaux coûte cher.

— Je ne suis pas une banque, mais, si tu m'aides à installer le stand pour le festival vendredi après-midi, d'accord.

— Merci, je lui dis, mais sans me sentir très reconnaissante.

— Je ne comprends toujours pas pourquoi tu ne montes
pas Dove, reprend mon frère.

— Finn !

— Tu m'avais pourtant *dit* que tu le ferais.

— J'aimerais bien avoir une chance de gagner de l'argent
et j'ai simplement pensé que ça pouvait être un atout, dans
une course pour chevaux de mer, d'en monter un.

— Hmmm…, fait observer Dory Maud.

— Précisément, renchérit Finn. Comment peux-tu être
sûre qu'ils sont les plus rapides ?

— Oh, *je t'en prie* !

— Tu m'as toi-même affirmé qu'ils ne couraient pas toujours en ligne droite ! Je ne vois pas pourquoi tu changes
d'avis maintenant, juste à cause de ce que t'a raconté un
quelconque expert.

Je sens mes joues s'empourprer derechef.

— Ce n'est pas un quelconque expert ; et il ne m'a rien
raconté du tout ! Je ne fais qu'envisager une possibilité.

Finn écrase son monticule de miettes du pouce ; il appuie
si fort que le bout du doigt devient tout blanc.

— Tu avais dit que tu ne monterais *pas de capall uisce
par principe* ; à cause de papa et maman !

Il parle d'une voix égale, parce que c'est Finn et que Dory
Maud écoute, mais je vois bien qu'il est angoissé.

— Les principes ne payent pas de factures, je dis.

— Ce ne sont pas vraiment des principes, si tu en changes
comme… de chemise, comme…

Sans doute à court de points de comparaison, il se lève, furieux, passe en tempête à côté de Dory Maud et sort en trombe.

Je cille.

— *Quoi ?* Qu'est-ce qu'il lui prend ?

Les frères doivent être l'espèce la plus incompréhensible de la planète.

Dory Maud balaie des miettes invisibles de sa feuille de papier et inspecte ce qu'elle a écrit.

— Les jeunes garçons, déclare-t-elle sentencieusement, réagissent assez mal à la peur.

Chapitre 25

Sean

Ce soir-là, je selle une pouliche appelée Petit Miracle Malvern, parce qu'à sa naissance elle était si inerte et silencieuse que tout le monde l'a crue morte.

Je me sens épuisé. Quelque chose cloche dans mon bras droit, là où, un peu plus tôt dans la journée, l'un des chevaux l'a meurtri, et je n'aspire à rien d'autre qu'à m'écrouler sur mon lit et me demander si c'est ou non une bonne idée d'aller retrouver Kate Connolly demain, comme prévu. Mais des acheteurs sont apparus, fraîchement débarqués du bateau du continent, et on m'a fait dire que je devais leur présenter deux de nos poulains avant la tombée de la nuit. Du diable si je sais pourquoi cela ne peut pas attendre jusqu'à demain !

Quand je sors dans la lumière dorée du soir pour les accueillir, je suis surpris de découvrir que l'autre pouliche, une grise nommée Sweeter, est déjà là, et que quelqu'un la monte. Mutt Malvern. Quelque chose se révulse et gronde en moi. Trois hommes se tiennent debout près de l'animal

179

et le regardent. Mutt se tourne vers moi et, même si son visage reste dans l'ombre, je sais qu'il veut que je le reconnaisse. Qu'il puisse croire que c'est à lui de leur présenter Sweeter me blesse déjà assez, mais, quand je l'entends leur raconter combien il adore cette pouliche, je ne peux m'empêcher de le revoir, debout à la pointe de la crique, qui attendait que Fundamental disparaisse sous les eaux.

Nos ombres s'étendent à nos pieds. Miracle déborde d'énergie. Elle fait un écart, puis fonce à travers la cour jusqu'à l'endroit où se tient Mutt si impétueusement que Sweeter s'écarte à la hâte.

— Bonsoir, Sean Kendrick ! me salue joyeusement George Holly.

En entendant mon nom, les deux autres se retournent pour me détailler. Sans doute des nouveaux, je n'en reconnais aucun.

— Sean vous montrera l'autre pouliche, puisque je ne peux pas en monter deux en même temps, dit Mutt avec un sourire condescendant.

Je doute qu'il puisse en monter ne serait-ce qu'une seule. Je ne me souviens plus de la dernière fois que je l'ai vu galoper.

Un des acheteurs chuchote mon nom à l'autre, et Mutt se penche vers eux.

— Qu'y a-t-il ?

— Kendrick. Ça me dit quelque chose.

Mutt me regarde.

— J'entraîne les chevaux, c'est tout.

George Holly esquisse un sourire.

— Participerez-vous à la course, vous aussi ? me demande l'un des hommes.

Je hoche la tête.

— Sur l'étalon alezan, précise Holly. Celui que vous avez vu tout à l'heure.

Ils émettent quelques murmures appréciatifs et demandent à Mutt quel cheval il montera.

Je le vois serrer les mâchoires. Je crois qu'il ne se souvient même pas du nom d'Edana, il ne l'a encore jamais essayée.

Je sais que c'est le moment où l'on attend de moi, qui travaille pour Malvern, que j'intervienne avec humilité pour tirer son fils d'affaire et lui éviter de perdre la face. Je l'ai toujours fait jusqu'ici, et je sens déjà sur mes lèvres les mots qui redoreront le blason de Mutt et rappelleront aux clients nos places respectives dans la hiérarchie du haras Malvern.

Mais pas cette fois.

— J'ai choisi pour lui Edana, la jument baie étoile. Ils devraient bien s'entendre.

Un ange passe dans la cour. Mutt me fixe, une lueur tortueuse et répugnante dans les yeux. Les acheteurs échangent des regards. Holly se balance sur ses talons.

Je vois mes mots s'enfouir dans l'épiderme de Mutt, et je me sens dangereux, déchaîné.

Miracle s'agite sans raison et danse sur place. Ses sabots sonnent contre la pierre. Je me tourne vers Mutt et je l'imagine couler comme Fundamental, entraîné au fond de l'eau par les mâchoires de Corr, sous des sabots, à la place de mon père.

— La lumière baisse. Allons faire galoper ces pouliches.

Mutt fait pivoter Sweeter sans un mot.

Le parcours, droit comme une flèche, mesure sept furlongs, soit près d'un kilomètre et demi. Les chevaux sont excités en entrant sur la piste, ils savent ce qui les attend. Je sens peser sur moi le regard de Mutt et, quand mes yeux rencontrent les siens, sa bouche se tord. Même si cette démonstration n'est pas censée tourner à la course entre Miracle et Sweeter, je comprends qu'on ne pourra pas l'éviter.

Sweeter s'élance. Je libère les rênes et Miracle la suit dans la foulée. L'air hurle à mes oreilles, froid et douloureux. Les ombres bleutées qui strient le sable pâle sont si sombres que les deux pouliches, abusées, lèvent les jambes pour franchir ces obstacles imaginaires.

Mutt tourne la tête et surveille ma progression, mais il pourrait s'en dispenser : Miracle talonne Sweeter, puis la rattrape, et les pouliches dévalent la piste, épaule contre épaule. Je les sais aussi rapides l'une que l'autre, mais je n'ignore pas non plus que seule la moitié de la course dépend de la vitesse du cheval. J'ai dévalé cette piste des centaines de fois, sur des centaines de chevaux, je connais l'endroit où la pente s'amorce, celui près des barrières où le sol devient mou, et celui où les chevaux ralentissent pour regarder le tracteur garé près de la route. Miracle n'a pas non plus de secrets pour moi : je sais que, si on ne la réfrène pas, elle peut courir jusqu'à l'épuisement, mais qu'il me faudra la pousser pour qu'elle conserve son élan tout au long de la montée et agiter juste un peu ma cravache pour lui rappeler de penser à la course au lieu de s'intéresser au tracteur.

Tout ce dont Mutt est capable, c'est de battre comme plâtre sa monture quand il la voit perdre du terrain.

Je sais que je devrais retenir Miracle et laisser Sweeter et Mutt arriver en tête.

Je sens sur moi le regard des acheteurs.

Je me penche en avant et je murmure. Miracle tend vers moi une oreille, tandis que je relâche les rênes.

On ne peut même pas appeler ça une course.

Ma pouliche dépasse Sweeter d'une foulée, puis d'une autre, de trois, de quatre, et sans même s'essouffler. Mutt reste enlisé quelque part dans la zone humide près des barrières, sur sa monture distraite.

Je me retourne, dressé sur mes étriers, et le salue de ma cravache.

Je sais que je me livre là à un jeu mortel.

— Rien d'un jockey, disiez-vous. Vraiment ? commente Holly alors que Miracle et moi rentrons au pas dans la cour.

— J'aime les chevaux, voilà tout, je lui réponds.

Chapitre 26

Puck

Sean Kendrick m'a demandé de le retrouver sur les falaises, à la pointe au-dessus de la crique de Fell Cove, mais, quand j'arrive, je ne vois pas trace de lui.

Les falaises sont ici moins hautes et d'un blanc moins pur que celles qui surplombent la grève des courses, et le rivage est tourmenté et difficile d'accès. Quand Dove et moi parvenons au pied du sentier étroit et inégal qui descend vers l'eau, je découvre qu'on ne peut pas monter à cheval là : le terrain est traître, semé de rochers et enserré par la mer, et même maintenant, à marée basse, les vagues qui martèlent sauvagement le roc ne laissent libre qu'une étroite bande de quatre ou cinq mètres de large. Un de ces endroits contre lesquels on nous a souvent mis en garde car, entre deux vagues, un *capall uisce* risque toujours de surgir de l'océan pour s'emparer des imprudents et les entraîner jusqu'au fond.

Soudain, je me demande si Sean Kendrick ne m'a pas envoyée ici pour me faire une farce.

Mais, avant que je puisse me demander si ça lui ressemble ou non ou me mettre à penser des choses affreuses à son sujet, j'entends un bruit de sabots. J'ai tout d'abord un peu de mal à trouver d'où ça vient, puis je comprends que c'est d'en haut et je me dévisse le cou pour regarder.

Un cheval lancé au grand galop longe le bord de la falaise en soulevant des mottes de terre sous ses sabots, et je reconnais le *capall uisce* juste avant de reconnaître son cavalier – courbé sur l'encolure de l'étalon, Sean Kendrick semble une part intégrante de l'animal. Quand l'alezan couleur sang passe en trombe au-dessus de nous, je remarque que Sean monte à cru, ce qui est le plus dangereux : peau contre peau, pouls contre pouls, rien qui vienne s'interposer entre le cavalier et la magie de sa monture.

Je ne peux malgré moi m'empêcher de les admirer, et de songer que ces deux-là ont quelque chose de différent de tout ce que j'ai pu voir jusqu'ici. L'étalon file à une vitesse époustouflante, j'en ai le souffle coupé et sens les battements de mon cœur s'accélérer. Dire que j'ai cru rapides les chevaux que j'ai vus le premier jour à l'entraînement ! Et Sean Kendrick qui monte à cru ! Un enquiquineur, pas de doute, mais le vieil homme que j'ai rencontré chez le boucher avait raison : ce garçon a quelque chose de spécial. Il connaît ses chevaux, mais ça ne se limite pas à ça.

Je songe à son visage entre mes mains quand je l'ai tiré de l'eau.

J'essaie aussi d'imaginer ce que doit être monter un cheval comme celui-là, puis me sens un peu coupable en me souvenant de ce que Finn disait sur les principes, ou plutôt sur les miens, qui ont commencé à vaciller depuis que notre maison est en jeu, et je regrette de ne pas avoir moins de scrupules.

Nous gravissons le sentier, et Dove trépigne un peu. Malgré la montée, et bien qu'elle ait travaillé dur pendant maintenant plusieurs jours d'affilée, elle reste excitée à l'idée de courir. Elle fait claquer sa queue, et j'entends le murmure de la voix de Finn dans mes oreilles.

Quand j'atteins le sommet de la falaise, je sais ce que je vais demander à Sean.

Sean

Aucun signe de la présence de Kate Connolly quand j'arrive sur la pointe, et je perds à l'attendre un temps précieux. J'attache la jument baie, je trace autour d'elle un cercle dans lequel je crache, puis j'emmène Corr se dégourdir les jambes, de sorte que, même si Kate n'apparaît pas, je l'aie au moins échauffé. Il se montre enthousiaste et plein d'allant, ce matin, et comme moi il se réjouit de galoper.

Longer à une telle allure l'arête de cette falaise exige un cœur de goéland allié à un sang-froid de requin. Même si la paroi rocheuse ne s'élève pas ici aussi haut que sur la grève des courses, une chute n'en serait pas moins mortelle et, pour un *capall uisce*, l'appel de l'océan s'avère presque aussi irrésistible à trente mètres de hauteur qu'à trente mètres de distance. Plus d'un homme et sa monture ont sombré par-dessus bord et se sont écrasés sur les rochers, manquant de peu la mer.

Mais c'est ici que mon père m'a pour la première fois mis sur le dos d'un cheval de mer et, s'il n'a pas choisi la plage où lui-même avait appris à monter, c'est qu'il a toujours redouté l'océan plus que les hauteurs.

Quant à moi, je les tiens tous les deux pour fatals, ce qui ne veut pas dire que je les crains.

Nous faisons demi-tour et revenons sur nos pas. Corr lève haut les sabots pour enjamber les longues herbes de la falaise. J'aperçois alors Kate Connolly debout près de son petit poney louvet. Ses cheveux ont la couleur de la lande rougie par l'automne, et les taches de rousseur qui constellent son visage lui donnent à première vue un air beaucoup plus jeune qu'en réalité. Par un étrange sortilège, elle ressemble à la fois à une enfant maussade et à une créature farouche, plus âgée, qui serait issue de la terre fruste de cette île. Elle contemple l'équipement que j'ai laissé là — ma selle retournée sur son pommeau, mon havresac, ma bouteille thermos et mes grelots —, ce qui me fait une impression bizarre, comme quand je sens ma peau écorchée par le sable projeté dans le vent.

En me voyant, elle fronce les sourcils, ou plisse les paupières, peut-être — je ne la connais pas assez bien pour faire la différence. Je me sens soudain saisi par cette même inquiétude sourde que j'ai éprouvée à la crique, et je revois Fundamental disparaître sous l'eau, m'entraînant à sa suite, mais je ne suis plus en train de me noyer, et je me secoue et me force à respirer.

La présence de la jument enfièvre Corr qui, au lieu de ralentir jusqu'au pas, trotte à moitié, tout frémissant d'excitation. Je n'ose pas approcher autant que le voudrait la politesse. Corr danse toujours sous moi lorsque, à cinq mètres de distance, j'interpelle Kate d'une voix forte pour dominer le bruit du vent.

— Comment dois-je vous appeler ?

— Pardon ?

— Votre nom est bien Kate ?

— Quoi d'autre ?

— C'est celui qui figure sur le tableau de la boucherie, mais Thomas Gratton en a utilisé un autre.

— Puck, dit-elle d'une voix acide comme un citron. Mon surnom, il y a des gens qui m'appellent comme ça.

Elle ne m'invite pas à le faire. Le vent tourbillonne à nos pieds, aplatit l'herbe et emmêle les crinières des chevaux. Curieusement, ça sent toujours plus le poisson ici qu'ailleurs.

— Je croyais que le règlement obligeait les cavaliers à s'entraîner sur la grève ?

Un instant, je reste perplexe, puis je comprends et rectifie.

— Pas sur la grève, mais seulement à moins de cent cinquante mètres du rivage.

Quelque chose semble subitement lui traverser l'esprit, et elle reste un moment songeuse. Je pourrais tout aussi bien être ailleurs. Je regarde ma montre.

— Où se trouve l'autre cheval ? me demande-t-elle enfin.

Sa jument tente de lui mordiller les cheveux, elle lui donne une tape distraite et la ponette relève la tête et la secoue dans une indignation feinte, et ce petit jeu, qui trahit une longue intimité, me les rend toutes deux sympathiques.

— Un peu plus loin, vers l'intérieur des terres.

Kate nous regarde.

— Il fait toujours un cirque pareil ?

Corr trépigne encore et arque le cou. Je suis sûr qu'il doit avoir l'air ridicule, à se pavaner ainsi. Les *capaill uisce* considèrent d'habitude les chevaux ordinaires comme des repas plus que comme des partenaires, mais il arrive qu'un étalon, séduit par une jument, se mette à se comporter comme un idiot.

— La jument baie est bien pire.

Kate fait une grimace qui me paraît amusée.

— Parlez-moi d'elle !

— Je la décrirais comme lunatique, fuyante et éprise de l'océan.

Je l'ai capturée un jour où il pleuvait à torrents. Les nuages changeaient le ciel en mer et la mer en ciel, l'eau salée rendait le cuir des lanières glissant et impossible à tenir, et le froid mes doigts gourds et maladroits. La jument baie avait surgi derrière le bateau, dans le filet que je tirais dans les déferlantes, tout au bord du rivage. Le folklore de l'île veut qu'un *capall uisce* attrapé sous la pluie cherche toujours à rester mouillé, mais je n'y avais pas cru avant de le constater de moi-même.

— Elle semble affreuse.

— Elle l'est.

— Alors, pourquoi suis-je venue ?

Je la dévisage. La question me tourmente depuis que je l'ai vue sur la plage.

— Parce que ce serait un *capall uisce* dans une course pour *capaill uisce.*

Sourcils froncés et lèvres serrées, Kate contemple, au-delà de moi, le bord de la falaise, et je vois en elle une forme d'intransigeance et une impétuosité que j'associe à la jeunesse.

— Je ne veux pas la choisir sans être certaine qu'elle courra mieux que Dove, me dit-elle.

Elle reste ensuite longtemps silencieuse, puis je réalise qu'elle a tourné les yeux vers moi et qu'elle attend une réponse.

Je ne sais pas très bien ce qu'elle espère m'entendre dire, et je ne lui apprends sans doute rien, mais je finis tout de même par expliquer :

— Aucun cheval n'est plus rapide qu'un *capall uisce*, un point c'est tout. Peu importe la façon dont vous vous entraînez, que vous décriviez des cercles dans la mer ou que vous fassiez quoi que ce soit d'autre, cela n'y changera rien. Un *capall uisce* dépasse votre jument en force et en taille, et se nourrit de sang alors qu'elle mange de l'herbe. Vous n'avez pas la moindre chance de gagner, Kate Connolly !

Cela doit confirmer son opinion, car elle hoche brièvement la tête.

— Bon. Dans ce cas, vous accepterez de faire une course avec moi, n'est-ce pas ?

Elle a une curieuse façon de tourner les choses. Son *n'est-ce pas* m'obligerait à la contredire pour rétablir une situation sensée.

— Une course ? Vous voulez dire : moi sur la jument baie contre vous sur Dove ?

Kate opine.

Le vent, qui nous assaille derechef, parvient enfin à calmer Corr. Il s'immobilise pour le humer. Je sens dans l'air une lointaine promesse de pluie.

— Je n'en vois pas l'intérêt.

Elle se borne à me regarder fixement.

Deux groupes de chevaux à sortir et faire galoper m'attendent encore chez Malvern. George Holly et au moins deux autres acheteurs furètent dans les écuries à la recherche du coureur qui rendra leurs élevages célèbres, du moins pour cette année. J'ai déjà bien trop de choses sur les bras, et bien trop peu d'heures à y consacrer avant que tombe la nuit d'octobre. Je n'ai pas de temps à perdre dans une course insensée, un *capall uisce* contre une ponette qui n'est même pas capable de soutenir le regard de Corr.

— Cela ne durera pas plus longtemps que je n'en aurais pris à l'essayer, insiste Kate. Refuser serait avouer que vous vous sentez insulté par mon idée.

Nous en venons donc à faire la course.

Je vais chercher la jument baie et je laisse à sa place Corr, à qui je donne un morceau de cœur de bœuf tiré de mon sac. Quand je reviens, Kate règle la longueur de ses étrivières, une jambe croisée par-dessus la selle. C'est un de ces gestes que l'on ne peut se permettre sur un cheval dont on se défie, un geste que je ne me souviens pas d'avoir fait sur un *capall uisce*.

La jument baie se tortille sous moi, inquiète. Elle s'avère aussi difficile à tenir que la jument pie de Gorry, mais moins mauvaise : elle préférerait vous noyer à vous dévorer.

— Prêt ? me demande Kate. (Ce serait plutôt à moi de lui poser la question, et je doute qu'il y ait ne serait-ce que l'ombre d'une chance qu'elle veuille ce cheval que je monte.) Jusqu'au grand rocher là-bas ?

Je hoche la tête.

Je me raisonne : l'exercice ne sera pas obligatoirement une perte de temps. Si je parviens à obliger la jument baie à courir pendant cinq minutes en ligne bien droite, je reconsidérerai ce que j'ai dit d'elle à Malvern. J'ai horreur de devoir renoncer à un cheval à qui j'ai consacré de longues heures de travail, et il se peut que je me trompe, qu'elle se ressaisisse et se montre prête pour l'année prochaine. Après tout, il a fallu des années à Corr pour se calmer.

— Qu'attendez-vous ? dit Kate en s'élançant sur la lande.

La jument baie démarre aussitôt en trombe, et je la laisse en faire à sa tête jusqu'à ce que nous ayons rejoint Kate, qui serre dans son poing une grosse touffe de la crinière de Dove. Je suppose que c'est pour garder son équilibre, avant de comprendre qu'elle empêche ainsi les longues mèches de venir lui fouetter les mains et le visage. Je n'ai pas à me soucier de cela avec la jument baie, qui a perdu presque tous ses crins à force de se frotter contre l'encadrement de la porte de sa stalle, dans sa nostalgie pour la mer.

Les deux chevaux filent à toute allure dans l'herbe rêche, malgré le terrain inégal.

La jument baie ne se donne pas à fond. Je la presse d'accélérer, de distancer Dove et de mettre fin à cette course, mais elle se love autour de ma jambe au lieu d'allonger le corps. Elle dévie vers le bord de la falaise et progresse plus sur le côté que vers l'avant.

La ponette de l'île, elle, court en ligne bien droite devant nous.

Il me faut plusieurs longues secondes pour convaincre ma monture de repartir dans la bonne direction, mais, quand elle s'y résout, elle rattrape facilement son retard. La jument louvette de Kate poursuit joyeusement sa course, les oreilles dressées d'allégresse. De temps à autre, elle lance par jeu une ruade en faisant claquer sa queue. Aucune des deux ne se concentre vraiment.

Kate me jette un coup d'œil. Je presse la baie d'accélérer. « Fonce ! » je lui murmure. Elle m'écoute et se lance en avant. La louvette n'a pas la moindre chance.

J'entends un bruit sec par-dessus le sifflement du vent dans mes oreilles et me tourne juste à temps pour voir Kate frapper du plat de la main la croupe de sa jument. Elle a capté son attention. Dove donne à présent le maximum et fonce à toute allure.

Cela ne leur servira à rien. La vitesse de mon *capall uisce* surpasse tout ce dont un poney de l'île peut rêver. Nous gagnons rapidement du terrain et, en arrivant au rocher, nous aurons trente longueurs d'avance.

La jument baie trébuche, mais ne perd pas l'équilibre. De la boue éclabousse mes bras. Je jette un regard en arrière. Kate et son poney sont loin, très loin derrière nous. Cette lutte n'a rien d'excitant, et une victoire remportée aussi facilement ne m'apportera aucune satisfaction ; en outre, il n'y a pas de joie à gagner quand le cheval se montre indifférent à la course.

C'est alors que le vent nous apporte une bouffée d'odeur de mer. La jument baie ralentit et se tord en rejetant la tête en arrière, les naseaux dilatés. Je chuchote dans son oreille et trace des lettres du doigt sur son épaule sans parvenir à la calmer.

Le bord de la falaise l'attire, et le vent alourdi d'océan monopolise ses pensées. Je tire de ma poche ma pièce de fer et la passe le long de ses veines – en vain. Elle se cabre, griffant l'air de ses jambes et, en voyant qu'elle ne parvient pas à me désarçonner, décide de m'emporter avec elle. Sa peau me brûle là où ma jambe la touche. Rien de ce que je peux faire ne la contraindra à tourner la tête.

Devant nous défile l'herbe de la falaise, puis au-delà plus rien, sinon le ciel. Je relève sèchement une rêne, manœuvre dangereuse pour arrêter un cheval, dans la mesure où l'on risque de le déséquilibrer, mais qui n'a aucun effet sur la jument baie : elle serre solidement le mors dans ses dents et la mer dans ses poumons.

Encore six mètres avant le bord.

J'ai le temps d'un demi-battement de cœur pour me décider.

Je me jette par terre. Mon épaule percute avec violence le sol, et je roule sur moi-même pour atténuer le choc. Je vois tour à tour de l'herbe brune, du ciel bleu, puis à nouveau de l'herbe, et je me redresse sur un coude juste au moment où la jument bande ses muscles et s'élance.

Je rampe aussi près du bord de la falaise que je l'ose. Je ne pense pas pouvoir supporter de la voir s'écraser contre les rochers en contrebas, mais je ne peux pas non plus détourner les yeux.

Elle semble voler sans crainte dans les airs, comme s'il ne s'agissait que de franchir d'un bond une haie. Déjà son corps s'effile, et elle ressemble moins à un cheval.

Je ne peux pas voir ça.

J'entends un fracas assourdissant quand elle s'abîme dans l'océan. Sa queue surnage un moment.

Je pousse un soupir et enfonce mes mains dans mes poches. Impossible de savoir si elle a survécu à son plongeon. Quoi qu'il en soit, elle a emporté ma selle ; ce n'est heureusement pas celle de mon père, que j'ai laissée à l'écurie, mais je tenais aussi beaucoup à celle-ci, que j'avais fait faire sur mesure il y a deux ans. Je ravale un juron.

Un souffle chaud m'effleure l'épaule. Dove se tient derrière moi, et près d'elle Kate, ses cheveux roux en bataille. La jument est moins essoufflée que je ne l'aurais cru.

Kate regarde par-dessus le bord de la falaise, fronce un instant les sourcils, puis montre quelque chose du doigt.

Un dos noir et luisant nage en s'éloignant vers le large. Mes lèvres se tordent.

— Il me semble que vous avez gagné, Kate Connolly.

Elle flatte l'épaule de Dove.

— Vous pouvez m'appeler Puck et me tutoyer.

Chapitre 27

Sean

De retour chez Malvern, je trouve les écuries sens dessus dessous. Une bonne moitié des chevaux n'a pas encore été sortie pour l'entraînement. Dans le paddock près de l'écurie, Mettle mâchouille et suce sans relâche la planche du haut de la palissade. Edana est toujours enfermée, et Mutt ne semble nulle part dans les parages. S'il compte nous donner, à Corr et à moi, du fil à retordre dans la course cette année, il s'y prend mal.

Je n'arrive pas à me débarrasser de l'impression que j'ai oublié de faire quelque chose, jusqu'à ce que je réalise que, ce qui me perturbe, c'est d'être parti avec deux chevaux et revenu avec un seul. Je n'ai ni harnachement à enlever, ni selle à ranger.

Quand je retraverse la cour, le seau souillé de sang avec lequel j'ai nourri les *capaill uisce* à la main, George Holly vient me rejoindre, une casquette plate rouge vif plaquée sur les cheveux et un sourire aux lèvres.

— Bonjour, monsieur Kendrick, me salue-t-il jovialement en m'emboîtant le pas. Vous m'avez l'air d'excellente humeur !

— Vraiment ?

— Oh oui, votre visage semble éclairé d'une ombre de sourire.

Il baisse les yeux sur mes vêtements. Une bonne moitié de la terre de l'île macule mon côté gauche.

J'actionne la pompe du genou et entreprends de rincer le seau au-dessus de la bouche d'écoulement.

— J'ai perdu un cheval aujourd'hui.

— Voilà qui me semble bien négligent de votre part ! Que s'est-il passé ?

— Il a sauté du haut d'une falaise.

— D'une falaise ? C'est normal, ça ?

De l'écurie monte un hennissement plaintif et impatient : Edana se languit de la mer. À cette époque, l'année dernière, Mutt se trouvait déjà sur la plage et y brutalisait sans vergogne sa monture. En son absence, la paix règne dans la cour : une accalmie qui précède la tempête. Je songe au Festival du Scorpion de demain et à la parade où je défilerai cette année aux côtés de Mutt et de cette folle de Kate Connolly.

Je ferme l'arrivée d'eau et relève les yeux.

— Monsieur Holly, rien ne se passe normalement, ce mois-ci.

Chapitre 28

Puck

C'est donc ce soir que se tient le Festival du Scorpion.

Je n'y ai assisté qu'une seule fois dans ma vie. Une année, quand papa était sorti en mer, maman nous y a emmenés. Mon père voyait d'un mauvais œil le festival, et plus généralement les courses, et soutenait que le premier fabriquait des voyous, tandis que les autres leur donnaient quatre jambes de plus qu'ils ne savaient manœuvrer, et nous avions toujours cru que maman était contre, elle aussi. Mais, cette fois-là, quand nous avons compris que papa ne rentrerait pas de la soirée, elle nous a dit d'aller chercher nos manteaux et nos bonnets et a demandé à Gabe de secouer la Morris jusqu'à ce qu'elle consente à démarrer (l'engin était déjà capricieux, à l'époque). Nous nous sommes empilés dedans avec un enthousiasme coupable : Gabe s'est assis devant, à la place toujours convoitée du passager, tandis que Finn et moi nous chamaillions à grand renfort de taloches sur la banquette arrière. Maman nous a crié dessus et, courbée sur le volant comme sur l'encolure d'un cheval rétif, elle a dévalé en trombe la petite route menant à Skarmouth.

Et là, partout des gens déguisés, les Tambours du Scorpion et la mélopée des chanteurs ! Maman nous a acheté des grelots, des rubans et des gâteaux de novembre qui ont rendu mes mains poisseuses pendant des jours et des jours. Un tintamarre si assourdissant que Finn, encore tant gosse à l'époque, a fondu en larmes. Dory Maud a surgi de nulle part avec un masque terrifiant de démon qu'elle lui a enfilé et, derrière le monstrueux faciès à dents plates, mon petit frère ne semblait pas moins redoutable que ma mère.

De son vivant, je trouvais le plus souvent maman occupée à nettoyer l'appentis de Dove, à récurer des marmites, à peindre des poteries, ou appuyée contre le toit, un marteau à la main, à clouer en place un bardeau détaché. Mais là, quand je pense à elle, c'est cette nuit-là que je la revois, quand, les dents luisantes et les traits déformés par la lueur des flammes, elle reprenait les chants de novembre en nous entraînant dans une ronde endiablée.

Bien des années ont passé, et le jour du Festival du Scorpion est revenu. Nous sommes libres d'y aller, à présent, puisqu'il n'y a plus personne pour nous l'interdire, et cela me fait une drôle d'impression et comme un grand vide.

Finn entre.

— J'ai réussi à démarrer la Morris, annonce-t-il en me regardant laver la vaisselle avec un intérêt disproportionné. Ça m'a pris un bon moment !

Je le crois volontiers, il est noir de crasse.

— Tu ressembles à un outrage ambulant, je lui déclare. Qu'est-ce que tu fabriques ?

Au lieu d'aller se débarbouiller dans la salle de bains, il s'approche de la cheminée et ramasse son manteau, qui est tombé par terre derrière le fauteuil de papa.

Il se frotte le front en laissant une traînée noire.

— J'ai peur de ne pas pouvoir le refaire, si je coupe le moteur.

— Tu ne comptes quand même pas le laisser tourner toute la nuit !

Il enfile son bonnet informe.

— Je n'arrive pas à croire que maman te disait futée.

— Elle parlait de Gabe, pas de moi. (Je le vois poser la main sur la poignée de la porte et, soudain, je comprends.) Minute ! Tu te figures qu'on va au festival ?

Il se retourne et me lance un coup d'œil en guise de réponse.

— Gabe n'est même pas rentré, et je dois me lever tôt demain !

— Tu dois aller confirmer ton inscription, me dit-il. C'est stipulé dans ton fameux règlement.

Il a raison, bien sûr. Je me trouve idiote de l'avoir oublié et sens mon estomac sombrer brusquement dans mes pieds : alors qu'avant, sur la grève, quelques mètres d'eau de mer s'interposaient toujours entre moi et ceux qui auraient pu trouver à redire à ma présence, désormais seules quelques pintes de bière me sépareront d'eux.

Mais impossible d'y couper et, avec un peu de chance, je trouverai peut-être Gabe là-bas. Tous les autres habitants de Thisby y seront, après tout.

J'abandonne sans regrets la vaisselle, j'enfile à contrecœur mon manteau vert miteux et je vais chercher mon bonnet. Finn ouvre la porte. Il me semble excité comme un pou. Il n'a par principe jamais l'air enthousiaste, mais l'euphorie le rend un tantinet plus rapide ; les Finn de ce monde sont d'ordinaire des créatures très lentes.

Sous le ciel rose qui s'assombrit et les bancs de nuages noirs qui voilent peu à peu le soleil couchant, la Morris a un aspect inquiétant, mais Finn m'attend, assis à la place du conducteur, et son visage rayonne comme un phare. Je repense à mon petit frère derrière l'affreux masque de démon et je l'imagine, les doigts poissés de sucre, aussi heureux que ce jour-là.

— Attends-moi une minute !

Je retourne en courant dans la maison et prends quelques petites pièces dans la boîte à biscuits sur l'étagère. Je trouverai bien un moyen de remplacer cet argent, quitte à ce que nous ne mangions que des gâteaux de novembre pendant toute la semaine. Je ressors, toujours en courant, et m'installe dans la voiture. Le siège me pique la cuisse là où Finn l'a réparé.

— Est-ce que cet engin va nous laisser en plan en cours de route ? Je ne tiens pas tellement à rester coincée dans un champ après la nuit tombée, avec un cheval qui me regarde.

— Évite d'allumer le chauffage et ça ira.

Je ne veux pas savoir comment il s'y est pris pour mettre le moteur en marche. La dernière fois, il a fallu que deux hommes poussent la voiture en courant, tandis qu'il manœuvrait au volant.

— Je parie que Gabe y est, ajoute-t-il. Je te fiche mon billet qu'il y est allé, lui aussi !

Ses mots attisent ma nervosité. L'idée de parler à mon grand frère de la menace d'expulsion de Malvern n'a pas cessé de me tourmenter et, si Gabe est effectivement au festival, il ne pourra pas m'éviter.

— Ho !

Je crois un instant que c'est Finn qui a crié, bien que je n'aie pas reconnu sa voix et que je ne l'aie jamais entendu dire ça, puis je vois les frères Carroll avancer d'un pas lourd dans le crépuscule, tels deux guillemots noirs. C'est Jonathan qui nous a hélés pour attirer notre attention.

Finn laisse la Morris continuer en tanguant sur sa lancée jusqu'à ce qu'elle s'immobilise. Je baisse la vitre.

— Tu nous emmènes en ville ? demande Jonathan.

Pour toute réponse, Finn tire sur le frein à main, ce qui me déconcerte un peu. Bien sûr, moi aussi, je prendrais volontiers les frères Carroll à bord, mais je le croyais plus timide ; il ne cesse de grandir, dès que j'ai le dos tourné.

Je dois sortir de la voiture pour laisser entrer les deux garçons. Jonathan monte d'abord et heurte du genou le dos du siège de Finn, qui lui lance un regard amical dans le rétroviseur. Brian me remercie, je ne sais pas si c'est de les emmener en ville ou d'être sortie pour le laisser passer. La Morris semble pleine à craquer, comme si le nombre de ses occupants avait été multiplié par cinq, et non par deux.

Quand nous repartons, Jonathan se penche en avant et agrippe le dossier du siège conducteur.

— Quand est-ce qu'on allume les feux de joie ! T'sais, toi ?

— Non, je ne sais pas, répond Finn.

Je tressaille en sentant une main se poser sur le dossier de la banquette derrière moi ; elle s'accompagne d'une odeur de poisson.

— 'soir, Kate !

Je tourne la tête et je jette un coup d'œil à la main, qui, malgré la puanteur marine qui s'en dégage, se révèle carrée et d'aspect agréable.

— 'soir.

Jonathan secoue le siège de Finn.

— Je crois que j'ai l'âge réglo pour parier, c't'année. T'sais, toi, si c'est seize ou dix-sept ans, quand on peut parier ?

— Non, répète Finn.

— Ben toi alors, commente joyeusement Jonathan, t'es à peu près aussi utile qu'un téton de sanglier ! Je t'ai vu monter le stand de Dory Maud, hier matin, Puck. Qu'est-ce qu'elle vend, maintenant ? Toutes sortes de trucs ?

Je ne sais pas pourquoi il m'a posé la question, s'il avait l'intention d'y répondre lui-même.

Brian se penche vers moi et la vitre, et sa voix se rapproche d'autant. Comme sa main, elle aussi est carrée et agréable, avec un de ces vieux accents de l'île qui sonnent si bien quand ils commentent la météo ou le nombre de fous de Bassan nichant dans les rochers. Quand j'étais petite, je me mettais dans la baignoire, là où ça résonne bien, et je m'entraînais à parler comme ça. Le *r* est nettement différent de la façon dont le prononçaient mes parents.

— J'ai entendu dire que tu allais participer à la course. C'est vrai ?

Finn allume les phares. Jonathan poursuit son papotage. La nuit tombe vite, derrière le mince voile de nuages. Ça sent une odeur de brûlé, j'espère que ça ne vient pas de la voiture.

— Oui.

Brian ne dit rien, mais il émet cette sorte de sifflement bas et atone qui exprime la surprise ou l'admiration et il se renfonce dans son siège. Tout ce temps, Jonathan n'a pas cessé d'entretenir à lui seul une conversation nourrie ; une infime inclinaison de tête de Finn suffit à le relancer. Je ne suis pas sûre que mon frère opine, ce pourraient être les cahots de la voiture, mais, lorsque nous débouchons là où la route culmine, même Jonathan se tait. D'ici, on aperçoit quelques instants l'océan, gris et vaste sous un ciel non moins vaste et, même à cette distance, je vois déferler les vagues bouillonnantes. Il pleut beaucoup sur Thisby, et des tempêtes soufflent souvent sur l'île, mais le climat ne donne pas en général dans les extrêmes. Pourtant il y a dans le blanc de cette écume contre les rochers quelque chose de plutôt inquiétant.

— Ho ! s'écrie de nouveau Jonathan. Regardez là-bas, une tête !

Et, malgré nous, nous regardons tous. L'eau change de couleur, passe du noir au gris-bleu puis redevient noire, la mousse creuse un cratère froissé à sa surface et surgit soudain la tête sombre d'un cheval à la gueule grande ouverte. Avant que la mer l'ait avalé, une crinière fauve apparaît et fend les flots, et le bref éclair d'un dos brun sinue tout à côté. Puis tout s'enfonce sous l'eau, et je sens la chair de poule monter le long de mes bras.

— Une nuit qu'il vaut mieux passer à terre !

Contrairement à son frère, Brian Carroll ne parle pas à la légère. Je songe à l'odeur de poisson qu'il dégage et à la façon simple et sans détour dont il m'a demandé si je prenais part aux courses ; peut-être que cela ne semble pas si téméraire, aux yeux de quelqu'un dont le travail consiste à sortir pêcher dans cette mer de novembre.

— Si j'en attrapais un, je prendrais l'alezan, déclare Jonathan. Ils gagnent toujours, ceux de cette couleur-là !

— Dis plutôt que Sean Kendrick gagne toujours, rectifie Brian.

Jonathan gigote sur son siège.

— Je trouve qu'ils ont l'air rapide.

— À mon avis, dit Brian, c'est lui qui leur donne cette allure-là. Tu l'as rencontré, Kate ?

Finn semble amusé par ce « Kate », sans doute parce que, à entendre Brian, on me croirait plus adulte que je ne le suis en réalité.

— Oui, je marmonne.

J'ai revu Sean deux fois depuis que nous avons fait la course, mais rien dans son attitude ne laissait entendre qu'il voulait me parler ; plutôt le contraire, en fait ; et il n'est pas non plus du genre à crier « Ho ! ».

— Un drôle de gus, commente Jonathan.

— Seul un *capall uisce* connaît mieux que lui les chevaux de mer, déclare Brian d'un ton admiratif. Tu trouverais facilement de pires amis, Kate, mais je suppose que tu t'en doutes !

Tout ce que je sais, c'est que Sean Kendrick a monté la jument baie, qu'il est resté sur son dos jusqu'au tout dernier moment avant qu'elle ne s'élance du bord de la falaise, et que les morts sont plus causants que lui.

— Je parierais bien sur toi, me dit Jonathan généreusement, mais je vais miser sur lui.

— Jonathan ! l'admoneste Brian d'un ton de mise en garde, comme si je ne m'en fichais pas complètement, de ce que va faire son demeuré de frère.

— Ou alors sur Ian Privett ! Il va monter le même méchant gris que l'année dernière. (Jonathan tapote un rythme de Tambour du Scorpion sur le dossier du siège de Finn, puis se penche vers moi.) On n'arrête pas de faire des paris sur toi, au pub ; sur si tu défileras, ce soir. Gerry Old raconte que ça fait un bail que t'es pas allée sur la plage et que t'as abandonné. L'autre, je sais plus son nom, dit que t'es morte, mais ça, ça peut pas être vrai, puisque t'es là ! Alors, qu'est-ce que t'en dis, Kate ? Ça vaut le coup de parier sur toi ?

Brian pousse un soupir sonore.

— Si ça se jouait entre mon cheval et ta langue, j'aurais perdu d'avance !

Brian et Finn rient. Jonathan m'informe que je suis une vraie pisseuse, mais je crois que, dans sa bouche, c'est un compliment.

Je regarde par la fenêtre. Le ciel s'obscurcit rapidement derrière les nuages qui le zèbrent. Une lueur rouge perce dans le lointain, là où se trouve Skarmouth, mais le reste de l'île est plongé dans des abysses de ténèbres. La mer se confond avec la terre. Je me revois avec Dove, ce matin, au sommet de la falaise, et je me souviens de la façon dont le vent mordait mes joues et dont l'odeur de l'océan précipitait les battements de mon cœur. Je sais que je devrais être terrifiée à la perspective de ce soir, de demain et du jour suivant, et effectivement c'est le cas, mais je ressens aussi tout autre chose : de l'exaltation.

Chapitre 29

Puck

— La Parade des Cavaliers commence à onze heures, dit Brian Carroll, mais tu le sais sans doute déjà.

Non, je ne le savais pas, maintenant oui. Onze heures, ça me paraît encore très loin.

— Il faut que je retrouve mon frère, mon frère aîné.

En fait, ce que je dois d'abord retrouver, c'est mon sang-froid. Me voilà plongée, sans maman, dans cette fête qui était la sienne, et Finn et Jonathan Carroll ont disparu dans la foule, me laissant seule avec Brian, dont je connais mieux les poumons que le reste de la personne. J'ai les nerfs en pelote.

Je pensais avoir pris congé en disant ça, mais Brian semble d'un autre avis.

— D'accord. Où crois-tu qu'il puisse être ?

Si je connaissais la réponse, j'aurais parlé à Gabe trois jours plus tôt. La vérité, c'est que, ces derniers temps, j'ignore tout de la vie de mon grand frère. Brian le cherche des yeux en tendant le cou pour voir par-dessus la tête des gens. Nous nous trouvons au bout de l'artère principale de Skarmouth, la vue est dégagée jusqu'au port, tout en bas, et partout les rues grouillent de monde, sauf là-bas, près de l'eau, où passent les Tambours du Scorpion. Une odeur délicieuse flotte dans l'air, et mon estomac gronde.

— Sans doute où je ne penserais jamais le chercher. Tu as d'autres frères ?

— Non. Par contre, j'ai des sœurs. Trois.

— Et où sont-elles ce soir ?

— Sur le continent.

Il parle d'un ton neutre, et je me demande si la douleur de leur absence s'est atténuée avec le temps ou si elle ne l'a jamais affecté.

— Bon, d'accord. Supposons qu'elles se trouvent ici ce soir, où seraient-elles ?

— Eh bien… dit Brian, pensif. (J'ai du mal à l'entendre, dans le brouhaha ambiant.) Sur le quai ou au pub ; on va voir ?

Soudain, cette conversation avec Brian Carroll me fait un drôle d'effet. De près, il me semble immense, solide et mûr, avec sa chevelure bouclée et ses muscles de pêcheur. Je ne suis pas habituée à son regard sérieux, et je le soupçonne un peu de me traiter avec l'indulgence qu'il aurait pour une enfant, lui qui est déjà presque adulte, mais je vois mes mains, qui sont celles de maman et non d'une petite fille, et je sais que les traits de ma mère se retrouvent dans les miens. Je me demande combien de temps il me faudra avant de me sentir aussi vieille à l'intérieur que j'en ai l'air du dehors.

— D'accord.

Nous descendons l'avenue. Les larges épaules de Brian ouvrent un chemin dans la cohue. Il y a beaucoup de visages inconnus, de touristes avec un je-ne-sais-quoi de subtilement autre, comme s'ils appartenaient à une espèce différente.

Leur nez semble un peu plus droit, leurs yeux plus rapprochés, leurs bouches plus étroites. Ils nous sont apparentés comme Dove aux chevaux de mer.

Je ne vois Gabe nulle part et, à supposer qu'il soit là, comment le trouver dans cette foule ?

Roulements de tambours, cris, rires, chants, violons, motos, le vacarme est assourdissant.

Nous nous frayons un passage jusqu'en bas, où règne un calme relatif. L'eau monte plus haut que d'habitude, et la mer se soulève, assaille sans relâche le quai et s'étire vers nous. J'entends au loin du vacarme sur les falaises au-dessus de la ville.

— Qu'est-ce qu'il se passe là-bas ? Un feu de joie ?

Brian plisse les paupières, comme si, dans le noir, il pouvait voir plus que les bâtiments adossés à la pente.

— Oui, et les vœux de mer.

La seule chose que je sais à propos des vœux de mer, c'est que le père Mooneyham nous a dit de nous en abstenir. Je n'ai pas pu tirer plus d'informations de maman.

— Tu en as déjà fait un ?

Brian a l'air épouvanté.

— Bien sûr que non !

— Qu'est-ce que c'est ?

— On prend un morceau de papier, on écrit quelque chose dessus avec un charbon du feu de joie et on le lance de la falaise.

— Ça n'a pas l'air si terrible !

— Des malédictions, Kate, ce sont des malédictions ! On les écrit à l'envers et on les jette à l'eau.

Ça m'enthousiasme et m'horrifie tout à la fois, et je me demande aussitôt s'il y a quoi que ce soit que je pourrais envoyer dans les flots. J'imagine ma silhouette se découpant, hiératique, sur les flammes du brasier, et précipitant dans l'océan une hideuse requête.

— Tu es une vraie sauvage, Kate Connolly ! me dit Brian. Je le vois sur ton visage.

J'en doute un peu, mais, quand je lève les yeux sur lui, il m'observe avec intensité. Soudain, je pense qu'il va m'embrasser et je recule d'un bon mètre, affolée, avant de réaliser qu'il n'a pas bougé, et il part d'un rire moqueur et rassurant ; peut-être a-t-il raison, peut-être suis-je une sauvage, tout compte fait.

— Viens, me dit-il. Allons voir si Gabe traîne dans les parages !

Nous descendons le quai. On y vend de la nourriture sur des étals couverts. Les clients affluent, et il nous faut zigzaguer et couper à travers plusieurs files de gens. Brian cherche toujours Gabe des yeux, et la situation me paraît bizarre : en quoi ça le concerne, et pourquoi perd-il son temps à essayer de m'aider au lieu d'aller s'amuser ?

— Tu ne devrais pas passer ta soirée à ça ! Va plutôt te promener de ton côté, je peux continuer seule.

Brian baisse les yeux vers moi. Il me semble qu'il a encore grandi pendant la soirée. Le temps qu'on déniche Gabe, il risque d'être devenu aussi colossal que St. Columba sur la colline, et j'aurai besoin d'une échelle pour m'adresser à lui.

— Mais je m'amuse bien, je t'assure ! Tu préfères que je te laisse ?

Je ne le crois pas, j'ai déjà vu des gens s'amuser : ça consiste à s'égosiller en courant comme des dératés en cercle et en s'écorchant à l'occasion les genoux. Ce que nous faisons, c'est intéressant, mais pas amusant.

— Je me sens juste un peu coupable de t'obliger à rester avec moi.

Brian déglutit et détourne les yeux.

— Ma dernière sœur est partie l'an passé pour le continent. Normalement, j'aurais été avec elle, ce soir.

— Gabe dit qu'il va y aller, lui aussi.

Je ne sais pas ce qu'il m'a pris, mais les mots sont sortis malgré moi de ma bouche. Pourquoi est-ce que j'en parle à Brian Carroll, alors que je n'en ai même pas encore véritablement discuté avec Finn ? Pendant la conversation la plus poussée que j'ai eue avec Brian jusqu'ici, je l'ai menacé d'aller cracher sur sa tombe future, et me voilà à présent en train de déballer devant lui des histoires privées qui ne concernent que notre famille.

— Oui, c'est ce qu'il raconte, dit Brian.

J'ai envie de crier : « Et il a attendu de ne plus pouvoir faire autrement pour nous en parler ! », mais ça, pour le coup, c'est un vrai secret familial, et je serre les lèvres. Je regrette d'être venue ; je voudrais être à la maison, je voudrais que Brian cesse de me regarder du haut de sa taille toujours croissante. Je croise les bras et fourre mes mains sous mes aisselles. Quand j'aurai trouvé Gabe, je lui pocherai un œil !

Brian Carroll ne semble pas conscient de ma détresse.

— J'ai cru comprendre qu'il comptait partir avec Tommy Falk et Beech Gratton, poursuit-il.

Un petit rugissement de rage m'échappe.

— Tout le monde le sait, bien sûr, et tout le monde fiche le camp ! Toi aussi, tu as l'intention de déménager sur le continent ?

— Non, répond-il avec sérieux. Mon arrière-arrière-grand-père a aidé à construire la jetée. Moi, je ne la quitterai pas.

À l'entendre, on le croirait marié avec elle, et je me sens soudain accablée de fatigue et de colère.

— Viens, on va aller voir au pub ! propose Brian comme s'il venait juste de remarquer mon irritation. Gabe y sera peut-être, c'est souvent là que les gens de l'île se rassemblent, et au moins on pourra se réchauffer un moment.

Nous retraversons donc la foule jusqu'à la *Fille aux Yeux Noirs*, un bâtiment à la façade peinte en vert et aux portes grandes ouvertes. Avec ses boiseries cirées, ses banquettes en cuir, ses appliques et ses barres de cuivre, l'établissement m'a toujours paru trop distingué pour servir de taverne. L'endroit est impeccablement propre, et la plupart du temps incroyablement désert, mais à la tombée de la nuit, quand les marins se lassent de rester sobres, il s'emplit de monde et de bruit qu'il déverse dans la rue et vomit sur le quai.

Avant aujourd'hui, je n'y étais jamais entrée le soir. La cohue qui y règne ne ressemble en rien à celle de la rue. Il fait trop chaud, l'air est enfumé, étouffant, plein de cris et de rires, et je suis troublée d'entendre mon nom sur toutes les lèvres.

— Hé, n'est-ce pas là notre Kate Connolly ? dit un homme debout près de la porte.

Quelques têtes se tournent, et je me sens dévisagée par une multitude d'yeux.

— Kate Connolly ! s'écrie joyeusement un autre devant le bar. (Il repousse son tabouret et s'approche ; il a un torse puissant et des cheveux roux, et il sent l'ail et la bière.) Une poulette parmi les coqs !

Brian me saisit fermement le bras, fait un geste de l'autre main en direction du fond du pub, puis se tourne vers l'homme.

— Précisément. À propos, John, que pensez-vous de cette marée ? Elle nous apporte une tempête, selon vous ?

Je sais reconnaître une opération de sauvetage quand j'en vois une et je m'enfonce dans les profondeurs du pub. J'inspecte la pièce des yeux, et là, dans le box du coin, je découvre Gabe. Penché en avant, une chope de bière devant lui, ses longs doigts écartés posés sur la table, il discute avec quelqu'un. Puis il se met à rire et, même sans l'entendre, je surprends sur son visage une expression moins ferme et plus grossière que celle du Gabe que je connais. La colère me submerge.

Comme Brian assure toujours mes arrières, je traverse la nappe de fumée, je me plante juste à côté de Gabe, au niveau de son épaule, et j'attends qu'il me remarque. De l'autre côté de la table, Tommy Falk – son infâme complice – m'a repérée et m'adresse un de ses jolis sourires. Mon frère continue à parler en gesticulant.

— Gabe !

Je me sens comme une enfant qui dérangerait son père alors qu'il lit le journal, assis dans son fauteuil, et ça m'énerve.

Mon frère se tourne. Impossible de savoir s'il se sent coupable, mais, à le voir, je parierais que non.

— Oh, Puck !

— Comme tu dis !

— Ça ne m'épate pas que tu participes aux courses ! intervient Tommy. (Il y a déjà deux verres vides devant lui, ce qui explique sans doute pourquoi il prononce le tout comme un seul long mot, sans faire la moindre pause.) Je t'ai vu, le premier jour, une vraie championne ! Santé !

— Ne l'encourage pas ! lui reproche Gabe sans acrimonie.

Son haleine sent l'alcool.

— Tu es *ivre* !

Mon frère lance un regard à Tommy, puis se tourne vers moi.

— Ne fais pas l'idiote, Kate ! Je n'ai pris qu'une bière.

— Papa ne voulait pas que tu boives du tout, et tu lui avais promis de ne pas le faire !

— Tu te conduis comme une hystérique.

Il se trompe. Je ne me sens pas hystérique du tout.

— Il faut que je te parle.

— Très bien, répond Gabe, mais il ne bouge pas, et je devine à son attitude qu'il sent peser sur lui le regard de Tommy et qu'il manœuvre la conversation pour se donner l'air malin.

Je me penche vers lui.

— *En privé !*

C'est l'expression de son visage qui me fait le plus mal : il hausse un sourcil, comme pour suggérer que j'exagère, une fois de plus.

— Il n'y a pas vraiment d'endroit où l'on puisse parler en privé, par ici. Ça ne peut pas attendre ?

Je pose la main sur son bras et agrippe sa chemise.

— Non. Plus maintenant ! Je dois te parler *tout de suite*.

— D'accord. Excuse-moi un instant, Tommy, je reviens.

— Ne te laisse pas faire, Puck ! s'écrie Tommy en donnant un coup de poing dans l'air.

À cet instant, je le déteste, lui et sa fichue beauté. Je ne le regarde même pas. Je précède Gabe jusqu'à la porte au fond du pub, nous entrons dans des toilettes minuscules et qui sentent le vomi, et je referme derrière nous. Je regrette de ne pas avoir le temps de rassembler mes esprits et de me souvenir de ce que je comptais exactement lui dire. J'ai l'impression que, en repoussant le battant de la porte, j'ai aussi chassé toutes mes idées hors de la pièce.

— Charmante intimité ! ironise Gabe.

Un miroir de la taille d'un livre de poche est accroché au-dessus du lavabo, et je me félicite de ne pas m'y voir.

— Où étais-tu ?

Mon frère me dévisage comme si je venais de lui poser une question parfaitement ridicule.

— Au travail.

— Au travail ? Tout ce temps-là ? Toute la nuit ?

Il fait passer le poids de son corps d'une jambe sur l'autre et fixe le plafond.

— Je n'étais pas parti toute la nuit. C'est de ça que tu voulais me parler ?

Non, ce n'est pas de ça du tout, mais je ne retrouve plus ce que j'avais l'intention de lui hurler aux oreilles. Mes pensées gisent à mes pieds, confuses et ensablées, je me souviens juste que je devais lui pocher l'œil, puis d'un coup l'essentiel me revient.

— Benjamin Malvern nous a fait une visite cette semaine.

— Hum.

— Il a dit qu'il allait nous reprendre la maison !

— Ah.

— *Ah*, vraiment ! Pourquoi ne nous en as-tu pas parlé ?

Je l'ai empoigné par le bras ; j'ai horreur de m'accrocher comme ça à lui, mais qu'est-ce qui me prouve qu'il ne filerait pas, sans mes doigts pour le retenir ?

— Comment aurais-je pu ? répond Gabe avec dédain. Finn aurait perdu la boule d'inquiétude, et toi, tu serais une fois de plus devenue hystérique.

— N'importe quoi ! je rétorque avec indignation.

Mais je me demande s'il n'a pas raison, juste à l'instant : tout ce que j'ai dit me paraît parfaitement logique, mais je sens ma voix dérailler un peu.

— La preuve !

— Nous avons le droit de savoir, Gabriel !

— À quoi ça aurait servi, de vous le dire ? Vous ne pouvez pas gagner plus d'argent, vous deux. À quoi tu t'imagines que j'étais occupé, pendant toutes ces nuits ? Je fais ce que je peux.

— Tu nous abandonnes !

Mon frère me regarde. Son sourire a disparu, ce qui ne lui donne pas l'air triste, mais juste inexpressif, et il plisse les paupières comme contre un vent que je ne sens pas. Je ne peux pas faire appel aux sentiments de ce Gabe-là, je ne suis même pas sûre qu'il en ait.

— On ne peut exiger l'impossible de personne. J'ai fait de mon mieux, déclare-t-il.

— Ça ne suffit pas !

Il détache mes doigts de sa manche et ouvre la porte, et les bruits et les odeurs du pub envahissent la petite pièce étouffante.

— Tant pis, je ne peux rien de plus.

Gabe referme la porte derrière lui. Je ravale avec effort mon chagrin, mais une boule reste coincée dans ma gorge.

Tout repose sur moi à présent. Voilà où on en est.

Après son départ, je reste encore de longues minutes dans les toilettes, le front appuyé contre l'encadrement de la porte. Je ne peux pas sortir tout de suite, parce que je sais que Tommy Falk me sourirait et me lancerait une plaisanterie stupide, et qu'alors je fondrais en larmes devant tout le monde, ce à quoi je me refuse. Je sais que Brian Carroll m'attend encore dehors et je le regrette pour lui, mais pas assez pour quitter la pièce.

Au bout d'un moment, je prends une grande inspiration. Je crois que j'espérais vaguement que Gabe finirait par changer d'avis, que je parviendrais, d'une façon ou d'une autre, à le convaincre de rester, mais les choses semblent à présent inéluctables, comme s'il était déjà à bord du bateau.

Je me faufile hors de la pièce et trouve une porte au fond du pub, à quelques mètres de celle des toilettes. J'hésite un instant entre traverser la salle pour rejoindre Brian Carroll, quitte à passer devant Gabe et Tommy Falk et à affronter le regard des hommes, et m'éclipser par la porte du fond dans la ruelle, où je pourrai lécher mes plaies en attendant l'heure du défilé. En fait, ce dont j'ai le plus envie, c'est de rentrer à la maison, me réfugier dans mon lit, la tête sous l'oreiller, et rester là jusqu'à décembre ou au printemps prochain.

J'ai affreusement honte, mais je finis par choisir la porte de derrière et par abandonner Brian Carroll à son sort.

Le vent souffle avec violence dans la petite rue pavée derrière le pub. Je pense tout en marchant à du chocolat chaud et à notre maison, qui ne m'apparaît déjà plus comme un foyer. La foule s'est faite encore plus dense, et je n'ai pas la moindre envie de m'y plonger.

— Puck !

C'est la voix de Finn.

Il m'attrape par le coude et chancelle. Pendant une seconde, je me dis : *Finn est ivre,* parce que je m'attends maintenant à tout de la part de mes frères, puis je comprends qu'il a simplement été bousculé par la masse grouillante de gens. Il trouve ma main gauche, déplie mes doigts et dépose dans ma paume un gâteau de novembre. La friandise suinte le miel et le beurre, des ruisseaux de glaçage crémeux s'écoulent sur ma peau. Non loin de nous, quelqu'un pousse un hurlement digne d'un cheval de mer, et mon cœur détale comme un lièvre.

Je lève les yeux vers Finn et découvre un inconnu, un démon noir affublé d'une affreuse grimace blanche. Il me faut un moment pour reconnaître mon frère sous le charbon et la craie qui strient ses joues. Seules ses lèvres restent roses, là où le glaçage de son propre gâteau a effacé son maquillage. Il porte sur le dos, attaché avec une lanière de cuir, une de ces fausses lances de bois flotté.

— Comment tu as eu ça ?

Je suis obligée de crier pour me faire entendre.

Finn saisit mon autre main, y fourre quelque chose et referme mes doigts. Quand j'essaie de les ouvrir, il repousse mon bras contre mon corps pour le dissimuler aux regards, et je cille à la vue de la liasse de billets que je tiens.

Il se penche vers moi. Son haleine a la douceur du nectar. Il a mangé plus d'un gâteau.

— J'ai vendu la Morris !

Je me hâte de cacher l'argent.

— Qui t'en a donné tant ?

— Une idiote de touriste qui l'a trouvée mignonne.

Il me sourit. Ses dents irrégulières brillent dans sa figure noircie, et ses cheveux sont en pagaille. Je sens mon visage s'adoucir, un sourire se former sur mes lèvres.

— C'est sans doute toi qu'elle a trouvé mignon !

Celui de Finn s'estompe. Le code personnel de mon petit frère exige que l'on s'abstienne de toute allusion au fait qu'il puisse être séduisant pour une personne du sexe opposé. Je ne comprends pas très bien, mais je soupçonne qu'il s'agit d'un tabou du même ordre que celui qui interdit de lui adresser des remerciements. Il y a quelque chose qui rend Finn et les compliments incompatibles.

— Laisse tomber, c'est du bon travail !

— Le seul problème, dit-il en se léchant la main, c'est que maintenant je ne sais plus trop comment on va rentrer.

— Si je survis à la Parade des Cavaliers, il me poussera des ailes et je te ramènerai par la voie des airs !

Chapitre 30

Sean

Les Tambours du Scorpion battent sur un rythme lancinant tandis que je me fraye un passage dans la foule. L'air froid me brûle les poumons, et la brise m'apporte toutes sortes d'odeurs inhabituelles : mets que l'on ne prépare que pendant la saison des courses, parfum que seules portent les femmes du continent, bitume chaud, ordures en combustion, bière renversée sur les pavés. C'est là une Skarmouth brutale et affamée, pleine de tension et de mystère. Tout ce que les courses réveillent en moi semble cette nuit sourdre des rues de la ville.

Devant moi, on bouscule des touristes excités et bruyants, aux réflexes émoussés par l'alcool. Il y a une certaine façon de se comporter qui fait que même les ivrognes vous laissent passer. Je me faufile vers la boucherie, l'œil aux aguets. Je cherche à repérer Mutt Malvern : mieux vaut voir qu'être vu, jusqu'à ce que je sache ce qu'il manigance en ce moment.

Sean Kendrick !

J'entends qu'on murmure mon nom, qu'on m'appelle, mais je fais la sourde oreille et poursuis mon chemin. Nombreux sont ceux qui reconnaîtront mon visage au cours de la soirée.

Tout en marchant, je contemple par-dessus les têtes la ville qui s'étage sur la pente et, dans les éclats d'or et de rouge des pavés sous la lueur des réverbères, dans les ombres noires, brunes ou d'un bleu sombre et sinistre, je retrouve toutes les couleurs de l'océan de novembre ; des bicyclettes s'appuient contre les murs comme si une vague les avait plaquées là avant de se retirer ; à chaque pas tintent les grelots aux chevilles des jeunes filles qui me bousculent en passant, et j'aperçois dans une rue latérale un feu allumé dans un tonneau autour duquel s'attroupent des garçons : je détaille Skarmouth, qui me regarde de ses yeux fous.

Un mur porte une réclame pour le haras Malvern : QUATRE FOIS VAINQUEUR DES COURSES DU SCORPION ! À VOUS DE JOUER ! VENTE AUX ENCHÈRES DE JEUNES CHEVAUX JEUDI À 7 HEURES.

Tout ce dont parle cette affiche me concerne directement, pourtant mon nom n'est mentionné nulle part.

Je dois m'arrêter pour laisser passer les tambours qui sortent d'une rue latérale menant au port : quatorze musiciens vêtus de noir et portés plus par l'enthousiasme que par le talent. Leurs instruments, aussi larges que mes bras ouverts, sont tendus de peaux éclaboussées de sang et attachées par des cordes. Peu à peu, leur rythme prend le pas sur les battements de mon cœur. Derrière eux vient une femme à tête de cheval en tunique rouge, avec une queue qui pourrait être en corde, en cuir ou en vrai crin. Elle marche pieds nus, comme l'exige la coutume, et il est impossible de la reconnaître.

Les tambours progressent dans un bruit assourdissant. Les gens se collent contre les murs pour les laisser passer. Quelques touristes applaudissent, les locaux tapent du pied. La Déesse Jument, dont le corps semble minuscule sous sa grosse tête de cheval, inspecte lentement la foule du regard. Je vois devant moi quelqu'un se signer, puis répéter le geste à l'envers. Arrivée au milieu de la rue, la déesse tend le bras, ouvre la main, et du sable et une multitude de tout petits galets s'éparpillent sur le sol. Selon la tradition, elle laisse tomber ainsi au cours de la nuit un seul et unique coquillage, et celui ou celle qui le ramasse voit son vœu exaucé.

Il n'y a que des pierres cette fois-ci.

Une année, il y a bien longtemps de cela, alors que je me tenais près de mon père, la déesse m'a regardé, puis elle a ouvert la main et le coquillage a roulé par terre devant moi. Je me suis précipité pour l'attraper, et mon vœu était prêt avant que mes doigts se referment.

Je détourne le visage et j'attends que la femme disparaisse, et le souvenir s'estompe.

J'entends un souffle aussi équin qu'humain et je tourne la tête. Juste devant moi, la grosse caboche grise de la Déesse Jument me fixe de son œil gauche, comme Corr pourrait le faire de son côté aveugle, mais cet œil-ci est fait d'un morceau d'ardoise poli qui cligne et pleure comme celui de la jument pie. La femme se tient si près de moi que je distingue jusqu'aux zébrures d'un rouge plus sombre qui strient sa tunique, là où les plis du tissu ont retenu le sang. Un déguisement si habilement conçu qu'il en devient difficile de déterminer où finit la femme et où commence la tête, et impossible de comprendre comment elle arrive à voir. Je crois sentir sur mon visage des bouffées d'haleine chaude qui s'échappent des naseaux, et les battements de mon cœur s'accélèrent.

Je me retrouve jeune garçon, je regarde la main s'ouvrir et lâcher les galets et le sable. L'île, la plage, la vie tout entière se déploient devant moi.

La déesse me saisit le menton, ses yeux de schiste me scrutent sous les longs poils entremêlés et collés par le temps.

— Sean Kendrick, me dit-elle d'une voix gutturale, à peine humaine et où j'entends gronder la mer. Ton vœu a-t-il été exaucé ?

Je ne peux détourner mon regard.

— Oui, maintes et maintes fois.

L'ardoise miroite et luit.

La voix me surprend à nouveau.

— T'a-t-il apporté le bonheur ?

La question n'est pas de celles que je me pose d'ordinaire. Je ne me considère pas comme malheureux, et la félicité ne figure pas au nombre des denrées habituelles de cette île : le sol est trop rocailleux et le soleil trop rare pour qu'elle s'y épanouisse.

— Je ne peux pas me plaindre.

Ses doigts serrent mon menton avec force. Je perçois une odeur de sang et je vois que le liquide rouge frais qui imbibe son vêtement a coulé sur ses mains.

— L'océan connaît ton nom, Sean Kendrick. Fais un autre vœu ! dit-elle en barbouillant de sang chacune de mes pommettes du dos de la main.

Puis la déesse se détourne et emboîte le pas aux musiciens. Ce n'est qu'une femme coiffée d'une tête de jument morte, mais elle laisse en moi un vide et, pour la première fois, gagner ne me semble plus suffisant.

Je reste hanté par le timbre de sa voix et son souffle sur ma peau. La gorge me brûle comme si j'avais avalé de l'eau de mer. Je m'éloigne, je me replonge dans la foule et reviens au monde réel. Pour me ressaisir, je m'oblige à penser à la boucherie, où je dois aller régler la note et passer une nouvelle commande pour les chevaux, mais mon esprit ne cesse de revenir à la Déesse Jument. Trouver à qui j'ai eu affaire comblerait ce vide qui m'habite, et identifier cette voix enrouée ramènerait l'incident à un simple divertissement. Je soupçonne un peu Peg Gratton : ses mains connaissent bien le sang et, même surmontée d'une tête de cheval, elle ne serait pas plus grande que moi.

J'entre dans la boucherie. La boutique – toujours l'endroit le plus propre de la ville – est vivement éclairée, mais deux oiseaux ont réussi, on ne sait trop comment, à y pénétrer, et la lumière vacille et s'obscurcit à chaque fois qu'ils passent en battant des ailes devant les ampoules.

Je ne vois pas trace de Peg Gratton. C'était donc peut-être elle sous le costume de cheval, tout à l'heure. Je me sens soudain soulagé. Moins *visé*.

J'atteins le comptoir, où Beech prend ma commande d'un air maussade. Ce n'est pas à moi qu'il en veut, mais à son travail qui le retient ici et lui interdit de sortir s'amuser.

— T'as une tête d'enfer, grogne-t-il, admiratif, et je me rappelle les mains qui m'ont enduit le visage de sang. Tu ressembles à un diable !

Je ne réponds pas.

— J'en aurai fini ici dans vingt minutes, m'annonce-t-il alors que je ne lui ai rien demandé.

— Trente ! crie de l'arrière-boutique la voix de Peg Gratton.

J'ai un goût de sang dans la bouche ; un œil d'ardoise me lorgne en clignant.

Pendant que Beech note ma commande, je regarde le tableau accroché derrière le comptoir. Sous mon nom, près de celui de Corr et notre dernière cote *1 – 5,* figurent ceux d'une vingtaine de nouveaux participants venus du continent, qui, ayant récemment trouvé une monture, vont encombrer la grève comme au premier jour d'entraînement et prendre des risques stupides. Je parcours la liste à la recherche de Kate Connolly. Je trouve d'abord le nom de Dove, puis le sien. La cote indique 45 contre 1, et je me demande si c'est dû à son poney ou au fait qu'elle est une femme.

Je descends la liste jusqu'au nom de Mutt. Je m'attends à voir écrit à côté celui d'Edana, la jument baie aux marques blanches que j'ai conseillée pour lui à son père et qu'il n'a pas approchée depuis deux jours.

Mais le tableau n'indique pas Edana.

Le nom inscrit à côté de celui de Mutt est *Skata*. Un nom bref et dur, qui sonne bien pour un cheval. *Skata* désigne sur l'île une variété d'étourneau réputé pour son intelligence, son amour des objets brillants et son plumage noir et blanc. Or il n'y a qu'un seul cheval noir et blanc sur la grève.

Skata, la jument pie.

Chapitre 31

Sean

Je finis par le trouver près d'un des feux de joie.

Les flammes dansent haut dans le ciel noir et se mêlent à la nuit, et je sens sur ma langue le goût de la fumée.

— Matthew Malvern !

Je l'ai apostrophé d'une voix hargneuse et sur un ton belliqueux, à peu près aussi amical qu'un hennissement de Corr. Sa silhouette se découpe sur le brasier comme celle d'un géant ou d'une créature mythique. Il tient d'une main un morceau de bois brûlé et de l'autre un bout de papier. Son visage, si toutefois il en a un, reste plongé dans l'ombre.

— C'est un vœu de mer que vous avez écrit là-dessus ?

Mutt entortille la feuille – je distingue mon nom tracé à l'envers – puis la lâche par-dessus le bord de la falaise ; elle disparaît dans l'obscurité.

— Cette jument va vous tuer !

Il avance d'un pas en titubant. Son haleine n'est pas moins sombre et trouble que le fond de l'océan.

— Depuis quand te soucies-tu de ma sécurité, Sean Kendrick ?

Il s'approche de moi jusqu'à ce que nos ombres se confondent. Je ne recule pas. S'il veut se battre avec moi ce soir, je ne compte pas me dérober. La tempête fait rage en moi, et je revois Fundamental s'enfoncer dans les flots aussi clairement que la première fois.

— Si ce n'est vous, ce sera un autre, et personne ne mérite de mourir par votre faute.

Je sens la brûlure du feu sur ma peau.

— Je sais pourquoi tu ne veux pas que je la monte, ricane Mutt. Elle est plus rapide que ton étalon !

Voici des années que je prends toutes les précautions possibles pour conserver Mutt vivant pour son père : je sélectionne pour lui le cheval le moins dangereux du haras, que j'entraîne jusqu'à ce que l'animal, épuisé, devienne indifférent à l'appel de l'océan, et je surveille sans relâche le garçon pour que personne ne le trouble ni ne vienne le déranger. Deux de mes côtes gardent des traces de fêlure qui auraient dû être les siennes.

Mais Mutt s'est à présent tellement soustrait à ma protection que je m'en sens presque soulagé. S'il insiste pour monter la jument pie, alors je ne peux plus rien pour lui.

Je lève les bras au ciel.

— Faites comme vous l'entendez. Je m'en lave les mains, ce n'est plus mon problème !

Je vois du coin de l'œil des gens arriver, on vient nous chercher pour la Parade des Cavaliers ; ensuite, le ciel ne tardera pas à s'éclaircir, et alors commencera le véritable entraînement. J'ai pourtant du mal à imaginer que cette nuit ne va pas durer éternellement, et qu'un jour lui succédera.

— Comme tu dis, rétorque Mutt. Ce n'est plus ton problème !

Chapitre 32

Puck

La Parade des Cavaliers n'est pas vraiment un défilé.

— Cavaliers! Cavaliers! Au rocher! lance un homme à la cantonade.

Il nous invite de toute évidence à le suivre. Je ne cesse d'attendre que les choses prennent une tournure plus organisée, mais non. Le seul moment où la scène se met à ressembler un tant soit peu à une parade, c'est quand je vois quelques cavaliers partir tous dans la même direction, vers le haut de la falaise. La foule s'écarte pour les laisser passer. Je me hâte de les suivre, et Finn m'emboîte le pas tant bien que mal. Personne ne se soucie de moi, des épaules me percutent le visage et des coudes s'enfoncent dans ma cage thoracique.

L'obscurité est maintenant complète. Seuls brûlent deux feux de joie, dont l'un lance de hautes flammes furieuses, et l'autre, plus petit, crépite. Je ne suis pas très sûre d'où je devrais me trouver.

— Kate Connolly, dit une voix sur un ton peu amène.

Je tourne la tête, mais ne vois que des yeux qui m'évitent et des sourcils froncés. Il est étrange d'entendre les gens parler de vous, au lieu de vous parler.

Une main me saisit le bras. Je pivote sur les talons en grognant, courroucée, avant de reconnaître Elizabeth, la sœur de Dory Maud. Sa chevelure d'un blond éclatant troue la pénombre, et elle porte une robe et du rouge à lèvres de la couleur de la voiture du père Mooneyham et arbore une expression revêche. Cela me surprend un peu de la rencontrer ici, dans la mesure où je ne l'ai jamais vue ailleurs que chez *Fathom & Fils*. J'imaginais vaguement qu'elle risquait de se dissoudre ou de se désagréger si elle s'aventurait dans le monde réel. Chacune des sœurs règne sur son propre domaine : le plus étendu, celui de Dory Maud, couvre l'île tout entière, celui d'Elizabeth la maison et la boutique, et celui d'Annie, le plus petit, se résume au premier étage de leur boutique.

— Tu es perdue, n'est-ce pas ? Dory Maud soutenait que tu saurais te débrouiller, mais je me doutais bien que non, me dit-elle avec dédain.

— Pour être perdue, il faudrait d'abord que je sache où je vais, et je vous signale que c'est la première fois que je participe à la parade !

— Calme-toi, c'est par là ! Finn, mon garçon, tu gobes les mouches ? Ferme donc la bouche et viens avec nous !

Ses doigts s'enfoncent dans mon bras comme des serres tandis qu'elle me pilote jusqu'au sommet de la falaise qui domine la grève des courses. Finn trottine sur nos talons, excité comme un chiot.

— Où est Dory ? je crie.

— En train de parier, bien entendu ! gronde Elizabeth. Pendant que je me tape tout le travail !

J'ai du mal à considérer que m'escorter en haut de la falaise compte comme du travail, mais je lui en suis reconnaissante. J'éprouve aussi quelques difficultés à imaginer Dory Maud misant sur des chevaux, du moins d'une façon qui justifierait le ton mordant sur lequel Elizabeth a lancé son « bien entendu ! ». Je m'efforce de me représenter Dory chez le boucher, mais je la vois mieux à la *Fille aux Yeux Noirs* : elle s'avancerait jusqu'au bar avec autant d'assurance qu'un homme et s'en tirerait bien mieux que moi.

Elizabeth m'ordonne d'un ton sec de cesser de rêvasser et me pousse fermement à travers la foule rassemblée au sommet de la falaise, et ce n'est qu'après de longues minutes qu'elle s'arrête pour s'orienter. Je distingue alors parmi les gens qui grouillent de toutes parts une silhouette immobile : Sean Kendrick. Vêtu de sombre, une expression plus sombre encore sur le visage, il fixe la nuit noire vers le large. Manifestement, il attend.

— On y est, je dis.

— Non, réplique Elizabeth en suivant mon regard. Ce n'est pas *ici* que tu vas. La course est bien assez dangereuse sans qu'on en rajoute. Viens !

Sean tourne la tête juste au moment où elle me pousse dans une autre direction. Quand nos regards se croisent, je crois voir dans le sien quelque chose d'aigu et de vulnérable, puis je dois fixer mes pieds pour éviter de tomber tandis qu'Elizabeth m'entraîne.

Finn surgit près de moi, les mains enfoncées dans ses poches pour les réchauffer. Il contemple Elizabeth d'un air accablé.

— Vu la vitesse à laquelle elle va, on croirait que la course a déjà commencé ! je lui chuchote.

Ses lèvres ne sourient pas, mais ses yeux le font.

— Voilà ! dit Elizabeth en s'arrêtant.

Nous sommes arrivés à un troisième feu de joie, derrière un grand rocher plat éclaboussé de traînées brunâtres. Il me faut un moment pour comprendre : la pierre est maculée de sang, de sang très ancien. Finn a le visage crispé. Une multitude de gens entourent le rocher et attendent, comme Sean. Je reconnais non loin de nous quelques cavaliers : le docteur Halsal, Tommy Falk, Mutt Malvern, Ian Privett. Certains bavardent et rient – des habitués, qui ont déjà vécu tout ça. Soudain, je me sens mal.

— D'où vient le sang ? je demande à Elizabeth.

— De chiots, bien sûr ! raille-t-elle.

Elle a surpris Ian Privett à la regarder et lui montre les dents avec une grimace qui n'est pas censée passer pour un sourire. Elle me saisit par les deux bras et me propulse devant elle comme un bouclier.

— C'est celui des cavaliers. Tu grimpes là-haut et tu laisses couler une goutte de ton sang sur la pierre pour montrer que tu participes à la course.

Je fixe la roche des yeux. Ça fait vraiment beaucoup de sang, pour une goutte par cavalier et par année.

Un homme vient de grimper sur le rocher. C'est Frank Eaton, mon père le connaissait. Il porte une de ces drôles d'écharpes traditionnelles dont les touristes raffolent, qu'il a drapée sur son épaule et attachée au niveau de la taille et, avec son pantalon en velours côtelé, il a l'air parfaitement ridicule. Dans mon esprit, le costume traditionnel est toujours associé à une odeur de sueur, et ce n'est pas en le voyant que cela risque de changer. Il tient dans ses mains un petit bol et s'adresse à la foule, un peu calmée à présent.

— Il me revient de parler pour l'homme qui ne courra pas, annonce-t-il.

Eaton incline le bol, et du sang éclabousse la pierre à ses pieds, mais, comme il ne recule pas, des gouttelettes rebondissent et tachent son pantalon. Je ne crois pas qu'il s'en soucie.

— Cavalier sans nom ! Coursier sans nom ! Par son sang !

— De mouton, m'informe Elizabeth. Ou de cheval, peut-être, je ne me rappelle plus exactement.

— Mais c'est barbare !

Je suis horrifiée. On dirait que Finn va vomir.

Elizabeth hausse une épaule. Ian Privett la lorgne.

— Jusqu'à il y a cinquante ans, c'était un homme qu'ils sacrifiaient là-dessus. Celui qui n'allait pas courir.

— Mais *pourquoi* ?

— Parce que les hommes aiment tuer. Encore heureux qu'ils aient cessé de le faire, ou il n'en resterait plus un seul, me répond-elle d'un ton chargé d'ennui.

Visiblement, même s'il existe une véritable explication, elle s'en fiche.

— Parce que, intervient une voix que je reconnais aussitôt, si l'on commence par abreuver l'île de sang, elle n'en prendra peut-être pas autant pendant la course.

Elizabeth se tourne vers Peg Gratton et la considère avec aigreur. Je cligne des paupières. Peg est presque méconnaissable sous sa coiffure élaborée. On dirait un de ces effrayants macareux huppés que l'on rencontre parfois sur l'île : une imposante visière pointue forme le bec, et des cordons de passementerie jaune surmontent chaque oreille comme des cornes. Ses cheveux bouclés ont disparu, cachés sous la doublure en tissu de la coiffe.

— Ne t'attends pas à ce qu'ils te fassent bon accueil, Puck, me dit Peg en ignorant Elizabeth. Nombreux sont ceux qui croient qu'une fille sur la plage porte malheur. Ils seront tout sauf heureux de te voir.

Je serre les lèvres.

— Je n'ai pas besoin qu'ils se montrent aimables, juste qu'ils me laissent tranquille.

— Pour eux, ce serait déjà te faire une fleur !

Elle tourne la tête, d'un mouvement que l'oiseau perché sur son crâne rend étrange et saccadé. Si rien de ce que j'ai vu ce soir ne m'avait encore troublée, ce geste l'aurait fait.

— Je dois vous laisser, dit Peg.

Sur le rocher, une femme coiffée d'une tête de cheval se dresse maintenant à l'endroit où se tenait Eaton. Du sang imbibe sa tunique et dégouline sur ses mains. Elle nous fait face, mais sa grosse tête ne semble pas nous regarder. Elle fixe un point dans le ciel. Je me sens fiévreuse à cause de la chaleur du feu, et la vue de tout ce sang me donne le vertige. J'ai l'impression de rêver tout éveillée.

Des murmures parcourent la foule. Je ne comprends pas de quoi on parle.

— Ils disent que personne n'a eu le coquillage, m'informe Elizabeth. Qu'elle n'en a pas laissé tomber, cette année.

— Le coquillage ?

— Pour le vœu, précise-t-elle d'un air impatienté. La déesse laisse tomber un coquillage, et quelqu'un obtient un vœu. Elle l'a sans doute lâché dans Skarmouth, et ces idiots n'ont pas su le trouver.

— Qui est-ce ? demande Finn, qui n'a pas ouvert la bouche depuis longtemps.

— Epona, la mère de tous les chevaux. L'esprit de Thisby et de ces falaises.

— Non, qui est la femme sous cette tête, je veux dire.

— Quelqu'un qui a plus d'avantages en façade que toi, rétorque Elizabeth.

Les yeux de Finn se posent aussitôt sur la poitrine de la déesse. Elizabeth part d'un rire aigu et sauvage. Je lui lance un regard noir, et elle me donne une grande bourrade amicale.

— Ils appellent les cavaliers.

La femme à tête de cheval a disparu sans que je l'aie vue partir, remplacée par Peg Gratton. Une douzaine d'hommes se sont rassemblés à l'une des extrémités du rocher, et d'autres ne cessent de venir les rejoindre. Je me sens comme un tout petit animal pétrifié.

Elizabeth fait claquer sa langue.

— Tu peux attendre, si tu veux. Tu as le temps, ils y vont un par un.

Je serre les poings pour empêcher mes mains de trembler et j'observe attentivement la scène, histoire de voir ce qu'on attend de moi. Le premier cavalier gravit les marches brutes au bout du rocher. C'est Ian Privett. Ses cheveux, qui ont blanchi alors qu'il n'était qu'un jeune garçon, le font paraître plus âgé qu'il ne l'est en réalité. Il se dirige aussitôt avec assurance vers Peg Gratton.

— Je monterai ! annonce-t-il officiellement, assez fort pour que tous l'entendent bien.

Puis il tend le bras vers Peg, qui, d'un mouvement trop vif pour que je le saisisse, lui entaille le doigt avec un petit couteau. Privett tient sa main au-dessus de la pierre, et son sang coule sans doute dessus, même si je suis trop loin pour le distinguer.

Il n'a pas l'air d'avoir mal.

— Ian Privett. Penda. Par mon sang ! déclare-t-il.

Peg lui répond d'une voix basse qui ne lui ressemble pas :

— Je vous remercie.

Ian quitte alors le rocher, et le cavalier suivant monte les marches. C'est Mutt Malvern. Après que Peg lui a entaillé la main, il tend lui aussi le bras pour que son sang goutte sur la pierre. En disant : « Matthew Malvern. Skata. Par mon sang ! », il cherche quelqu'un des yeux dans la foule, et sa bouche se tord dans une sorte de rictus dont je suis bien contente qu'il ne me soit pas adressé.

Les cavaliers se succèdent, grimpent l'un après l'autre sur le rocher, tendent la main, annoncent leur nom et celui de leur monture, et Peg Gratton remercie chacun d'eux avant qu'il parte. Il y en a vraiment beaucoup, au moins une quarantaine. J'ai déjà lu des comptes-rendus des courses dans les journaux, jamais le nombre de participants à l'épreuve finale n'a été aussi élevé. Qu'arrive-t-il à tous les autres ?

J'ai l'impression de sentir d'où je suis l'odeur du sang sur le rocher.

Petit à petit, mon tour approche, et je tremble, malade d'appréhension, mais j'attends aussi de voir apparaître Sean Kendrick. Je ne sais pas si c'est parce que nous avons disputé une course, parce que je l'ai vu perdre sa jument, parce qu'il m'a conseillé de rester à l'écart de la grève quand personne n'était disposé à m'adresser la parole, ou simplement parce que son étalon alezan est le plus beau cheval qu'il m'ait été donné de voir, mais Sean éveille ma curiosité d'une façon qui m'intrigue moi-même.

La plupart des cavaliers ont déjà accompli le rituel quand il grimpe sur le rocher. Je le reconnais à peine. Ses pommettes aiguës sont barbouillées de sang, et il a un air saisissant, à la fois sévère et impie, défiant et rapace. On pourrait croire qu'il a escaladé cette roche à l'époque où le sang d'un homme, et non simplement d'un mouton, en éclaboussait la pierre.

Je songe soudain au père Mooneyham et me demande s'il passe la nuit, enfermé dans St. Columba, à prier pour que ses ouailles gardent la tête solidement vissée sur leurs épaules jusqu'à demain, et qu'elles ne succombent pas à la Déesse Jument, et je me demande aussi quelle sorte de déesse peut se contenter d'un bol de sang de mouton à la place de sang humain : j'ai déjà vu un mouton mort et j'ai déjà vu un homme mort, je connais la différence.

Sean Kendrick tend la main.

— Je monterai ! déclare-t-il.

En l'entendant, je me sens lourde et oppressée, comme si la falaise aspirait mes pieds dans le roc.

Peg Gratton lui entaille le doigt. Là-haut, à la lumière du feu, le visage dissimulé par l'ombre du bec, elle ne ressemble vraiment pas à Peg.

— Sean Kendrick, dit-il d'une voix presque inaudible. Corr. Par mon sang !

Une grande clameur s'élève de la foule, y compris d'Elizabeth, que je croyais trop distinguée pour s'abaisser à de telles manifestations. Sean ne réagit ni ne tourne la tête, et je crois voir ses lèvres bouger encore, mais d'un mouvement si imperceptible que je ne peux pas en être sûre. Puis il quitte le rocher.

— À toi, me dit Elizabeth. Grimpe là-haut, et n'oublie pas ton nom !

J'ai soudain beaucoup trop chaud, moi qui avais froid à l'instant. Le menton levé, je contourne le rocher jusqu'à l'endroit où s'amorcent les marches. Pendant que je la traverse pour m'approcher de Peg, la pierre me semble aussi vaste que l'océan, et j'ai l'impression que sa surface tangue et roule sous mes pas. Je remarque en passant que le sang à mes pieds est de trois teintes différentes, et ne cesse de me répéter *Je monterai. Par mon sang*, tant je crains d'oublier la formule, dans ma nervosité.

Les yeux de Peg Gratton brillent, perçants, sous le bec de sa coiffure. Elle a un air imposant et féroce.

Je sens peser sur moi le regard de tous les habitants de Skarmouth et de Thisby et de tous les touristes du continent. Je me redresse aussi droite que possible. Je parlerai avec autant d'assurance que Peg Gratton. Même si je n'ai pas, comme elle, une immense coiffe d'oiseau sous laquelle me dissimuler, j'ai pour moi mon nom, qui m'a toujours suffi.

Je tends le bras en me demandant si son petit couteau va me faire mal.

— Je monterai, je dis d'une voix plus forte que je ne l'avais prévu.

Peg lève la lame et je me raidis, dans l'expectative. Personne jusqu'à présent n'a flanché, et je n'entends pas être la première.

— Attendez ! crie une voix.

Ce n'est pas celle de Peg Gratton.

Nous tournons toutes deux la tête. Dans son costume traditionnel moite de sueur, Eaton se dresse au pied du rocher, la tête renversée en arrière pour mieux nous voir. Un groupe d'hommes l'entoure, les mains enfoncées dans leurs poches ou sous les pans de leur vêtement et les sourcils froncés. Les cavaliers soutiennent les leurs avec précaution pour empêcher le sang de goutter, et quelques-uns portent eux aussi des écharpes traditionnelles.

Je me suis trompée ; j'ai mal prononcé la formule ; j'ai grimpé sur le rocher alors que ce n'était pas mon tour. Je n'arrive pas à comprendre ce qui cloche, l'inquiétude me ronge les entrailles.

— Elle ne peut pas monter ! objecte Eaton.

Mon cœur a un raté. Dove, ça ne peut être que Dove ! J'aurais dû prendre la jument pie quand l'occasion s'est présentée.

— Jamais, au grand jamais, une femme n'a participé aux courses ! Et ce n'est pas cette année que les choses vont changer !

Je fixe Eaton et les hommes autour de lui. Il y a quelque chose de l'ordre de la camaraderie dans la façon dont ils se sont regroupés, comme des chevaux s'abritant mutuellement du vent ou un troupeau de moutons considérant avec méfiance le chien de berger qui s'approche d'eux. À leurs yeux, je suis l'étrangère. La femme.

De toutes les choses qui pouvaient se dresser sur mon chemin et m'empêcher de participer aux courses, j'ai du mal à croire que c'est celle-ci qui fait obstacle.

Mon visage s'empourpre, et je sens des centaines de personnes me fixer des yeux, mais je retrouve ma voix :

— J'ai lu tous les articles du règlement, du premier au dernier. Il ne dit rien à ce sujet !

Eaton regarde son voisin qui passe sa langue sur ses lèvres avant de prendre la parole :

— Il y a les règles écrites, et les règles trop grandes pour être écrites.

Il me faut un moment pour comprendre ce que cela signifie, à savoir que rien ne m'interdit véritablement de concourir, mais qu'ils ne me laisseront pas faire pour autant. Ça se passait aussi comme ça, autrefois, quand on jouait ensemble, Gabe et moi : dès qu'il me voyait sur le point de gagner, il se dépêchait de modifier la règle du jeu, et, exactement comme à cette époque-là, je sens toute l'injustice de la chose me brûler la poitrine.

— Dans ce cas, pourquoi y a-t-il un règlement écrit ?

— Certaines choses sont d'une évidence telle qu'il devient inutile de les coucher sur papier, répond l'homme près de Eaton.

Il porte un costume impeccable, avec une écharpe à la place du veston. Je distingue le triangle soigné du gilet, gris sombre contre le blanc, plus clairement que son visage.

— Partez, maintenant ! m'ordonne Eaton.

Un troisième homme se tient au pied des marches, à l'endroit où je suis montée, et lève la main vers moi, comme si j'allais tout simplement la saisir et redescendre.

Je ne bouge pas.

— Moi, je ne trouve pas ça évident !

Eaton fronce un instant les sourcils puis se lance, en assemblant les mots lentement au fur et à mesure que son argumentation se développe dans sa tête :

— Les femmes sont l'île, et l'île nous préserve. C'est important. Mais les hommes, eux, sont ce qui ancre l'île au fond de l'océan et l'empêche de dériver dans la mer. On ne peut tolérer la présence d'une femme sur la grève, car cela inverserait l'ordre naturel des choses.

— Autrement dit, vous voulez me disqualifier à cause d'une superstition. Vous croyez que, si je participe aux courses, les bateaux vont s'échouer !

— Vous exagérez !

— Alors, vous voulez m'interdire de concourir juste parce que c'est moi !

L'expression de Eaton me rappelle celle de Gabe quand, au pub, il promène à la ronde un regard incrédule, comme pour prendre les gens à témoin de mon sale caractère. Plus je contemple Eaton, plus je découvre de nouvelles raisons de le haïr. Comment sa femme supporte-t-elle ses lèvres répugnantes ? Ne peut-il pas se faire une raie sans exhiber tant de cuir chevelu ? Pourquoi doit-il remuer ainsi le menton entre deux mots ?

— N'essayez pas d'en faire une affaire personnelle, ça n'a aucun rapport !

— En ce qui me concerne, c'en est une !

Les voilà fâchés, à présent. Ils s'imaginaient sans doute que je déguerpirais docilement au premier *non* murmuré, et, maintenant que ce n'est pas le cas, je deviens moins une bonne histoire à raconter par la suite qu'un conflit à gérer dans l'immédiat.

— Vous pourriez vous trouver d'autres occupations en cette saison, Kate Connolly, et faire des choses qui vous plairaient comme à votre entourage. Rien ne vous oblige à participer aux courses.

Je pense à Benjamin Malvern, assis à la table de notre cuisine, qui me demandait ce que nous serions prêts à faire pour garder la maison ; je réfléchis que, si je renonce maintenant, Gabe n'aura plus aucune raison de rester : je me dis que, même furieuse contre lui, je ne supporterais pas que cette dispute dans le pub soit notre dernière conversation ; et je songe à ma course avec Sean Kendrick sur son imprévisible *capall uisce*.

— J'ai mes raisons, comme tous ceux qui sont montés sur ce rocher, je rétorque sèchement. Et ce n'est pas parce que je suis une fille qu'elles sont moins valables que celles des autres.

— Kate Connolly, qui voyez-vous près de vous ? m'apostrophe alors Ian Privett. Une femme prend notre sang, une femme exauce nos vœux, mais sur cette pierre goutte le sang de générations d'hommes. La question n'est pas de savoir si vous voulez être sur ce rocher. Vous n'avez pas votre place ici, alors cessez ces enfantillages et descendez de là !

De quel droit me donne-t-il des ordres ? Ça aussi, ça me rappelle Gabe, quand il me dit d'arrêter de me conduire en hystérique alors que c'est totalement injustifié. Je repense à maman, cette excellente cavalière, qui m'a appris à monter. Comment osent-ils soutenir que je n'ai pas ma place sur ce rocher ! Ils peuvent sans doute m'obliger à descendre, malgré toutes mes objections, mais ils n'ont pas le droit de dire ça !

— Je suis le règlement que l'on m'a donné, et je refuse d'obéir à quelque chose qui n'est pas écrit !

— Kate Connolly, dit l'homme en gilet, vous voudriez que nous acceptions une femme sur cette plage alors qu'il n'y a jamais eu de précédent ? Qui êtes-vous, pour nous demander cela ?

Comme sur un signe tacite, celui qui m'a tendu la main se met à monter l'escalier. Ils n'hésiteront pas à me faire descendre de force, si je m'entête.

C'est fini.

Je n'arrive pas à y croire.

— Je parle pour elle !

Toutes les têtes se tournent. Bras croisés, Sean Kendrick se tient un peu à l'écart de la foule.

— Cette île se nourrit de courage, et non de sang !

Son visage regarde vers moi, mais ses yeux sont fixés sur Eaton et ses comparses. Dans le silence qui s'ensuit, j'entends mon cœur battre dans mes oreilles.

Je vois les hommes réfléchir. Manifestement, ils aimeraient ignorer l'intervention de Sean, mais il leur est impossible de refuser d'écouter celui qui a si souvent frôlé la mort dans les courses.

Tout comme dans le camion de Thomas Gratton, Sean n'ajoute rien, et son silence contraint les autres à réagir.

— D'après vous, nous devrions l'autoriser à concourir ? interroge finalement Eaton. Malgré tout ?

— Il n'y a aucun tout, réplique Sean. Laissez la mer décider de ce qui est juste et de ce qui ne l'est pas !

Suit un silence atrocement long.

— Qu'il en soit donc ainsi ! tranche Eaton. (Les hommes autour de lui opinent, et personne ne dit rien.) Donnez votre sang, Kate Connolly !

Peg Gratton s'avance aussitôt et, sans attendre que je tende la main, la saisit et m'entaille prestement le doigt. Je ne sens aucune douleur, mais une chaleur fulgurante remonte mon bras jusqu'à l'épaule. Le sang sourd de la blessure et s'égoutte sur la pierre.

J'ai à nouveau l'impression que mes pieds sont aspirés par le rocher, par l'île où j'ai grandi. Le vent m'empoigne les cheveux, arrache des mèches de mon bandeau et m'en fouette le visage. L'air a l'odeur de l'océan qui se brise contre le rivage.

Je relève le menton.

— Kate Connolly. Dove. Par mon sang !

Je retrouve Sean dans la foule. Il a l'air sur le point de partir, mais tourne la tête et me regarde par-dessus son épaule, et je soutiens son regard. J'ai l'impression que tout le monde nous observe, comme si notre échange muet équivalait à une promesse, ou à un pacte pour une chose que je ne saisis pas bien. Je ne baisse pas les yeux.

— Par leur sang à tous, que les courses commencent ! annonce Peg Gratton à la nuit et la ronde, bien que personne ne l'écoute plus. Nous avons nos cavaliers, que les courses commencent !

Sean Kendrick me fixe encore une seconde, puis s'éloigne à grandes enjambées.

Encore deux semaines jusqu'aux courses, mais tout commence ce soir, je le sens bien.

Chapitre 33

Sean

Quand vient le matin, l'île est plongée dans un silence sépulcral. La frénésie de la veille au soir aurait pu laisser supposer que l'entraînement allait reprendre sérieusement dès aujourd'hui, mais le calme règne dans les écuries et le silence sur les routes, ce qui ne me déplaît pas dans la mesure où j'ai beaucoup à faire pendant les prochaines vingt-quatre heures. Je jette un coup d'œil au ciel : le soleil est caché par une couche de nuages pleins de fossettes, sous laquelle d'autres plus petits filent à toute allure. Je saurai plus précisément de combien de temps je dispose avant l'arrivée de la tempête quand j'aurai vu l'océan.

Je sors le plus jeune des pur-sang pour qu'il se dégourdisse les jambes et broute un peu d'herbe avant que le temps se gâte, puis je rassemble les deux seaux dont je vais avoir besoin et je me bourre les poches d'amulettes et de charmes dérisoires.

Je suis sur le point de partir quand j'entends qu'on m'appelle :

— Vous n'allez pas à l'église, à ce que je vois ?

— Bonjour, monsieur Holly.

Il porte ce que j'imagine être en Amérique une tenue du dimanche : polo blanc à col en V et veston léger, sur un pantalon kaki au pli impeccable, et semble prêt à poser pour la page mondaine d'un magazine du continent.

— Bonjour !

Il jette un coup d'œil dans les seaux et recule précipitamment en faisant la grimace. Les récipients sont pleins des déjections fétides de Corr, et j'ai moi-même du mal à supporter la puanteur qui s'en dégage.

— Doux Jésus et Coca-Cola, mais ça empeste !

Voyant que je me démène pour ouvrir la barrière sans reposer mes seaux, il le fait pour moi et referme, puis m'emboîte le pas.

— Vous n'êtes pas pratiquant ?

— Je crois en la même chose qu'eux tous, je dis avec un mouvement du menton vers la ville et St. Columba. Simplement, je ne pense pas qu'on le trouve enfermé dans un bâtiment.

Le sol souple sent légèrement le crottin. Je prends la route de la côte est, qui longe la plupart des pâturages de Malvern. Moins hautes, mais plus déchiquetées, les falaises y sont trouées de criques traîtresses et abondent en endroits où l'océan et ses créatures peuvent ramper jusqu'à terre.

Holly me rattrape au petit trot, glisse la main sous l'anse d'un des seaux et s'en empare. Le poids lui arrache un grognement, mais il ne flanche pas.

— Et vous, que faites-vous ici ?

— Je cherche Dieu, me répond-il en accordant son pas au mien. Si vous m'affirmez qu'il traîne par là, je vais voir si je le trouve.

Je doute un peu qu'il tombe sur son Dieu à lui en me donnant un coup de main pour ce genre de travail, mais je ne proteste pas. Le trajet jusqu'aux falaises est assez long, et un peu de compagnie est la bienvenue. Au fur et à mesure que nous nous éloignons des écuries, le vent qui souffle en rafales sur les champs forcit. On ne voit ici plus aucune trace de civilisation, hormis les murets de pierre délimitant les pâturages de Malvern, bien plus vieux que les troupeaux et qui témoignent d'une Thisby que beaucoup ont oubliée.

Je dois reconnaître à sa décharge que Holly ne se montre pas bavard. Il marche en silence pendant plusieurs minutes, avant de me demander :

— Pourquoi allons-nous là ?

— Une tempête approche. Elle se déchaîne déjà en mer et elle va chasser les chevaux.

— Par chevaux, je suppose que vous entendez… (il fait une brève pause, puis articule soigneusement) les *capaill uisce*.

J'opine.

— Et le mauvais temps va les chasser où, au juste ? Mazette, ça alors !

Nous venons de déboucher sur une saillie qui domine l'océan et le paysage alentour. Les falaises basses, hachées, tranchent sur les verts de la lande : de l'herbe, puis soudain plus rien, puis de l'herbe à nouveau. Près du rivage comme au large, la mer n'est que moutons, écume et rochers noirs dressés comme des crocs. Je prévois l'enfer pour demain. Je laisse Holly admirer tout son soûl avant de lui répondre :

— Vers l'intérieur des terres. Les chevaux qui se trouvent dans les eaux peu profondes préféreront regagner la côte plutôt qu'affronter les rochers et les courants. Et, croyez-moi, les *capaill uisce* fraîchement sortis de l'océan ne sont pas des créatures qu'on tient particulièrement à rencontrer !

— Parce qu'ils sont affamés ?

Je m'arrête, j'incline mon seau pour laisser couler un peu du contenu nauséabond sur le sentier, puis je reprends ma marche.

— Oui, mais aussi parce qu'ils ont l'esprit embrumé. Ils sont désorientés, ce qui ne les rend que plus dangereux.

— Et vous répandez du crottin...

— ... pour marquer le territoire. S'ils viennent à terre sur cette côte, je veux qu'ils croient qu'ils risquent de rencontrer Corr...

— ... plutôt qu'une des poulinières de Malvern, achève Holly pour moi.

Nous poursuivons notre tâche en silence, d'abord dans les endroits de la falaise les plus faciles d'accès, puis en descendant peu à peu, jusqu'à ce qu'il ne reste plus que le rivage rocheux.

— Il vaut sans doute mieux que vous m'attendiez là-haut, pendant que j'interviens ici, je suggère.

Je ne peux pas garantir sa sécurité près de l'eau. La mer bouillonne déjà dangereusement, rien ne prouve qu'un *capall uisce* ne nage pas dans les parages, et Malvern serait contrarié si je perdais un de ses clients deux jours après un de ses chevaux, et de la même façon.

Holly hoche la tête, mais, quand je commence à descendre, il m'emboîte le pas. Il n'a pas froid aux yeux, et je le respecte pour ça. J'échange mon seau vide contre celui qu'il porte, et il masse sa paume endolorie.

À l'endroit où le sentier s'amorce, le rivage est semé de pierres de la taille de mon poing, de rochers et de morceaux de falaise tombés tout près de l'eau. L'océan se déploie et s'étire vers nos pieds ; il empeste la charogne.

— Si je voulais capturer un autre cheval, ce serait un bon moment pour le faire, je dis.

Les vagues ont rempli le creux d'un rocher à nos pieds, et l'eau est pleine d'anémones de mer à longs tentacules, d'oursins aux piquants acérés et de crabes trop petits pour constituer un vrai repas. George Holly y trempe inexplicablement les doigts.

— Elle est plus chaude que je ne l'imaginais, fait-il remarquer. Pourquoi n'essayez-vous pas d'attraper un cheval, puisque vous en avez perdu un l'autre jour ?

Il se trouve que capturer un nouveau *capall uisce* ne se justifie guère, dès lors que Mutt Malvern a décidé de monter Skata, et à vrai dire garder Edana non plus.

— Je n'ai pas besoin d'un nouveau cheval. J'ai Corr.

Holly tâte un oursin avec une pierre.

— Comment savez-vous qu'il n'y a pas là-bas un cheval plus rapide que lui, qui n'attend que vous pour l'attraper ?

Je songe à Skata, la jument pie, à sa vitesse incroyable.

— Il y en a peut-être un, mais je n'ai pas besoin de le savoir. Il ne me tente pas.

La question ne se résume pas à gagner, et je ne sais comment lui expliquer que je connais Corr mieux que tout autre, et qu'il est mien.

— Je n'aurais que faire d'un autre cheval. Je…

Je me tais et je me dirige vers l'autre point d'accès de cette portion de rivage par ailleurs complètement fermée. Je tire une poignée de sel de ma poche, crache dessus et la lance à la volée à travers l'amorce du chemin, puis je fais tomber un peu de crottin de Corr par terre. Je reprends le sentier sans un mot.

Holly me suit et, bien que je ne me retourne pas, sa voix me parvient distinctement :

— Mais il n'est pas à vous.

Je n'ai pas vraiment envie de poursuivre cette conversation.

— La question n'est pas qu'il ne m'appartient pas, mais qu'il appartient à Benjamin Malvern.

— Cela n'a aucun sens !

— Détrompez-vous, sur cette île cela en a beaucoup. (Thisby, en effet, se partage entre ce qui appartient à Malvern et ce qui ne lui appartient pas.) C'est important, tout comme ceci : contrairement à vous, je dépends de Malvern.

— Vous me parlez de liberté, en somme.

Je m'arrête pour le dévisager. Debout sur le sentier, un peu en contrebas, il lève la tête. Dans son polo tout propre et son pantalon kaki bien repassé, il semble remarquablement soigné et civilisé, mais son allure n'a rien d'affecté pour autant. Il m'apparaît toujours comme un riche Américain, frivole et insouciant, mais, pour la première fois, je ne m'y arrête pas : je crois qu'il me comprend quand même.

— Alors, pourquoi ne pas lui acheter Corr ?

J'esquisse un sourire crispé. Holly saisit aussitôt.

— Le prix, non ? Ah, j'y suis ! Malvern refuse de vous le céder. Mais ne disposez-vous d'aucun moyen de pression ? Il doit avoir besoin de vous pour bien plus que juste gagner les courses. Désolé, je deviens indiscret, cela ne me concerne pas, bien sûr. Mettons que je n'aie rien dit !

Il a pourtant dit quelque chose, impossible de revenir là-dessus. La vérité, c'est que je suis utile à Malvern onze mois par an et indispensable le douzième. Accepterait-il de renoncer à cet unique mois en conservant les autres ? Serais-je prêt à courir ce risque ?

Nous avons atteint le sommet. La silhouette de Holly se découpe en blanc sur le vert de l'herbe, la mienne en noir. Je vide le fond du seau, heureux d'en être débarrassé. Holly me regarde ramasser une poignée de terre fraîche, lui murmurer quelques mots, puis l'éparpiller à nouveau sur le sol.

— De la magie, dit-il.

— Considérez-vous un mors de filet comme de la magie ?

— Tout ce que je sais, c'est que, quand je m'adresse à une poignée de terre, ma conversation tourne aussitôt à l'insipide.

Il m'observe appliquer le même traitement à l'autre sentier. Il ne me demande pas d'explications et je ne lui en donne pas, mais, quand je soupçonne que le silence commence à lui peser, je reprends la parole.

— Vous êtes libre de dire ce que vous pensez.

— Non, je ne le suis pas, objecte-t-il, visiblement ravi que je lui adresse la parole. D'une part, parce que ce ne sont pas mes affaires et, de l'autre, parce que je viens de commettre une bévue et que je n'entends pas récidiver.

Je hausse un sourcil.

Holly se frotte les mains comme s'il avait touché quelque chose de plus sale que l'eau du petit bassin.

— Bon, si vous le voulez, d'accord ! Alors, dites-moi, qu'y a-t-il entre cette jeune fille et vous ? Kate Connolly, je crois qu'elle s'appelle.

Je laisse échapper mon souffle. J'empile les deux seaux, les ramasse et reprends la route des écuries.

— Si vous croyez qu'en refusant de me répondre vous allez me persuader que ce n'est rien, vous vous fourrez le doigt dans l'œil !

— Ce n'est pas mon intention, je dis tandis qu'il me rattrape. Je ne vous dis pas qu'il n'y a rien, simplement je ne sais pas ce que c'est.

Je la revois distinctement, debout sur le rocher près de Peg Gratton, tenir tête à Eaton et aux autres membres du comité de la course. Je ne me souviens pas d'avoir jamais fait preuve d'autant de cran dans ma vie, et j'en ai honte. Puck me fascine et m'horripile tout à la fois : elle se dresse devant moi tels un miroir qui me renverrait mon image et une porte qui s'ouvrirait sur un ailleurs, et je sens alors en moi une part d'inconnu, comme quand la Déesse Jument m'a fixé dans les yeux.

— Je vous dirais bien comment on appelle ça, en Amérique, dit George Holly, mais ça risque de ne pas vous plaire !

Je lui décoche un regard cinglant, et il part d'un grand rire jovial.

— Voilà qui vaut bien chaque journée passée loin de chez moi ! Alors, selon vous, je devrais miser sur elle ?

— Vous feriez mieux de garder votre argent pour acheter du foin, je marmonne. L'hiver sera long.

— Pas en Californie !

J'entends son rire qui s'éloigne et je comprends qu'il s'est arrêté. Je me retourne.

— Je crois que vous avez raison, monsieur Kendrick.

George Holly se tient, les yeux fermés, face au vent, légèrement penché en avant pour mieux lui résister. Son pantalon n'est plus impeccablement propre, des débris de terre et de crottin adhèrent sur les jambes. Une bourrasque a emporté son ridicule couvre-chef rouge, ce qu'il ne semble pas avoir remarqué, une rafale plonge les doigts dans ses cheveux blonds et l'océan chante à ses oreilles. Si vous vous laissez faire, cette île vous ravira.

— À quel sujet ?

— Je sens la présence de Dieu par ici.

Je m'essuie les mains sur mon pantalon.

— Vous me redirez ça dans deux semaines, devant les cadavres sur la grève.

Holly ne rouvre pas les yeux.

— Que nul ne s'avise d'affirmer que Sean Kendrick n'est pas un optimiste ! Je vous sens sourire, ne me dites pas le contraire !

Il a raison, et je reste coi.

— Vous comptez essayer d'arracher ce cheval aux griffes de Benjamin Malvern, oui ou non ? reprend-il.

Je pense à Kate Connolly face à Eaton, à son courage comme une offrande sur cette vieille pierre à sacrifices. Je sens sur mon visage le souffle de la Déesse Jument et son parfum de foudre.

— Oui, je vais essayer.

Chapitre 34

Puck

Dimanche, après la messe, je ne prends pas la peine de seller Dove. Je suis sûre qu'en sortant de l'église tous les cavaliers iront s'entraîner, et je pense que ce sera une bonne occasion pour les observer et en apprendre un peu plus sur la compétition. J'amènerai peut-être Dove sur les falaises ce soir, quand elle aura eu toute la journée pour se régaler de foin de bonne qualité et s'habituer à l'idée de courir vite.

Je laisse Finn et Gabe seuls à la maison. Gabe nous a accompagnés à l'office, mais, au milieu, il a consulté sa montre, il s'est levé et il est parti. Le père Mooneyham l'a suivi d'un regard sévère qu'il a ensuite reporté sur nous. Même si ses sermons s'avèrent le plus souvent assez bénins, on doit les écouter jusqu'à la fin : on ne gigote pas en sentant une jambe s'engourdir, si le thé bu avant la messe fait rêver de toilettes sur le chemin de Damas au lieu d'épiphanies, on endure stoïquement mille maux et, si on est Brian Carroll et qu'on a passé toute la nuit à la pêche, on penche la tête en arrière pour aider à garder les paupières entrouvertes.

Autrement dit, pas question de s'éclipser. Pourtant Gabe l'a fait, Beech Gratton lui a emboîté le pas peu après et, si Tommy Falk n'avait pas brillé par son absence, nul doute qu'il serait parti, lui aussi.

Et maintenant je dois absolument me confesser, parce que non seulement j'ai pensé des choses méchantes sur mon frère, mais en plus je l'ai fait pendant la messe. Je me sens un peu mal à l'aise à l'idée que, si je meurs au cours des heures à venir, j'irai tout droit en enfer, mais il me faut d'abord aller regarder l'entraînement avant que la marée monte et que les cavaliers quittent la grève.

Quand j'arrive sur les falaises, je cesse de me tracasser pour ça. Même si je n'ai pas envie de monter à cheval ici, à cause du vent, ça ne me dérange pas de rester assise à regarder. Je déplie la couverture de laine que j'ai emportée roulée sur mon dos et me trouve un perchoir solide près du bord, d'où je peux voir tout ce qui se passe en bas, et, la couverture drapée sur les épaules, je sirote une gorgée de thé de ma bouteille thermos en grignotant un gâteau de novembre. J'en ai mis trois à chauffer dans le four ce matin avec quelques pierres, et ils n'ont pas beaucoup refroidi. Je sors mon cahier, mon crayon et le chronomètre que Finn a déniché pour moi, et ça me donne l'impression de faire les choses bien et d'agir efficacement. Je suis sûre que, en restant assez longtemps ici, je finirai par percer le mystère des chevaux de mer. Quand je les aurai chronométrés, j'ai l'intention de faire courir Dove sur la même distance au même endroit pour comparer. Je pourrais sans doute mieux me préparer en en sachant plus.

Je suis là depuis une dizaine de minutes quand je surprends du coin de l'œil un mouvement, et je devine que quelqu'un s'assoit à quelques pas de moi, le bras posé sur un genou relevé.

— Alors, avez-vous trouvé le secret pour gagner, Kate Connolly ?

Je reconnais la voix sans tourner la tête. Mon cœur a un raté, songe à repartir, mais n'y arrive pas tout à fait.

— Je vous ai dit de m'appeler Puck et de me tutoyer !

Sean Kendrick se tait, mais ne se lève pas non plus pour partir. Je me demande à quoi il pense, tandis que nous observons ensemble les chevaux sur la grève. Vus d'ici, ils paraissent très différents et semblent évoluer d'une façon plus ordonnée et plus calme, qui n'a rien à voir avec le chaos que j'ai ressenti quand j'étais sur le rivage. Même lorsque deux d'entre eux se cabrent et se précipitent l'un contre l'autre, et que les hommes s'évertuent à les séparer, la distance et le vent étouffent le bruit et tempèrent la violence de la scène : on dirait de petits soldats de plomb.

Ian Privett et Penda, son cheval gris, galopent parallèlement à l'océan. Je les suis des yeux, appuie sur le bouton du chrono et note le résultat.

— Il courra plus vite, par la suite, me fait remarquer Sean. Ian ne le pousse pas encore.

Je ne sais pas s'il parle avec dédain, parce qu'il juge mes efforts superflus, ou s'il me donne un précieux tuyau, et, dans le doute, je repasse la mine de mon crayon sur les chiffres en creusant le papier. Je voudrais lui demander pourquoi il est intervenu en ma faveur, la veille au soir, mais maman m'a appris qu'il était mal élevé de paraître rechercher des compliments et, comme j'ai l'impression que ce serait le cas, je m'abstiens de lui poser la question, même si elle me brûle les lèvres.

Nous restons donc assis en silence encore un bon moment. Le vent transperce ma couverture et mon bonnet et froisse les pages de mon cahier. Je prends dans mon sac un des précieux gâteaux de novembre – encore tiède – et le tends à Sean.

Il le prend sans dire merci, mais d'une façon qui semble le sous-entendre ; je ne sais pas exactement comment il y arrive, parce que je ne regardais pas son visage à ce moment-là.

— Tu vois la jument noire ? me demande-t-il enfin. Celle de Falk ? Elle est tout excitée par la course. Si elle m'appartenait, je l'obligerais à rester juste derrière le cheval de tête, pour la garder motivée, et j'attendrais avant d'agir.

Je contemple la plage, les sourcils froncés. Entre les fausses courses et les amorces de galops, la confusion règne, mais je finis par repérer Tommy et je l'observe un moment. Sa monture a des jambes fines, pour un *capall uisce*, et sa tête sursaute un peu chaque fois que son postérieur gauche touche le sol.

— Elle boite aussi un peu de l'arrière gauche, je dis pour dire quelque chose.

— Le droit, il me semble, me répond Sean, avant de rectifier de lui-même. Non, le gauche, tu as raison.

Je me sens heureuse, même s'il n'a fait que confirmer ce que je savais déjà, et trouve enfin le courage de l'interroger :

— Pourquoi n'es-tu pas en train de t'entraîner ?

J'ai tourné la tête et je scrute son profil aigu. Ses pupilles suivent les mouvements des chevaux sur la grève et se déplacent par brusques saccades, mais tout le reste de son corps demeure immobile.

— Gagner une course, ce n'est pas seulement monter.

— Et pourquoi es-tu venu les regarder ?

Il reste terriblement longtemps silencieux avant de répondre. D'abord je crois qu'il ne va pas le faire, puis je me demande si je n'ai pas seulement pensé ma question, sans la poser à voix haute, ensuite je commence à craindre qu'il puisse l'avoir jugée un peu insultante, même si, à ce point-là, je ne me rappelle plus exactement comment je l'ai formulée, ce qui me laisse dans le doute.

Alors il se décide.

— Je veux savoir qui craint l'eau, qui sait courir en ligne droite, et quel *capall uisce* préférera mettre Corr en pièces plutôt que de se laisser dépasser. Je veux savoir qui ne maîtrise pas sa monture, comment chaque cheval aime courir, qui boite du postérieur gauche, et comment la mer a modifié la grève cette année. Je veux voir à quoi ressemble la course avant qu'elle ait lieu.

La jument pie lance un hennissement si puissant que nous l'entendons d'ici. J'ai du mal à croire qu'hier soir j'aie pu regretter de ne pas l'avoir choisie quand l'occasion s'est présentée. Je suis le regard de Sean.

— Tu penses que je dois me méfier d'elle ?

— Je pense que nous devons tous les deux nous en méfier.

Juste à ce moment-là, la jument pie pivote brusquement vers le large, se précipite dans les rouleaux, puis se retourne aussi net vers la falaise. Elle court si vite qu'elle a atteint l'extrémité de la grève avant que j'aie songé à enclencher mon chronomètre.

— Ton frère va partir pour le continent, me dit Sean.

Je reste un bon moment à retenir mon souffle, avant de me résoudre à répondre :

— Juste après les courses.

Inutile d'essayer de faire des cachotteries, puisque tout le monde est au courant ; en outre, Sean m'a entendu en parler à Gratton, dans le camion.

— Tu ne l'accompagnes pas ?

Je suis sur le point de dire « Il ne me l'a pas demandé ! » quand je me rends compte que ce n'est pas la raison : je ne pars pas avec Gabe parce qu'ici c'est chez moi, ce qui n'est vrai nulle part ailleurs.

— Non.

— Pourquoi ?

La question me met hors de moi.

— Pourquoi est-ce qu'on considère toujours si normal de partir ? *Toi*, Sean Kendrick, on ne te demande jamais pourquoi tu restes ?

— Si, ça arrive.

— Et alors ?

— Pour le ciel et le sable et la mer, et pour Corr.

Ses mots me charment tout en me prenant totalement au dépourvu et, si j'avais pensé que nous parlions si sérieusement, je lui aurais mieux répondu moi-même. Je suis étonnée, aussi, qu'il ait inclus son étalon dans sa liste. Je me demande si, en m'entendant parler de Dove, les gens sentent combien je l'aime comme je sens dans sa voix tout son amour pour Corr, même si j'ai du mal à comprendre qu'on s'attache à un tel monstre, si splendide soit-il. Je repense au vieil homme, chez le boucher, qui me disait que Sean Kendrick vivait un pied sur terre et l'autre dans l'océan, et je songe qu'il faut peut-être en effet en avoir un toujours dans l'eau si l'on veut voir au-delà de la soif de sang de sa monture.

— Je crois que c'est une question de désir, je dis, après un moment de réflexion. Les touristes ont toujours l'air de vouloir quelque chose et, sur Thisby, avoir compte moins qu'être.

Je crains qu'en m'entendant il ne trouve que je manque d'ambition ; j'ai l'impression que j'en ai l'air, et je me sens aussi impuissante à exprimer exactement ce que je pense qu'à deviner ce que lui en pense.

Il se tait. Nous observons les évolutions des chevaux sur le rivage.

— Ils vont encore essayer de t'interdire d'aller sur la grève, reprend-il sans me regarder. Ne fais pas l'erreur de croire que la question a été réglée hier soir.

— Mais *pourquoi* ?

— Quand les courses sont une façon de prouver quelque chose aux autres, l'adversaire devient aussi important que le cheval que l'on monte.

Il ne quitte pas la jument pie des yeux.

— Pourtant, tu ne réagis pas comme ça, toi !

Sean se relève et reste debout. Je regarde ses bottes sales et je me dis : *Ça y est, je l'ai offensé !*

— Jamais jusqu'ici je ne me suis soucié de l'opinion des gens, Kate Connolly. Puck Connolly.

Je penche la tête pour le voir. La couverture glisse de mes épaules, et mon bonnet tombe. Ses yeux plissés m'empêchent de déchiffrer son expression.

— Et maintenant ?

Kendrick remonte le col de sa veste. Il ne sourit pas, mais semble moins renfrogné qu'à l'ordinaire.

— Merci pour le gâteau.

Puis il part à grandes enjambées dans l'herbe, et je reste la pointe du crayon posée sur le papier. J'ai l'impression d'avoir appris une chose importante sur la course à venir, mais je n'ai pas la moindre idée de comment la noter dans mon cahier.

Chapitre 35

Sean

La première chose que je fais en rentrant aux écuries, c'est de partir à la recherche de Benjamin Malvern. Je suis encore en proie à cette sensation étrange et ambiguë que j'ai ressentie après avoir rencontré Puck pour la première fois, alors que j'entraînais Fundamental et quand la Déesse Jument m'a accordé un second vœu. J'ai l'impression de n'avoir jamais autant compris combien cette île mouvante était immuable que lorsqu'elle s'est mise à changer.

Je trouve Malvern, en compagnie de deux hommes, sur la piste de galop. Il pointe le menton en avant d'un geste qui lui est habituel, comme s'il croyait pouvoir obliger les gens à acheter. Ses visiteurs, qui souffrent sans doute du froid et de l'humidité, se serrent frileusement l'un près de l'autre comme des chats laissés dehors sous l'averse.

En approchant, ce que je remarque d'abord, c'est le cheval qu'ils regardent : Malvern Mettle, une pouliche rapide, pleine d'ardeur et de promesses, qui a souvent tendance à vouloir en faire plus qu'elle ne le peut, ce qui vaut toujours mieux que l'inverse.

Je me rends compte alors que l'un des hommes est George Holly. Il me reconnaît, je le vois à son visage, et dit quelque chose à son compagnon, puis à Malvern. Mon patron opine en souriant d'un air contrarié, leur indique d'un geste la maison, et George Holly entraîne l'homme par là.

Quand nous nous croisons, Holly me tend la main.

— Sean Kendrick, n'est-ce pas ? Enchanté, je vous souhaite une bonne journée !

Je le laisse me serrer la main comme si nous ne nous connaissions pas, mais sa ruse me fait sourciller. Puis ils s'en vont, et je reste seul avec Malvern.

Je vais le rejoindre près de la balustrade. Il considère Mettle en fronçant les sourcils. Un des lads la monte, et elle se montre dissipée et paresseuse. Elle a des traits particulièrement laids – une caractéristique qui, pour une raison mystérieuse, semble souvent aller de pair avec la vitesse chez les pur-sang – et, pour l'heure, retrousse en galopant sa lèvre de mulet. Que ce soit parce qu'il ignore ce dont la jument est capable ou parce qu'il s'en fiche, son cavalier ne la reprend pas et n'essaie pas de la faire travailler plus sérieusement, et Mettle décide alors de l'emmener faire un tour.

Malvern ouvre finalement la bouche :

— Cette pouliche se comporte-t-elle toujours ainsi, monsieur Kendrick ?

Je réfléchis avant de lui répondre :

— Elle descend de Malvern Penny and Pound par Rostraver, monsieur.

Penny and Pound est l'une des poulinières préférées de Malvern, et l'on raconte que Rostraver a gagné tant de courses de haies sur le continent que plus personne ne veut se mesurer à lui.

— Le sang ne se manifeste pas toujours, dit Malvern.

Il crache et tourne de nouveau les yeux vers elle.

— Dans son cas, si.

— Elle s'amuse à faire l'imbécile devant les acheteurs !

Je n'arrête pas de penser à ce que je vais lui demander, mais, à l'instant, le moment serait mal choisi pour le faire. Sans répondre, j'agrippe la balustrade, me glisse dessous et traverse la piste pour gagner l'endroit où le lad (encore un nouvel employé de Malvern, car personne ne supporte très longtemps le dortoir et le salaire des palefreniers) fait décrire à Mettle des voltes au pas pour la calmer. Je m'approche et saisis la bride.

— Ho ! s'exclame le garçon, surpris. (Il doit avoir à peu près mon âge, et il me semble qu'il s'appelle Barnes, mais je n'en suis pas sûr ; Barnes était peut-être le nom de son prédécesseur.) Sean Kendrick !

Je lui arrache la cravache de mon autre main. Je ne l'ai pas touchée, mais Mettle se met aussitôt à danser en cercle autour de moi.

— Malvern te regarde ! Recommence et oblige-la à travailler ! Elle se fiche de toi.

— Mais c'est bien ce que je faisais ! se défend Barnes.

J'effleure de la pointe de la cravache les jarrets de Mettle, qui fait un petit bond en avant comme si je l'avais frappée. Elle reconnaît ma voix et sent la fermeté de ma main sur la bride.

— Peut-être, mais elle n'y a pas cru et, du reste, tu ne m'as pas convaincu non plus. Tiens !

Barnes saisit la cravache et rassemble les rênes. Mettle frémit d'excitation, à présent, et seule ma main sur sa bride la contraint encore à rester en place. Quand Barnes me regarde, je vois dans ses yeux qu'il a peur de la puissance, de la vitesse de sa monture, et je me dis qu'il ferait mieux de se dépêcher d'apprendre à aimer ça.

Je lâche la bride et lève l'autre main comme si je tenais toujours la cravache, et Mettle part en flèche, au grand galop. J'observe un moment comment tous deux se comportent. Barnes ne se débrouille pas mal du tout, malgré sa terreur, et Mettle continue sur sa lancée. J'aurais fait mieux, mais au moins elle s'entraîne sérieusement maintenant.

Je retourne près de Malvern à la balustrade. Il se gratte le menton en suivant Mettle des yeux, et j'entends ses ongles crisser contre sa peau.

Je mets mes mains dans mes poches. Je n'ai pas besoin de mesurer pour savoir que Mettle vient d'améliorer son meilleur temps. Je reste un instant silencieux, pendant que je cherche ce qui pourrait donner plus de poids à ce que je m'apprête à dire, mais je ne trouve rien.

— Je voudrais vous acheter Corr.

Benjamin Malvern me lance un regard courroucé et se retourne vers la piste. Quand Mettle arrive au bout, il appuie sur le bouton du chronomètre qu'il tenait caché dans le creux de sa main.

— Monsieur !

— Je n'aime pas devoir me répéter. Je vous l'ai déjà dit il y a quelques années et je vous le redis maintenant : Corr n'est pas à vendre. Et ne le prenez pas personnellement.

Je sais bien ce qui motive son refus : renoncer à Corr serait perdre un des concurrents les plus sérieux des courses du Scorpion, ce qui porterait atteinte à la renommée de son haras.

— Je comprends vos raisons, je lui dis, mais auriez-vous oublié ce qu'est courir pour autrui et ne pas avoir un cheval qu'on puisse appeler le sien ?

Malvern considère son chronomètre en fronçant les sourcils, pas parce que Mettle s'est montrée lente, mais parce qu'elle a couru très vite, au contraire.

— Ne vous ai-je pas dit que j'accepterais de vous céder n'importe lequel de mes pur-sang ?

— Il n'y en a aucun que j'ai formé. Je ne suis pour rien dans ce qu'ils sont.

— Vous les avez tous formés, réplique-t-il.

Je ne le regarde pas.

— Aucun n'a fait de moi ce que je suis.

Mon aveu me sidère : je viens de m'ouvrir, de me livrer entièrement à Malvern. J'ai grandi aux côtés de Corr. Mon père l'a monté et mon père l'a perdu, puis je l'ai retrouvé. Corr est la seule famille qui me reste.

Benjamin Malvern se frotte le menton de son gros pouce calleux, et je crois un moment qu'il y réfléchit. Puis :

— Choisissez un autre cheval.

— Je les entraînerais tous pour vous, ce serait le seul changement.

— Choisissez-en un autre, monsieur Kendrick !

— Je n'en veux aucun autre. C'est Corr que je veux !

Il ne me regarde toujours pas, et je me dis que, s'il tourne les yeux vers moi, il cédera. Mon sang chante dans mes oreilles.

— Corr n'est pas à vendre, répète Malvern, je ne reviendrai pas là-dessus.

Il observe le cheval suivant arriver sur la piste, et je serre les poings dans mes poches. Je me souviens de Kate Connolly, qui n'a pas flanché sur le rocher, j'entends Holly me dire que Malvern a besoin de moi pour bien plus que gagner les courses, et la voix de la Déesse Jument résonne à mes oreilles : « Fais un autre vœu ! » Je songe aussi à Mutt Malvern, qui joue sa vie pour la gloire sur cette jument pie. J'ai toujours pensé que j'avais passé ma vie à parier, que je l'avais risquée chaque année sur la grève, mais je réalise maintenant que je n'ai jamais risqué la seule chose à laquelle je tiens vraiment.

Je ne veux pas le faire.

Je me mets à parler à toute vitesse :

— Dans ce cas, monsieur Malvern, je vous présente ma démission.

Il tourne la tête, un sourcil levé.

— Que dites-vous ?

— Je démissionne. Sur-le-champ ! Trouvez un autre entraîneur pour vos chevaux et un autre jockey pour les monter pendant les courses.

L'ombre d'un sourire étire ses lèvres. Un sourire de mépris.

— C'est du chantage ?

— Appelez ça comme vous voudrez. Si par contre vous me cédez Corr, je courrai pour vous encore une année et je continuerai à entraîner vos chevaux.

Sur la piste, un hongre bai sombre galope en haletant ; il n'est pas encore en assez bonne forme pour les courses. Malvern frotte de nouveau sa main contre ses lèvres, d'un geste qui, Dieu sait pourquoi, me rappelle Mettle.

— Vous surestimez votre importance dans ces écuries, monsieur Kendrick !

Je ne bronche pas. Je suis cerné par l'océan, je le sens presser contre mes jambes, mais je ne me laisserai pas ébranler.

— Vous croyez peut-être que je ne peux pas trouver un autre cavalier pour monter votre étalon ?

Il attend que je lui réponde. Je me tais.

— Je connais bien vingt garçons qui meurent d'envie d'être sur le dos de ce cheval.

L'idée me lézarde le cœur. Je suis sûr que c'est ce qu'il cherche.

— Eh bien, soit, reprend-il devant mon silence persistant. Faites en sorte d'avoir quitté le haras pour la fin de la semaine !

Je n'ai jamais encore eu à montrer tant de détermination, à afficher tant de calme et d'aplomb. Ma respiration se bloque, mais je m'oblige à lui tendre la main.

— Ne jouez pas à ce petit jeu avec moi, me dit Malvern sans me regarder. N'oubliez pas que c'est moi qui l'ai inventé.

Notre entretien est fini.

Je ne monterai peut-être plus jamais Corr.

Et, sans lui, je ne sais pas qui je suis.

Chapitre 36

Puck

La plupart du temps, je fais plus confiance à Dove qu'à n'importe qui d'autre au monde, mais elle aussi a ses lubies : elle n'aime pas être dans une eau plus profonde qu'au-dessus du genou, ce qui, sur Thisby, est sans doute une preuve de sagesse plus que de couardise ; pouliche, elle a eu un accrochage avec une bétaillère à moutons et a gardé une dent contre ces véhicules ; en outre, tout ce qui ressemble de près ou de loin à des intempéries tend à la perturber. Je lui pardonne volontiers, car il m'arrive rarement d'avoir besoin de traverser une rivière, de rattraper une bétaillère à la course ou de trotter en pleine tempête jusqu'à Skarmouth.

Mais, quand je retourne sur la falaise, cet après-midi-là, le temps se gâte indubitablement. Un vent coupant rase à l'horizontale l'herbe assombrie par les nuages qui se bousculent dans le ciel et, quand une bourrasque assez forte pour l'obliger à ralentir souffle à la face de Dove, elle tressaille et s'affole. L'air empeste les *capaill uisce*. Ni elle ni moi ne voulons être ici, par cet après-midi sombre comme la nuit.

Pourtant je sais que nous devons rester. Il ne faut absolument pas que Dove flanche, le jour de la course, et, qu'il vente ou qu'il pleuve, elle doit se montrer courageuse, et non fuyante et frémissante comme à présent.

— Calme-toi, je lui dis, mais ses oreilles ne cessent de pivoter, attentives à tout sauf à ma voix.

Une rafale la pousse soudain dangereusement près du bord de la falaise. J'entrevois une seconde la saillie que fait l'herbe avant de retomber vers l'écume de l'océan déchaîné tout en bas et, prise d'un brusque vertige, je me sens sombrer, puis je raccourcis brutalement une rêne et, d'un grand coup de talon, projette Dove en avant.

Elle fonce vers la terre ferme. Je ne la maîtrise toujours pas, elle se tortille et menace de me désarçonner.

Je mets en œuvre tout ce que ma mère m'a appris sur l'art de monter à cheval : je visualise un fil fixé à ma tête qui descend dans mon épine dorsale et m'ancre à la selle, je m'imagine être un sac de sable, et que mes pieds sont devenus de lourds rochers qui pendent de chaque côté de Dove.

Je parviens à conserver mon équilibre et à la faire ralentir, mais mon cœur bat à tout rompre.

Je n'aime pas quand elle me fait peur.

Sur ce, Ian Privett arrive. Sous ce ciel de plomb, il a l'air aussi sombre qu'un croquemort. Il monte Penda, un cheval gris, fin et élégant, et qui, à l'instar de l'océan fou de tempête, est moins pommelé que strié de blanc. Derrière lui viennent Ake Palsson, le fils du boulanger, sur une jument de mer alezane, et Gerald Finney, sur un *capall uisce* bai ; je crois que Gerald est le cousin germain de Ian Privett. Il y a aussi un groupe d'hommes à pied, bruyants et battus par le vent.

C'est seulement en voyant Tommy Falk surgir au petit trot sur sa jument noire que je comprends pourquoi ils sont montés jusqu'ici avec des mines si résolues. Je lis une sorte de mise en garde dans le regard de Tommy.

Ake Palsson se dirige droit vers moi, entraînant les autres à sa suite. Il ressemble à son père, ce qui n'a rien de réjouissant, car Nils Palsson, un colosse, est affligé de touffes de cheveux blancs ébouriffés, de profondes crevasses en guise d'yeux et d'une bedaine à faire croire qu'il cache un sac de farine sous sa chemise. Mais Ake louche, ce qui rend le bleu intense de ses yeux encore plus saisissant, et sa chevelure d'un blond très clair est moins imposante que désinvolte. Il est d'une taille presque intimidante et, si l'avenir lui réserve des sacs de farine, son corps n'en laisse encore rien deviner. Mon père l'a toujours apprécié : « Avec Ake, les choses se font », disait-il, ce qui est un compliment, dans la mesure où ce n'est pas le cas de grand monde sur cette île.

— Et comment va le troisième frère Connolly, aujourd'hui ? me crie-t-il du haut de sa jument.

Ce n'est que quand les garçons ont fini de rire que je comprends qu'il parlait de moi.

Le bai de Finney s'approche de la jument d'Ake et lui lance un coup de dents. Un simple accrochage, mais le claquement des mâchoires fait tressaillir Dove.

— Quelle honte, ce qu'on voudrait faire passer pour de l'humour, ces temps-ci ! je réplique.

J'essaie de ne pas montrer combien je dois lutter pour contraindre Dove à l'immobilité. Le vent ne me simplifie déjà pas la tâche, et ces *capaill uisce* la compliquent encore.

— C'est pourtant d'actualité ! (Dans cette lumière, je distingue mal son expression et je ne peux pas vraiment savoir s'il plaisante ou non.) On t'appelle Kevin, sur la grève, maintenant.

Ma main se lève automatiquement jusqu'à mon bonnet pour voir si une mèche dépasse. Une fois, il y a des années de cela, Gabe m'a dit pour me taquiner que, abstraction faite des cheveux, Finn et moi avions le même visage, et j'en ai un peu honte, mais l'idée me peine.

— Très drôle ! Autrement dit, puisque je participe à la course, je ne peux être qu'un garçon.

Ake et Finney s'approchent, et je laisse Dove trotter en petits cercles pour qu'ils ne se rendent pas compte que je n'arrive pas à l'obliger à rester sans bouger.

Ake hausse les épaules, l'air de dire qu'il aurait trouvé une meilleure réplique. Derrière lui, le bai de Finney s'agite et heurte la jument d'Ake, qui manque à son tour de bousculer Dove. Mon amie frémit, et je sens sa terreur remonter le long des rênes.

Ake rit, tandis que Finney reprend en hâte sa monture en main.

— Saloperie ! s'exclame-t-il en enfonçant son melon sur son crâne pour se donner une contenance.

Il pointe le menton vers moi.

— Allez, Kevin ! Montre-nous un peu ce que tu as dans le ventre !

— Ne m'appelle pas comme ça ! (Ake et lui tournent autour de moi. Dove a l'air minuscule à côté de leurs *capaill uisce*, et les garçons ne peuvent pas ne pas voir que leur manège la rend folle.) Et j'ai fini, j'allais rentrer.

— Sois chic, on raconte que tu files comme le vent !

— Je refuse de faire la course avec vous maintenant, je dis en serrant les dents dans un semblant de sourire. Mais allez-y, si vous voulez, je vous regarde !

Ake part d'un rire sans méchanceté, mais sans considération non plus.

— Tommy disait que tu serais d'accord.

Mes yeux retrouvent Tommy derrière eux. Il secoue la tête.

— Alors, c'est qu'il raconte n'importe quoi !

— Tu te dégonfles ? me demande Finney.

Il faut que je parte. Tout au fond de moi, je me dis que Dove sera confrontée à bien pire, le jour de la course, mais la perspective reste lointaine ; dans l'immédiat, elle tremble de tout son corps, et je la sens sur le point de craquer.

— C'est toi qui le dis, pas moi !

Je jette un coup d'œil en arrière pour vérifier que j'ai la place de reculer et de dégager Dove. Quelques gouttes de pluie s'écrasent sur mon visage. En réalité, Finney et Ake ne sont pas foncièrement mauvais, c'est juste qu'ils aiment imiter Joseph Beringer, à ceci près que le fils du patron de l'hôtel ne s'en prend jamais à moi du haut d'un énorme *capall uisce*.

— Les bookmakers sont là, déclare Finney en se frayant un passage dans le groupe de badauds. Tu n'as pas mieux à leur offrir que ton minable 45 contre 1 ?

Finney laisse son bai bousculer derechef la jument d'Ake, et celle-ci heurte brutalement Dove. Des mâchoires claquent. Dove pousse un glapissement, un coup de vent soulève sa crinière, elle se cabre et je me cramponne à son dos. Je vois alors une longue écorchure derrière son oreille gauche, là où les dents du *capall uisce* l'ont éraflée. Des gouttelettes de sang perlent à la surface de la peau.

— ARRIÈRE ! je hurle.

Ma voix m'épouvante et m'humilie : on dirait une gamine terrifiée.

Ake et Finney ont dû l'entendre, eux aussi, car ils changent de visage. Ake tire si fort sur les rênes que sa jument manque de se cabrer, et Finney éloigne son bai de Dove d'un coup de talon.

Tous les deux me regardent comme pour s'excuser. Surtout Ake.

Dove lève la tête, hume le vent et lance un petit hennissement aigu et angoissé. Ake recule encore. La distance qui se creuse entre Dove et les *capaill uisce* me rassure, mais, en même temps, j'ai terriblement honte de tout cet espace qui s'élargit autour de moi.

Un peu plus loin, les bookmakers essuient l'humidité de leurs chapeaux et échangent des murmures, puis repartent sans daigner me regarder. Ian Privett, qui observe la scène, hoche la tête à l'adresse d'Ake et s'en va, lui aussi.

— À plus tard, Kate ! me dit Ake, un peu penaud, en évitant de croiser mes yeux.

Il pose ses rênes sur l'encolure de sa jument, qui se met en marche vers Skarmouth. Finney lève la main à son chapeau et s'éloigne.

D'un coup, la falaise semble paisible, avec juste le bruit du vent et des gouttes de pluie qui tombent sporadiquement, glissent sur l'herbe et imbibent le sol, mais je n'arrête pas de réentendre le cri que j'ai poussé, et je me sens de plus en plus petite.

Tommy a l'air songeur. Je crois un moment qu'il va revenir vers moi, mais, dès que sa jument noire fait mine de s'approcher, Dove piaule et couche les oreilles en arrière, alors il se borne à agiter brièvement la main sans lâcher ses rênes et emboîte le pas aux autres.

Je reste seule, dans la bourrasque qui me coupe le souffle. Je me sens furieuse contre Dove de s'être montrée si peureuse, et encore plus contre moi-même parce que, quel que soit mon courage passé ou à venir, ça n'y change rien : en quelques secondes, tous se sont persuadés que je n'avais rien à faire sur la grève.

Chapitre 37

Puck

Ce soir-là, Finn et moi improvisons un pique-nique dans l'appentis qui sert d'écurie à Dove. Elle est encore tendue et nerveuse, je pense qu'elle ne touchera pas à son foin si je ne reste pas auprès d'elle et, comme Finn prédit que la tempête nous empêchera de sortir pendant quelques jours, nous ferions aussi bien d'en profiter avant que ça se déclenche. En outre, quand nous devenions trop insupportables et trop bruyants, maman avait l'habitude de nous envoyer manger dehors, ce qui donne à la chose une sorte de doux parfum de nostalgie.

La nuit commence à tomber et il pleut par intermittence, mais l'appentis est sec, et une lampe électrique éclaire assez pour que nous voyions nos bols de soupe. J'éventre une des bottes de foin de mauvaise qualité pour y enfouir nos jambes, et nous nous adossons à la cloison. Finn, qui devine ma morosité, choque le bord de son bol contre le mien comme pour trinquer. Dove se tient à moitié à l'intérieur et à moitié à l'extérieur et grignote du bout des dents. D'où je suis, je distingue clairement la plaie derrière son oreille. Je repense au cri que j'ai poussé sur la falaise, je me demande ce qu'il se serait passé si j'avais accepté de faire la course contre les garçons et je revois sans cesse leur expression quand ils se sont écartés de Dove.

Pendant quelques minutes, nous engloutissons en silence notre soupe et nos pommes de terre en écoutant le foin de luxe crisser sous les dents de Dove et l'averse marteler le toit de tôle de l'appentis. Finn empile plus de foin sur ses jambes pour se réchauffer. Le ciel, dehors, vire au bleu sombre, avec du noir sur les bords.

— Il me semble qu'elle devient déjà plus rapide, dit Finn.

Il aspire son fond de soupe à grand bruit pour m'énerver, puis fait claquer ses lèvres, histoire de marquer le coup.

Je pose mon bol vide sur la balle de foin derrière moi et prends un morceau de pain. Mon estomac crie encore famine.

— Tu veux me refaire ce bruit-là ? Je ne suis pas sûre d'avoir bien entendu !

— T'es de mauvais poil, remarque Finn.

Je pense à trois choses que je pourrais répliquer, mais me borne à secouer la tête : si je les dis tout haut, elles n'en deviendront que plus difficiles à oublier.

Finn, par nature assez discret, n'insiste pas. Il étale soigneusement le foin, puis le rassemble de nouveau sur ses jambes en essayant de l'égaliser et reste un long moment silencieux.

— À ton avis, qu'est-ce qu'il va arriver ?

— Quand ça ?

— Pour la course, et avec Gabe. Qu'est-ce que tu penses qu'on va devenir ?

Je lance avec colère une brindille vers Dove.

— Dove va manger son foin de luxe et les *capaill uisce* leur foie de bœuf, et tout le monde pariera contre nous, mais, le jour de la course, il fera chaud et il y aura du vent, et Dove courra en ligne droite pendant que les autres fonceront de travers, et nous deviendrons les plus riches de toute l'île ; tu conduiras trois autos en même temps, Gabe décidera de rester et nous ne seront plus jamais obligés de nous nourrir de haricots.

— Non, pas ça ! objecte mon frère, du ton qu'il prendrait s'il m'avait réclamé une histoire et que je l'avais mal choisie. Qu'est-ce que tu crois qu'il va se passer *pour de bon* ?

— Je ne suis pas madame Soleil !

— Et si tu ne gagnes pas ? Je ne veux pas dire du mal de Dove, mais suppose qu'elle ne nous rapporte pas d'argent ?

Je lui jette un coup d'œil pour voir s'il a commencé à se triturer la peau des bras, mais il se contente pour l'instant de tourmenter une brindille de foin.

— Dans ce cas, nous perdrons la maison. Benjamin Malvern nous mettra à la porte.

Finn hoche la tête à l'adresse de ses mains, comme s'il avait prévu ma réponse. Gabe nous a tous les deux sous-estimés.

— Et alors… (Je tente de me représenter notre existence, si je perds la course.) Alors, j'imagine que je serai obligée de vendre Dove, et il nous faudra trouver un toit. Si on avait du travail, quelque chose comme faire le ménage chez des gens, par exemple, on serait hébergés ; ou à l'usine, il y a des logements pour les employés.

Personne ne rêve de travailler à l'usine.

J'essaie d'imaginer autre chose, qui soit à la fois vraisemblable et moins déprimant.

— Gratton disait qu'il voudrait te prendre comme apprenti. Je sais que tu ne pourrais pas faire ça, mais peut-être qu'il accepterait que je te remplace.

— Si, je pourrais, déclare Finn.

— Tu ne le supporterais pas.

Il a écrabouillé la brindille ; ce n'est plus que de la poussière.

— Tu ne supportais pas non plus l'idée de participer aux courses, mais tu t'es inscrite. Je crois que je pourrais m'y faire, s'il le fallait.

Mais je ne veux pas qu'il s'y fasse. Je veux garder mon gentil petit frère innocent tel qu'il est, et mon amie Dove ici près de moi, et je ne veux pas non plus troquer la maison dans laquelle j'ai grandi contre un appartement étriqué et un emploi à l'usine.

— Ça ne se passera pas comme ça, je dis. C'est la première histoire qui sera la bonne.

Finn déchiquette d'autres brindilles de foin. Dove l'imite.

Juste à ce moment-là, j'entends un drôle de craquement.

Toutes sortes de choses peuvent grincer dans le vieux toit de tôle de l'appentis et, comme le seul vrai mur se trouve dans le prolongement de la clôture, ça pourrait également venir de la jonction entre les planches et les poteaux de soutènement ; par ailleurs, la clôture elle-même n'est pas des plus jeunes, alors, en fait, le bruit pourrait provenir de n'importe où.

Mais il ne s'agit pas de cette sorte de craquement.

Un cliquetis plutôt, doublé d'un choc, ou quelque chose de plus doux, comme un léger heurt. En y repensant, je me demande si je ne l'ai pas imaginé, jusqu'à ce que je remarque que Finn me fixe, figé, et je comprends alors que je l'ai moins entendu que *senti*.

Nous tournons au même moment la tête vers la paroi derrière nous.

J'ai envie de dire : « C'était peut-être Puffin », mais Dove a arrêté de mâchouiller et pointe ses oreilles en direction du son, bien qu'il n'y ait rien à voir, et je ne pense pas qu'elle ferait ça pour un chat.

Finn et moi restons assis sans bouger. La pluie chuinte contre la tôle. Nous évitons de nous regarder, parce qu'écouter deviendrait alors plus difficile. Dove tend toujours l'oreille, mais on n'entend plus que le bruit de l'eau sur le toit. La structure de l'appentis a dû bouger, il s'est sans doute un peu affaissé. La petite lampe projette un halo jaune sur le plafond. Le silence règne.

Woufff.

Et le bruit caractéristique de pas lents derrière la cloison.

Ce ne sont pas des pieds.

Ce sont des sabots.

Nous échangeons un regard.

Puis de nouveau le cliquetis et le petit choc, et cette fois nous savons tous les deux de quoi il s'agit. Je sens une poussée de l'autre côté et me mords la lèvre très fort. Finn pose un doigt sur l'interrupteur d'un air interrogateur, et je secoue furieusement la tête. La seule chose que je puisse imaginer de pire qu'un face-à-face avec un *capall uisce* par cette nuit pluvieuse, c'est un face-à-face dans le noir.

Très lentement pour éviter de faire du bruit, j'entreprends de m'enfouir dans le foin. Finn m'imite aussitôt. Les oreilles de Dove pivotent comme à la suite d'un signal invisible derrière le mur. J'entends un sabot heurter le sol, puis un autre, et un souffle aussi léger que la pluie sur le toit.

Je ne sais pas ce que ce *capall uisce* trafique. Il va peut-être finir par se lasser, ou la cloison va peut-être le décourager. Je passe en revue dans ma tête les étapes à franchir pour regagner la maison : contourner l'autre côté de l'appentis, longer deux sections de clôture, passer par-dessus la barrière de tubes métalliques, et encore cinq mètres avant d'atteindre la porte.

Il n'est pas impossible que l'un de nous deux arrive à passer la barrière à temps, mais ça ne suffit pas.

La nuit est sombre et silencieuse. Je tends l'oreille pour capter le moindre bruit de sabot. L'attention de Dove reste fixée sur le dernier endroit d'où le son est venu. Finn est presque entièrement recouvert de foin. Nos regards se croisent. Ses mâchoires sont serrées.

L'averse crépite sur le toit. L'eau coule du bord de la tôle, une ou deux gouttes à la fois, qui s'écrasent sur le sol avec un clapotis presque inaudible. Quelque part, très loin, j'entends ce qui pourrait être un ronflement de moteur. Des courants d'air agitent le foin. On ne perçoit plus rien de l'autre côté de la cloison.

Dove sursaute.

Un long visage noir a surgi dans l'appentis.

Le diable !

J'ai beaucoup de mal à réprimer un gémissement. La créature d'un noir de tourbe retrousse les babines en une grimace effroyable. Elle pointe méchamment l'une vers l'autre ses longues oreilles hideuses comme des cloaques de requin. Ses narines sont étroites pour empêcher l'eau de mer d'entrer, et ses yeux noirs et luisants : des yeux de poisson.

Elle empeste l'océan, la marée basse et les épaves prisonnières des rochers. Elle ressemble à peine à un cheval.

Elle a faim.

Le *capall uisce* a passé la tête par-dessus la barrière, et seules trois planches nous séparent encore de son étrange rictus, trois planches que j'ai moi-même clouées en place, sous le regard de maman : trois clous pour chaque, et non deux, parce que les poneys testent systématiquement tout, disait-elle.

Le monstre couleur de nuit presse son poitrail contre le bois. Il n'appuie pas très fort, pas plus fort que sur la paroi de l'appentis, mais les clous grincent.

J'entends battre mon cœur, ou celui de Finn, ou peut-être les deux, si fort et si vite que ça me coupe le souffle. Je serre des poignées de foin, et mes ongles s'enfoncent dans mes paumes.

Nous sommes cachés, tu ne nous vois pas ! Va-t'en !

Dove reste figée dans une immobilité parfaite.

Le *capall uisce* la regarde, ouvre grand les mâchoires, puis émet un son qui me glace d'effroi. C'est une longue expiration sifflante sur un fond de petits claquements issus des abîmes de sa gorge : « Kaaaaaaaaaaaaaaaaaaw ».

Les oreilles de Dove s'aplatissent, mais sa tête ne bouge pas. Combien de fois nous a-t-on répété que les *capaill uisce* ne s'en prennent qu'aux cibles mouvantes, et que bouger c'est mourir ?

Dove est une statue.

Le *capall uisce* appuie de nouveau contre le bois. Les planches craquent.

Finn pousse un soupir. Le bruit est si faible que personne d'autre n'aurait pu le percevoir et, si moi je l'ai entendu, c'est seulement parce que j'ai passé toute ma vie à l'écoute de mes frères ; un tout petit souffle terrorisé que Finn n'a pas laissé échapper depuis bien longtemps.

Puis une étrange plainte s'élève.

Ça vient du pré. Dove et le *capall uisce* tournent tous les deux une oreille dans cette direction.

Mon estomac est un gouffre sans fond. Un second cheval de mer doit avoir démoli la clôture de l'autre côté, il est entré dans le pré, et notre vie ne tient plus qu'à trois clous par planche.

Le monstre noir agite de nouveau ses longues oreilles.

Le couinement reprend, on dirait un enfant qui vagit, et je vois remuer les lèvres de Finn, la seule partie visible de mon frère.

Il articule en silence, en exagérant sa mimique : *Puffin.*

Le bruit recommence et, cette fois, je le reconnais immédiatement. Puffin, la chatte de la maison, comme toujours en quête de Finn, revient de sa promenade, attirée par la lumière. Elle pousse un nouveau miaulement de cette voix de chaton qu'elle prend pour l'appeler ; quand il est de bonne humeur, Finn lui répond sur le même ton, et elle se guide sur le son comme si c'était un phare.

Puffin recommence, plus près. Le *capall uisce* déplace son poids d'une jambe sur l'autre.

Dans la clarté grise de la brume qui monte du sol, je vois la silhouette de la chatte qui trottine vers nous, la queue en point d'interrogation. *Miaou ?*

Le *capall uisce* referme les mâchoires sur son rictus.

Ce n'est que lorsqu'il bouge que Puffin le remarque. La barrière cède comme du papier qui se déchire, et les planches volent en éclats dans un fracas de fin du monde.

La chatte s'enfuit d'un bond, le *capall uisce*, l'appétit aiguisé par la chasse, se lance à ses trousses, et tous deux disparaissent dans la brume. La dernière chose que j'entends est un grattement frénétique de sabots, puis un piaulement de Puffin.

Finn cache son visage dans ses mains. Des brindilles de foin tombent de ses doigts, et ses épaules tressautent.

Mais je n'ai pas le temps de me soucier de Puffin. Le monstre pourrait ressurgir et tuer mon frère.

J'attrape Finn par l'épaule.

— Viens !

Un bruit derrière moi me fait sursauter si fort que j'en ai mal aux muscles, et il me faut un instant pour comprendre que c'est une voix, une voix qui dit mon nom :

— Puck !

Gabe franchit le bout de clôture déglinguée. Il m'empoigne le bras.

— Dépêche-toi ! Il va revenir, siffle-t-il.

Ça me fait un tel choc de le voir apparaître que je reste un moment sans pouvoir parler.

— Et Dove ? Qu'est-ce qu'on fait de Dove ?

— Amène-la, murmure férocement Gabriel. Secoue-toi, Finn, allez, viens !

Je saisis le licol de Dove, qui relève la tête si brusquement que cela me distend l'épaule. Elle tremble comme sur la falaise.

— Puffin ! je dis à Gabe.

— Désolé, mais c'est un chat. Dépêche-toi ! répond-il en tirant Finn par le bras. Il y en a deux autres qui arrivent !

Gabe nous escorte jusqu'au trou dans la clôture. Dove, qui se souvient qu'il y avait là un obstacle, pile net, et un bref, un affreux moment, je crois que je vais devoir l'abandonner, mais je claque doucement de la langue, et elle finit par s'avancer sur les débris de planches. Devant la maison, des phares éclairent à moitié le visage de Tommy Falk. Il ouvre à toute volée la portière de la voiture et fait signe à Finn d'y entrer en vitesse.

Gabe surgit près de moi, une longe à la main.

— Tiens-la par la vitre !

— Mais…

— *Ne discute pas !*

Juste au moment où il prononce ces mots, j'entends le même cliquetis que tout à l'heure, mais qui provient maintenant de l'appentis que nous venons de quitter. Le son se répercute dans la nuit. Je fixe la longe au licol de Dove et m'engouffre dans la voiture. Tommy Falk est déjà derrière le volant. Gabe entre et claque la portière derrière lui.

Tommy démarre et nous dévalons la route étroite. La brume renvoie la lumière des phares, la pluie rebondit contre le sol. Dove trotte, puis galope à nos côtés. Je relève la vitre pour ne laisser que l'espace nécessaire à la longe. Tommy Falk se concentre sur la conduite, vérifie sans cesse dans les rétroviseurs que nous ne sommes pas suivis et fait aussi en sorte que Dove puisse rester à notre hauteur, et je repense soudain à notre rencontre sur la falaise, plus tôt dans la journée.

La voiture est chaude et silencieuse, personne n'a pensé à baisser le chauffage réglé à fond, et ça sent, pas désagréablement, la chaussure neuve. Sur la banquette arrière, près de moi, Finn, prostré, pense à Puffin.

Personne ne dit rien jusqu'à ce que Gabe se tourne vers Tommy et lui demande :

— Chez toi ?

— Impossible avec le poney, répond-il. On va chez Beech.

Puis Finn me pince et tend le doigt vers le pare-brise. Les phares éclairent un mouton mort, étalé de tout son long sur le côté de la chaussée.

Longtemps après l'avoir dépassé, je continue à voir le cadavre déchiqueté. Ce qui est arrivé à ce mouton aurait très bien pu nous arriver à nous. Plongés dans leur mutisme habituel, Tommy et Gabe s'abstiennent de tout commentaire. Gabe regarde par la vitre et fait comprendre à Tommy que la voie est libre sans prononcer un seul mot.

Tommy ne tourne pas vers Skarmouth, comme je m'y attendais, mais prend la route qui mène à Hastoway. Il ralentit aux intersections mais sans s'arrêter, et Gabe et lui regardent alors anxieusement de tous les côtés, jusqu'à ce que nous accélérions de nouveau. Je garde le visage collé à la vitre pour vérifier que Dove ne peine pas trop.

— Je pourrais la monter et vous suivre, je propose.

Le ton de Gabe coupe court à toute négociation.

— Tu ne sortiras de cette voiture que quand nous serons en sécurité !

Puis le silence s'installe à nouveau, et il n'y a plus que la nuit, les murets de pierre, et la pluie.

— Finn, interroge finalement Gabe en forçant la voix pour être entendu par-dessus le ronflement du moteur. Cette tempête qui arrive, combien de temps elle va durer ?

Le visage de Finn s'éclaire, et ses yeux s'illuminent. Mon petit frère est si visiblement heureux qu'on lui pose cette question que cela me fait mal.

— Jusqu'à demain soir.

Gabe regarde Tommy.

— Encore une journée, pas trop longtemps.

— C'est bien assez ! gronde Tommy.

Chapitre 38

Puck

Tommy Falk nous emmène chez les Gratton, qui habitent dans les environs de Hastoway. Je ne sais pas exactement à quelle distance on se trouve de la ville, parce que tout se ressemble sous cette pluie, à la lueur des phares. Beech vient à notre rencontre, les épaules courbées contre le vent, et me montre où je peux mettre Dove. La torche qu'il balance éclaire une petite écurie au plafond bas et sans électricité. Il y a quatre stalles : une occupée par des chèvres toutes mouillées, une autre par des poulets ; un petit hongre gris étire la tête par-dessus la cloison de la troisième quand nous entrons et, à sa vue, Dove aplatit les oreilles avec dédain, mais je l'installe quand même dans la stalle d'à côté. J'aimerais bien lui tenir compagnie un moment, mais ça me semble mal élevé de m'attarder quand Beech reste là pour m'éclairer. Il pousse un grognement et indique la maison de sa lampe.

À l'intérieur, Gabe et Peg Gratton discutent tranquillement, tandis que Tommy Falk soulève le couvercle d'une casserole pour en examiner le contenu. Je ne vois Finn nulle part.

La cuisine ressemble à la boucherie qui serait transformée en habitation. Alors que la nuit règne dehors, la pièce est vivement éclairée, avec des murs blanchis à la chaux où pendent des casseroles et des couteaux. Tout paraît extrêmement propre, malgré le sol couvert de traces de pas boueux. Une demi-douzaine d'étagères portent des bibelots très différents des nôtres : des statuettes de bois brut qui pourraient représenter aussi bien des chevaux que des cerfs, un petit balai de verre noué d'un ruban, un morceau de calcaire avec *PEG* gravé dessus. Aucune de ces figurines de verre peint ni de ces charmants petits tableaux avec des moutons et des dames souriantes que maman affectionnait, et pas le moindre désordre. Ce qui mijote sur le feu embaume toute la pièce d'une odeur appétissante.

— Ils prendront ta chambre, dit Peg à Beech dès que celui-ci entre.

À la lumière, je constate qu'en grandissant il est devenu massif et rustique, à l'instar de son père. Il a l'air taillé dans du bois et, comme c'est une matière assez peu souple, ça lui prend un moment pour changer d'expression.

— Hors de question ! objecte-t-il.

— Et où veux-tu qu'ils dorment, alors ? demande Peg.

Ça me fait tout drôle de la voir dans sa maison, et pas dans sa boucherie prête à débiter presto un cœur, ni devant chez nous à essayer de me dissuader de participer à la course, ou sous une coiffure élaborée à m'entailler le doigt. Elle a l'air plus petite, et plus ordonnée, malgré ses mèches rousses toujours échevelées. Je suis sidérée par la facilité avec laquelle elle débat sans fin avec Beech et Gabe des arrangements pour le coucher et je comprends que mon frère a dû passer ici une partie, sinon une bonne partie, du temps pendant lequel il avait disparu. Je réalise alors que, si nous sommes venus ici, c'est précisément parce que Gabe s'y sent en sécurité, et ça m'attriste, comme s'il nous avait remplacés par une autre famille.

— Où est Finn ? je demande.

— Parti se laver les mains, bien sûr ! me répond Gabe. Il va encore y passer des lustres !

Ça aussi, ça me fait bizarre, qu'on mentionne en public, presque avec désinvolture, les manies de mon frère, alors que je les ai toujours considérées comme des choses privées, que seuls les Connolly connaissent ; et, même si je sais que Gabe n'a pas dit ça pour se moquer de lui, c'est quand même l'impression que ça me donne.

— Où est la salle de bains ?

C'est Tommy, et non Peg ou Beech, qui m'indique d'un geste les escaliers de l'autre côté de la cuisine ; à croire que la maison appartient à tout le monde, ici, et pas seulement aux Gratton. Je quitte la pièce d'assez mauvaise humeur. En haut de l'escalier, j'arrive sur un tout petit palier sombre avec trois portes, mais il n'y en a qu'une sous laquelle filtre un rai de lumière. Je frappe. Pas de réponse. Alors j'appelle Finn par son nom et, après un moment, la porte s'ouvre sur une pièce minuscule, juste assez grande pour une baignoire, des toilettes et un lavabo immunisés contre la promiscuité. Mon frère est assis sur le couvercle des toilettes, et je vois de grandes empreintes de pieds d'homme sur les petits carreaux de céramique du sol.

Je ferme la porte derrière moi et vérifie que la baignoire est sèche avant d'en enjamber le bord et de m'installer dedans.

— Il vient souvent, me dit Finn.

— Je sais. Ça se voit !

— C'est ici qu'il avait disparu, tout ce temps.

Nous baignons dans la trahison comme dans un épais brouillard. Je cherche en vain ce que je pourrais dire pour consoler Finn, qui porte Gabe aux nues et ferait tout pour lui.

— Tu crois que Puffin est morte ? me demande-t-il.

— Non, je ne crois pas. Elle a probablement réussi à s'enfuir.

Il examine ses mains. Il a les jointures un peu écorchées à force de lavages.

— Oui, c'est aussi ce que je me disais.

Je détourne les yeux vers les robinets de la baignoire, qui brillent tellement qu'ils me rappellent la calandre de la voiture du père Mooneyham.

— Jusqu'à demain soir, donc ?

Finn hoche solennellement la tête.

— Oui, seulement une journée. Je crois que le pire viendra demain, tôt le matin.

— D'accord. Comment tu sais ?

Il a l'air impatient.

— Ça paraît évident. Si les gens utilisaient leurs yeux, ils le verraient comme moi.

La porte s'ouvre sans que personne n'ait frappé. Sur le seuil, Gabe semble de meilleure humeur que depuis longtemps.

— C'est une fête, là-dedans ?

— Oui. Ça a commencé dans la baignoire et s'est étendu jusqu'aux toilettes. Tu peux prendre le lavabo, si ça te dit, c'est tout ce qu'il reste.

— Tout le monde se demandait où vous étiez passés. Le ragoût de mouton sera bientôt prêt, mais seulement pour ceux qui sortiront d'ici.

Finn et moi échangeons un regard. Est-il lui aussi en train de penser que Gabe ne peut pas juste faire mine qu'on ne lui en veut pas, qu'il n'a pas disparu, et que tout va recommencer comme si de rien n'était. J'avais cru qu'un mot de sa part suffirait pour que je lui pardonne, mais je veux maintenant qu'il regagne mes bonnes grâces et me présente de véritables excuses, rien de moins.

— Désolé, Finn, mais, comme tu es le moins long, tu auras le canapé, lui dit Gabe tandis que nous descendons l'escalier.

— Et qui a décrété ça ? je lui demande.

Gabe hausse les épaules.

— D'accord, techniquement, c'est toi la moins longue, mais Peg pense que tu dois dormir dans une pièce avec une porte. Donc, toi et moi, on prendra la chambre de Beech.

— Et Beech ?

— Tommy et lui dormiront sur un matelas dans la salle de séjour. Peg a tout organisé.

Dans la cuisine, les garçons chahutent bruyamment. Ils tirent sur quelque chose qu'ils essaient mutuellement de s'arracher, et qu'un chien de berger surgi de nulle part tente aussi d'attraper. Peg brandit d'une main une cuillère et de l'autre un chat qu'elle tient par la peau du cou, et les invective tous les deux.

— Mets-moi ça dehors ! dit-elle à Gabe.

Mon frère saisit l'animal et le dépose de l'autre côté de la porte. Peg me dévisage et fronce les sourcils.

— Insupportable ! Je ne fais pas la cuisine avec un chat !

— Où est Tom ? demande Gabe sans me laisser le temps de répondre.

Il me faut un moment pour comprendre qu'il parle de Thomas Gratton, je n'avais jamais imaginé qu'on puisse l'appeler Tom, à la maison.

— Il est sorti voir comment les voisins s'en sortent. Du balai, Beech ! Les autres aussi, débarrassez-moi le plancher ! Tout le monde dans le séjour jusqu'à ce que j'aie fini ! *Ouste !*

Beech et Tommy filent sans demander leur reste, et Finn, attiré par le chien, leur emboîte le pas.

Je vais les suivre quand, au moment de franchir la porte, je jette un coup d'œil derrière moi. Peg s'est retournée vers le gros fourneau noir et touille le ragoût ; debout juste derrière elle, Gabe lui chuchote à l'oreille. Je distingue seulement les mots « assez fort », puis…

— Attrape, Puck ! crie Tommy.

Je me retourne vers le séjour et reçois une chaussette lestée de haricots en pleine figure.

Beech s'esclaffe, mais Tommy prend un air penaud et me présente ses excuses. Le chien batifole autour de mes jambes avec de grandes démonstrations d'amitié et cherche à s'emparer de la chaussette, et je comprends que c'était ça que les garçons se disputaient il y a un instant.

— J'espère bien que tu es désolé ! je dis sévèrement à Tommy qui baisse la tête, debout derrière le vieux canapé vert sur lequel Finn va dormir, avant de lui relancer la chaussette.

Il sourit, soulagé de s'en tirer à si bon compte, et la renvoie aussitôt à Beech, mais le chien l'intercepte. Tommy ne craint pas le ridicule et pourchasse l'animal qui l'entraîne dans une joyeuse cavalcade, jusqu'à ce que même Finn éclate de rire, et j'en arrive à me demander ce qui le pousse à quitter l'île : Tommy n'a ni le pessimisme de Gabe, ni le caractère maussade de Beech, et je l'ai toujours cru heureux de vivre sur l'île. Affalé par terre, il a fini par s'emparer de la chaussette, qui se remet à tourner dans les airs, et le chien s'en empare une fois de plus.

— Où est Gabe ? demande soudain Finn.

Je me dirige vers la cuisine quand Tommy me retient par le bras.

— J'y vais !

Il passe la tête par la porte et il dit quelque chose que je n'entends pas, puis se tourne vers nous, un sourire aux lèvres.

— Bonne nouvelle, le dîner est prêt !

Gabe surgit sur le seuil près de lui, et tous deux échangent un de ces regards qui me mettent hors de moi, parce que c'est encore ce fichu langage secret que les hommes parlent entre eux.

Puis Peg apparaît.

— Si vous en voulez, annonce-t-elle à la cantonade, allez vous servir ! Et, si vous ne trouvez pas ça bon, allez vous plaindre à Tom : c'est lui qui a cuisiné !

Nous mangeons dans un silence presque complet, mais agréable. Les autres songent peut-être comme moi aux événements de la soirée. La tempête sévit assez discrètement pour qu'on l'oublie, et il est facile de feindre qu'on est juste venus rendre visite aux Gratton. La seule fois où Peg m'adresse la parole, c'est pour me dire de ne pas hésiter à donner plus de foin à Dove avant que le temps ne se gâte encore plus, si je pense qu'elle en aura besoin pendant la nuit.

Peg n'a pas tort : quand nous allons nous coucher, le vent qui souffle en rafales furieuses secoue violemment les fenêtres. Sur le lit, les draps sont propres, mais la pièce garde l'odeur de Beech, et Beech sent le jambon fumé. Avant d'éteindre la lumière, je remarque qu'il n'y a aucun objet personnel, rien qui montre que c'est sa chambre : juste le lit, un bureau sévère sur lequel sont posés un vase sans fleurs et quelques pièces de monnaie, et une étroite commode aux coins usés ; je me demande s'il en a toujours été ainsi, ou si Beech a emballé toutes ses affaires pour les emporter sur le continent.

J'y réfléchis en essayant de trouver le sommeil. Je suis allongée d'un côté et Gabe de l'autre, mais c'est un lit étroit, le coude de mon frère s'enfonce dans mes côtes et son épaule appuie contre la mienne. Il fait plus chaud que chez nous, c'est encore pire à deux, et je ne sais pas comment je vais arriver à dormir. À en juger par sa respiration, mon frère doit être réveillé, lui aussi.

Nous restons longtemps étendus dans le noir, à écouter la pluie tambouriner contre le toit. Je songe à notre clôture démolie, au dernier cri de Puffin et à cette longue, très longue tête noire qui nous regardait dans l'appentis.

Quand je me mets à parler, je suis trop fatiguée pour prendre des gants :

— Pourquoi es-tu revenu nous chercher ?

Je chuchote, mais ma voix résonne fort dans la petite chambre.

— Franchement, Puck ! À ton avis ? me répond Gabe d'un ton cinglant.

— Qu'est-ce que tu en as à faire, de nous ?

— De quel droit tu dis une chose pareille ? s'indigne-t-il.

— Comment ça se fait que tu me répondes toujours par des questions ?

Il essaie de s'éloigner de moi, mais le matelas n'est pas assez large. Le sommier grince et craque comme un bateau en haute mer, sauf qu'ici, la mer, c'est le plancher nu de la chambre de Beech qui sent le jambon.

— Je ne comprends pas ce que tu attends de moi.

Je choisis mes mots lentement et soigneusement, pour qu'il ne puisse pas me reprocher d'être hystérique :

— Que tu me dises pourquoi tu te soucies encore de nous, quand tu t'apprêtes à nous quitter et que sous peu on pourrait être dévorés tous les deux sans que tu le saches.

J'entends Gabe pousser un grand soupir dans l'obscurité.

— Ce n'est pas que je veuille vous abandonner, Finn et toi.

Je me déteste pour le petit frémissement d'espoir que ses paroles déclenchent en moi, mais je n'arrive pas à m'empêcher de l'imaginer qui nous serre tous les trois, Finn, Dove et moi, dans ses bras en nous annonçant qu'il a changé d'avis.

— Alors, ne le fais pas ! Reste !

— Impossible.

— Pourquoi ?

— Parce que je ne peux pas, c'est tout.

Nous n'avons pas parlé autant depuis au moins une semaine, et je me demande si je ne devrais pas en rester là. Il risque de se lever d'un bond en repoussant les couvertures et de se ruer hors de la pièce pour échapper à d'autres questions. Sauf que, pour fuir, il lui faudrait enjamber Tommy Falk et Beech Gratton sur leur matelas, éviter de trébucher contre le canapé de Finn, tout ça pour se retrouver assis tout seul dans la cuisine obscure, et je ne crois pas que ça lui plairait.

— Ce n'est pas vraiment une raison.

Gabe ne dit rien pendant très longtemps. Je l'entends seulement inspirer et expirer, inspirer et expirer. Puis il reprend, d'une drôle de voix creuse :

— Je ne peux plus le supporter !

Bizarrement, sa sincérité me fait tellement plaisir que ça me déboussole. Je me creuse la tête pour trouver ce que je peux encore lui demander et la question qui l'incitera à continuer à parler. J'ai l'impression que la vérité est un petit oiseau timide et je crains de l'effaroucher.

— Qu'est-ce que tu ne supportes plus ?

— Cette île, répond Gabe, et il poursuit avec de longues pauses entre les mots. Cette maison dans laquelle vous vivez, Finn et toi. Les commérages des gens. Le poisson, ce satané poisson, avec son odeur qui me collera à la peau jusqu'à la mort ! Les chevaux. Tout. Je n'en peux plus !

À l'entendre, il semble vraiment malheureux. Pourtant, tout à l'heure dans la cuisine, ce n'était pas le cas, ni dans le séjour, quand nous mangions tous ensemble, perchés un peu partout dans la pièce. Je ne sais pas comment réagir. Toutes les choses qu'il a énumérées sont des choses que j'aime, hormis peut-être l'odeur de poisson, qui peut tout gâcher, je vous l'accorde, mais qui, à mon avis, ne justifie pas à elle seule qu'on abandonne tout pour recommencer à zéro.

On dirait qu'il vient de m'avouer qu'il est en train de mourir d'une maladie dont je n'ai jamais entendu parler et dont je ne perçois pas les symptômes, et je suis frappée par l'absurdité de la situation.

Tout ce que je comprends, c'est que cette chose, cette chose étrange et invisible, se montre assez puissante pour pousser mon grand frère à quitter Thisby et, quelle que soit l'influence que Finn et moi pouvons avoir sur lui, cette force en a plus que nous.

— Puck ? dit Gabe, et je sursaute, parce que sa voix ressemble étrangement à celle de Finn.

— Oui ?

— Je voudrais dormir, maintenant.

Il se tourne sur le côté, mais son souffle reste léger et alerte, et je ne suis pas sûre de combien de temps il reste éveillé, car je m'endors avant lui.

Chapitre 39

Sean

Tôt le matin, dans le noir, la tempête me réveille.

Le vent mugit, l'océan gronde, une créature de mer hurle. Mes yeux s'accoutument peu à peu à l'obscurité. Je vois bouger des lumières dehors. Les rafales de pluie fouettent les vitres avec une fureur toujours redoublée.

J'entends les chevaux, à présent, qui hennissent, appellent et se cognent contre les murs. La tempête les affole. Un hurlement s'élève. C'est lui, et non le vent, qui m'a tiré du sommeil.

Je me redresse brusquement, puis hésite. Ce sont mes chevaux, là, en bas, dans ces écuries assiégées par la tourmente de cette nuit effroyable. En même temps, ils ne m'appartiennent pas, et d'autant moins que j'ai démissionné. Pourquoi ne pas rester ici, sans intervenir, et laisser Malvern inspecter les dégâts à la lumière du jour et mesurer alors combien je lui suis indispensable ?

Je referme les yeux, le poing sur le front, et j'écoute. Un cheval fou de terreur rue contre les parois de sa stalle, démolissant la cloison ou se blessant lui-même.

Vous surestimez votre importance dans ces écuries, monsieur Kendrick !

Non.

Je ne peux pas laisser un cheval mourir parce que je me suis disputé avec Malvern.

J'enfile mes bottes, j'attrape ma veste, je tends la main vers la poignée de la porte et, à ce moment-là, j'entends frapper.

J'ouvre. Les cheveux collés au visage par la pluie, les manches de sa chemise tachées de sang, Daly tremble irrépressiblement.

— Malvern nous a dit de nous débrouiller seuls, mais, sans vous, on n'y arrive pas ! Il n'a pas besoin de le savoir. Venez, je vous en prie !

Je soulève ma veste pour lui montrer que j'allais justement descendre, et nous dévalons ensemble l'escalier étroit et sombre vers les écuries. L'air sent la pluie, l'océan, et encore la pluie.

Daly se hâte sur mes talons.

— Ils refusent de se calmer ! Il y a un *capall uisce* quelque part dehors, et on ne sait pas s'il est avec les chevaux, ni lesquels sont blessés. Et ce cri ! Ils n'arrêtent pas de donner des coups de pied dans les murs, ils risquent de se blesser sérieusement et, quand on arrive à en tranquilliser un, les autres lui font aussitôt reperdre la tête.

— Ils ne se calmeront pas tant qu'ils entendront ce hurlement.

Tous les lads, les palefreniers et les jockeys de Malvern sont debout et tentent de rassurer les chevaux. Les ampoules oscillent dans le vent qui s'immisce dans l'écurie, et les lumières me balaient le corps de longs mouvements incessants comme si j'allais m'évanouir. Je passe devant Mettle dans sa stalle. Elle se cabre, gratte le mur de ses sabots, les repose au sol et recommence, sans relâche ; elle n'a peut-être pas encore perdu complètement la raison, mais ça ne saurait tarder. J'entends Corr faire claquer sa langue et s'égosiller, ce qui rend ses voisins fous. Quelque part derrière moi, un autre cheval cogne le mur de ses sabots sur un rythme insensé. Dehors, le hurlement continue.

Je me dirige vers la stalle de Corr, et Daly me suit. Au fond de ma poche, ma main se referme sur une pierre percée d'un trou. S'il s'agissait de n'importe quel autre *capall uisce*, je l'attacherais à son licol afin qu'elle résonne plus fort dans sa tête que la mer de novembre, mais Corr n'est pas un « autre » et de tels procédés ne feraient qu'attiser son anxiété.

Mes doigts se déplient et laissent retomber la pierre.

— Que tout le monde s'écarte ! je lance sèchement. Je ne veux personne dans mes jambes !

J'ouvre d'une poussée la porte de la stalle de Corr, qui fonce aussitôt vers la sortie. J'appuie la main contre son poitrail, puis le frappe là une fois en le repoussant. Un pur-sang lance un hennissement aigu.

— Préviens les autres de ne pas approcher ! je répète à Daly.

Il file aussitôt en avant. J'ai saisi la longe de Corr et je le laisse sortir en trombe de sa stalle et m'entraîner à sa suite le long de l'allée centrale vers la porte de la cour, qui est fermée pour empêcher la pluie – ou pire – d'entrer.

— Non, pas par là... proteste Daly dans mon dos. Vous allez tomber sur Malvern !

Tant pis ! Qu'il sache que je m'occupe toujours de ses chevaux ! Impossible de rétablir le calme dans l'écurie sans avoir d'abord réglé le problème dehors.

J'ouvre la porte et je sors. Corr tire sur la longe, j'ai du mal à le tenir. Sans attendre, je suis trempé jusqu'aux os.

La bouche, les oreilles et les yeux noyés, je bois le ciel, et il me faut m'essuyer le front et cligner des paupières pour y voir. Des bardeaux et des planches arrachés à l'écurie jonchent la cour. Les lampes, toutes allumées, sont cernées de halos ruisselants. Trois juments se bousculent et se pressent contre la barrière en essayant désespérément d'entrer : des poulinières des pâturages lointains, sur la route de Hastoway ; il a dû arriver quelque chose à leur clôture, et elles ont couru se réfugier dans un endroit familier. L'une boite si bas que ça me fend le cœur. La plus grande, qui m'a sans doute reconnu à ma démarche, cesse de s'agiter et m'adresse un long hennissement suppliant : elle s'en remet à moi pour la sauver de cette chose qui l'a pourchassée jusqu'ici.

Malvern et David Prince, le palefrenier en chef, sont là. Malvern tient un fusil, c'est un optimiste.

Le hurlement semble s'élever de toutes parts et, renvoyé par chaque goutte de pluie, il se répercute dans les nuages tel un cri vénéneux, une promesse paralysante. Cette tempête a rendu l'île folle.

Corr secoue soudain la longe et tire sur mon bras. Je vois ses sabots quitter les pavés puis retomber, mais je ne les entends pas, à cause de ce hurlement lancinant et aussi fort que s'il provenait de l'intérieur de mon crâne. Sous l'eau, ce cri se propage sur des kilomètres.

Je donne un coup sec au licol de Corr pour attirer son attention, puis le force à baisser la tête tout près de moi. Il retrousse les babines en un sourire hideux. Je n'aime pas le voir comme ça et, malgré toutes nos années passées ensemble, je sens mon pouls s'accélérer. Corr est un monstre. Je repousse d'une main ses dents, tandis que de l'autre je fais pivoter son oreille vers moi.

J'avance les lèvres et je lance une longue plainte, sur un ton plus bas que le hurlement qui s'approche.

Corr sursaute. Il retrousse les lèvres si haut qu'elles découvrent toutes ses dents, il ne ressemble pas à un cheval. Je lui tords l'oreille assez fort pour lui faire mal et je fredonne, d'une voix qui plonge et s'achève en gémissement.

Malvern lève son fusil, les yeux fixés sur quelque chose que je ne vois pas, dans l'obscurité et la brume.

— Corr !

La pluie s'engouffre dans ma bouche. Je reprends mon bourdonnement.

Malvern tire. Le hurlement du *capall uisce* n'a pas cessé, il atteint son paroxysme.

Corr, réagissant enfin, se met alors à hennir, et je sens son cri sourd monter et se propager dans la longe et les semelles de mes bottes ; il s'amplifie, devient une plainte, puis un rugissement qui, à l'égal du vent, assaille l'écurie, emplit la cour et roule sous la pluie ; c'est à la fois une clameur belliqueuse, une défense et une déclaration : « Ce territoire m'appartient ! Ceci est mon troupeau ! »

La voix de Corr s'enfle et couvre le hurlement du *capall uisce*. Les juments massées à la barrière sont saisies d'un regain de panique, et je sais que le cri suraigu de Corr ne fait qu'affoler encore plus les chevaux de l'écurie ; mais, celui-ci, je peux l'arrêter.

Je reste longtemps à écouter, jusqu'à ce que je sois sûr de ne plus entendre que Corr. Mon tympan siffle de son côté, mais mon autre oreille fonctionne toujours.

Puis je serre dans mon poing la longe et le licol de Corr, je presse mes doigts contre ses veines et dessine des cercles vers la gauche. Corr baisse alors la voix. J'appuie mes lèvres sur son épaule et je murmure dans son pelage gorgé de pluie.

La nuit sombre dans le silence. Mon oreille droite bourdonne comme une radio réglée sur une fréquence vide. Malvern et Prince me regardent. À la barrière, les poulinières frissonnent et se serrent les unes contre les autres. Dans l'écurie, les coups de sabot ont cessé.

La pluie tombe à flots, il ne reste plus rien de sec au monde. De l'autre côté de la cour, Malvern m'enjoint d'un signe bref d'approcher.

Je guide Corr jusqu'à la zone de lumière indécise où mon patron se tient. Son regard passe rapidement de moi à Corr, noir et luisant dans l'humidité et la nuit.

— Êtes-vous revenu sur votre décision, monsieur Kendrick ?

— Non.

— Moi non plus, et ce que je viens de voir n'y change rien.

Je ne suis pas tout à fait sûr de le croire.

Chapitre 40

Puck

Ainsi que l'a prédit Finn, la tempête fait rage sur Thisby jusqu'au lendemain soir, puis elle se calme, et nous pouvons enfin rentrer à la maison. Je suis soulagée, je préférerais devoir courir la Grande Course du Scorpion pieds nus plutôt que partager à nouveau avec Gabe le lit étroit et parfumé au jambon de Beech. Tommy aussi se montre impatient de retourner chez lui : il a laissé son *capall uisce* aux soins de sa famille, de l'autre côté de l'île, et il ne sait pas comment ils se débrouillent. Je crois que j'aimerais bien rencontrer des gens qui acceptent que Tommy leur confie un cheval de mer tandis qu'il part sauver ses voisins ; ce n'est pas exactement la même chose que demander à votre mère d'ouvrir une boîte de pâtée pour le chat pendant votre absence. J'ai sans doute rencontré ses parents un jour — comme à peu près tout le monde sur Thisby, à un moment ou à un autre — mais je ne m'en souviens pas. Je les imagine tous deux avec des yeux bleu vif et les jolies lèvres de leur fils, que je gratifie en outre d'une flopée de frères et sœurs pour faire bonne mesure : deux garçons et une fille, que je vois laide, contrairement à eux.

Quand vient le soir, nous sommes prêts à partir. Les garçons s'entassent virilement dans la voiture de Tommy, mais j'improvise des rênes en passant et repassant la longe de Dove dans son licol, ce qui me permettra de la monter à cru.

La porte de la maison claque, et Peg Gratton surgit à mes côtés. Bras croisés, elle m'observe en silence étriller Dove.

— Merci encore, je lui dis, parce que j'ai besoin de dire quelque chose.

Elle lève un sourcil, comme pour hocher la tête sans la bouger.

— Il y a encore beaucoup de gens qui ne veulent pas de toi sur la grève !

J'essaie de ne pas me sentir irritée contre elle.

— Je vous ai dit que je ne changerai pas d'avis !

Peg part d'un rire de corbeau qui croasse.

— Je ne te parle pas de moi, mais de ces hommes qui refusent qu'une femme participe à leur course. Fais bien attention, et ne laisse personne resserrer ta sangle ni donner à manger à ta jument !

Je hoche la tête, mais en fait, si je peux concevoir qu'il y a des gens qui s'opposent à ma présence, j'ai plus de mal à imaginer quelqu'un vouloir me faire une crasse.

— Et Sean Kendrick ?

Elle a un petit sourire, aussi énigmatique que sous sa coiffure d'oiseau.

— Tu n'es pas vraiment une adepte des solutions de facilité, n'est-ce pas ?

— Je n'avais pas prévu que ça se passerait comme ça, je lui réponds honnêtement.

Peg retire un brin de paille de la crinière de Dove.

— Te faire aimer des hommes est facile, Puck, il suffit que tu sois pour eux un sommet à conquérir ou un poème qu'ils ne comprennent pas, n'importe quoi qui les fasse se sentir forts ou intelligents. C'est pour ça qu'ils adorent l'océan.

Je ne suis pas si sûre que ce soit pour ça que Sean Kendrick aime la mer.

— Si tu leur ressembles trop, poursuit Peg, le mystère s'évanouit. On ne part pas en quête du Graal quand il vous rappelle votre tasse de thé.

— Mais je ne veux pas les attirer !

Elle pince les lèvres.

— Je dis seulement que tu leur demandes de te traiter comme un homme, et je doute que ce soit bon pour toi comme pour eux.

Je ne sais pas très bien si je suis d'accord avec elle ou non, mais il y a dans ses paroles quelque chose qui me déconcerte. Je repense à Ake Palsson faisant reculer son cheval, et ce souvenir, doublé des mots de Peg, me met mal à l'aise.

— Je demande juste qu'on me laisse tranquille !

— Tu demandes à être traitée en homme, je viens de te le dire.

Elle croise les doigts et me fait la courte échelle pour m'aider à monter, puis donne une petite tape sur la croupe de Dove pour l'inciter à se mettre en route et à suivre la voiture. En partant, je me retourne. Peg, qui n'a pas bougé, nous regarde mais n'agite pas la main.

Mon moral s'améliore au fur et à mesure que nous nous éloignons de la maison blanche des Gratton. Nous sommes restés si longtemps cloîtrés tous ensemble que l'air extérieur paraît pur et tout propre. L'île ressemble à notre cuisine : trop de choses éparses et pas assez d'ordre. Des débris de bois gisent très loin des clôtures, des bardeaux et des tuiles jonchent les haies, et des branches provenant d'arbres éloignés traînent au milieu des champs. Des moutons errent librement sur la route, ce qui n'est pas très inhabituel, mais je remarque également quelques juments au poil luisant broutant hors de leur pré. La lumière délavée du soir pointe comme un sourire incertain à travers des larmes.

Il n'y a plus aucun signe des *capaill uisce* apportés par la tempête, et je me demande s'ils sont tous retournés dans l'océan. Pour le moment, l'île apparaît extraordinairement paisible, comme épargnée par les chevaux, le temps et le malheur. Si elle ressemblait toujours à ça, on aurait sûrement des touristes très différents.

Mais je sais que ce que je vois n'est pas la vraie Thisby, qui se remettra à exister demain à l'aube. Il nous reste un peu plus d'une semaine jusqu'aux courses. Je ne me sens pas prête et j'ai du mal à imaginer que ça se termine comme je l'ai raconté à Finn : la chance n'a pas l'air de tenir les Connolly par la main, ces derniers temps.

Pourtant, quand j'arrive à la maison, mon petit frère a le visage radieux : derrière lui, dans la cuisine, se tient notre chat Puffin. Sa queue, tranchée net d'un coup de dents, a vilaine apparence, et elle se plaint d'un air indigné mais extrêmement vivant.

Cette île a plus d'un secret et d'un tour dans son sac. Du diable si je sais ce qu'elle me réserve !

Chapitre 41

Sean

Ce soir-là, quand les dernières lueurs du jour s'estompent, je pars à pied à travers champs, comme mon père le faisait autrefois, vers les rivages de l'ouest. Le soleil brille bas et rouge sur la mer quand j'arrive. La marée est encore haute, et je ne peux pas voir si quelque chose se cache ou non dans l'eau trouble et brunie par le souvenir de la tempête. Mais que je l'ignore et m'abandonne au cours des choses me semble tout naturel : somme toute, ce n'est pas l'océan qui a tué mon père.

L'eau est si froide que mes pieds s'engourdissent presque instantanément. J'étire les bras en croix, ferme les yeux et prête l'oreille au clapotis des vagues, aux cris rauques des sternes et des guillemots sur les rochers, aux goélands qui s'interpellent d'une voix aiguë dans le ciel. Je sens l'odeur des algues et du poisson, et l'effluve voilé des oiseaux qui nichent sur la côte. Le sel recouvre mes lèvres et encroûte mes paupières, le froid assaille tout mon corps. Le sable sous mes pieds bouge, aspiré par la marée, mais je reste parfaitement immobile. Le soleil brûle rouge derrière mes paupières. L'océan ne m'ébranlera pas, et le froid ne m'atteindra pas : je suis exactement comme un demi-siècle auparavant, quand les prêtres de Thisby, dressés dans l'océan noir et glacé, se consacraient à l'île.

Je m'applique à m'apaiser autant en moi qu'au-dehors. À l'instar des goélands qui tournoient au-dessus de ma tête, je ne me soucie plus que de vivre cet instant, puis le suivant.

Par trois fois, je lance un murmure à la mer. Je lui demande d'abord de rendre Corr plus docile et plus doux, afin que les hommes lui épargnent leurs clochettes et cette magie qu'il hait tant.

Puis, à deux reprises, je demande qu'il se montre abject, pour qu'on me supplie de revenir.

Chapitre 42

Puck

L'île a sombré dans la folie.

Comme la nuit dernière je suis rentrée de Hastoway sur Dove, je la mets au repos pour la matinée, je lui dis de manger un peu de foin de luxe, je lui donne du grain — pas trop, ça la rendrait malade —, puis je la quitte pour aller suivre l'entraînement et prendre des notes. Il ne reste plus de gâteaux de novembre et je n'ai rien pu préparer, si bien que je dois me contenter d'emporter un vieux paquet de biscuits.

Je me rends très vite compte que Thisby a changé du tout au tout depuis le festival et le passage de la tempête. Outre les branches et les bardeaux épars, on dirait que le vent a apporté des gens et des tentes, et des tables de toutes sortes, qui s'alignent de chaque côté de la route de Skarmouth jusqu'aux falaises. Près de l'endroit où j'ai aidé Dory Maud à installer son stand, je vois maintenant un groupe d'étals de locaux qui tentent de séduire les touristes et de leur vendre leurs marchandises. Brian Carroll et moi avons déjà vu certain d'entre eux le soir du festival, mais d'autres, des nouveaux, proposent des écharpes et des oriflammes aux couleurs des cavaliers, de méchants portraits peints à la hâte des favoris et de petits tapis pour isoler ses fesses de l'herbe de la falaise.

Je réalise soudain que la course est imminente et que, dans quelques jours, il me faudra conduire Dove sur la grève. Je ne me sens absolument pas prête, je ne connais rien à tout ça, rien du tout.

Je suis tirée de mon accablement par Joseph Beringer, qui, surgi de nulle part, se met à se trémousser dans mon dos sur un couplet mal rimé et vaguement obscène à propos de mes chances et de mes jupes.

— Je n'en porte même pas ! je lui lance d'un ton hargneux.

— Je rêve !

J'avais imaginé que ma participation aux Courses du Scorpion me vaudrait un peu plus de respect, mais le nombre de choses qui ne changent jamais n'en finit pas de m'étonner.

Je décide de le snober, ce qui me rassérène un peu, ne serait-ce que par habitude, et je me fraye un passage vers le stand de Dory Maud en tâchant de contourner les flaques. D'ici, et malgré le bruit de la foule, j'entends monter un brouhaha de la grève : ça ne ressemble ni au bruit de l'entraînement des cavaliers, ni à celui d'un groupe de badauds venus les regarder.

— Puck !

Dory Maud m'a vue avant que je la repère. Elle porte des bottes en caoutchouc avec la tenue de fête et l'écharpe traditionnelles, un mélange ridicule et, par malheur, affreusement typique de Thisby.

— Puck ! répète-t-elle en agitant un chapelet de clochettes de novembre.

Au moins deux personnes près de moi tournent la tête et me dévisagent. Elle repose soigneusement les clochettes et les dispose sur la table, l'étiquette de prix en évidence.

— Bonjour, Dory Maud.

Une grande clameur s'élève de la grève, ce qui me déconcerte.

— Où as-tu laissé ta jument ? Tu comptes t'entraîner sans elle ?

— Dove m'a ramenée de Hastoway hier soir, elle se repose. Je vais suivre l'entraînement de la falaise.

Dory Maud me scrute.

— C'est de la stratégie, j'ajoute avec humeur. Courir, ce n'est pas simplement monter à cheval, vous savez !

— Je n'en sais fichtrement rien ! rétorque-t-elle. Par contre, je peux te dire que le cheval de Ian Privett aime remonter de l'extérieur tout à la fin de la course, si ça se passe comme la dernière fois.

Elizabeth m'avait bien dit que sa sœur pariait sur les chevaux. Maman a soutenu un jour à papa que les vices n'étaient des vices qu'au regard de la société, et celui de Dory Maud m'apparaît soudain comme un allié potentiel.

— Et quoi d'autre ?

Dory Maud lève un bras et s'étire pour rattacher un pan de toile qui claque au vent.

— Je t'en dirai plus si tu reviens un peu plus tard garder le stand environ une heure, pendant que j'irai déjeuner.

Je la considère sombrement ; ça aussi, je ne pensais plus avoir encore à le faire, maintenant que je suis dans la course.

— Je vais y réfléchir. Vous savez ce qu'il se passe là-bas ?

Dory Maud jette un regard d'envie sur la route de la grève.

— Oh, c'est Sean Kendrick.

Ma curiosité est piquée.

— Et alors ?

— Mutt Malvern et d'autres garçons ont amené son étalon alezan.

— Et Sean est là ?

Je vois à sa tête que Dory Maud regrette vraiment d'être coincée ici et de ne pas pouvoir y aller elle-même.

— Je ne l'ai pas vu, mais j'ai entendu dire qu'il ne courra pas : Malvern et lui se seraient disputés au sujet du cheval, et Kendrick lui aurait donné sa démission.

— Sa démission ?

— Tu as du sable dans les oreilles ?

Elle agite la clochette juste à côté de ma tempe.

— Clochettes de novembre ! lance-t-elle à quelqu'un dans mon dos. Les moins chères de l'île !

Il y a des moments où elle me rappelle beaucoup sa sœur Elizabeth, ce qui n'est pas à son honneur.

— Ce ne sont que des bruits qui courent, reprend-elle. Kendrick aurait voulu acheter le cheval et, quand Malvern a refusé de le lui vendre, il est parti.

Je repense à Sean sur les falaises, montant à cru, couché sur l'encolure de son étalon alezan ; à combien ses rapports avec Corr m'ont paru simples et directs quand je suis allée le retrouver pour voir la jument baie ; à son allure sur le rocher ensanglanté lorsqu'il a dit son nom, puis celui de Corr, comme s'il énonçait deux faits l'un après l'autre ; à la façon dont il m'a répondu « Pour le ciel et le sable et la mer, et pour Corr ». Je sens bien que Corr lui appartient déjà, et ce que me raconte Dory Maud me paraît d'autant plus injuste.

— Qu'est-ce qu'ils vont faire avec son cheval ?

— Comment veux-tu que je le sache ? Je les ai seulement vus passer en se pavanant, derrière Mutt Malvern qui faisait une tête comme si on fêtait son anniversaire.

Mon sens de l'injustice se cabre définitivement, et je me ravise : plutôt que remonter le sentier pour observer l'entraînement du haut de la falaise, je décide de descendre sur le rivage.

— J'y vais !

— Ne parle pas au fils Malvern ! m'avertit Dory Maud.

Je suis déjà en train de partir, mais je tourne la tête.

— Pourquoi ?

— Il risquerait de te répondre !

Je me hâte de passer les dernières tentes et dévale le chemin en pente abrupte. Ici, les étals des vendeurs ne peuvent plus tenir d'aplomb, et les choses se calment un peu. J'aperçois tout en bas Corr, entouré de quatre hommes, mais je ne reconnais que la silhouette trapue de Mutt et David Prince, qui tient la longe, parce qu'il travaillait autrefois à la ferme de Hammond, près de chez nous. Un peu plus loin, des curieux les observent, s'esclaffent et poussent des cris, et Mutt leur répond sur le même ton. Corr relève brusquement la tête, entraînant le bras de Prince, et lance un hennissement vibrant vers le large.

— T'as un peu de mal à le tenir, David ? raille Mutt.

— Je te remplace, si tu veux ! s'écrie un spectateur, ce qui déclenche une nouvelle cascade de rires.

J'imagine qu'on me prenne Dove comme ça, et la colère gronde en moi.

Sean est sûrement là, quelque part, et maintenant je sais comment procéder pour le trouver : il faut chercher l'endroit où rien ne bouge, la personne légèrement à l'écart, et finalement je le repère. Debout dos à la falaise, un bras croisé devant lui, le coude de l'autre posé dessus, il appuie sa main fermée sur ses lèvres, le visage neutre. C'est terrible de le voir ainsi, moins immobile que figé.

Corr lance un nouvel appel. Mutt a entrepris d'attacher à son paturon un ruban écarlate cousu de grelots. En les entendant sonner, l'étalon sursaute comme si ça lui faisait physiquement mal, et je dois ciller pour refouler une larme.

Sean Kendrick détourne la tête.

Il a l'air si accablé que je ne peux pas me résoudre à le laisser seul. Je me fraye à coups de coude un chemin parmi les locaux et les touristes venus assister à la scène. Mon cœur martèle ma poitrine. Peut-être suis-je la dernière personne qu'il a envie de voir, lui qui m'a dit de *garder mon poney à l'écart de cette plage* ?

Je m'arrête à côté de lui et croise les bras. Nous ne parlons pas. Je suis heureuse qu'il ne relève pas la tête, parce que Mutt vient de poser une selle sur le dos de Corr, et les garçons lui nouent un plastron plein de clous et de clochettes sur le poitrail. Des frémissements courent sous la peau partout où le fer la touche.

— Où est ta monture ? me demande Sean après un moment.

Il regarde toujours le sol.

— J'ai travaillé avec elle hier soir, quand la pluie s'est calmée. Et Corr ? (Il déglutit.) Comment ont-ils pu oser ?

Corr émet un bruit dément qui s'interrompt net. Il reste en place, mais secoue la tête comme pour se débarrasser d'une mouche insistante.

— Tu sais, Puck, reprend Sean à mi-voix, tu as raison de monter ta propre jument, même si elle vient de l'île. Il vaut toujours mieux suivre son cœur.

— Je croyais qu'il serait plus grand ! s'exclame Mutt.

Il a enfourché Corr, mais Prince tient toujours la longe. Un homme se dresse entre eux et la mer et écarte les bras en barrière. Mutt balance les jambes et contemple le sol, tel un enfant sur un poney.

— Mutt prend sa revanche, et c'est ma faute !

Sean parle avec tant d'amertume que j'en sens le goût dans ma bouche.

J'essaie de penser à ce que je pourrais lui dire pour le réconforter, mais je ne sais même pas si c'est ce qu'il attend de moi. J'ignore si, à sa place, j'aurais envie qu'on me console. Si on m'oblige à manger de la suie, je veux savoir que, quelque part dans le monde, quelqu'un d'autre doit faire pareil, et je veux aussi savoir que ça a un goût affreux ; je ne veux pas qu'on vienne me raconter que c'est bon pour ma digestion ; et, quand je dis *suie*, je parle de haricots, bien entendu.

— Possible, mais dans vingt ou trente minutes, ou une heure au plus tard, il se lassera de ce cirque et se remettra à monter l'affreuse jument dont il a fait inscrire le nom près du sien sur le tableau de la boucherie. À mon avis, cette horreur pie, ça ne peut être qu'un juste châtiment.

Sean tourne alors vers moi des yeux intenses qui me désorientent, et je le fusille du regard.

— Où m'as-tu dit que Dove était, déjà ?

— À la maison, je l'ai sortie hier soir. Pourquoi as-tu démissionné, déjà ?

Il détourne les yeux avec un petit grognement mortifié.

— Un pari. Comme toi et ta ponette !

— Jument.

— Oui, dit-il en regardant Corr. Rappelle-moi donc pourquoi tu tiens tant à participer à la course !

Je ne le lui ai pas dit, bien sûr. L'idée d'avouer la vérité à qui que ce soit me déplaît souverainement, et les commérages vont vite à Skarmouth, il n'y a qu'à voir comment Dory Maud m'a raconté que Sean avait quitté son travail pour Corr. Je n'en ai même pas parlé à Peg Gratton, qui pourtant me semble de mon côté, ni à Dory Maud, qui est quasiment de la famille ; et, malgré tout, je m'entends répondre :

— Nous perdrons la maison de nos parents si je ne gagne pas !

C'est là que je me rends compte de ma stupidité. Non que je pense que Sean Kendrick va aller le répéter partout, mais il doit à présent me juger terriblement présomptueuse, lui qui a remporté quatre fois la Grande Course du Scorpion.

Il reste longtemps silencieux, à regarder Corr et Mutt.

— C'est une bonne raison. Ça en vaut la peine.

Je le trouve soudain très sympathique de m'avoir dit ça, et non que j'étais folle, et je respire mieux.

— Toi aussi, tu as eu raison.

— Tu trouves ?

— Corr t'appartient, quoi qu'en dise la loi. Je crois que Benjamin Malvern te l'envie, et qu'en plus il aime les petits jeux et la manipulation.

Sean me scrute intensément. Il ne doit pas se rendre compte que son regard peut vraiment transpercer.

— Tu le connais bien !

Je sais que Benjamin Malvern met du beurre et du sel dans son thé, qu'il a le nez assez gros pour y fourrer des glands, qu'il veut se distraire et que peu de choses l'amusent, mais je ne sais pas si ça veut dire que je le connais bien.

— Bien assez !

— Personnellement, me dit Sean, je n'aime pas beaucoup les petits jeux.

Je constate avec étonnement que Corr s'est calmé. Immobile, il regarde la foule, les oreilles dressées. Un frisson le parcourt de temps à autre, mais, sinon, il ne bouge pas.

— Je le teste au galop ? propose Mutt.

Il se tourne sur sa selle et fixe droit dans les yeux Sean, qui ne bronche pas. David Prince tient toujours la longe et nous considère avec une drôle d'expression, à la fois honteuse, un peu contrite et excitée.

— Salut, Kendrick ! dit Prince comme s'ils venaient de se rencontrer sur la plage. Un conseil à nous donner ?

— Gare à la mer ! rétorque Sean.

Mutt et Prince s'esclaffent.

— Tu vois comme il est docile ! lance Mutt à Sean.

Corr dresse en effet les oreilles d'un air curieux et flaire sa selle et la jambe de Mutt, comme étonné de ce changement dans sa routine et de la curieuse tournure que prennent les événements. Les grelots de sa bride tintent presque imperceptiblement.

— Pas besoin de la fameuse magie de Sean Kendrick ! Ça ne te gêne pas, qu'il te soit si peu fidèle ?

Sean ne dit rien. Les yeux de Mutt passent sur moi avec mépris. Je crois que c'est la première fois que je vois une personne prendre tant de plaisir à en tourmenter une autre. Je me rappelle la nuit où j'ai surpris Sean et Mutt devant le pub : la haine que trahissaient leurs visages se montre maintenant à découvert, telle une méchante plaie.

— Alors, qu'en dites-vous ? lance Mutt aux badauds, pour la plupart des touristes. Je vais faire un tour de galop sur le cheval le plus rapide de l'île ! Une légende vivante, un héros, un trésor national ! Qui ne connaît pas son nom ?

On l'acclame et l'applaudit. Sean ne bouge pas plus qu'un roc dans la falaise.

— Effectivement, je le connais, mais pourriez-vous nous rappeler le vôtre ?

J'ai parlé d'une voix forte et qui me surprend moi-même. Le regard de Mutt vient se poser sur moi, et je lui grimace mon sourire le plus abominable, élaboré au contact de deux frères.

J'observe la colère qui allume le visage de Mutt tout en tendant l'oreille aux murmures amusés de la foule, avant de me souvenir – trop tard – du conseil de Dory Maud.

— Vous avez perdu votre poney ? me renvoie Mutt avec aigreur. Il est parti labourer ?

L'insulte me gêne moins que l'attention qui se focalise sur moi, sans doute parce que, tout à l'heure, je retournerai vendre des bibelots aux touristes dans l'échoppe de Dory Maud, et je réalise soudain que Mutt Malvern ne me connaît pas assez pour me dire quoi que ce soit de véritablement offensant.

En outre, je ne pense pas qu'il cherche vraiment à me blesser moi.

— Félicitations, Kendrick ! C'est une meilleure monture que l'autre ? dit-il en feignant de caresser la croupe de Corr.

Je sens mes joues s'empourprer et j'admire l'impassibilité de Sean. Aurait-il entendu ce genre de choses trop souvent pour s'en affecter encore ?

Corr s'agite, tend le nez et le frotte contre la poitrine de Prince, qui se gratte le front et fait un pas en arrière.

— Du calme, mon vieux !

Prince lève la tête vers Mutt.

— Alors, tu l'emmènes faire un tour, avant que la mer monte jusqu'ici ?

Corr recommence, plus insistant. Les grelots tintent. Prince recule.

— Sûr !

Mutt fait ballotter légèrement une rêne pour attirer l'attention de Corr. L'étalon persiste à vouloir se frotter contre Prince, et je vois sa peau frémir sous le plastron clouté de fer qu'on lui a imposé.

— C'est parti ! dit Prince.

La bouche de Corr frôle sa clavicule un peu comme le fait Dove, quand je gratte sa crinière et qu'elle se sent d'humeur câline. Prince pose la main à plat sur la joue de Corr, qui lui souffle dans le cou.

Le sable jaillit sous les pieds de Sean.

— *David !*

Prince lève la tête.

Les dents plates de Corr happent son cou comme un serpent sa proie.

Mutt Malvern tire brutalement sur les rênes. Corr se cabre. La foule s'exclame et se disperse. Les deux compagnons de Mutt font un bond en arrière et hésitent entre lui prêter main-forte et se mettre à l'abri. Sean pile net, la tête sur le côté pour éviter les giclées de sable. Prince gît par terre, le dos cambré, les pieds griffant le sol, et je ne peux pas détourner les yeux.

Corr se cabre de nouveau et désarçonne Mutt, qui esquive les sabots et se relève couvert de sang, le sang de Prince, pas le sien. L'étalon roule des yeux blancs en pivotant follement sur lui-même, le regard toujours fixé sur la mer. Personne ne bouge.

Corr décrit encore un cercle, et je m'élance sur le sable vers l'endroit où Prince s'est effondré. Impossible de voir s'il est grièvement blessé, le sang qui coule à flots cache la plaie. J'ai peur que Corr le piétine, mais je ne sais pas si on peut le déplacer, et le mieux que je puisse faire est de m'interposer entre lui et les sabots et de tenter de maîtriser mon effroi.

Corr se tourne et lance un cri qui rappelle un sanglot étouffé. Les veines saillent sur son épaule.

— Corr !

Sean n'a pas élevé la voix et ne semble pas avoir parlé assez fort pour être entendu par-dessus le bruit des sabots sur le sable, du ressac et des haut-le-cœur de Prince, mais l'étalon s'immobilise aussitôt. Sean tend les bras et vient lentement vers lui. Du sang macule la mâchoire de Corr. Ses lèvres tremblent. Il aplatit les oreilles.

— Tenez bon ! je chuchote à Prince.

De près, il paraît moins jeune que je ne le pensais, et je distingue chacune des lignes qui cernent ses yeux et sa bouche. Je ne sais pas s'il m'entend. Il presse dans ses mains des poignées de sable et me fixe d'un regard atroce. Je ne veux pas le toucher, mais je tends la main et, quand il sent mes doigts, il les saisit et les serre à me faire mal.

Sean se débarrasse d'un mouvement d'épaules de sa veste, qu'il abandonne sur le sable, puis tire sa chemise par-dessus sa tête. La peau de son torse est pâle et couturée de cicatrices et, jusqu'ici, je n'ai jamais vraiment beaucoup réfléchi à si des côtes cassées peuvent vraiment se ressouder. Sean parle à Corr d'une voix très basse. L'étalon tremble de tout son corps, les yeux tournés vers le large.

Je suis couverte de sang, je n'en ai jamais vu autant. Le sang de Prince. *C'est comme ça que mes parents sont morts.* Je m'interdis d'y penser, ce qui importe peu, dans la mesure où je n'arrive ni à me représenter la chose, ni à contraindre mon esprit à l'accepter ; je le regrette, d'ailleurs : même si c'est affreux, ça ne peut pas être pire que ce que je vis à présent, la main tremblante de Prince agrippée à la mienne.

Sean s'approche sans hâte de Corr, tout en continuant à lui parler à voix basse. Il n'est plus qu'à trois pas de lui. Plus qu'à deux. À un pas. Corr, qui ne tremble pas moins que Prince, rejette la tête en arrière, les lèvres retroussées sur ses dents ensanglantées. Sean roule sa chemise en boule et la presse contre le nez de l'étalon figé sur place jusqu'à ce que celui-ci ne perçoive plus que son odeur, puis lui essuie les lèvres. Il plie alors la chemise, sang vers le haut, et la noue en bandeau sur le nez et les yeux de Corr.

— Daly ! crie-t-il.

Quand Corr inspire, le tissu se colle contre ses naseaux et révèle leur forme, puis s'écarte de nouveau quand il expire. Le compagnon de Mutt sursaute d'un air terrifié à l'appel de son nom, et Sean détourne le regard, déçu par ce qu'il lit sur le visage du garçon.

— Puck !

Je ne veux pas quitter Prince tant qu'il me tient la main comme ça, mais, soudain, je me rends compte que, maintenant, c'est plutôt moi qui serre la sienne. Je lâche ses doigts avec un sursaut horrifié et je me relève.

Sean fait un geste vers les rênes pendantes de Corr.

— Tiens-le, tu veux bien ? J'ai besoin que…

L'étalon rouge tremble encore sous le masque que Sean lui a confectionné. Je ne ressens aucune peur, à croire que ma frousse s'est enfuie quelque part tout au fond de moi. Il faut quelqu'un pour tenir Corr. Je peux tenir Corr. J'essuie le sang de ma paume sur mon pantalon et j'avance d'un pas ; je respire à fond et tends le bras.

Sans crier gare, Sean me fourre les rênes et la boule de tissu dans la main. J'entends vrombir légèrement les grelots sur la bride et les jambes de Corr. L'étalon agite si délicatement la tête que les petites billes de métal ronflent en continu, comme des sauterelles.

Sean s'assure que je serre bien le poing, puis se baisse et se coule sous Corr d'un mouvement leste et assuré. Il sort un couteau de sa poche et passe la paume de la main le long de la jambe de l'étalon.

— Je suis là, dit-il.

Corr frémit et tourne une oreille vers lui.

Sean tranche l'un après l'autre tous les rubans rouges et les jette rageusement derrière lui. Les grelots tintent, Corr bouge, et je sursaute. L'étalon, libéré, lève et repose tour à tour chaque sabot et danse sur place. Sean souffle bruyamment ; il essaie de détacher le plastron de Corr, qui remue trop. Je ne sais pas très bien en quoi tenir un *capall uisce* tueur diffère de tenir Dove, alors je réagis comme d'habitude : je tire les rênes sèchement vers le bas, et Corr sursaute en relevant la tête. J'ai l'impression que ses jambes tremblent moins, mais, sans les grelots, c'est difficile à dire. Je tâche d'oublier le sang de Prince encore humide sur ma paume et de me rappeler comment j'ai vu Sean procéder avec les chevaux.

— Shhhh…, shhhh…, je murmure à l'étalon, en imitant l'océan.

L'animal pointe aussitôt les oreilles vers moi, et sa queue s'immobilise pour la première fois. Je ne suis pas certaine d'apprécier toute cette attention qu'il m'accorde, même s'il a les yeux bandés.

Par-dessus le garrot de Corr, Sean me lance un bref regard indéfinissable – approbateur ? – avant de détacher le plastron clouté et de l'envoyer rejoindre les grelots.

— Je vais le reprendre, maintenant.

— Et lui, Prince ?

Je ne lâche pas les rênes avant d'être sûre que Sean les tient fermement.

— Mort.

Je jette un coup d'œil derrière moi. Entre-temps, un des spectateurs a traîné Prince plus loin, à l'abri, et quelqu'un a recouvert son visage d'une veste. Je frissonne dans le vent.

— Mort ?

Je ne peux pas m'empêcher de répéter, même si je sais que c'est idiot.

— Il savait qu'il allait mourir. Tu ne l'as pas vu dans ses yeux ? Ma veste !

— *Ta veste ?* je m'indigne d'une voix mal assurée et si forte que Corr sursaute. Et pourquoi pas « Passe-moi ma veste, s'il te plaît » ?

Kendrick me dévisage, perplexe. Visiblement il ne comprend pas pourquoi je m'énerve ni ce qui me bouleverse ainsi. Je ne maîtrise plus mes tremblements, comme si ceux de Corr étaient passés en moi.

— C'est ce que je t'ai dit, reprend-il après un silence.

— Non, ce *n'est pas* ce que tu m'as dit !

— Alors, qu'est-ce que j'ai dit ?

— Tu as dit : *Ma veste !*

Il a l'air un peu désarçonné.

— C'est bien ce que je disais.

Abandonnant la partie, je pousse un grognement et je vais la chercher. Si la marée ne risquait pas de l'emporter avant que Sean puisse revenir la prendre, je l'aurais volontiers laissée là. Je ne parviens pas à me sortir de la tête cet homme qui serrait mes doigts entre les siens, et qui est mort à présent. Plus je pense à lui, plus je me sens en colère, sans trop savoir contre qui, sinon ce *capall uisce* que je viens d'accepter de tenir, ce qui me donne l'impression d'être complice et redouble ma colère.

La veste, dégoûtante, encroûtée de sable sec et de sang, toute raide, et trempée par-dessus le marché, ressemble à un morceau de toile de voile. Au moment de la draper sur le bras nu de Sean, je me dis que, sans la chemise pour faire écran, le tissu va lui brûler la peau.

— Je vais la laver avec la couverture de Dove. Où est-ce que je peux te la rapporter ?

— Au haras Malvern. Pour le moment, en tout cas.

Je me retourne vers Prince. Quelqu'un est parti chercher le docteur Halsal pour qu'il constate le décès. Près du corps, les hommes échangent des propos à mi-voix, comme par respect, mais j'entends des bribes de leur conversation, et ils parlent mises et paris.

— Merci pour tout, me dit Sean.

— Comment ?

Mais je viens juste de comprendre. Sean le voit et hoche brièvement la tête, puis tire celle de Corr vers le bas, lui murmure quelques mots à l'oreille et pose la main sur son flanc. Corr tressaille comme si la paume de Sean le brûlait, mais il reste calme, et Sean marche avec lui vers les falaises. Il ne s'arrête qu'une seule fois, à un jet de pierre de Mutt. D'ici, torse nu, il apparaît comme un jeune garçon maigre et pâle près d'un cheval d'un rouge de sang.

— Voulez-vous ramener votre cheval à l'écurie, monsieur Malvern ?

Mutt fixe Sean sans un mot.

Il part, emmenant Corr, tandis que je triture le tissu de sa veste. J'ai du mal à croire qu'il y a dix minutes je tenais la main d'un mort, et que, dans quelques jours, je vais m'aventurer sur la grève avec des douzaines de *capaill uisce*, et que je viens de proposer à Sean Kendrick de nettoyer sa veste.

— Ça craint pas qu'un peu !

Je me tourne. C'est Daly.

— Pardon ?

— Les boules, ça craint ici ! reprend-il, avec une grossiè-reté impuissante. Et sur toute l'île, d'ailleurs !

Je ne réponds pas, je n'ai rien à lui dire. Je serre les doigts sur la veste de Sean pour les empêcher de trembler.

— Je veux rentrer chez moi, gémit Daly. Rien de tout ça ne vaut le coup !

Chapitre 43

Sean

Benjamin Malvern veut me rencontrer à l'hôtel Skarmouth, encore un de ses petits jeux : ces jours-ci, l'endroit affiche complet et bourdonne de visiteurs ; si la boucherie est le centre des paris et des tuyaux, là où les cavaliers se retrouvent pour discuter, les continentaux choisissent l'hôtel pour comparer leurs notes, échanger leurs impressions sur l'entraînement du jour, et se demander, en se grattant la tête, si telle jument ou tel étalon vont s'assagir assez pour devenir des concurrents à prendre en compte. Debout dans le hall où Malvern m'a fixé rendez-vous, je serais comme avalé tout cru.

C'est pourquoi j'entre dans l'hôtel – hors du froid – mais me faufile aussi vite que possible à travers le hall et trouve un escalier où me poster. Il monte vers ce qui semble être un nombre limité de chambres, on risque donc peu de me déranger. Je me frotte les bras – il y a des courants d'air – et je regarde vers le haut. L'hôtel, le bâtiment le plus sompteux de l'île, est conçu pour que les visiteurs du continent s'y sentent bien, à grand renfort de colonnades peintes, de corniches et de bois encaustiqué. Un tapis persan étouffe mes pas. Sur un tableau accroché au mur à côté de moi, un pur-sang bridé pose devant un paysage idyllique, et tout suggère qu'on ne croise ici que des gens civilisés, des gentlemen cultivés.

Je jette un coup d'œil furtif dans le hall pour voir si Malvern apparaît. Par petits groupes de deux ou trois, des hommes fument et débattent de l'entraînement, et la pièce bruisse de leurs accents étrangers prononcés. Un air de piano s'échappe d'un salon voisin. Les minutes se traînent. C'est toujours une étrange période que celle qui s'étend entre le Festival du Scorpion et les courses. Les plus fanatiques des turfistes ne manquent jamais le festival, mais Skarmouth s'avère trop petite pour les captiver longtemps, et leur seule distraction par la suite est de nous regarder vivre et mourir sur le sable.

Je recule dans les profondeurs de la cage d'escalier et croise les bras pour me réchauffer. Mes pensées errent, incontrôlables. Je revois Mutt sur Corr, j'entends le sanglot étouffé de mon ami, et je repense à la boucle de cheveux rousse de soleil sur la joue de Puck Connolly.

Je me sens en terrain dangereux.

Là-haut, des marches craquent sous le pas de quelqu'un qui descend. Je relève la tête. George Holly dévale l'escalier en trottinant avec allégresse, comme un jeune garçon. En me voyant, il se reprend brusquement, se range sur le côté et poursuit plus posément.

— Belle journée ! me lance-t-il.

Il a l'air de ne pas avoir dormi, comme si la tempête l'avait rejeté sur le rivage et laissé choisir lui-même entre la terre ferme et la mer, une pensée qui m'étonne, car j'ai du mal à imaginer ce que Holly peut faire quand il n'est pas occupé à examiner des chevaux ; sans doute quelque chose de bruyant et d'enthousiasmant, à quoi on peut s'adonner en polo blanc immaculé. Il me paraît étrange que j'en sois venu à éprouver de l'amitié pour une personne aussi différente de moi.

Je le salue d'un signe de tête.

— Vous de même ! Vous attendez donc Malvern ?

Qu'il le sache ne me surprend pas. La nouvelle de ma démission s'est propagée sur l'île en un temps éclair, comme une quinte de toux, et je doute que les rumeurs sur la violence de Corr ce matin soient en reste. J'opine.

— Qui vous a, bien entendu, donné rendez-vous dans cette cage d'escalier.

Je risque à nouveau un œil dans le hall. Je me sens impatient de voir Malvern surgir et vider son sac, mais j'espère en même temps qu'il n'arrivera pas, pour retarder l'échéance. Je croise les bras, les poings serrés sous les aisselles, mais le froid que je ressens vient de mes nerfs, pas de la température.

— Il vous faudrait une veste, dit Holly qui m'observe.

— J'en ai une, une bleue !

Il considère la chose.

— Oui, je m'en souviens à présent. Aussi mince qu'un enfant mort.

— C'est bien ça.

Actuellement détenue par Puck Connolly, et que je pourrais ne plus revoir.

— Vous n'avez jamais pensé… ? reprend Holly après un silence. Non, sans doute pas, vous devez le savoir. Si quelqu'un le sait, ce doit être vous. À la longue, à force de vivre sur Thisby, j'en suis venu à me demander pourquoi on trouve des *capaill uisce* par ici et nulle part ailleurs.

— Parce que nous les aimons.

— Vous fumez, Sean ?… Moi non plus, mais nous ferions aussi bien, compte tenu de la qualité de l'air par ici ! Avez-vous déjà vu tant d'hommes ne rien faire si bruyamment, vous ? Et n'avez-vous rien de plus à me répondre ?

Je hausse les épaules.

— Les chevaux vivent sur Thisby depuis aussi longtemps que les hommes. De l'autre côté de l'île se trouve une grotte où l'on peut voir un étalon rouge, une peinture rupestre très ancienne. Combien de temps doit-on habiter quelque part pour que cet endroit devienne le vôtre ? Cette île est la leur.

J'avais découvert l'étalon peint un jour où je cherchais à capturer un *capall*. À marée basse, la grotte s'enfonçait très loin dans la falaise, au point où j'avais eu l'impression que, en poussant un peu plus loin, je ressortirais de l'autre côté de l'île. Tout à coup, la mer avait monté si vite et si soudainement que je m'étais retrouvé bloqué. J'avais passé des heures dans le noir, perché sur une minuscule saillie rocheuse où chaque assaut de la marée me trempait derechef. J'entendais les cris aigrelets et les gloussements d'un cheval de mer dans la grotte. Pour éviter de tomber à l'eau, j'avais fini par rouler sur le dos, et c'est là que je l'avais découvert, très haut sur la paroi, où l'eau ne pouvait l'atteindre : un étalon plus lumineux même que Corr, d'un rouge qui avait gardé tout son éclat car les pigments étaient restés à l'abri du soleil. À côté était peint un homme mort, un trait noir figurant les cheveux et une ligne rouge le torse.

L'océan envoyait ses *capaill uisce* sur les rivages de Thisby bien avant que mon père ou le père de mon père soient nés.

— On leur a toujours voué un culte ? Jamais on ne les a mangés ?

Je lui réponds d'un ton cinglant :

— Vous mangeriez du requin ?

— En Californie, on le fait !

— Ce qui explique qu'il n'y ait pas de *capall uisce* là-bas !

J'attends qu'il ait fini de rire, et j'ajoute :

— Vous avez du rouge à lèvres sur le col.

— Ça vient des chevaux.

Holly essaie de voir la tache, trouve le bout et la frotte du doigt.

— Elle est aveugle, elle visait mon oreille, me dit-il.

En tout cas, ça explique son allure négligée. Je me penche et je regarde dans le hall. Il y a plus de monde que tout à l'heure. On avance dans l'après-midi, dehors les ombres fraîchissent, et les hommes regagnent l'hôtel, mais Benjamin Malvern n'apparaît toujours pas.

— Savez-vous pourquoi il veut vous parler ? Vous avez l'air extrêmement calme.

— Cette histoire me rend malade.

— On ne dirait pas, à vous voir !

Quand son expression n'en trahit qu'une, Corr cache mille choses dans son cœur, comme il l'a encore montré aujourd'hui. Nous nous ressemblons tant.

Je m'autorise un court moment à envisager la raison pour laquelle Malvern voudrait me rencontrer, et mes pensées me brûlent d'un aiguillon glacé.

— Maintenant, si ! reprend Holly.

Je relève la tête, sourcils froncés, et vois mon patron entrer et refermer la porte derrière lui. Il traverse le hall les mains enfoncées dans les poches comme si l'endroit lui appartenait, ce qui est peut-être bien le cas. Avec ses épaules saillantes sous son pardessus et son menton projeté en avant, il fait penser à un boxeur professionnel et, pour la première fois, je remarque qu'il ressemble à Mutt.

Holly suit mon regard.

— Je ferais mieux de vous laisser, il ne serait pas content de me voir.

J'ai du mal à imaginer Benjamin Malvern contrarié par la vue d'un de ses acheteurs ou, plus exactement, je l'imagine mal le montrer.

— Nous nous sommes disputés, lui et moi, me confie alors Holly. Cette île s'avère plus petite que je ne le pensais. Mais n'ayez crainte, mes dollars restent garants de notre bonne intelligence.

Holly me quitte et se dirige vers la pièce d'où vient l'air de piano, tandis que j'entre dans le hall. Les regards m'évitent si ostensiblement que je sais à la seconde près quand on remarque ma présence.

Je prends un moment pour localiser Malvern dans la foule, puis je le vois qui parle à Colin Calvert, l'un des organisateurs de la course. Calvert est plus aimable que Eaton, cette brute attardée à laquelle Puck a eu affaire, mais il n'a pas dû aller au festival : il est marié à une dévote qui réprouve les rassemblements où des jeunes femmes dansent dans les rues, mais non les courses où des hommes meurent. Calvert me salue d'un hochement de tête et, préoccupé par la conversation qui m'attend, je lui réponds distraitement. Malvern se dirige vers moi avec nonchalance, comme si je n'étais pas sa véritable destination.

— Vous voici donc, Sean Kendrick !

Je veux Corr.

Je reste muet.

Malvern contemple en se triturant l'oreille les deux pursang pimpants du tableau au-dessus de la grande cheminée.

— Vous faites un piètre interlocuteur, Kendrick, et moi un mauvais perdant, alors restons-en là : si vous gagnez, je vous vends l'étalon, mais, dans le cas contraire, je ne veux plus jamais entendre mentionner cette affaire, c'est clair ?

Le soleil se lève sur l'océan, et je comprends que je n'y croyais plus.

Je suis arrivé premier quatre fois. Je peux le refaire. Nous le pouvons. Je vois la grève qui s'ouvre devant moi, les chevaux qui m'entourent, les vagues sur les sabots de Corr et, à l'horizon, la liberté.

— Combien ?

— Trois cents.

Malvern a un visage rusé. Mon salaire se monte à cent cinquante par an, ce qu'il sait exactement puisque c'est lui qui me paye. Quand je gagne la course, je reçois huit pour cent de ce qu'elle rapporte. J'ai économisé tout ce que j'ai pu.

— Souhaitez-vous vraiment que je revienne, monsieur Malvern, ou sommes-nous encore dans l'un de vos petits jeux ?

— Avoir besoin n'est pas souhaiter, rétorque-t-il. Deux cent quatre-vingt-dix.

— M. Holly m'a proposé du travail.

J'ignore si c'est le nom de Holly ou l'idée de se passer de moi, mais Malvern prend un air chagrin.

— Deux cent cinquante !

La somme reste hors de ma portée. Je croise les bras.

— Qui voudra encore l'approcher, après la démonstration d'aujourd'hui ?

— Tous les chevaux ont déjà tué.

— Mais pas tous quand votre fils les montait !

Son expression a le tranchant d'un éclat de verre.

— Quel serait votre prix ?

— Deux cents.

C'est pour moi une somme énorme, mais envisageable, du moins tout juste, si je peux compter sur la course de cette année en plus de mes économies.

— Je sens que je vais devoir vous quitter, monsieur Kendrick !

Mais il reste.

J'attends. Le hall est devenu silencieux, et je comprends alors pourquoi il ne m'a pas convoqué au salon de thé, aux écuries ou dans son bureau : c'est l'hôtel qui contribue le mieux à sa célébrité, et son nom sera sur toutes les lèvres.

Il pousse un soupir.

— Très bien, va pour deux cents ! me dit-il enfin. Bonnes courses, messieurs !

Il enfonce derechef ses mains dans ses poches et s'éloigne à grands pas. Calvert lui ouvre la porte, et un rayon de soleil rouge vif pénètre dans le hall.

Je dois gagner.

Chapitre 44

Puck

— J'espère que tu comprends que tu n'es pas coupable, mon enfant !

La voix du père Mooneyham me semble un peu lasse, comme toujours quand je me confesse. Je lisse ma tunique de la main. Je trouvais inconvenant d'aller à l'église en pantalon, mais pas question non plus de monter Dove en robe, alors j'ai enfilé une tunique sur mon pantalon, ce qui me paraît un compromis honnête.

— Mais je *me sens* coupable ! Je suis la dernière personne à lui avoir tenu la main et, quand je l'ai lâchée, il est mort.

— Il le serait en tout cas, tu le sais bien.

— Peut-être pas. Qu'est-ce qu'il se serait passé si j'avais continué à serrer sa main ? Je ne le saurai jamais, maintenant, et je me poserai toujours la question.

Je fixe le vitrail multicolore qui chatoie au-dessus de l'autel. Du confessionnal, je peux voir tout le reste de l'église. St. Columba a été construite bien avant l'arrivée de la confession, des prêtres et du péché, et le confessionnal a été ajouté par la suite. Il s'ouvre sur le reste de l'église, et un rideau sépare le prêtre du pénitent. Comme le père Mooneyham peut voir son ouaille approcher entre les rangées de bancs, et qu'en outre il connaît la voix de tout le monde sur l'île, de sorte que, même aveugle, il saurait qui a commis quoi, le rideau est parfaitement ridicule. Son seul avantage, c'est de permettre de se curer le nez sans témoin consacré, et il m'est arrivé de voir Joseph Beringer en profiter.

La voix du père prend un ton un peu fâché.

— C'est de l'orgueil, Kate, un des péchés capitaux. Tu surestimes le pouvoir de ce qui n'est, somme toute, que ta main !

— Mais vous nous répétez toujours que nous sommes dans celle de Dieu, alors peut-être qu'Il aurait voulu que je reste et que je continue à la tenir !

Un ange passe derrière le rideau.

— Toutes les mains ne sont pas appelées à accomplir des miracles, ou nous aurions peur de toucher quoi que ce soit, reprend le père. T'es-tu sentie appelée à rester à son côté ? Non ? Alors, cesse de te sentir coupable !

À l'entendre, on croirait que je peux envelopper le sentiment dans du papier sulfurisé et le mettre dehors près de la porte pour Puffin. Je m'avachis sur mon siège et contemple la voûte.

— Et je suis furieuse contre mon frère ! La colère, c'est aussi un péché capital, non ?

C'est là que je me souviens que Dieu se met parfois dans une juste colère, ce qui ne lui pose pas de problème, et, comme je sens bien que la mienne contre Gabe est justifiée, elle aussi, ce n'est peut-être pas un péché, en fin de compte.

— Pourquoi lui en veux-tu ?

J'essuie sur ma joue une larme si furtive que je ne l'ai pas sentie monter.

— Parce qu'il nous abandonne, et même pas pour une bonne raison ! En plus, je ne peux rien y faire !

— Gabriel, énonce le père, qui sait maintenant de quel frère je parle, bien sûr.

Il se tait encore quelques minutes et me laisse pleurer. J'enfouis mon visage dans mes mains, et les rayons orange et bleus du vitrail filtrent entre mes doigts. Le silence règne dans l'église. Finalement, je m'essuie sur ma manche.

Un léger frisson parcourt le rideau, la main du père Mooneyham apparaît et me tend un mouchoir. La main se retire, et je me sèche les joues.

— Je ne peux rien te répéter de ce que Gabriel m'a confié ici, Kate, et je ne sais pas si cela te fera du bien d'apprendre qu'il s'est assis sur ce même banc que toi et qu'il a versé des larmes, lui aussi.

J'essaie en vain d'imaginer Gabe en train de pleurer. Même à l'enterrement de nos parents, frissonnant dans le vent froid, il fixait la fosse creusée dans le sol d'un œil sec, tandis que Finn et moi sanglotions, appuyés contre lui. Je sens que je me radoucis, malgré tout, et j'en veux à ce Gabriel hypothétique d'avoir un tel pouvoir sur moi.

— Rien ne l'oblige à partir !

— Hum… Je vais te confier une chose, Kate : il m'a dit que rien ne t'obligeait à participer à la Grande Course du Scorpion.

— Bien sûr que si, nous avons besoin de l'argent !

— Et la Course est ta réponse à ce problème, Kate, le moyen par lequel tu penses le résoudre. Gabriel est confronté à un problème, lui aussi, et c'est en partant qu'il espère le régler.

C'est une façon horriblement raisonnable d'envisager les choses, et qui m'agace.

— Mais n'avons-nous pas le devoir sacré de nous occuper des veuves et des orphelins ? Alors c'est le sien, n'est-ce pas ?

Mais, en parlant, je réentends Gabe me dire qu'il n'en pouvait plus, et je me souviens qu'il s'est toujours occupé de nous depuis le jour de l'enterrement et qu'il a travaillé jusqu'à des heures avancées sur le port pour nous mettre à l'abri de Malvern, et je me sens soudain affreusement égoïste de lui reprocher son départ.

Je soupire.

— Pourquoi faut-il que ça se passe comme ça ? Il ne peut pas trouver une autre solution ? Je ne peux pas le faire changer d'avis ?

Le père Mooneyham réfléchit.

— Un départ n'est pas forcément sans retour, et tu ferais bien de méditer la parabole du fils prodigue !

Je trouve sa réponse à peu près aussi chaleureuse qu'une brique froide, pour quelqu'un qui se sent seul. Je fourre le mouchoir sous le rideau, le père le reprend, et je fronce les sourcils à l'adresse du vitrail au-dessus de l'autel. Les treize panneaux rouges du milieu, m'a dit un jour maman, représentent treize gouttes du sang de saint Columba, qui a été martyrisé ici : jadis, à cette époque où les indigènes ignoraient encore que les prêtres, les péchés et la confession étaient des bienfaits, ils l'ont poignardé et jeté du haut d'une des falaises de l'ouest, puis, un jour de novembre, l'océan a ramené son corps avec les *capaill uisce*, et comme, malgré son séjour prolongé dans l'eau, il n'avait pas pourri, on l'a sanctifié. Je crois me souvenir qu'on garde encore sa mâchoire, quelque part derrière l'autel.

Quand il avait quinze ans, Gabe a décidé de devenir prêtre, ce qui l'a rendu ennuyeux à périr pendant environ deux semaines. C'est lui qui m'a raconté l'histoire de Columba, il était assis près de moi sur un banc de l'église, les cheveux lissés en arrière avec de l'eau pour se donner une tête plus angélique, et je sens un soudain élan de nostalgie pour ce Gabe si stupidement sérieux et la Puck naïve et toujours insatisfaite que j'étais alors.

— N'allez-vous pas m'infliger une pénitence, mon père ?

— Tu ne m'as pas encore confessé le moindre péché, Kate !

Je passe mentalement en revue dans ma tête la semaine écoulée.

— Lundi, j'ai été tentée de prononcer en vain le nom de Dieu. Enfin, pas vraiment de Dieu, mais j'ai bien failli dire « Doux Jésus ! ». J'ai aussi mangé toute une orange à l'insu de Finn, parce que je savais que ça l'embêterait.

— Rentre chez toi, Kate, me dit le père.

— Mais je vous assure que je me suis montrée abominable, même si j'ai un peu oublié les détails. Je ne veux pas vous le cacher !

— Te sentirais-tu mieux si je te donnais deux *Je vous salue Marie* et un *Credo de Columba* ?

— Oui, merci, mon père.

Il m'absout, et je me sens absoute. En me relevant, je vois que quelqu'un est assis sur les bancs de l'autre côté de l'église et attend son tour. C'est Annie, la jeune sœur de Dory Maud. Son rouge à lèvres a un peu bavé, mais ça me paraît cruel de le dire à une aveugle, alors je m'abstiens. Puis je remarque Elizabeth, assise au bout de la même rangée, avec les cheveux empilés sur la tête et les bras croisés contre la poitrine, et je me demande laquelle des deux est venue se confesser. Annie a comme d'habitude l'air rêveur, parce qu'elle ne voit pas à plus d'un mètre, et Elizabeth semble vaguement contrariée, ce qui est aussi toujours le cas, parce qu'elle voit bien plus loin.

— Bonjour, Puck, me dit Elizabeth. Où vas-tu, maintenant ?

Annie me salue de sa voix douce.

— Je dois rapporter une veste à quelqu'un.

Je me sens un peu soulagée.

Chapitre 45

Puck

Avant même d'arriver à la petite route plongée dans le crépuscule qui mène au haras Malvern, je vois des signes avant-coureurs — successions de prairies et de chevaux — et j'en perçois l'odeur — celle du bon fumier fait avec du bon foin. À mon sens, un crottin a beaucoup en commun avec une griffure de chat : rien d'excessivement désagréable, si du moins la chose n'est ni trop généreuse, ni trop fraîche, et, de fait, l'odeur de fumier de foin d'herbe du haras Malvern n'a rien de déplaisant. Comme la journée a été longue et qu'elle va sans doute continuer de même, je me paye le luxe d'imaginer que les prés pentus et les juments au poil lustré de chaque côté du chemin m'appartiennent, et que je me promène sur mes terres, pleine d'entrain et de satisfaction à l'idée qu'elles sont à moi et que le dîner ce soir aura été dans un passé récent une vache.

À ma gauche, sur la piste de galop, un gars décharné fait trotter un hongre pur-sang. Il a réglé ses étrivières très court, comme le jockey qu'il est sans doute, et semble moins monter son cheval que planer au-dessus. Un homme l'observe, appuyé à la balustrade. Si comme Dory Maud j'aimais le jeu, je parierais qu'il ne vient pas de Thisby, ne serait-ce que parce qu'il porte des chaussures blanches et que je ne crois pas qu'on en vende sur l'île. Plus près du bâtiment principal, un palefrenier mène vers un pré un cheval gris terne et trempé qui m'a l'air plus propre que je ne me sens, et bien mieux nourri. Par les portes ouvertes de l'écurie, j'aperçois un bai entravé en croix qu'un garçon panse ; le soleil couchant les inonde de lumière et projette leur silhouette en violet sur le sol derrière eux. Un hennissement s'élève de l'autre côté de la cour, de l'écurie un cheval lui répond.

Tout cela ressemble beaucoup à l'image que j'avais d'un haras célèbre, ce qui me fait un drôle d'effet. Je ne me considère pas comme quelqu'un d'ambitieux, et je n'ai pas pour habitude de me raconter que je possède ma propre ferme — d'une façon générale, je n'ai pas non plus beaucoup d'estime pour ceux qui perdent leur temps à soupirer et à s'arracher les cheveux en pensant à tout ce qu'ils n'ont pas et n'auront jamais, ce que je tiens de papa, pour qui l'essentiel consistait à savoir distinguer le désir du besoin —, mais il n'empêche qu'ici, au cœur du haras Malvern, je sens mon cœur se serrer à l'idée que je n'aurai jamais ma propre ferme.

Je me demande si j'accepterais d'être Benjamin Malvern, pour pouvoir vivre ici.

— Qui cherchez-vous ?

Je fronce les sourcils devant mon ombre avant de trouver d'où vient la voix : le palefrenier et le pur-sang gris trempé (imaginez un monde où les chevaux prennent des bains ! Et d'abord, comment arrivent-ils à se salir, dans un endroit pareil ?) se sont arrêtés au milieu de la cour. Le gris pousse sa tête dans le dos de l'homme, qui l'ignore.

— Sean Kendrick.

Ça me fait un drôle d'effet de le dire tout haut, et je brandis sa veste comme si c'était une invitation. Mon cœur cogne légèrement contre mes côtes.

— Où est Kendrick ?

Le palefrenier s'est adressé à un homme qui vient de sortir d'un bâtiment annexe. Ils discutent, et je m'impatiente. Je ne m'attendais pas à ce que l'on traite la chose avec tant de sérieux.

— Il est aux écuries, m'indique le lad. Sans doute dans la grande.

On ne me demande ni la raison de ma visite, ni de déguerpir, mais les hommes me considèrent d'un air intrigué, comme s'ils attendaient quelque chose de moi. Je me borne à les remercier et traverse la cour, en prenant soin de bien refermer la barrière derrière moi, exactement comme je l'ai trouvée, parce que je sais qu'agir autrement est le pire crime que l'on puisse commettre dans un élevage ou une ferme.

J'entre dans l'écurie en feignant d'ignorer les palefreniers qui me suivent des yeux. Malgré la présence évidente des chevaux, l'endroit rappelle plutôt St. Columba : il est imposant un peu de la même façon, et j'y retrouve les voûtes, les pierres sculptées et l'acoustique de l'église ; seul manquent le confessionnal et son rideau ridicule. Je ne sais pas trop pourquoi, mais l'écurie m'évoque aussi le gros rocher sur lequel les cavaliers ont fait couler leur sang.

Je me force à baisser le regard. Je ne veux pas avoir un air curieux devant le garçon qui panse toujours le bai dans l'allée, ni la tête de Finn quand il écarquille les yeux en boules de loto. Le lad et le bai ont tous deux une allure soignée et énergique, et je me sens crasseuse dans ma tenue hétéroclite, avec mon pantalon, ma tunique et mon sweat-shirt à capuche. Je montre du doigt l'endroit où l'entrave est fixée au mur, geste universel pour demander : « Je peux passer dessous ? » et le garçon hoche la tête en me scrutant du même œil perçant et inquisiteur que les autres. Je me dis que c'est normal parce qu'ils ne me connaissent pas, mais, quand je suis passée, j'entends le lad m'interpeller :

— Je trouve que vous ne manquez pas de culot de vouloir monter votre jument pour les courses !

À sa façon de parler, je prends ça pour un compliment, mais je peux me tromper.

— Merci, je lui dis, au cas où c'en serait un. Savez-vous où je peux trouver Sean Kendrick ?

Je brandis derechef la veste. Il me paraît très important que tous soient au courant que j'ai une bonne raison pour chercher Sean. Le lad pointe le menton vers le fond de l'allée. Je passe entre de longues enfilades de splendides portes luisantes surmontées de voûtes de pierre, comme si chaque stalle était un sanctuaire abritant une divinité. Derrière les barreaux de la dernière — blancs, et non de fer comme les autres —, je reconnais la silhouette caractéristique de l'étalon couleur de sang.

Je m'approche sans bruit. Je crois tout d'abord que Sean n'est pas là, ce qui me hérisse, puis je le vois, dans la pénombre près du sol, accroupi au pied de Corr, dont il bande la jambe au-dessous du genou. Il procède très lentement — il entoure une fois la jambe, crache sur ses doigts, lève la main, touche le cheval, puis recommence au début. Le cou arqué, Corr regarde dehors par la petite fenêtre du box. Il peut voir seulement un peu de terre entre des rochers nus ; personnellement, je trouve ça plutôt morne, mais il a l'air d'y prendre plaisir, et j'imagine que ça vaut mieux que les murs.

Je reste un moment à regarder Sean bander la jambe de Corr, à observer le mouvement de ses épaules sous sa chemise et comment il penche la tête quand il se concentre.

Soit il n'a pas remarqué mon arrivée, soit il fait semblant, mais ça ne me dérange pas. Il y a quelque chose de satisfaisant à voir du travail bien fait, ou du moins un travail où quelqu'un s'investit en entier. J'essaie de mettre le doigt sur ce que Sean Kendrick a de si spécial, sur cette chose qui lui donne l'air à la fois si intense et si calme, et je finis par me dire que c'est lié à l'hésitation : la plupart des gens hésitent entre deux actes, ou font une pause, se montrent indécis ou versatiles ; mais, qu'il s'agisse de poser un bandage sur une jambe, de manger un sandwich ou juste de vivre, Sean ne fait rien sans assurance, même rester immobile.

Corr tourne la tête pour me jeter un regard de l'œil gauche, et Sean se redresse. Il ne dit rien. Je lève la veste assez haut pour qu'il puisse la voir.

— Je n'ai pas réussi à enlever tout le sang.

Il se penche de nouveau, me laissant plantée là, le vêtement à la main, à me demander si je suis censée l'accrocher à la porte ou attendre qu'on m'adresse la parole, mais, avant que je puisse décider, Sean a fini son pansement et s'est relevé, les doigts appuyés sur l'encolure de Corr.

— Merci, c'est gentil, me dit-il.

— Je sais, je lui réponds.

La couverture de Dove n'en avait pas vraiment besoin, mais j'ai profité de l'occasion pour la laver, et j'ai frotté la veste jusqu'à ce que mes doigts deviennent tout fripés et que ma générosité se mue en irritation.

— Que fais-tu ?

— Un pansement d'algues.

Je n'ai jamais entendu parler de pansements d'algues pour chevaux, mais Sean semble si sûr de lui qu'il doit bien avoir ses raisons.

J'agite la veste.

— Tu veux que je te la laisse quelque part ?

Je n'ai posé la question que par politesse, je n'ai pas envie qu'il me réponde oui. Je ne sais pas exactement ce que je souhaite entendre, je voudrais juste une excuse pour m'attarder un peu et le regarder encore quelques minutes, ce qui heurte ma fierté de plein fouet car, mis à part à l'âge de six ans, quand je rêvais d'épouser le docteur Halsal, j'ai toujours cru que je me refuserais à être fascinée par qui que ce soit d'autre que moi-même.

De l'autre côté de la porte, Sean promène le regard dans l'allée comme s'il cherchait où je peux mettre sa veste, puis il me dévisage en fronçant les sourcils, comme s'il n'en était rien.

— J'ai presque fini, tu peux m'attendre un instant ?

J'essaie de ne pas fixer sa main posée sur le cou de l'étalon de sang : les doigts qui appuient sur la peau lancent un avertissement, disent à Corr de garder ses distances, mais le rassurent aussi, comme je peux le faire avec Dove, juste pour lui rappeler que je suis là ; à cela près qu'hier Corr a tué quelqu'un.

— Je dois bien avoir une ou deux minutes.

Sean me balaie de son regard de la tête aux orteils et retour, ce qui me donne toujours l'impression qu'il passe mon âme en revue et en extrait mes mobiles et mes crimes ; c'est pire qu'une confession avec le père Mooneyham.

— Ça irait plus vite si tu m'aidais.

Il plisse légèrement les paupières en finissant sa phrase, et je comprends que c'est un test : après ce qui s'est passé hier matin, et maintenant que j'ai eu le temps d'y réfléchir, vais-je oser entrer dans la stalle de Corr ? À cette idée, mon pouls a un raté. La question n'est pas tant de savoir si j'ai confiance en Corr que de savoir si j'ai confiance en Sean.

— Ça consisterait en quoi, par exemple ?

Son visage s'éclaire comme le ciel de Skarmouth par beau temps. Il crache sur ses doigts et repousse Corr vers le mur du fond pour me donner la place d'ouvrir la porte. J'entre dans la stalle.

— Ne te fie pas à lui.

Je plisse les yeux.

— Et toi ?

Son expression ne varie pas.

— Tu ne risques rien de moi. Tu sais bander une jambe ?

— Je suis née en bandant des jambes ! je rétorque sèchement, car je me sens insultée.

— Sans doute un accouchement mouvementé ! (Sean m'indique du doigt un seau posé contre le mur, plein d'une substance d'un noir de goudron.) Tu en mets sous le bandage, une couche bien régulière.

Je soulève le seau en gardant un œil sur Corr.

— Tu vérifies que les algues sont parfaitement à plat.

— D'accord.

— Ne commence pas à moins de trois centimètres du genou.

— Entendu.

— Veille à ce qu'en haut le bandage soit assez lâche pour qu'on puisse y glisser un doigt.

— Sean *Kendrick* !

J'ai parlé avec assez de véhémence pour que les oreilles de l'étalon se tournent vers moi. Je préférais quand il m'ignorait. L'attention qu'il me porte me rappelle le *capall uisce* noir qui nous a surpris dans l'appentis, Finn et moi.

Sean ne semble pas le moins du monde repentant.

— Tout compte fait, je crois que tu ferais mieux de me laisser opérer, me dit-il.

— C'est *toi* qui m'as demandé d'entrer, et maintenant tu as l'air de ne plus me faire confiance !

— Tu n'es pas en cause.

Je lui lance un regard noir.

— Alors, voici ce que je propose : je le tiens pendant que tu le bandes. Comme ça, quand ça sera fait de travers, tu ne pourras t'en prendre qu'à toi-même. Et débarrasse-moi de ta veste, j'en ai assez de la porter !

Il a l'air de me jauger, comme s'il essayait de voir si je parle sérieusement ou de décider si j'en suis capable.

— Très bien.

Il lève la main et la tient un instant devant le visage de Corr pour qu'il comprenne qu'il doit se tenir tranquille. De l'autre, il saisit sa veste, que j'échange contre la longe, puis enfile prestement le vêtement et redevient abruptement le Sean que j'ai vu chez le boucher.

— Méfie-toi surtout de ses dents, me conseille-t-il.

— Je suis au courant, je dis non sans amertume.

— Ce n'était pas la faute de Corr. Il faut connaître les chevaux, et ne faire que le nécessaire. On ne peut pas juste accrocher des kilos de grelots sur n'importe quel *capall*. Ce ne sont pas des machines, et ils réagissent tous différemment.

— Tu es en train de me dire que, si tu avais monté Corr, David Prince serait toujours vivant ? je lui demande, même si je n'en doute pas, moi non plus.

Sean s'accroupit en passant la main le long de la jambe de l'étalon pour signaler sa présence.

— Ne le sens-tu pas, quand ta jument est inquiète ?

Évidemment que je le sens ! J'ai grandi sur son dos, à ses côtés, et je sais quand elle est malheureuse tout comme je sais quand je le suis.

— As-tu dé-démissionné ?

Je lève la tête. Les lampes viennent de s'allumer dans l'écurie, elles emplissent la stalle d'une clarté jaune qui n'atteint pas tout à fait le sol. Sean pose maintenant le bandage beaucoup plus vite, sans s'interrompre pour cracher, ce dont je déduis que sa salive servait à tranquilliser Corr, et je m'étonne qu'il n'y ait personne, dans ce luxueux haras, pour le tenir pendant que Sean intervient. Mais, même si l'étalon s'est montré d'une docilité de mouton, il garde l'œil rusé comme celui d'une chèvre.

— Malvern m'a dit que, si je gagnais, il me vendrait Corr, me répond Sean sans relever la tête.

— Alors, tu as repris le travail ?

— Oui.

— Et si tu ne gagnes pas ?

Il la relève.

— Et, toi, si tu ne gagnes pas ?

Je n'ai pas envie de répondre, alors je l'interroge à nouveau.

— Que feras-tu, si tu arrives premier ?

Il a fini le bandage, mais reste accroupi près de Corr.

— Avec mes économies et ce que j'aurai gagné, j'achèterai Corr, puis je retournerai vivre dans la maison de mon père, sur les falaises de l'ouest, et je ne me laisserai plus guider que par le vent.

Je me sens un peu dubitative, sans doute parce que je viens juste de découvrir la splendeur du haras.

— Tu ne regretterais pas tout ceci ?

Maintenant, il me regarde et, sous cet angle, on dirait que quelqu'un lui a frotté les paupières avec un charbon.

— Qu'y a-t-il à regretter ? Ça n'a jamais été à moi.

Sa remarque lui arrache un soupir plus proche d'un aveu que tout ce que j'ai pu entendre de lui jusqu'ici. Il se remet debout.

— Et toi, Kate Connolly ? Puck Connolly ?

À la façon dont il prononce mon nom, je suis certaine qu'il s'est repris délibérément, pour le plaisir de le répéter, et je me sens soudain fébrile.

— Quoi, moi ?

Il me donne le seau et prend la longe. Je recule d'un pas.

— Que ferais-tu, si tu gagnais la Grande Course du Scorpion ?

Je plonge les yeux dans le seau.

— Oh, j'achèterais quatorze robes, je ferais construire une route et je lui donnerais mon nom, et je goûterais à tout ce que Palsson vend !

Je n'ai pas relevé la tête, je sens son regard peser lourd sur moi.

— Et la vraie réponse ?

Mais, avant que je la trouve, je me rappelle que le père Mooneyham m'a raconté que Gabe avait pleuré en confession, et je me dis que, quelle que soit l'issue de la Course, mon frère n'aura pas de meilleure solution que partir pour le continent.

— Parce que tu te figures que je raconte mes secrets au premier venu ?

Sean ne semble pas autrement ému.

— Si j'avais su qu'il s'agissait d'un secret, je ne t'aurais pas posé la question, dit-il, et ça me donne l'impression de manquer de générosité alors que lui m'a répondu honnêtement.

— Désolée, ma mère disait toujours que j'étais sortie d'une bouteille de vinaigre plutôt que d'un utérus, et que mon père et elle me baignaient dans de l'eau sucrée pour compenser. J'essaie de me tenir bien, mais je retombe toujours dans le vinaigre.

Quand papa était d'humeur fantasque, ce qui n'arrivait pas souvent, il racontait à nos invités que les lutins m'avaient laissée sur le seuil parce que je leur mordais trop souvent les doigts. Ce que je préférais, c'était quand maman disait qu'avant ma naissance il avait plu sans discontinuer pendant sept jours d'affilée, et que, quand elle était sortie dans la cour pour demander au ciel ce qui le faisait sangloter ainsi, j'étais tombée des nues à ses pieds et le soleil avait réapparu ;

l'idée que j'aie pu être une telle enquiquineuse que j'influençais jusqu'au temps m'a toujours plu.

— Ne t'excuse pas, me répond Sean. J'ai été indiscret.

Ce n'est absolument pas ce que je voulais dire, et je me sens encore plus minable.

Corr change brusquement de jambe d'appui, avec un mouvement de la tête qui rappelle plus un loup qu'un cheval, et un je-ne-sais-quoi dans son expression incite Sean à cracher encore sur ses doigts et à le repousser contre le mur.

J'ai peur que maintenant il me demande de quitter la stalle, alors je me hâte de l'interroger :

— À quoi ça sert ? Je t'ai déjà vu faire ça avant.

Ma question est sincère : son geste intrigue cette partie de moi que les adultes de mon entourage ont tenté de réprimer pendant des années.

Sean contemple ses doigts comme s'il envisageait une nouvelle démonstration, mais se borne à les ouvrir et les refermer. Il examine Corr d'un air pensif, à croire que l'étalon va l'aider à trouver une réponse.

— Cette salive, ce sel sont un morceau de moi, une façon de rester là même quand je dois m'absenter.

Je me rappelle comment, sur la grève, Corr se calme et se tient tranquille pour Sean et personne d'autre, et comment l'odeur de la chemise l'a pacifié.

— Alors, ça ne marcherait pas avec la mienne ?

Une longue pause s'ensuit.

— Peut-être pas encore, finit par dire Sean.

Pas encore ! Je crois que je n'ai jamais entendu des mots si beaux.

— Et ces choses que tu lui murmures. Que lui dis-tu ?

Debout près de l'épaule de Corr, Sean m'adresse un sourire, un sourire minimal, sans gaieté ni humour, et que je ne suis pas sûre de comprendre. Ça lui donne un air plus jeune et plus avenant, ce qui explique peut-être qu'il évite cette expression d'ordinaire. Il pose sa joue contre le garrot du cheval.

— Ce qu'il a besoin d'entendre.

Une des oreilles de Corr pivote vers Sean, l'autre reste orientée dans ma direction. Je contemple le garçon mince et sombre et le monstrueux alezan qui vient de tuer un homme contre lequel il s'appuie comme s'ils étaient une paire d'amis — et ce que je vois me terrifie et me fascine tout à la fois.

Sean m'observe.

— Il te fait peur ?

Je ne peux pas lui dire *oui*, parce que pour l'instant, quand il ressemble plus à un cheval qu'à un ennemi, non, je n'en ai pas peur, mais je ne peux pas non plus lui dire *non*, quand hier matin sur la plage j'étais paralysée d'horreur ; je dirais bien *non* en tout état de cause, mais je suis sûre qu'il me percerait à jour, de son regard pénétrant, alors je réponds :

— Je t'ai entendu dire toi-même que tu ne lui faisais pas confiance.

— Je ne me fie pas non plus à l'océan, et lui aussi pourrait me tuer facilement, mais ça ne veut pas dire pour autant que j'en aie peur.

Je fronce les sourcils. Je repense à Sean lové sur le dos de l'étalon de sang, galopant le long des falaises, à Sean qui détournait les yeux, incapable de supporter le spectacle de Mutt juché sur le dos de Corr, et je ne cherche plus à éviter son regard.

— Mais ce n'est pas juste une question de ça ! Tu les aimes, les *capaill uisce*, n'est-ce pas ? Tu aimes Corr !

Sean tique, comme déconcerté, puis reste si longtemps silencieux que je perçois les bruits de la cour, les appels, les hennissements, l'eau qui coule, les portes qu'on referme.

— Et toi, tu aimes l'île, reprend-il enfin. Qu'est-ce que ça a de si différent ?

Il a à peine fini de parler que je sais déjà que je n'ai rien à riposter. De fait, l'île se moque que je sois morte ou vivante, et malgré cela je l'aime. Ou peut-être à cause de cela.

— Je n'ai pas envie de me disputer avec toi. Ce serait une façon très peu satisfaisante de passer le temps.

Il regarde par la fenêtre sans répondre et observe le paysage désolé avec tant d'intensité que je crois qu'il a vu quelque chose et l'imite. Au bout d'un moment, je finis par comprendre, parce que j'ai vécu avec des frères, qu'il regarde moins au-dehors qu'en lui-même. Je n'ai pas d'autre choix que d'attendre.

— Tu voudrais le monter ?

Je n'en crois pas mes oreilles. Je ne veux pas lui dire « Pardon ? », parce que, si j'ai bien entendu, ça lui donnerait l'impression que je refuse et, si je me suis trompée, il penserait que je ne l'écoutais pas.

— Avec moi, ajoute-t-il.

C'est la pagaille dans ma tête : hier, j'ai vu ce cheval arracher le cou d'un homme, et c'est le plus rapide de toute l'île, mais le monter serait trahir la mémoire de mes parents ; en plus, j'ai peur d'adorer ça, et aussi d'avoir peur, et je voudrais impressionner Sean Kendrick, mais j'ai également besoin, la nuit dans mon lit, quand je passe en revue la journée écoulée, de me supporter moi-même.

— Sur les falaises, alors, je réponds.

La mer est haute, il n'y a pas d'autre possibilité. Je repense au *capall uisce* que Sean montait, et qui s'est jeté d'en haut.

Sean m'observe longuement.

— Tu peux refuser.

Il sait bien que je n'en ferai rien.

Chapitre 46

Sean

Quand j'avais huit ans, le vent d'octobre souffla sur Thisby une tempête qui tordit l'océan alentour. Durant les jours précédant l'arrivée de la pluie, les nuages avaient envahi l'horizon, et la mer, avide de la chaleur de nos maisons, montait haut sur les rochers. Quand les bardeaux du toit s'entrechoquèrent comme des dents, maman fondit en larmes en se cachant les yeux. C'était avant le printemps, avant octobre qui allait suivre, avant que la marée l'emporte sur le continent et donne à mon père Corr en échange.

Il ouvrit la porte et me fit sortir de la maison dans la nuit qui sentait le sel. La lune ronde, pleine et courageuse, luisait haut dans le ciel. Elle se refléta sur le sable humide du rivage lisse comme une vitre. L'océan embrassait à perte de vue l'horizon, j'en avais le cœur presque fendu.

Mon père me conduisit à une faille dans la falaise. Il nous fallut escalader des rochers toujours plus gros, avant d'atteindre une cavité où un océan furieux avait autrefois rejeté une conque fabuleusement belle, d'une lividité de cadavre, et un fémur humain. Il faisait tout noir dans la grotte, la lune que nous regardions ne pouvait pas nous voir. En contrebas se déployait le rivage.

Je ne me souviens pas de mon père me l'ordonnant, mais je restai silencieux. La lune poursuivait sa course dans le ciel, tandis que la mer montait peu à peu, écumante, ivre de tempête.

Ils apparurent avec elle. L'astre illuminait les longues lignes blanches des vagues qui s'amoncelaient sans cesse au large. Lorsqu'elles déferlèrent et vinrent se fracasser sur le sable, les *capaill uisce* surgirent. Les chevaux se démenaient pour dresser la tête et s'extraire de l'eau salée et, quand ils émergèrent des flots, mon père agrippa mon bras.

— Reste tranquille !

Je l'étais déjà.

Ils s'élancèrent sur le sable. Ils se disputaient, ruaient, secouaient l'écume de leurs crinières et l'Atlantique de leurs sabots. Ils lancèrent à leurs congénères encore dans l'eau des hennissements aigus qui me donnèrent la chair de poule. Ces chevaux étaient des géants, ils étaient l'île et l'océan, et je découvris que je les aimais.

Puck et moi menons Corr sur les falaises sous un ciel d'un bleu de nuit. Puck a une expression farouche et intrépide, telle une petite embarcation sur une mer incertaine. Au-dessus de nous luit la même lune que jadis.

Je revois les jointures blanches de la main de mon père sur mon bras. *Reste tranquille !*

Debout près de Corr, Puck lève la tête et le regarde.

Je veux qu'elle l'aime.

Chapitre 47

Puck

Ici, sur les falaises, l'étalon alezan ne tient pas en place, et ses narines se dilatent pour capter le vent venu de la mer qui soulève les mèches sur mon front. Quand, plus jeune, je montais Dove à cru, sans bride et toute sale, dans son enclos, j'utilisais la barrière ou un rocher pour grimper sur son dos. Aujourd'hui, avec Corr, nous procédons de la même façon, sauf que l'affleurement de roche près de nous est plus élevé que pour Dove. Sean mène Corr au bon endroit.

— Il ne se calmera pas plus que ça.

Mon cœur galope déjà. Je ne peux pas croire que je m'apprête à monter un *capall uisce*, et pas n'importe lequel, celui dont le nom figure tout en haut du tableau de la boucherie, quatre fois vainqueur de la Grande Course du Scorpion, et qui, hier matin, a arraché la gorge de David Prince. Il danse sur place et j'empoigne sa crinière, lutte pour ne pas me faire jeter du rocher et parviens enfin à me hisser sur son dos, en m'agrippant des deux mains comme une enfant.

— Je vais te passer les rênes maintenant, me dit Sean. Il va falloir que tu le tiennes pendant que je monte, si tu ne veux pas rester seule sur lui. Tu crois que tu peux ?

À sa façon de parler, je réalise mieux ce qu'il risque en me faisant monter Corr et en me confiant les rênes.

— D'autres le pourraient ?

Son visage ne trahit rien.

— Il n'y a pas d'autres. Tu es la seule.

Je déglutis.

— Je peux le tenir.

Sean trace devant Corr en traînant le pied un demicercle sur le sol, il crache dedans, puis fait passer prestement les rênes par-dessus la tête de l'étalon et me les tend. Si je ne l'avais encore jamais approché ou touché, ce serait pour moi le moment de prendre conscience de sa taille monstrueuse et de combien il ressemble peu à Dove. Je sens sa puissance qui remonte les rênes telles des toiles d'araignée arrimant un navire. Il tire un peu pour me tester, et je réponds de même. Je n'ai aucune envie qu'il insiste.

Sean s'installe en souplesse derrière moi ; sa présence soudaine, son torse chaud contre mon dos et la pression de ses hanches me prennent au dépourvu.

Quand je me retourne pour lui poser une question, il écarte brusquement le visage.

— Désolée.

— Ça va avec les rênes ?

Dans cette lumière, il semble tout noir et blanc, les yeux noyés dans l'ombre de ses sourcils.

Je fais signe que oui, mais Corr refuse d'avancer. Il recule en agitant la tête. Quand je le presse, il décolle un petit peu ses antérieurs du sol sans vraiment se cabrer, juste en guise d'avertissement, et Sean dit quelque chose qui se perd dans le vent.

— Comment ?

— Mon cercle ! répète-t-il droit dans mon oreille. (Je sens son souffle chaud et je frissonne, bien que le vent n'ait pas fraîchi.) Il ne le franchira pas, tu dois le contourner.

Dès que nous en sommes sortis, Corr devient un oiseau dans la tempête. Je ne sais pas s'il marche, trotte ou galope, je sais seulement que nous avançons et que toutes les directions semblent également possibles. Quand il fait soudain un écart, je presse mes jambes dans ses flancs pour le remettre dans le droit chemin, et les bras de Sean m'enserrent et empoignent sa crinière.

Il l'a fait pour rétablir son propre équilibre, pas le mien, mais je me sens quand même plus stable. Je tourne la tête, et il recule de nouveau la sienne. J'ai oublié ce que j'allais lui dire.

— Quoi ? (Je vois juste sa bouche former le mot.) Est-ce que… ?

Il commence à retirer ses bras ; je secoue la tête, mes cheveux giflent mon front, et Sean tressaille quand ils le frappent. Il dit encore quelque chose, mais le vent emporte sa voix.

Voyant que je n'ai toujours pas compris, il se penche. Je sens sa poitrine se soulever quand il respire. Ses mots sont chauds dans mon oreille :

— Tu as peur ?

Je ne sais pas comment je me sens, mais en tout cas pas effrayée.

Je secoue la tête.

Sean saisit ma queue-de-cheval, et ses doigts frôlent ma peau quand il la rentre dans mon col, à l'abri du vent. Il évite mon regard. Il remet alors les bras autour de moi et presse du mollet le flanc de Corr.

Corr s'élance.

Il arrive que, lorsque Dove accélère du petit au grand galop, la seule différence que je perçoive, c'est que ses sabots battent le sol sur un rythme qui passe de trois à quatre temps.

Mais quand Corr part au grand galop, on croirait une allure qui vient d'être inventée, tellement plus rapide que toutes les autres qu'elle devrait porter un nouveau nom. Le vent rugit sauvagement à mes oreilles. Corr ne semble même pas remarquer les rochers irréguliers qui parsèment le terrain : il relève à peine les jambes que les voilà franchis. Chacune de ses foulées me semble nous propulser d'un kilomètre, et nous tomberons à court d'île avant qu'il ne soit en panne de vitesse.

Nous sommes des géants sur son dos.

— Demande-lui encore plus ! me chuchote Sean à l'oreille.

Je serre les jambes contre ses flancs, Corr bondit et file comme si nous n'avions fait que musarder jusqu'à présent. Je ne peux croire ni qu'un cheval le dépasse sur la grève, ni qu'il en existe au monde de plus rapide que lui. S'il court ainsi avec deux cavaliers sur le dos, comment pourrait-il ne pas gagner quand Sean sera seul à le monter ?

Nous volons.

La peau de Corr contre mes jambes est tiède et un peu gluante, comme le courant quand il aspire les orteils dans le sable. Son pouls bat avec le mien, son énergie avec la mienne, et je devine que je tombe sous le charme insidieux, le pouvoir terrifiant des *capaill uisce*, qui, comme chacun sait, s'empare des gens, les désoriente, puis les rejette sans crier gare à l'océan. Serré contre moi, Sean se penche en avant, saisit la crinière de Corr et se met à faire des nœuds : d'abord trois, puis sept, puis encore trois. J'essaie de me concentrer sur ses gestes et d'ignorer son corps contre le mien et sa joue dans mes cheveux.

J'appuie une rêne sur le cou de Corr, qui oblique à main gauche et s'éloigne du bord de la falaise. Sean se presse toujours contre mon dos, les doigts d'une main posés sur une veine de l'étalon, l'autre agrippée à sa crinière. La magie bourdonne sourdement en moi. Mon corps m'avertit du danger, mais ne cesse en même temps de me hurler qu'il est *vivant, vivant, vivant* !

Nous faisons demi-tour et revenons à la même allure. Je me dis que Corr va bien finir par montrer des signes de fatigue, mais ses sabots martèlent le sol sans relâche, son souffle ronfle contre le mors et le vent mugit à mes oreilles.

L'île défile sous la clarté de la lune. Nous longeons le bord de la falaise, près d'une nuée d'oiseaux blancs qui nous escortent, et je me demande si ce ne sont pas ces mouettes que l'on voit souvent s'élancer et planer, pour remonter en flèche juste avant de percuter la paroi. *C'est Thisby*, je me dis, *c'est l'île que j'aime !* et j'ai soudain l'impression de tout comprendre de cette terre et de moi-même, mais je sais que ça ne durera pas.

Nous avons rejoint notre point de départ, je fais ralentir Corr à regret. Mon cœur explose dans mes oreilles et poursuit son galop.

Je me laisse glisser au sol, m'éloigne de quelques mètres et tourne la tête. Sean met pied à terre, enfonce une main dans sa poche et en tire une poignée de sel, ou de sable peut-être, qu'il éparpille autour de Corr avant de cracher dans le cercle. Puis il s'approche de moi et me considère sans rien dire, comme il l'a fait au festival. Je lui renvoie son regard. Je sens tourbillonner en moi une force sauvage et très ancienne, pour laquelle je ne trouve pas de mots.

Sean tend le bras, me saisit le poignet et presse son pouce contre mon pouls. Mon cœur a un raté ; le contact me cloue sur place.

Nous restons longtemps immobiles, et j'attends vainement que mon pouls ralentisse.

Puis il relâche mon poignet.

— Je te verrai demain sur les falaises.

Chapitre 48

Puck

En rentrant à la maison, je la trouve propre comme un sou neuf, ce qui n'est jamais arrivé depuis la mort de nos parents. Je reste un moment sur le seuil, effarée et admirative tout à la fois, puis Finn déboule dans l'entrée. Encore plus échevelé qu'à l'ordinaire, il ressemble à un homme qui aurait pris feu et se serait éteint lui-même. Je me tire de mes réflexions et m'efforce d'imaginer ce qui a pu se produire.

— Qu'est-ce qu'il se passe ?

Finn tente à plusieurs reprises de parler, en vain, et ses mains s'agitent puis, finalement, il réussit :

— Je me disais, comment je le saurais s'il t'arrivait quelque chose ?

— Pourquoi veux-tu qu'il m'arrive quelque chose ?

— Mais il fait *nuit*, Puck ! Où t'avais disparu ? J'ai bien cru que…

Peu à peu, je réalise : il m'a vue pour la dernière fois quand je suis partie à l'église me confesser, il devait s'attendre à ce que je rentre peu après.

— Je suis désolée !

Finn arpente furieusement la pièce, et je comprends qu'il a fait tout ce ménage parce qu'il s'inquiétait pour moi.

— La maison a l'air vraiment fantastique !

— Elle peut ! coupe-t-il sèchement. J'ai nettoyé de fond en comble, je ne savais même pas combien ça prendrait de temps, si tu étais morte, avant que je le sache, ni qui viendrait me l'annoncer.

— Je suis vraiment désolée, le temps a filé sans que je m'en rende compte.

Mes mots plongent Finn dans une rage redoublée. Je ne l'ai encore jamais vu comme ça, il ressemble à papa quand il avait découvert que ma mère avait acheté un hongre gris à un fermier : il avait tempêté dans un silence furieux, fixant le plafond, les poings serrés sur le dos des chaises, jusqu'à ce que maman cède et accepte de revendre le cheval.

— *Le temps a filé !*

— Je peux te dire et te redire que je suis désolée, mais je ne vois pas ce que ça va changer.

— Ça n'y changera rien du tout.

— Alors, qu'est-ce que tu veux de moi ?

Si je me sentais coupable il y a un instant, je suis maintenant à bout de patience. Qu'est-ce qu'il s'imagine, que je peux remonter le temps et modifier le passé ?

Finn s'appuie contre le dossier du fauteuil de papa, et les articulations de ses doigts blanchissent.

— C'est affreux, je ne supporte plus de ne pas savoir ce qu'il va se passer !

Il me rappelle soudain Gabe.

Je me glisse jusqu'au fauteuil, m'accroupis devant, croise les bras sur le siège et lève la tête. Je ne sais pas si c'est à cause de son angoisse ou parce que je le vois juste après Sean, mais je trouve que Finn a l'air très jeune.

— Calme-toi, c'est presque fini ! Rien ne va m'arriver et tout se passera bien pour nous, même si je ne gagne pas, d'accord ?

Il a une tête sombre et sinistre, et je doute qu'il me croie.

— Après tout, Puffin est revenue, pas vrai ?

— Amputée de la moitié de sa queue, et t'as pas ça à perdre !

— Dove par contre si, mais, avec son régime de foin de luxe, la sienne repousserait vite.

Je ne suis pas sûre de l'avoir rassuré, mais il ne proteste plus. Plus tard, il vient dans ma chambre en traînant son matelas et le pousse contre le mur en face de mon lit, ce qui me renvoie d'une manière saisissante à l'époque où nous dormions tous les deux dans la même chambre que Gabe, avant que papa ajoute une autre pièce pour maman et lui sur le flanc de la maison.

J'éteins, et nous restons longtemps silencieux.

— Qu'est-ce qu'il t'a donné, le père Mooneyham ? finit par me demander Finn.

— Deux *Je vous salue Marie* et un *Credo de Columba*.

— Seigneur ! s'exclame-t-il dans le noir. Tu méritais plus !

— C'est bien ce que je lui ai dit, mais il n'a rien voulu entendre.

— Alors je lui répéterai demain, quand j'irai le voir. Tu les as déjà faits ?

— Tu penses bien, juste deux *Je vous salue Marie* et un *Credo de Columba* !

J'entends un froissement dans l'obscurité.

— Tu parles toujours en dormant ?

— Comment veux-tu que je le sache ?

— Si tu le fais, je te frappe !

Finn se tourne sur son matelas et envoie un coup de poing à son oreiller.

— Je ne viens pas dans ta chambre pour toujours, juste jusqu'à après !

— D'accord.

Je vois par la fenêtre la silhouette de la lune, qui me rappelle le doigt de Sean sur mon poignet, et je voudrais ne pas laisser filer cette pensée et y réfléchir encore un peu quand Finn se sera tu, mais je me retrouve à songer à mon frère et à ce qu'il disait sur ma mort, et je réalise soudain que je ne me rappelle plus comment j'ai appris celle de nos parents ; il me revient seulement qu'ils étaient partis ensemble prendre le bateau – un événement rarissime –, et ensuite que je *savais* ; je ne retrouve ni le visage, ni la voix du porteur de la nouvelle. Étendue, les paupières hermétiquement closes, j'essaie de faire remonter l'instant, mais mon esprit ne me livre que le visage de Sean et le sol qui défile à toute allure sous les sabots de Corr.

L'île fait sans doute preuve de clémence en effaçant nos souvenirs les plus terribles et en nous laissant conserver les meilleurs.

Chapitre 49

Sean

Le matin de la vente aux enchères des jeunes chevaux chez Malvern, le temps est radieux, étonnamment splendide pour un mois d'octobre. Comme je n'ai pas assez dormi après avoir quitté Puck la veille au soir, je me repose encore une demi-heure, en me blindant par avance contre la journée qui m'attend, puis je me lève, je m'habille et je descends dans la cour. Pas question de monter Corr aujourd'hui, ni de faire mon travail habituel aux écuries, et ce beau temps chaud qui rendrait la grève plus supportable ne profitera qu'à la vente.

La cour bourdonne de continentaux qui, dès neuf heures du matin, brandissent des coupes de champagne en ignorant leurs femmes absurdement vêtues de fourrures trop chaudes pour la saison. De temps à autre, un hennissement s'élève et couvre le brouhaha des conversations. Ces visiteurs, qui parlent moins fort que ceux qui ne viennent que pour les courses, s'apparentent plus aux clients de l'hôtel qu'à n'importe quel insulaire. La vente aux enchères finance le haras pour le restant de l'année, et les employés de Malvern sont tous sur le pied de guerre.

Je ne suis pas là depuis plus d'une minute que George Holly me saisit le coude.

— Sean Kendrick, bonjour ! Je vous croyais avec les bêtes !

— Pas aujourd'hui.

Je préférerais effectivement travailler avec les palefreniers et conduire les chevaux sur la piste, mais je dois constamment rester à portée de voix de Benjamin Malvern et me tenir prêt, s'il me fait signe de l'œil ou penche sa coupe dans ma direction, à enchaîner sur les mérites du cheval, quel qu'il soit, qui va être présenté au public.

— Aujourd'hui, c'est moi l'attraction ! Je dois me vendre.

— Je vois. D'où la tenue impeccable. J'ai bien manqué ne pas vous reconnaître, dans ce costume !

— Je l'ai acheté en prévision de mon enterrement.

George Holly me tapote l'épaule.

— Alors c'est que vous comptez garder la ligne, ou bien mourir jeune. Une tête déjà si sage sur des épaules si juvéniles ! Il faudrait que votre Kate Connolly vous voie habillé comme ça, si ce n'est déjà fait.

Je doute fort que Puck soit impressionnée de me voir dans une tenue où il ne manque plus que la montre de gousset, et ce serait vraiment malheureux si elle me préférait comme ça. Je pose une main à plat sur le gilet et lisse les boutons.

— Comme il est plaisant de vous voir mal à l'aise, monsieur Kendrick, sourit Holly. Elle vous a troublé. Mais dites-moi à présent quels chevaux je dois acheter.

Troublé n'est pas le mot exact, je n'arrive pas à me concentrer. J'ai besoin de monter Corr, pas d'étouffer dans cette veste.

— Mettle et Finndebar.

— *Finn-diii-bâr ?* Je serais incapable de prononcer ça, et encore plus de m'en souvenir. Malvern me l'a montré ?

— Sans doute pas. Une poulinière qui prend de l'âge, c'est pour cela qu'il la vend.

Je lève la tête quand mon patron arrive, suivi d'un groupe d'acheteurs potentiels qui ont l'air ravis par le beau temps, les chevaux et le cynisme de leur hôte. Je vois Malvern me repérer et mémoriser ma position pour un usage ultérieur.

Il échange avec Holly un coup d'œil pas vraiment amical.

— Je ne viens pas acheter des mères de famille, me dit celui-ci.

— Elle n'engendre que des champions. Pourquoi l'avez-vous regardé comme ça ?

Un palefrenier passe, menant un poulain. Holly fronce les sourcils.

— C'est de cet œil-là que j'envisage les poulinières !

— Non, je vous parle de Malvern. Vous vous êtes disputés ?

Il se frotte la nuque et refuse le champagne qu'on lui propose.

— Je me promenais un soir dans le plus simple appareil, quand j'ai rencontré un de ses anciens flirts. Je n'en savais rien, mais je crois qu'il me prend maintenant pour un coureur de jupons.

Holly a l'air offensé, et je ne lui dis pas que, moi aussi, je le vois comme ça.

— J'aurais cru que tout était rentré dans l'ordre, puisque vous voilà à la vente !

— Tout le sera quand je lui aurai acheté quelque chose. (Il regarde par-dessus son épaule.) Mettle et la poulinière, disiez-vous ? Je n'ai pas l'intention de prendre une poulinière, nous en avons plein nos prairies. Vous ne voudriez pas plutôt la croiser avec votre alezan, puis me céder le fruit de cette belle union l'année prochaine ?

— On ne manœuvre pas comme ça un *capall uisce*. Les chevaux de mer voient dans une femelle tantôt une compagne, tantôt une proie.

S'il y a rime ou raison pour qu'un étalon *uisce* s'éprenne d'une jument ordinaire, ou une jument *uisce* d'un étalon ordinaire, il me reste à la découvrir. Dans les veines de certains des chevaux de Malvern coule du sang de *capall uisce*, mais, trop ancien et trop dilué, il se manifeste de façon étrange : des bêtes qui aiment nager, comme Fundamental, des pouliches qui poussent des cris en guise de hennissements, des poulains aux longues oreilles effilées.

— Exactement comme les humains ! commente Holly, amer.

Je me demande si ça veut dire que son amie aveugle l'a éconduit, ou l'inverse, puis je découvre parmi les acheteurs Mutt Malvern, et je n'y pense plus. Mutt gesticule en pérorant à propos d'une pouliche sur la piste, comme s'il la connaissait, et les étrangers écoutent en opinant le fils du propriétaire, qui doit sûrement savoir de quoi il parle. Holly suit mon regard, et nous restons à l'observer un moment côte à côte.

— Bonjour !

En découvrant à qui Holly s'adresse, je me félicite de n'avoir rien dit concernant Mutt : Benjamin Malvern se tient juste derrière nous.

— Bonjour, monsieur Holly. Monsieur Kendrick. J'espère que vous trouvez ici des choses qui vous intéressent, monsieur Holly.

Malvern me dévisage.

Holly se fend d'un large sourire américain qui découvre des dents d'un blanc éblouissant.

— Il y en a tant sur Thisby, Benjamin !

— Et plus spécifiquement parmi les quadrupèdes ?

— Je considérais Mettle et Finndebar, répond Holly sans trébucher, malgré sa remarque de tout à l'heure.

— Finndebar n'engendre que des champions, approuve Malvern.

Mes propres mots, dans la bouche d'un autre.

Holly hoche la tête dans ma direction.

— Je me le suis laissé dire, en effet. Pourquoi la vendre, en ce cas ?

— Elle n'est plus toute jeune.

— L'âge et la sagesse ne sont pourtant pas à dédaigner, comme vous n'êtes pas sans le savoir, n'est-ce pas ? Mais quelle belle île et quel beau peuple que les vôtres ! Et voici Matthew, tout le portrait de son père !

Mutt Malvern s'est approché jusqu'à portée d'oreille, il parle avec quelqu'un d'une pouliche, et je le soupçonne d'essayer de paraître compétent aux yeux de son père, ou aux miens. Je n'entends pas ce qu'il dit, et il a l'air ridicule. Son interlocuteur hoche la tête.

Malvern garde les yeux fixés sur son fils avec une expression indéchiffrable, mais qui n'est pas de la fierté.

— Je dois avouer que Sean Kendrick, ici présent, m'impressionne beaucoup, reprend Holly. Vous avez là un auxiliaire de prix !

Le regard de Malvern passe brièvement sur moi, puis revient à Holly, un sourcil levé.

— J'ai cru comprendre que vous tentiez de le débaucher.

— Ah, mais sa loyauté l'emporte ! dit Holly en m'adressant un sourire férocement sincère. Vous me voyez déçu ! Vous le traitez trop bien, je suppose.

Non loin de là, Mutt me regarde en plissant les yeux, et je vois bien qu'il a saisi de quoi on parlait.

— M. Kendrick travaille chez moi depuis bientôt dix ans, dit Malvern. Je l'ai embauché à la mort de son père.

Il brosse ainsi en une phrase le portrait d'un jeune garçon orphelin assis à la table de la cuisine, élevé aux côtés de Mutt, et ravi de son sort.

— C'est donc presque un fils pour vous ! Je m'explique mieux à présent les liens qui vous unissent. C'est aussi lui qui dresse vos chevaux, n'est-ce pas ? Il semblerait l'héritier logique du haras, selon moi.

Benjamin Malvern regardait son fils, qui le fixait lui aussi, mais, quand Holly a fini de parler, il considère mon costume et fait la moue.

— Vous avez sans doute raison, monsieur Holly. Sur nombre de points (son regard revient à Mutt), pour ne pas dire la plupart !

Il ne peut pas être sincère, et je me dis que c'est un petit jeu avec Holly, ou alors qu'il veut que Mutt l'entende, ce qui est visiblement le cas.

Holly et moi échangeons un coup d'œil, et je découvre qu'il n'est pas moins surpris que moi.

— Malheureusement, poursuit Malvern en tournant le dos à son fils, le sang ne parle pas toujours.

Il me fixe férocement, et je réalise que je n'ai jamais vraiment su ce qu'il pensait, derrière ces yeux perçants enfoncés loin dans les orbites. Je ne connais de lui que ses chevaux, ses écuries et le petit logis froid au-dessus. Je sais qu'il possède une grande partie de l'île, mais pas exactement laquelle, qu'il montait autrefois, ce qu'il ne fait plus, et que son fils est un salaud, mais j'ignore si la mère vit encore sur l'île. Et je sais, bien sûr, que je gagne pour lui les courses, et qu'il empoche chaque fois les neuf dixièmes du prix, comme avec n'importe lequel de ses employés.

— M. Kendrick est né à cheval et mourra à cheval, reprend Malvern, mais peut-être n'est-ce pas une chose qui se transmet par le sang. Il est un des rares cavaliers à savoir convaincre sa monture de coopérer, à ne jamais lui demander plus qu'elle n'a à lui donner et, s'il vous a conseillé d'acheter Mettle et Finndebar, ce serait idiot de ne pas le faire ! Passez une bonne journée, monsieur Holly !

Malvern lui fait un signe de tête et s'éloigne à grands pas. Après son départ, Holly me dit quelque chose, que je n'entends pas parce que je regarde Mutt, dont le visage exprime un mélange d'incrédulité, de choc et de colère. Il lui importe peu à l'instant que les paroles de son père soient méritées, ce qui compte pour lui est qu'elles l'ont blessé.

Son regard devient effroyable quand il croise et soutient le mien, et je vois la griffe avide, impitoyable, qui lacère Mutt de l'intérieur. Puis le garçon se détourne et repart vers la maison.

— À quoi pensez-vous, Sean ? me demande Holly.

— Je me disais que tout cela ne va pas me faciliter les choses !

Holly contemple l'endroit où se tenait Mutt.

— À votre place, je verrouillerais ma porte ce soir, me conseille-t-il.

Chapitre 50

Puck

Le matin, avant que je ne parte pour l'entraînement sur les falaises, et peut-être aussi rencontrer Sean, Finn et moi nous rendons chez Dory Maud – lui à vélo et moi sur Dove. Finn a l'intention de faire quelques petits travaux pour les sœurs, si elles en ont à lui proposer, et j'espère sans trop y croire que Dory Maud aura encore vendu quelques théières, parce que, s'il nous reste une motte de beurre, nous n'avons plus de pain ni de farine pour en faire.

Quand nous arrivons enfin à Skarmouth, je mets pied à terre et je marche à côté de Dove pour éviter qu'elle ne se torde une jambe sur les pavés irréguliers, et Finn descend de sa bicyclette et la pousse, pour pouvoir contempler tout son soûl la devanture de Palsson sans se casser la figure.

En passant, nous considérons tous les deux les pâtisseries d'un œil sombre, même si je m'étais juré de ne pas le faire. Rien ne ressemble plus à des orphelins que deux gosses qui se déboîtent le cou devant des plateaux remplis de gâteaux de novembre, des assiettes de biscuits de toutes formes et d'appétissantes miches de pain dont la chaleur embue la vitrine. Nous soupirons de conserve et poursuivons vers *Fathom & Fils*. J'attache Dove devant la boutique, et Finn ordonne à son vélo de l'attendre là. Je ne sais pas si le magasin est ouvert, Dory Maud et Elizabeth pourraient être parties pour leur étal sur le chemin de la falaise.

Mais la porte s'ouvre. En entrant, je suis surprise de les voir toutes les deux en compagnie d'un bel homme blond qui s'extasie devant le coussin funéraire en pierre que Martin Delvin a trouvé dans son champ l'an dernier, quand il déterrait ses pommes de terre.

— Et on les inhumait la tête posée là-dessus ?! s'exclame-t-il.

Finn me jette un regard. Je détaille l'étranger (l'homme n'est visiblement pas d'ici) : il doit avoir la trentaine dans le meilleur sens du terme, il tient à la main une casquette rouge, et je crois que le mot pour le décrire serait quelque chose comme « fringant » ou « élégant ».

— Ah, Puck ! dit Dory Maud. Puck *Connolly*.

Finn et moi échangeons un autre regard.

— Enchantée, je dis à l'étranger.

— Oh, mais vous ne vous connaissez pas encore ! intervient Dory Maud. Monsieur Holly, je vous présente *Puck Connolly*. Puck, voici M. George Holly.

— Eh bien, *maintenant*, je suis enchantée ! je répète avec humeur. Je passais juste accompagner Finn, et...

Elizabeth se faufile jusqu'à moi et pose ses ongles sur ma peau.

— Un instant ! J'ai deux mots à dire à Puck, roucoule Elizabeth.

Sur ce, elle m'entraîne d'autorité dans l'arrière-boutique et referme la porte derrière nous. Nous restons seules face à face, en compagnie de quatre chaises, d'une table qui semble plus vaste que la surface du sol, et d'une armada de boîtes remplies des lettres d'amour des marins amants de Dory Maud. Elizabeth sent comme une cargaison de roses.

— Tu vas me faire le plaisir, Puck Connolly, m'ordonne-t-elle, de te montrer la plus aimable possible avec ce monsieur !

— Mais *j'étais* aimable !

— Non tu ne l'étais pas ! Je ne suis pas dupe, j'ai bien vu ton expression ! Or il se trouve que cet Américain est plus riche que la reine elle-même, et nous pensons qu'il veut repartir avec un souvenir de l'île.

J'espère qu'elle fait allusion à la statue de la fertilité.

— Qu'est-ce que vous essayez de lui refiler ? j'interroge.

Elizabeth s'adosse à la porte comme pour parer à toute interruption.

— Annie.

— Annie !

— Si tu as l'intention de répéter tout ce que je dis, je lui donnerai ta langue en prime !

— Elle le *sait* ?

— Ah, si ton cerveau valait ton physique ! (Elizabeth réalise qu'elle me tient toujours par le bras et me libère.) Alors, tu y retournes et tu te montres charmante comme tu sais le faire !

Je fronce les sourcils et j'entre derrière elle dans la boutique. Tous les regards se tournent vers nous. Pour une raison ou une autre, Finn tient maintenant l'oreiller en pierre dans ses bras.

— Tout est arrangé, mesdames ? (Ça fait une éternité que je n'ai pas entendu Dory Maud utiliser le mot « mesdames », à propos d'autre chose que nos poulets.) M. Holly me questionnait justement sur toi, Puck !

— Sean Kendrick m'a parlé de vous, ajoute-t-il aussitôt, devant mon visage effaré.

— Vous ne l'aviez pas mentionné, intervient Dory Maud en me fixant. Ce serait très gentil à toi, Puck, d'emmener M. Holly faire un tour et de lui trouver un petit déjeuner !

— Oh… ! proteste Holly en même temps que moi.

— Dove m'attend dehors !

Holly me jette un coup d'œil.

— Et je m'apprêtais à aller suivre l'entraînement, dit-il d'un air entendu.

Je décide qu'il me plaît bien ; son élégance doit y être pour quelque chose, mais c'est son esprit qui me séduit.

— Accompagne donc M. Holly chez Palsson manger un gâteau de novembre ! Annie aussi sait les faire, bien sûr, les siens sont même incomparablement meilleurs que ceux de la boulangerie, et elle me disait à l'instant qu'elle aimerait vous en préparer, monsieur Holly, quand elle aura le temps. Mais prenez-en toujours chez Palsson, et vous emporterez votre petit déjeuner avec vous !

Le sourire rayonnant de Holly qui illumine soudain la pièce manque de renverser Dory Maud et Elizabeth.

— Me laisserez-vous vous en offrir un, mademoiselle Connolly ? Ainsi qu'à votre frère, naturellement ?

Le regard féroce et entendu que me lance Elizabeth pourrait me tuer : « Je t'ai bien dit que c'était un riche Américain qui a de l'argent à dépenser ! » Je fusille les sœurs des yeux.

— Entendu ! Et, si vous me donnez un peu de monnaie, Dory Maud, j'en prendrai aussi quelques-uns, pour… Annie.

Nous nous défions un instant du regard, puis Dory Maud baisse le sien et me tend quelques pièces. C'est ainsi que George Holly quitte *Fathom & Fils* escorté de deux Connolly triomphants. Il m'observe avec beaucoup d'intérêt détacher Dove, et je le regarde m'observer avec encore plus d'intérêt. À sa façon de détailler le corps de Dove, du sabot à l'épaule et de la tête à la croupe, je comprends que ce n'est pas un touriste ordinaire, et je me demande s'il connaît bien Sean.

— Vous savez qu'Annie est aveugle, n'est-ce pas ? lui demande Finn, tout ragaillardi à l'idée de manger, alors que nous retournons vers la boulangerie.

— Partiellement. Je veux dire, Annie n'est pas entièrement aveugle, rectifie Holly.

— C'est ce que les sœurs vous ont raconté ! s'exclame Finn.

Je les dévisage tous les deux : quel est donc cet homme qui peut rendre si vite mon frère exubérant ?

— Précisément, répond Holly avec chaleur. Expliquez-moi, à présent, qu'est-ce qu'un gâteau de novembre, au juste ? ajoute-t-il en penchant la tête vers Finn.

Il a posé la question avec une curiosité si peu feinte que mon frère devient volubile et se lance dans une longue description de la croûte moelleuse, du nectar qui sourd à sa base et du glaçage qui imbibe le gâteau avant qu'on ait eu le temps de le lécher. Je n'ai jamais rien vu d'aussi attendrissant que George Holly questionnant mon frère sur la pâtisserie. Quand il tourne les yeux vers moi, je lui lance un regard aigu qui, je m'en rends bien compte, n'est sans doute pas des plus charmants, et je me dis que cet homme bon et intelligent ne sera probablement pas aussi facile à manœuvrer que Dory Maud et Elizabeth l'imaginent.

Nous entrons dans la boulangerie, et je tâche de garder un air digne, malgré le parfum de cannelle et de miel et l'odeur de levure qui embaument la pièce. La boutique se trouve au coin d'une rue, elle a une grande devanture très lumineuse, et les rayons du soleil qui entrent à flots traversent les étagères de bois brut en projetant de grands carrés d'or sur le sol. Les rayonnages regorgent de miches de pain, de torsades à la cannelle, de gâteaux de novembre, de scones et de biscuits. Le seul mur laissé libre est celui du fond, derrière le comptoir, où s'empilent les sacs de farine. Il y en a tant que je peux même la sentir, et elle paraît sucrée et appétissante à elle toute seule. Ici, tout est blanc et doré et plein de miel et de nectar, et je me dis que j'aimerais bien vivre dans cette maison et dormir entre les sacs de farine.

Il y a plein de monde aujourd'hui, plein de touristes et de ménagères qui aiment discuter devant des pâtisseries qu'elles n'ont pas faites. Tous les yeux se tournent vers George Holly, et j'entends chuchoter pendant que mon frère et lui passent en revue les étagères, puis se mettent au bout de la longue queue. Avec sa chevelure aussi blonde qu'un gâteau de novembre, il va très bien dans le décor.

— Votre tante est une femme de tête, me dit-il.

— Dory Maud ?

— Oui, celle-là.

J'envisage de me remettre à cracher, si Dory Maud lui a raconté que nous étions apparentées.

— Ce n'est pas ma tante !

— Oh, je suis désolé, s'excuse-t-il gentiment. Vous m'avez paru très proches, mais je ne veux pas être indiscret.

— Tout le monde est proche, sur Thisby. Restez ici encore un mois, et elle deviendra la vôtre, à vous aussi !

Ma réponse arrache un sourire à Finn, qui fixe le sol.

— Quelle perspective ! dit George Holly.

La queue avance. Finn tourne sans cesse la tête d'un côté et de l'autre en évaluant les mérites respectifs des différentes sortes de gâteaux.

— M. Kendrick m'a affirmé que votre ponette a des jambes remarquables, reprend Holly sur le ton de la conversation.

J'entends quelqu'un derrière le comptoir dire « une casquette rouge vif ! ».

— Jument !

— Plaît-il ?

— Jument, Dove mesure un mètre cinquante-sept. Il a vraiment dit ça ?

— Oh, toutes mes excuses, madame !

En se faufilant entre lui et une étagère pour atteindre la devanture, Mary Finch vient d'effleurer de la main le corps de Holly à un endroit stratégique, un accident des plus heureux, de son point de vue à elle. Holly se drape dans les restes de sa dignité et progresse vers le comptoir, puis se tourne de nouveau vers moi.

— On raconte sur la plage l'avoir entendu déclarer que, si votre ponette – pardon, votre jument – court en ligne droite et que les *capaill uisce* obliquent vers l'océan, vous pourriez étonner tout le monde !

Je me demande si Sean y croit vraiment, et si moi, j'y crois vraiment. Ce doit pourtant être le cas, sinon pourquoi je ferais tout ceci ?

— C'est ce que je compte tenter. Vous connaissez bien Sean Kendrick ?

Mary Finch revient à la charge, et les yeux de George Holly s'écarquillent quand il reçoit une nouvelle preuve de l'hospitalité de Skarmouth. Je dois m'empêcher de pouffer.

— Oh ! Oh. Je l'ai rencontré en allant voir les chevaux de Malvern. C'est un drôle d'oiseau ! Autrement dit, il me plaît beaucoup.

Finn tapote la vitre pour attirer l'attention de Holly sur les gâteaux que l'on vient d'apporter et, un instant, leurs visages à tous deux prennent la même expression enfantine de gourmandise pensive, nullement tempérée par la file de plus de deux mètres qui les sépare encore des friandises.

— Si je peux me permettre à mon tour, reprend Holly, vous le connaissez bien, vous ?

Mes joues s'enflamment, ce qui m'exaspère. Maudites soient mes mèches rousses et tout ce qui va avec ! Mon père a dit un jour que, si je n'avais pas les cheveux de ma mère, je ne rougirais pas si vite et ne jurerais pas si facilement, ce que j'ai trouvé injuste : ça ne m'arrive presque jamais, alors que les occasions ne manquent pourtant pas, et, compte tenu des circonstances, je me considère comme une personne d'humeur plutôt égale.

Finn me dévisage, curieux d'entendre ma réponse.

— Un peu. Nous sommes amis.

— Amis comme Dory Maud ? (Je fronce les sourcils.) Comme des cousins, des frère et sœur ?

— Je ne le connais pas comme Mary Finch vous connaît ! je rétorque.

Il reste perplexe. Je mime un pincement, et il tique.

— Admettons.

Nous sommes arrivés devant le comptoir, où Bev Palsson vend les gâteaux. Avec l'argent de Dory Maud, mon frère achète un nombre indécent de torsades à la cannelle et, une fois sortis, nos paquets à la main, près de Dove, il fait déballer un des gâteaux à Holly pour voir sa réaction. George Holly mange une bouchée, le miel coule sur ses lèvres, et il ferme les yeux avec un air si ravi que j'ai du mal à voir s'il l'exagère ou non.

— J'ai entendu dire que la nourriture était plus savoureuse en souvenir qu'en réalité, commente-t-il, mais je doute que cela puisse être vrai de ces gâteaux !

Finn semble ravi, comme s'il les avait confectionnés lui-même, mais je devine dans l'expression de Holly une ombre d'amertume. Je me demande si Thisby n'a pas commencé à l'envoûter, et il m'en plaît d'autant plus : si l'île choisit de le séduire, ce ne peut être que quelqu'un de bien.

— Soyez gentil, Finn, allez leur demander un autre sac, pour que nous puissions faire deux paquets ! Tenez, vous voulez bien me prendre encore une torsade à rapporter dans ma chambre ? Et une autre pour vous, par la même occasion.

— Pardonnez-moi de vous parler ainsi, Puck, je me mêle de ce qui ne me regarde pas, reprend Holly quand Finn a disparu dans la boutique, mais un certain nombre de gens n'apprécient guère votre présence sur la grève. Je ne sais pas si vous êtes au courant.

Je repense à Peg Gratton qui me disait de ne laisser personne serrer la sangle de ma selle et perds tout appétit pour mon petit déjeuner, qui me colle aux doigts.

— Plus ou moins.

George Holly semble réellement inquiet.

— Vous êtes la première, n'est-ce pas, la première femme à concourir ?

Ça me fait bizarre d'être appelée comme ça, mais je hoche la tête.

— Cela me paraît sérieux, ce qui se trame là-bas. Je ne vous en parlerais pas si je ne pensais pas qu'il y a du danger pour vous.

Comme il est vite devenu l'un des nôtres : je vais faire la Course contre quelques demi-douzaines de *capaill uisce*, et lui a l'air de croire qu'il me faut me méfier des hommes !

— Je sais que je ne dois faire confiance à personne, sauf...

Holly scrute mon visage.

— Il vous plaît, n'est-ce pas ? Quel merveilleux endroit étrange et refoulé que cette île !

Je le fusille du regard, mais je constate avec soulagement que je ne rougis plus, ou du moins pas plus.

— Ce n'est pas moi qui me laisse embobiner par trois sœurs avec quatre yeux et demi en tout !

Il éclate d'un rire ravi.

— Très juste !

Dove tente de s'en prendre à mon gâteau de novembre, et je la repousse du coude.

— Annie n'est pas mal. Vous la trouvez jolie ?

— Très.

— Je ne crois pas que vous lui déplaisez, vous non plus (je lui lance un regard en coin et un sourire malin), compte tenu du fait qu'elle ne voit pas plus loin que sa propre main, mais, à votre place, je ne m'en remettrais pas à elle pour faire des gâteaux de novembre ! Ce n'est pas pour rien que la boulangerie de Palsson est toujours bondée : les habitantes de Thisby sont paresseuses.

— Autant que vous, vous voulez dire ?

— À peu près.

— Je crois que je pourrais m'y faire.

Il lève la tête. Finn sort de la boutique avec deux sacs et s'approche d'un air réjoui.

— Je vous souhaite la meilleure chance possible, mademoiselle Connolly, me dit Holly, et j'espère que vous n'attendrez pas que Sean Kendrick comprenne qu'il se sent seul.

J'ai envie de lui demander « Attendre pour quoi ? », mais pas devant un de mes frères.

Nous le quittons. Il part de son côté suivre l'entraînement sur la grève, tandis que je m'apprête à emmener Dove sur les falaises et Finn à retourner aider Dory Maud.

— Tu as entendu son accent ? me demande mon frère.

— Je ne suis pas sourde !

— Si j'étais Gabe, j'irais en Amérique plutôt que sur le continent.

Sa remarque étouffe dans l'œuf toute la belle humeur que je sentais monter en moi.

— Si tu étais Gabe, je te donnerais une gifle !

Finn reste imperturbable. Il tapote amicalement Dove sur la croupe et s'éloigne.

— *Minute !* (Je l'arrête et soustrais deux gâteaux du sac.) Voilà, tu peux y aller, maintenant !

Mon frère repart en trottinant allègrement, ravi d'avoir à manger. Mes gâteaux dans une main et les rênes de Dove dans l'autre, je me dirige vers les falaises en songeant à ce que George Holly disait sur la nourriture plus savoureuse en souvenir qu'en réalité. La remarque me semble étrange, extravagante même, dans la mesure où elle suppose non seulement qu'il y ait une première bouchée, mais qu'elle ait l'occasion de se transformer en souvenir. Mon avenir est trop incertain pour que je me paye le luxe de me demander ce que deviendra le goût par la suite, mais je n'en trouve pas moins mon gâteau de novembre délicieux.

Chapitre 51

Sean

Je suis déjà sur les falaises quand Puck arrive, mais d'autres également : perchés sur les rochers, deux douzaines de touristes et d'amateurs de courses nous observent, Corr et moi, d'aussi près qu'ils l'osent. Elle les foudroie d'un regard si féroce que certains tiquent. Je ne sais pas trop à quoi m'attendre, après notre dernière rencontre, hier au soir, ni comment m'adresser à elle, ni ce qu'elle veut de moi, ni même ce que moi, je veux de moi.

Ce que j'obtiens, c'est un bonjour muet et un gâteau de novembre pressé dans ma main. Nous en mangeons chacun un en silence, sous le regard curieux des touristes, avant d'essuyer nos paumes collantes sur l'herbe.

Puck fait la moue.

— Dove tremble devant les chevaux de mer.

— Elle n'a pas tort !

— Eh bien, ça ne peut pas aller, pour la Course, non ? rétorque-t-elle en retournant vers moi son regard féroce.

J'observe la jument louvette ; elle me semble très attentive à la présence de Corr, mais pas effrayée.

— Elle n'a pas besoin de les aimer, et un peu de crainte ne lui donnera que plus de vitesse ; du moment que toi, tu ne crains pas qu'elle ait peur !

Puck réfléchit. Elle examine Corr en plissant les paupières, et je me demande si elle repense à notre chevauchée sur les falaises.

— Moi, je me fais confiance.

Elle me regarde comme si elle me posait une question, mais, si c'est le cas, elle est la seule à pouvoir y répondre.

— Prête ?

Nous nous mettons au travail.

Corr n'est aucunement fatigué par la chevauchée de la veille et, avec ce vent, la jument de Puck déborde d'énergie. Nous galopons en cercle, filons en ligne droite, nous nous heurtons et nous poursuivons. Je prends une longueur d'avance, puis Corr, distrait, cesse de se concentrer, et Puck surgit soudain près de moi. Dove dresse les oreilles d'un air éveillé. Nous galopons alors côte à côte, sans chercher à faire la course.

J'oublie l'entraînement, j'oublie que la Grande Course est imminente, que Puck monte un cheval de l'île et moi un *capall uisce*. Je ne perçois plus que le vent qui siffle à mes oreilles, le croissant fugitif du sourire qu'elle m'adresse et le poids familier de Corr dans mes mains.

Toute une heure passe sans que je m'en rende compte, puis il faut que j'arrête : je ne veux pas épuiser Corr. Puck fait ralentir Dove, elle aussi. Sa langue appuie contre ses dents, et je vois qu'elle veut me dire quelque chose, mais elle se ravise :

— Je te retrouve demain ici ?

Puck

Sean vient le lendemain et le jour suivant. Je pense que je ne le croiserai sans doute pas dimanche, puisque je ne l'ai encore jamais vu à St. Columba et je ne sais pas quelle autre église il pourrait fréquenter, mais, après l'office, je vais à pied sur les falaises et je le trouve là, le regard fixé sur la grève.

Nous observons l'entraînement en n'échangeant que de rares paroles, mais le lendemain nous revenons à cheval et nous nous remettons à faire la course, à nous heurter et à galoper loin, presque hors de vue l'un de l'autre. Parfois, je me souviens du pouce de Sean sur mon poignet et je pars dans des rêveries, mais, la plupart du temps, je pense à l'estime que je lis dans ses yeux, plus précieuse que tout le reste.

Le seul problème, c'est que plus je les vois ensemble, plus je comprends que Sean ne supporterait pas de perdre Corr.

Et nous ne pouvons pas gagner tous les deux.

Sean

Pendant toute une semaine, nous montons ensemble, elle et moi, jusqu'à ce que j'aie du mal à me souvenir de ma routine passée sur la grève. Les petits matins solitaires sur le sable me manquent, mais pas au point d'y sacrifier la compagnie de Puck. Certains jours, nous échangeons à peine quelques mots, et parfois je ne comprends plus très bien la raison de sa présence, mais, d'un autre côté, Corr et moi ne sommes pas très bavards, nous non plus.

Je passe donc des heures à faire galoper Corr posément, à développer ses qualités, et d'autres à observer Puck inventer sans cesse de nouveaux jeux pour stimuler l'intérêt de

Dove. Que ce soit dû à l'entraînement quotidien ou à son régime plus riche, la jument a déjà perdu son ventre gonflé. Puck change, elle aussi, et monte avec plus de sérénité, plus d'assurance et moins d'exubérance. Depuis notre première rencontre, Dove et elle se sont métamorphosées de façon impressionnante, et il ne m'arrive plus, à présent, de me demander pourquoi je m'entraîne avec elle.

Je ne sais pas exactement quand je me rends compte que, quand Corr force légèrement l'allure, Dove ne se laisse plus distancer. Même après une heure entière de travail, même contre un *capall uisce*.

Je fais ralentir Corr, qui trébuche avec une maladresse délibérée : il fait le clown pour impressionner Dove. Je secoue un peu les rênes afin de lui rappeler ma présence. Puck ne réalise pas tout de suite que je me suis arrêté, puis elle rebrousse chemin. Les flancs de Dove se soulèvent, ses naseaux se dilatent, mais elle pointe encore les oreilles avec ardeur.

— Tu pourrais bien gagner !

Puck esquisse un sourire, les sourcils à demi froncés. Elle ne m'a pas entendu. Quand je répète, je vois exactement le moment où elle comprend, car son sourire s'évanouit.

— Tu ne te moques pas de moi ?

— Non, je ne me moque pas de toi. Tu devrais l'emmener sur la grève, demain, pour voir si tu arrives à la contrôler, au milieu de tous les autres, et pour vous y habituer.

Le froncement de sourcils a définitivement gagné.

— Deux jours, c'est peu pour que Dove s'habitue !

— Je ne parle pas d'elle, mais de vous deux. (Corr piétine sur place, je l'immobilise d'une pression des jambes.) Et il ne reste qu'un seul jour : après-demain, la grève sera interdite aux chevaux. Demain est le dernier jour d'entraînement.

Dove se gratte le ventre du pied comme un chien. Quand elle fait ça, elle a nettement moins l'air d'une gagnante, et

Puck, qui le sait sans doute, tapote d'un air contrarié le flanc de Dove de sa botte pour la faire cesser.

— C'est parce que je t'ai donné un gâteau que tu as dit ça ?

— Absolument pas, ça a toujours été la règle depuis que je participe à la Course.

Elle scrute mon visage, puis fait une grimace.

— Non, quand tu as affirmé que je pourrais bien gagner !

Corr se tortille autour de ma jambe et s'agite, impatienté à l'idée de rester là. Je me rappelle que je dois le changer de place avec Edana car celle-ci, qui n'a pas été sortie, a la bougeotte au fond de l'écurie, dans sa stalle sans fenêtre ; même si la vue de celle de Corr n'a rien d'extraordinaire, elle l'aiderait peut-être à patienter jusqu'à la fin des courses, quand j'aurai à nouveau le temps de m'occuper d'elle.

— Je ne le dirais pas si je ne le pensais pas.

— Tu penses vraiment que j'ai une chance ?

Elle détourne les yeux, comme si l'idée que nous rivalisons pour la première place risquait de m'offenser.

— Il y a aussi un prix pour les deuxième et troisième. (Elle triture la crinière de Dove.) Ce serait assez, pour vous ?

— Oui, ça aiderait, répond-elle d'une petite voix, avant de changer brusquement de ton. Tu devrais venir dîner avec nous ce soir, il y aura des haricots, ou quelque chose de tout aussi réjouissant !

J'hésite. Je dîne d'ordinaire debout dans mon logement, devant la porte grande ouverte sur l'écurie, qui attend que je revienne finir mon travail ; pas assis, les jambes sous une table, à chercher mes mots ou des réponses polies à des questions courtoises. Dîner avec Puck et ses frères ? Quand il reste si peu de temps avant les Courses ? Il faut que je cire ma selle et mes bottes, que je lave ma culotte de cheval et que je retrouve mes gants, car il pourrait pleuvoir ou souffler un vent froid ; je dois permuter ces deux stalles et les nettoyer ;

et passer à la boucherie, voir si je trouve quelque chose de bon pour Corr.

— Ça va, je comprends, dit Puck, qui escamote promptement sa déception. Tu es occupé.

— Non, non, je... je vais y réfléchir. Je viendrai si j'arrive à me libérer.

Je ne sais pas ce qui me prend, je ne peux pas délaisser mon travail et je ne suis pas un convive agréable, mais je regrette surtout de ne pas avoir réagi plus tôt, avant de l'avoir déçue.

Puck fait contre mauvaise fortune bon cœur.

— Sinon, je te vois demain sur la grève ?

— Oui.

Ça, du moins, j'en suis certain.

Chapitre 52

Puck

Gabe revient à la maison avec un poulet et Tommy Falk. En fait, je suis plutôt contente de les voir : Gabe parce que ça fait longtemps que nous n'avons pas dîné avec lui, le poulet parce que c'est pas des haricots, et Tommy Falk parce que sa présence rend mon frère enjoué et farfelu. Les garçons se font des passes avec le poulet plumé au-dessus de ma tête, jusqu'à ce qu'il perde son emballage et que je leur crie dessus en le ramassant.

— Si on meurt tous de la peste bubonique ou de je ne sais trop quoi qui traîne ici par terre, je veux qu'on sache que ce n'est pas ma faute ! je gronde.

Un peu de boue adhère encore à la peau grenue du dos du volatile.

— Ça partira en frottant, me rassure Tommy. Un peu de terre n'a jamais nui à personne et, d'après Gabe, tu réussis méchamment le poulet !

— Ça ne veut pas dire qu'il est bon ! intervient Finn, assis près de la cheminée où il fabrique de la fumée.

— La ferme, toi, si tu ne veux pas t'y coller toi-même !

Mais la saleté sur le poulet est bien le moindre de mes soucis : mes mains sont répugnantes, et je passe un bon moment à les décrasser. Même à peu près propres, elles gardent l'odeur de Dove et de Corr.

Penché sur la radio, Gabe cherche à capter une des stations musicales du continent, mais l'appareil ne marche que lorsqu'il fait exactement le temps qu'il faut. Comme ce n'est pas le cas, Tommy Falk entonne un morceau de chanson qu'il a entendu sur les ondes avant la tempête et, pour la première fois depuis des mois, la maison semble pleine de vie.

— Des orchestres, Gabe !

Tommy, qui a rejoint Finn et l'aide à transformer du feu en fumée, s'étire pour saisir le petit accordéon de mon père posé près du fauteuil et joue l'air qu'il vient de chanter. Ça paraît plus triste à l'accordéon.

— Tu te rends compte ? Des concerts !

Il parle du continent, bien sûr. Ce n'est pas seulement la Course qui est imminente.

— Et les voitures ! renchérit Gabe. Et des oranges tous les jours !

— Des groupes ! ajoute Tommy.

Finn fixe le feu.

Je fixe le poulet.

— Ne soyez pas tristes ! (Tommy se lève d'un bond.) Nous reviendrons, et nous vous enverrons de l'argent ! Tu as vu les vêtements d'Esther Quinn, Puck ? Son frère vend je ne sais pas trop quoi à je ne sais pas trop qui sur le continent, il envoie de l'argent chez lui, c'est pour ça qu'elle a l'air de sortir d'un catalogue de mode ! À ton avis, quel est le meilleur moment pour revenir, Gabe ? À Pâques, peut-être ? Oui, à Pâques, et on apportera encore du poulet !

Gabe prend l'instrument des mains de Tommy et se met à jouer. J'avais oublié comme il est doué. Tommy m'attrape par la taille et me fait tourner, et je traîne des pieds, parce que je n'aime pas qu'on me touche à l'improviste et aussi parce qu'il faudra plus d'une danse pour me remonter le moral.

— Allez, tu peux bouger plus vite que ça, me dit Tommy. On dit que tu courais comme une flèche sur les falaises, ce matin !

Du coup, je le laisse me faire tourner.

— Ah oui ?

— On raconte que Sean Kendrick et toi, vous enflammez la lande sur les falaises ! (Il me sourit.) Et, quand je dis « Sean Kendrick et toi », je veux dire *Sean Kendrick et toi*, et, par « enflammer », j'entends *enflammer* !

Je pile net et je le fais tourner ; je fais semblant de croire qu'il parle de la Course.

— Ça t'inquiète ?

— C'est Gabe qui devrait se faire du souci ! (Tommy me prend par la main et me fait tournoyer si fort que je crains pour les objets sur le plan de travail.) Sa petite sœur grandit et devient charmante.

Maman m'a appris à ne jamais me laisser manœuvrer par les gens qui font des compliments, mais Tommy Falk n'a pas l'air de chercher à m'embobiner, et je ne proteste pas ; à vrai dire, je ne trouve pas ça désagréable, et ça ne me dérangerait pas qu'il recommence.

Gabe s'interrompt à mi-mesure, les doigts écartés comme s'il tenait un livre ouvert.

— Ne m'oblige pas à t'envoyer mon poing dans la figure, Tommy ! Quand est-ce que ce poulet sera prêt, Kate ?

Tommy articule « Oooooh, Kate ! » en silence. Gabe feint de ne pas le voir.

— Dans une demi-heure, vingt minutes, ou peut-être dix.

On frappe à la porte.

Nous échangeons un regard, et Tommy Falk ne semble pas moins intrigué que nous autres. Comme personne ne bouge, je m'essuie les mains sur mon pantalon, je vais à la porte et je l'entrebâille.

Sean se tient sur le seuil, une main dans une poche, une miche de pain dans l'autre.

Je ne m'attendais pas à le voir. Mon estomac fait une petite pirouette comme si j'avais faim, ou qu'il essayait de m'échapper. La silhouette de Sean qui se dresse, sombre et immobile, sur le pas de notre porte, a quelque chose de très perturbant.

Je me penche un peu dehors ; la nuit fraîchit.

— Tu as pu te libérer ?

— L'invitation tient toujours ?

— Bien sûr ! Il y a Gabe, Finn, Tommy Falk et moi.

— J'ai apporté ça !

Il brandit le pain, de toute évidence de chez Palsson, et encore si chaud que je le sens d'ici. Sean a dû venir directement de la boulangerie.

— Ça se fait ? ajoute-t-il.

— Sûrement, puisque tu le fais.

— Qui est-ce, Puck ? demande Gabe.

En réponse, j'ouvre tout grand la porte. Sean est planté là, une main dans une poche et l'autre portant le pain, et il m'apparaît soudain qu'il doit avoir l'air, un petit peu, d'être venu me faire la cour, mais, avant que je puisse éclaircir les choses, Tommy Falk saute sur ses pieds.

— Sean Kendrick, vieux démon ! Comment va ?

Sean entre. Gabe referme la porte, ce que, dans mon allégresse, j'ai négligé de faire, et il essaie de prendre la veste de Sean, pendant que Tommy dit quelque chose sur le temps d'une voix inutilement forte puisque personne d'autre ne parle. Comme toujours, Sean parvient à ne s'exprimer que par monosyllabes, là où les autres ont besoin de cinq ou six mots ; en ôtant sa veste, il me lance un coup d'œil par-dessus son épaule et me sourit furtivement, avant de se retourner vers Tommy.

Ça me fait plaisir, et papa m'a dit un jour qu'il faut être d'autant plus reconnaissant qu'un cadeau est rare.

Peu après, Tommy et Gabe entament devant la cheminée une partie de cartes, puisqu'il n'y a personne pour le leur interdire. Finn, qui n'a pas encore décidé si le jeu est ou non un péché, se contente de les regarder. Sean vient me rejoindre près du plan de travail. Il sent le foin, l'eau salée et la poussière.

— Donne-moi quelque chose à faire.

Je lui mets un couteau dans les mains.

— Coupe un truc, le pain que tu as apporté, par exemple.

Il s'y emploie avec une détermination farouche.

— J'ai vu Ian Privett, après ton départ, me dit-il à voix basse. Il a sorti Penda une fois que tous les autres ont été partis et il l'a fait courir vite. Il était déjà rapide avant, et il ne l'est pas moins maintenant. C'est quelqu'un à surveiller !

— J'ai entendu dire qu'il aime accélérer à fond et remonter sur l'extérieur à la fin de la course.

Sean me jette un coup d'œil, un sourcil levé.

— C'est vrai. Il y a quatre ans, Privett est tombé et il a perdu mais, avant, il m'avait déjà devancé deux fois sur Penda.

— Il ne te battra pas cette année !

Sean ne répond rien, parce qu'il n'a pas besoin de le faire, je sais qu'il pense qu'il risque de perdre Corr. Je tourne le poulet ; c'est prêt, mais je n'ai pas envie qu'on se mette à table juste maintenant.

— Je me disais que personne ne voudra courir à l'intérieur, reprend Sean après un silence. La mer sera mauvaise, le premier jour du mois !

— Alors, je dois courir près de l'eau, puisque ça ne dérange pas Dove. (Sean a fini de couper le pain, mais il continue à arranger les tranches.) Je pensais aussi rester un peu en arrière, pour garder ses réserves jusqu'à la fin.

— Le peloton aura sans doute diminué, à ce moment-là, mais, à ta place, je n'attendrais pas trop et je ne m'attarderais pas trop non plus : Dove n'a pas assez de puissance pour remonter de très loin.

— Je tiens à rester à l'écart de la jument pie, et elle courra devant. J'ai bien vu comment Mutt la monte !

Sean plisse les paupières, content que je l'aie remarqué, ce qui me fait plaisir à mon tour.

— Blackwell sera l'autre à surveiller, celui dont l'étalon vous a attaquées. Il s'est procuré un nouveau cheval, une bête méchamment rapide ! poursuit Sean sans animosité.

Bien sûr, je sais qui est le concurrent le plus redoutable, mais je ne l'ai jamais vu dans une vraie course, et jamais il n'a laissé paraître comment il entendait se placer.

— Et toi, où comptes-tu courir, avec Corr ?

Sean appuie deux doigts sur le bord du plan de travail et rassemble les miettes de pain en un petit tas. Ses ongles sont, comme les miens, incrustés d'une crasse tenace.

— Juste à côté de Dove et toi.

Je le regarde fixement.

— Tu ne peux pas prendre le risque de ne pas arriver premier ! Pas à cause de moi !

Il ne lève pas les yeux du plan de travail.

— J'agirai quand tu le feras. Vous partirez à l'intérieur, et nous à l'extérieur. Corr peut s'extraire du peloton, il l'a déjà fait, ne t'inquiète pas pour ça.

— Je n'ai pas l'intention d'être ton talon d'Achille, Sean Kendrick !

Maintenant, il me regarde.

— Trop tard, Puck, énonce-t-il doucement.

Il s'éloigne, et je reste près du plan de travail, à contempler l'évier et à essayer de me souvenir de ce que je m'apprêtais à faire.

— Puck! gronde Gabe. La soupe!

Dans la casserole, les boulettes débordent et, un instant, on pourrait croire que nous allons devoir manger des flammes, mais je parviens à la retirer du feu et à éteindre.

Maintenant que l'arrivée du dîner semble imminente, les garçons s'attroupent autour de la table.

— Tu avais raison, Gabe, déclare Tommy. Elle réussit un méchant poulet, même qu'il a voulu l'attaquer!

— Mais notre Puck sait se défendre! dit Gabe.

Finn commence à distribuer les boulettes dans les bols, tandis que j'essuie ce qui a débordé. Tommy raconte que sa jument de mer se fait chahuter par les autres chevaux, mais retrouve tout son allant dès qu'elle voit leurs arrière-trains. Gabe sert d'autorité à chacun un verre d'eau. Et, pendant ce temps, je m'efforce d'empêcher mes yeux de revenir à Sean, parce que je suis sûre que personne ne manquerait de le remarquer.

Chapitre 53

Sean

Des cris me réveillent. Je suis rentré tard, hier soir, et j'ai mis très longtemps à m'endormir. Un instant, je reste allongé sans bouger. Je me sens encore épuisé, je n'ai aucune envie de m'arracher au sommeil, mais ces cris !

Ils se muent alors en gémissements déchirants. Je suis parfaitement conscient à présent, debout, j'enfile ma veste et mes bottes et descends l'escalier, ma torche électrique à la main.

L'écurie est plongée dans le noir, mais j'entends bouger dans les stalles, pas dans l'allée centrale. Les chevaux ne dorment pas : soit le bruit les a tirés du sommeil, soit quelqu'un est venu ici. J'avance dans l'obscurité, sans allumer ma torche.

Les gémissements s'intensifient. Ils viennent de l'ancienne stalle de Corr, celle où je viens de transférer Edana.

Je descends l'allée à pas feutrés aussi vite que possible. Le calme est revenu, mais j'ai reconnu la voix d'Edana. J'y vois à peine. Par la fenêtre de la stalle filtre une faible clarté bleue. Je me presse contre les barreaux et je regarde à l'intérieur.

Edana gémit à nouveau, et j'ai un mouvement de recul : tout près de moi, la tête appuyée contre le métal, le cou collé au mur, elle pointe le nez vers le plafond, les mâchoires entrouvertes.

Je chuchote son nom, et elle me répond d'un petit cri. Je suis des yeux la courbe de son encolure jusqu'au garrot abruptement penché et aux hanches collées au sol ; jamais encore je n'ai vu un cheval se tenir ainsi. Je fais coulisser la porte et j'entre, le ventre noué. Sa silhouette se découpe dans la lumière de la fenêtre : elle s'appuie contre le mur, la croupe très basse, tel un chien, et écarte les jambes arrière comme sur un sol glissant.

Je touche son épaule. Elle tremble. Un horrible pressentiment m'envahit. Je passe le plat de la main sur son garrot, le long de la colonne vertébrale, puis je m'accroupis et poursuis mes recherches sur les hanches frémissantes, en descendant vers le jarret. Edana pousse un gémissement.

Je retire ma main tout humide et la lève à la hauteur de mes yeux, mais je sens déjà l'odeur du sang. J'allume ma torche.

Elle a les deux jarrets tranchés.

La lèvre supérieure de la plaie s'incurve en une affreuse grimace. Le sang s'accumule en flaques sur le sol alentour.

Quand je m'approche de sa tête, la jument se débat et tente de se redresser. *Ne bouge pas ! N'aie pas peur !* J'attends que sa respiration se calme et qu'elle me fasse confiance.

Jamais plus elle ne marchera !

Je ne comprends pas : qui souhaiterait mutiler Edana, qui ne participe même pas à la Course et ne représente de menace pour personne, et en outre le faire avec tant de barbarie, tant de cruauté ? On a voulu que je la trouve ainsi, que ça me rende malade, et je ne connais qu'une seule personne qui puisse me haïr à ce point.

Je crois entendre un bruissement dans les profondeurs de l'écurie.

J'éteins la torche.

Dans le noir, la robe baie d'Edana ressemble beaucoup à celle de Corr. Quelqu'un qui s'attendrait à trouver l'étalon et s'inquiéterait surtout de sa propre sécurité pourrait facilement s'y laisser prendre.

Je perçois encore un mouvement plus loin.

Je sors de la stalle dans l'allée et je tends l'oreille. Mon cœur bat la chamade. Je croise les doigts pour que le bruit provienne de n'importe où sauf des sept stalles du fond, et pour que Mutt Malvern se trompe encore. Cinq autres box sont équipés pour accueillir des *capaill uisce* et, après avoir découvert qu'il n'avait blessé qu'Edana, Mutt a pu se rendre dans n'importe lequel.

Le bruissement reprend.

Ça vient du fond.

Je bondis.

En atteignant le coin, j'allume. S'il sait que je suis ici, il sera bien forcé de renoncer.

— Mutt !

À la lumière, je vois maintenant du sang sur le sol, et le bord d'une chaussure qui imprime à chaque pas une empreinte écarlate. J'avance rapidement, sur mes gardes.

— *Mutt !* Vous avez passé les bornes, cette fois-ci !

Les hautes voûtes de l'écurie me renvoient ma voix. Pas de réponse. Serait-il parti ?

Corr hurle.

Je cours à présent comme jamais je ne l'ai fait ; devant mes yeux passe et repasse Edana, affalée par terre, la tête tordue vers le plafond, le corps détruit sans qu'elle le sache encore.

S'il a touché à Corr, je le tue !

Je tourne au coin à toute allure. La porte de la stalle de Corr est ouverte. Un grand couteau dans une main, Mutt Malvern brandit de l'autre un trident du type de ceux utilisés pour braconner, dont il appuie la pointe sur l'épaule de Corr, le clouant contre le mur. Le contact du métal fait frissonner l'étalon. Mutt a bien calculé son coup.

— Écartez-vous de lui ! Je verserai dix gouttes de votre sang pour chacune des siennes !

— Sean Kendrick ! Sale idée que t'as eue, de changer les chevaux de place !

Corr émet un grondement de gorge que je perçois dans mes pieds plus que je ne l'entends, mais les trois pointes du trident le réduisent à l'impuissance.

— Si vous connaissiez ne serait-ce qu'un peu les chevaux de cette écurie, vous n'auriez pas commis cette erreur, malgré l'obscurité !

Mutt me jette un coup d'œil et voit que j'ai franchi la distance qui nous séparait. Il pointe le menton vers le trident.

— Écarte-toi de cette stalle, salaud !

J'essuie posément ma main ensanglantée sur ma veste, tire de ma poche mon couteau à cran d'arrêt et le lui montre.

Mutt le considère avec mépris.

— Tu te figures que tu vas m'arrêter avec ça ?

La lame jaillit avec un claquement sec. Mutt ne serait pas la plus grosse bête à perdre la vie sur cette pointe effilée.

— Non, je ne crois pas pouvoir vous faire cesser. Je crois que vous allez mutiler mon cheval et que, lorsque vous sortirez de cette stalle, j'utiliserai ceci pour vous ouvrir la poitrine et vous arracher le cœur.

Je me sens atrocement malade. Si je regarde les yeux de Corr, je vais perdre mon sang-froid.

— Tu t'imagines vraiment que je vais avoir peur de toi, avec ça dans les mains ? marmonne Mutt.

C'est pourtant le cas, je le vois à son regard.

— Que cherchez-vous à prouver, Mutt ? Que vous êtes meilleur cavalier que moi ? Que les chevaux vous aiment plus qu'ils ne m'aiment ? Pensez-vous gagner l'estime de votre père en tailladant la chair de chaque *capall uisce* de l'île ?

— Non. Juste celui-ci.

— Ça vous suffirait ? Qui sera le suivant ?

— Il n'y a pas de suivant, dit Mutt. Ce cheval est le seul auquel tu tiens vraiment.

Il me jette un coup d'œil incertain. Il n'avait sans doute pas prévu que je le surprenne, j'étais probablement censé descendre demain matin et trouver Corr dans l'état où je viens de trouver Edana. Rêve-t-il encore à l'instant à de meilleures façons de me nuire ?

Il doit forcément exister une chose au monde plus satisfaisante pour Mutt que mutiler Corr. Je repense à son visage crispé, pendant la vente aux enchères.

— Pour impressionner vraiment votre père, vous devez nous affronter, Corr et moi, et nous battre sur la grève !

Son expression change. Cette monstrueuse jument pie le fascine. Il me jette un autre coup d'œil, puis revient aux pointes du trident contre l'épaule de Corr.

Je sais à quoi il pense, parce que moi aussi j'y pense : à son père admettant devant George Holly que je suis l'héritier logique du haras, au nom de Skata sur le tableau du boucher et à la vitesse effarante de la jument pie.

Le chant d'une sirène, mais qui le captive.

Il sort à reculons de la stalle. Le regard fou, Corr se rue vers l'endroit qu'il vient de quitter. La fourche lui a laissé des piqûres de sang sur l'épaule. Quand Mutt fait coulisser la porte pour la refermer, je lui saute à la gorge et j'appuie mon petit couteau sur son cou épais. Sa peau se creuse là où bat son pouls, et où je presse la lame.

— Tu ne disais pas qu'on devait se battre sur le sable ?

Corr cogne du sabot contre la cloison de sa stalle.

— Je vous ai également promis, je riposte les dents serrées, de verser dix gouttes de votre sang pour chacune des siennes !

Je veux voir son sang s'accumuler en flaques à ses pieds comme celui d'Edana ; je veux voir Mutt affalé contre le mur et gémissant comme elle ; je veux qu'il sache qu'il ne tiendra plus jamais sur ses jambes, et qu'en agonisant il se souvienne du visage mort de David Prince.

— Sean Kendrick !

La voix vient de derrière moi. Je penche la tête. Mutt croise mon regard.

— Ne se fait-il pas un peu tard pour ce genre de distraction ?

J'éloigne à contrecœur mon couteau de la gorge de Mutt et recule d'un pas. Mutt, bras ballants, tient toujours l'affreux trident et le couteau à découper noir de sang. Nous nous retournons. Benjamin Malvern a surgi au bout de l'allée, Daly sur ses talons. Il porte le maillot de corps boutonné dans lequel il doit dormir, mais n'en paraît pas moins imposant. Daly semble honteux, et ses yeux évitent les miens.

— Ton lit t'attend, Matthew !

Benjamin Malvern parle d'un ton cordial, que son attitude dément. Il soutient un moment le regard de son fils, ses traits se durcissent, et Mutt passe devant lui sans un mot, en m'ignorant.

Malvern se tourne vers moi. Je suis encore tout frémissant à l'idée de ce que Mutt allait faire subir à Corr, et à l'idée de ce que moi j'allais lui infliger.

— Je vous remercie pour votre aide, monsieur Daly, déclare Malvern. Vous pouvez retourner vous coucher, à présent.

Daly file sans demander son reste.

Benjamin Malvern ne me quitte pas des yeux.

— Avez-vous quelque chose à ajouter ?

— Je n'aurais... (Je ferme les paupières ; je dois faire le point, il faut absolument que je retrouve mon sang-froid, mais je n'y arrive pas, je suis brisé, je suis debout dans l'océan, mains en coupe face au ciel, inébranlable... J'ouvre les yeux.) Je n'aurais pas regretté.

Malvern penche la tête et reste longtemps à fixer mon visage et la lame dans ma main, puis il croise les bras derrière son dos.

— Allez abréger les souffrances de cette jument, monsieur Kendrick !

Sur ces mots, il se retourne et sort de l'écurie.

Chapitre 54

Sean

Le lendemain, il fait un temps âpre et cruel. Le vent tourbillonne autour des jambes des chevaux et les rend fous. Dans le ciel, des nuages hachés comme le souffle fuient devant le froid. Un océan gris plane au-dessus de nous, et un autre au-dessous.

Je rejoins Puck sur le chemin des falaises. En me voyant, elle fronce les sourcils. Je sais que je ne peux qu'avoir l'air harassé, après cette nuit que je viens de passer. Puck porte un bonnet de tricot informe dont s'échappent quelques mèches qui lui fouettent le visage. Les vendeurs luttent pour empêcher la tourmente d'emporter leurs tentes, et les cavaliers sur le chemin s'agrippent à leur monture.

Puck tient d'une main le bord de son bonnet. Non loin, on entend quelque chose craquer et gémir dans le vent. Dove agite la tête, et je vois de la terreur dans ses grands yeux.

— Ramène-la à la maison, je conseille à Puck. Ce n'est pas un jour pour aller sur la grève !

— Il le faut. Tu as dit que je devais m'habituer à la plage, et il ne nous reste plus de temps !

Je dois crier pour me faire entendre par-dessus le mugissement du vent. J'écarte les bras, les mains vides tournées vers le ciel.

— Vois-tu Corr avec moi ? Crois-moi, la grève d'aujourd'hui n'est pas un endroit auquel tu veux t'habituer !

« Les sables qui tuent », c'est ainsi que mon père appelait les jours comme celui-ci. Quand les cavaliers meurent parce qu'ils ne savent pas, qu'ils sont prêts à tout et qu'ils font montre d'un courage imbécile.

Puck contemple, les sourcils froncés, le chemin de la falaise, et je lis son hésitation dans le pli vertical de son front.

— Si tu me fais un tant soit peu confiance, ne prends pas ce risque aujourd'hui ! Tu es aussi prête que tu le seras jamais, et personne ne peut s'entraîner aujourd'hui.

Elle se mordille la lèvre de frustration, la mine sombre, fixe le sol quelques instants, puis renonce avec une facilité déconcertante.

— Alors, tant pis ! Tommy Falk est descendu là-bas ?

Je ne sais pas ; Tommy Falk ne m'intéresse pas.

— Tiens Dove, me dit-elle en voyant que je ne peux pas la renseigner. S'il est là, je vais le chercher !

Je ne veux pas qu'elle se trouve sur le rivage, que ce soit à cheval ou à pied.

— Non, j'y vais ! Ramène Dove chez vous.

— Allons-y ensemble, me propose Puck. Attends-moi un instant, je vais demander à Elizabeth si je peux attacher Dove derrière leur étal, ne bouge pas d'ici !

Je la suis des yeux, pendant qu'elle retourne au stand de *Fathom & Fils* et s'engage dans une discussion animée avec une des sœurs qui le tient.

— Elle n'est pas ce qu'il vous faut, Sean Kendrick ! (Tout près de moi, une autre sœur m'observe.) Aucun de vous deux ne saurait tenir une maison.

Je fixe toujours Puck.

— Je crois que votre imagination vous emporte, Dory Maud !

— Détrompez-vous, vous ne laissez rien à l'imagination ! Vous la dévorez des yeux, au point où je m'étonne qu'il reste assez de Puck pour que nous autres puissions encore la voir.

Je me tourne vers elle. Dory Maud a les traits durs, un visage intelligent et énergique et, même moi qui vis reclus dans le haras, je la sais capable de disputer victorieusement au plus gros bras de l'île le dernier sou qu'il a en poche.

— Qu'est-ce qu'elle est donc pour vous ?

— Ce que vous êtes pour Benjamin Malvern, répond Dory Maud malicieusement. Avec moins de salaire, et plus d'affection.

Nous regardons Puck, qui a réussi à convaincre Elizabeth et qui attache à présent Dove derrière l'étal. Le vent fait voler la crinière de la jument et les mèches sur la tête de Puck, il me rappelle sa queue-de-cheval dans ma main et la chaleur de son cou, quand nous galopions sur Corr et que j'ai remis ses cheveux dans son col.

— Tout ceci la dépasse, reprend Dory Maud. Ce dont une fille comme Puck a besoin, c'est d'un homme qui a les pieds sur terre, qui la tiendra, la protégera et l'empêchera de s'envoler. Elle n'a pas encore découvert qu'un type comme vous séduit plus de loin que de près.

Je comprends à sa façon de parler qu'elle ne cherche pas à se montrer cruelle.

— Un homme qui la tiendra comme on vous tient ?

— Personne ne se mêle de mes affaires ! réplique-t-elle sèchement. Mais je sais comme vous que ce que vous aimez vraiment, ce sont les courses, et la fièvre des courses est une passion exclusive.

J'entends dans sa voix qu'elle le sait d'expérience. Elle se trompe, pourtant : ce ne sont pas les courses qui me tiennent le plus à cœur.

Puck vient nous rejoindre, un sourire satisfait aux lèvres.

— Bonjour, Dory Maud.

— Prends garde à toi, sur cette grève ! lui lance Dory Maud, qui s'éloigne en grommelant.

Puck marmonne quelque chose sur les gens qui ont un sale caractère.

— Tu as changé d'avis ? je lui demande.

— Je ne change jamais d'avis.

La grève n'est pas moins affreuse que je ne le supposais. Le ciel est bas à frôler le sable et, de temps à autre, une averse nous trempe comme une vague. Du haut du chemin de la falaise, nous découvrons l'océan déchaîné, les *capaill uisce* bondissant sur le sable humide et noir, les accrochages, les combats et les taches rouges sur le sable. Un *capall* sombre, mort, est étendu près de l'eau, les vagues déferlent sur ses jambes sans le déplacer. La grève aujourd'hui ne tue pas seulement les humains.

— Tu vois Tommy ?

Non, je ne le vois pas, mais il n'y a rien de vraiment visible dans ce paysage toujours mouvant. La pluie siffle à mes oreilles.

Puck descend le sentier, je lui emboîte le pas. En bas se tiennent quelques spectateurs à l'air transi et un officiel. Je crois que c'est un Carroll, un oncle de Brian et Jonathan ; je m'arrête pour lui parler, le col remonté jusqu'aux oreilles.

— Qu'est-ce qu'il s'est passé ici ?

Ma voix est à peine audible, dans ce vent. Je ne quitte pas le cheval mort des yeux.

— Une bagarre. La mer rend les chevaux fous, et ils se battent.

— Tommy Falk est là-bas ?

— Falk ?

— Sur la jument noire !

— Ils ont tous l'air noir quand ils sont mouillés, fait remarquer l'officiel.

— Tommy Falk ? Un beau gosse ? demande un des hommes qui, à en juger par sa tenue (il a mis un costume bleu marine et une cravate pour venir ici !) ne peut être qu'un continental.

Je n'en ai pas la moindre idée.

— Peut-être.

L'homme montre du doigt l'endroit où la falaise s'incurve et l'officiel ajoute, comme s'il venait de s'en souvenir :

— Quelqu'un vous cherchait, monsieur Kendrick.

J'attends qu'il me précise de qui il s'agit, mais, voyant qu'il n'en fait rien, je m'éloigne. Dans tout cela, j'ai perdu Puck de vue. Tout le monde se ressemble, par ce temps, et, si tous les *capaill uisce* trempés sont noirs, c'est aussi le cas des humains. La grève fourmille de silhouettes sombres et insensibles montées par d'autres plus noires et plus petites. Inutile d'essayer d'appeler Puck : à deux mètres, le hurlement sauvage du vent emporte déjà tous les bruits.

Je finis par réussir à repérer non Puck ni Tommy, mais la jument de celui-ci. On la reconnaît très facilement à la finesse de son ossature et à son pelage d'un noir opaque et luisant. À l'abri de la falaise, à une dizaine de mètres de moi, attachée près d'un autre *capall uisce*, elle se tient la tête baissée près du sol, encore toute harnachée. Tommy Falk ne semble nulle part dans les parages, mais je me dis que Puck trouvera peut-être la jument, elle aussi, et je me dirige par là.

Je retrouve Puck tout de suite. Derrière une saillie de la falaise, dans un creux légèrement abrité du vent, quatre corps gisent alignés, quatre formes sombres et parallèles sur le sable pâle, les victimes du matin. Accroupie près de l'une d'elles, Puck ne la touche ni ne la regarde, mais, recroquevillée contre le vent, fixe le sol à ses pieds.

Je me mets à côté d'elle et contemple le visage défiguré de Tommy Falk.

Chapitre 55

Puck

Le jour suivant est à la fois le dernier avant les Courses et celui des obsèques de Tommy Falk. À la perspective de la compétition du lendemain, j'ai l'esprit ailleurs et, du coup, je me sens coupable vis-à-vis de Tommy, mais, quand j'essaie de me dire *Tommy Falk est mort*, j'arrive seulement à penser à Gabe et lui, quand ils se lançaient le poulet dans la cuisine.

Lorsque je pars avec Dove, mon grand frère est toujours dans son lit, par la porte entrouverte de sa chambre je le vois fixer le plafond. Mais, quand je reviens, il a enlevé les débris que j'ai empilés devant le trou dans la clôture que le *capall uisce* a démolie et plante des clous dans des planches. Comme je n'arrête pas de penser que la Course est pour demain, et que demain n'est plus qu'à une nuit de distance, je ne tiens pas en place, alors Finn et moi allons chez Dory Maud pour l'aider à préparer une pile de catalogues à envoyer. En rentrant à la maison, nous retrouvons la cour métamorphosée : Gabe a arraché absolument toutes les mauvaises herbes et ramassé tous les débris, qu'il a rangés derrière l'appentis, mais je vois bien qu'il pense toujours à Tommy. Quand nous entrons, il nous dévisage pendant une bonne demi-minute avant d'avoir l'air de nous reconnaître. Ses mains tremblent, alors je lui prépare quelque chose et je l'oblige à manger. Je crois qu'il n'a pas arrêté de travailler de toute la journée. Quand le soir commence à tomber, Beech Gratton arrive, et Gabe et lui se saluent d'un air sombre, puis nous allons nous changer et nous partons pour les falaises de l'ouest.

Gabe ne nous dit pas grand-chose sur l'enterrement de Tommy, sinon que les Falk sont de la « vieille Thisby », ce qui signifie que ça n'impliquera ni St. Columba, ni le père Mooneyham et que la cérémonie aura lieu sur les rochers près de la mer. L'idée semble rendre Finn nerveux, comme tout ce qui touche à son âme immortelle, mais Gabe lui dit de bien se tenir et lui explique que c'est un culte non moins valable que celui de nos parents, et que les Falk sont les meilleurs amis qu'on puisse avoir. Il débite tout ça d'une voix très lointaine, comme s'il devait tirer les mots d'une réserve distante, spécialement pour nous. Je le sens qui se noie, mais je ne sais même pas par où commencer pour plonger la main dans l'eau et le tirer de là.

Nous avançons laborieusement le long des falaises déchiquetées de la côte ouest, plus rocheuse et plus traîtresse que la grève des Courses. La lumière du soir dore l'océan. Un feu brûle sur le rivage, hors de portée de la mer. Un petit groupe de gens vient à notre rencontre, parmi lesquels je reconnais beaucoup d'amis pêcheurs de mon père.

— Merci d'être venu, Gabe, dit la mère de Tommy Falk.

Je vois maintenant que c'est d'elle qu'il tenait ses jolies lèvres, mais la femme a les yeux rouges et contractés de chagrin.

Elle prend la main de Gabe.

— Tommy était mon meilleur ami sur cette île, et j'aurais fait n'importe quoi pour lui.

Mon frère parle avec une telle dignité que je ressens soudain une fierté féroce, en dépit de tout.

Je n'entends pas ce qu'elle lui répond, tant je suis surprise de voir Gabe pleurer. Il continue à parler, mais des larmes roulent sur ses joues chaque fois qu'il cligne des paupières. Je ne supporte pas de le voir comme ça et je les laisse, Finn et lui, pour m'approcher du feu.

Il ne s'agit pas d'un simple feu de bois, mais d'un bûcher, qui fume et qui craque à grand bruit. L'étendue plate de sable humide reflète comme un miroir les flammes orange et blanches qui se découpent sur le bleu nuit du ciel. Les vagues viennent à tour de rôle noyer l'image, puis se retirent et la restituent. Le feu brûle depuis déjà un bon moment sur un tas de braises et de cendres, et je découvre avec effroi, accroché à une bûche incandescente, un morceau encore intact de la veste de Tommy.

Je pense : *Il la portait encore à table avec nous, l'autre jour.*

— Puck, n'est-ce pas ?

Je tourne la tête. À ma gauche se tient un homme, bras croisés devant lui comme à l'église, en qui je reconnais bien sûr Norman Falk pour l'avoir vu dans notre cuisine parler à ma mère dans exactement la même pose. Sauf qu'avant, devant ce visage, je m'étais toujours dit *un pêcheur*, et jamais *le père de Tommy Falk*. Un enfant l'accompagne, sans doute un frère de Tommy. Norman Falk ne ressemble pas du tout à son fils, et il sent comme Gabe, autrement dit le poisson.

— Toutes mes condoléances, je déclare, parce que c'est ce qu'on nous a dit à la mort de nos parents.

Norman Falk fixe le bûcher, les yeux secs. Le garçon s'appuie contre la jambe de son père, et Norman pose une main sur son épaule.

— Nous l'aurions perdu de toute façon.

Sa réponse me paraît étrange, et je n'arrive pas à m'imaginer penser ça de Gabe. Je peux concevoir Gabe mort, mort pour toujours, et aussi Gabe heureux ailleurs et que je risque de ne plus jamais revoir, et les deux pourraient me sembler pareils, mais je suis sûre que ça serait très différent pour lui.

— Il était très courageux, je dis, parce que, dans ma tête, ça sonne comme une phrase polie.

Mon visage commence à chauffer à cause du feu, et j'aimerais bien reculer, mais je ne veux pas avoir l'air de fuir la conversation.

— Pour ça, oui ! Et tout le monde se souviendra de lui sur sa jument ! dit Norman Falk sans dissimuler sa fierté. Nous avons demandé à Sean Kendrick de la rendre à l'océan, et il a accepté. Nous tenons à faire les choses bien pour Tommy !

— La rendre à l'océan, monsieur ? j'interroge très poliment, comme si Sean Kendrick ne m'intéressait pas outre mesure.

Norman Falk crache au loin derrière lui, en évitant l'enfant, puis se tourne vers le bûcher.

— Oui, la relâcher dans les formes. Il faut donner aux morts le respect qui leur est dû, comme nous le faisions autrefois, et le donner également aux chevaux de mer. Ça n'a rien à voir avec ces touristes qui viennent dépenser ici leur argent, il s'agit de nous et des *capaill uisce* et, si vous en retirez quoi que ce soit, il ne reste plus qu'un sale sport ! (Il semble brusquement réaliser que c'est à moi qu'il s'adresse.) Puck Connolly, votre jument et vous n'avez rien à faire sur cette grève ! Vous ne devriez pas être là. J'ai bien connu votre père et je l'appréciais, mais, à mon avis, vous avez tort d'agir comme vous le faites, si vous me permettez.

J'ai honte sans bonne raison, puis je me sens coupable d'avoir eu honte.

— Je ne veux pas manquer de respect à qui que ce soit.

— Bien sûr que non, reprend Norman Falk d'un ton plein de gentillesse, mais vous n'avez plus ni père ni mère pour vous guider. Le problème, voyez-vous, c'est que votre jument n'est qu'un cheval ordinaire. Si les Courses du Scorpion ne sont que de simples courses pour chevaux ordinaires, alors tout ceci – il a un geste du menton vers les flammes – n'a été qu'un sacrifice inutile, et rien de plus.

Il y a deux semaines, j'aurais pensé qu'il divaguait, et que l'important c'étaient bien sûr les courses, la victoire, le prix, le frisson, et, si je venais de regarder un entraînement sur la plage, je le lui aurais sans doute dit, mais, depuis toutes ces heures passées avec Sean, depuis que j'ai monté Corr, je sens que quelque chose en moi évolue. Je doute toujours que cela vaille la peine que Tommy Falk soit mort, mais je perçois à présent la séduction de vivre un pied sur terre et l'autre dans l'océan, et je n'ai jamais compris Thisby aussi bien que pendant ces dernières semaines.

Le garçon dit quelque chose à Norman Falk.

— Regarde, ils arrivent ! répond celui-ci.

Nous tournons la tête. Sean est apparu à mi-chemin d'un des petits sentiers qui descendent jusqu'au rivage. Il tient la jument noire de Tommy, qui paraît frêle entre ses mains, après Corr. Il ne porte rien de rituel ni de spécial, juste sa veste habituelle bleu-noir au col relevé et, en le voyant, je ressens un drôle de pincement qui ressemble à de la fierté, même s'il n'a rien dont je puisse m'attribuer le mérite. Il mène la jument noire sur le sable jusqu'à nous et ne s'arrête que lorsqu'elle se cabre à demi et pousse un petit cri doux comme un gazouillis d'oiseau.

Les gens viennent se rassembler autour du bûcher pour voir Sean mener la jument noire jusqu'au bord de l'eau, et ce n'est qu'alors que je remarque qu'il est pieds nus. Les vagues montent le long de ses chevilles et trempent le bas de son pantalon. Quand l'eau entoure ses paturons, la jument lève haut les sabots et lance un cri à l'océan. Ses yeux commencent déjà à ne plus ressembler à ceux d'un cheval. Elle fait claquer ses dents vers Sean, qui se borne à esquiver en se baissant, puis il entortille les doigts dans son toupet et tire sa tête vers le bas. Je vois ses lèvres bouger, mais sans pouvoir entendre ce qu'il lui dit.

— De la mer, à la mer ! déclare près de moi le père de Tommy, et je comprends subitement que ses mots correspondent aux mouvements de la bouche de Sean.

Je me demande combien de fois cette cérémonie s'est déjà déroulée ici, pas avec Sean, mais avec d'autres. Cela me rappelle quand, sur le rocher couvert de sang, j'ai déclaré que je monterais Dove. Je sens Thisby tirailler mes jambes et mille rituels invisibles m'alourdir les chevilles.

Sean lève la tête et regarde l'assemblée.

— Les cendres !

Un autre garçon – peut-être encore un frère de Tommy, celui-ci lui ressemble un peu – traverse à la hâte l'étendue de sable pour le rejoindre. La lumière décline rapidement, et je ne distingue pas dans quoi il porte les cendres, qu'on vient sans doute de retirer du bûcher. Sean tend une main au-dessus du récipient, comme pour tester la température, puis la plonge lentement dedans. La jument agite la tête et pousse un nouveau cri. Sean lance alors une poignée de cendres dans l'air au-dessus d'elle, et, quand sa voix s'élève, le vent la déchire et l'emporte aussitôt, mais Norman Falk répète les mots avec lui.

— Que l'océan garde nos valeureux !

Sean nous tourne le dos et retire le licol de la tête de la jument. Elle lui lance un coup de sabot, qu'il évite, puis secoue sa crinière et bondit dans l'eau et lutte un moment contre les vagues, avant de se mettre à nager : un cheval noir sauvage dans une mer d'un bleu profond pleine des cendres d'autres jeunes morts.

Soudain, il disparaît, si vite que l'instant exact m'échappe, et je ne vois plus que la surface mouvante de l'océan.

Debout au bord de l'eau, Sean regarde au loin avec une étrange expression mélancolique, comme s'il rêvait lui aussi de plonger dans les flots et de s'y enfoncer, et je me dis que c'est sans doute pour ça que Norman Falk lui a demandé de venir : non qu'il soit le seul à pouvoir procéder au rituel, mais parce qu'il est celui qui *incarne* le mieux les Courses, même quand il n'y en a pas, un rappel de ce que les chevaux signifient pour l'île, une passerelle entre ce que nous sommes et cette chose en Thisby à laquelle nous aspirons tous sans sembler pouvoir l'atteindre. Quand il contemple ainsi le large, Sean ne semble pas plus civilisé qu'un *capall uisce*, et ça me trouble.

Je sens mon cœur plein et vide de tous les débuts et de toutes les fins. Demain auront lieu les Courses, avec leurs manœuvres, leurs dangers, leurs espoirs et leurs craintes, puis Gabe embarquera et nous quittera. Je me sens comme Sean face à l'océan, et submergée d'une nostalgie si vague qu'elle en devient insupportable.

Chapitre 56

Sean

Après avoir libéré la jument de Tommy, je suis pris dans la veillée funéraire. À la lueur des flammes, tous les visages paraissent mystérieux, jusqu'à ce qu'on les approche de près ; je les scrute à tour de rôle et trouve Gabriel et Finn Connolly, mais pas Puck.

Je demande à Finn, l'air tout dégingandé comme d'habitude, si Puck les a accompagnés, et il me répond « Bien sûr ». Rien d'autre. Je traverse la foule, je pose la main sur des coudes et j'interroge des gens, sans cesser de me dire que mon attitude me trahit. Personne ne l'a vue.

La Grande Course a lieu demain, j'ai fait ce qu'il m'incombait de faire pour Tommy, et je devrais rentrer à l'écurie maintenant, mais je ressens un vide à l'idée que Puck est là quelque part et que je ne l'ai pas trouvée. J'ai besoin de la voir, et ça me perturbe.

Je reste longtemps sur les rochers, à me demander où elle peut être, puis je remonte le sentier de la falaise. Il fait noir à mes pieds, le ciel luit d'un rouge sombre. L'île entière a déjà plongé dans la nuit, pourtant, d'ici, on voit encore à l'ouest, très loin sur la mer, une dernière trace de couchant. C'est là que je trouve Puck, tout en haut, face à l'horizon. Les bras noués autour de ses genoux remontés jusqu'au menton, elle a l'air d'avoir surgi des rochers et de la terre alentour. Elle m'entend approcher, mais continue à scruter la mer.

Je m'assieds près d'elle et je contemple son profil sans me dissimuler, puisque nous sommes seuls. Les rayons du soleil caressent son cou et ses pommettes, la brise joue avec ses mèches couleur de lande. Elle me paraît moins farouche, moins réservée qu'à l'ordinaire.

— Tu as peur ?

Son regard reste fixé loin sur l'horizon, à l'ouest, là où le soleil a disparu mais où son rougeoiement persiste. Là-bas sont mes *capaill uisce*, l'Amérique de George Holly, et chaque gallon d'eau sur lequel navigue chaque bateau.

— Dis-moi à quoi ça ressemble, la Grande Course.

La Grande Course est un combat, une mêlée d'hommes, de sang et de chevaux, les plus rapides et les plus forts, qui ont déjà survécu à deux semaines sur la grève ; ce sont des embruns qui vous volent à la figure, la magie mortelle de novembre sur la peau, et les Tambours du Scorpion qui prennent le pas sur les battements du cœur ; c'est la vitesse, si vous avez de la chance ; c'est la vie et la mort, ou les deux, et c'est unique. Jadis, ces dernières lueurs du jour précédant la Course représentaient pour moi le meilleur moment de l'année, avec leur avant-goût de fièvre et de jeu, mais, à l'époque, je n'avais à perdre que ma vie.

— Il n'y a pas plus courageux que toi sur cette grève.

— Ça ne compte pas, rétorque-t-elle avec dédain.

— Si, ça compte, et je pense vraiment ce que je t'ai dit au festival. Cette île se moque de l'amour, mais elle sourit aux courageux.

Maintenant, Puck me regarde, de cet air ferme et farouche qui la fait ressembler à Thisby.

— Et toi, tu te sens courageux ?

La Déesse Jument m'a accordé un second vœu et, des années durant, il m'a paru riche de promesses, mais il me semble à présent aussi ténu qu'un fil.

— Je ne sais pas ce que je ressens, Puck.

Elle décroise juste assez les bras pour se pencher vers moi sans perdre l'équilibre et ferme les yeux en m'embrassant.

Puis elle s'écarte de moi et me regarde bien en face. Elle a à peine bougé et je suis resté immobile, mais le monde sous moi chavire.

— Dis-moi ce qu'il me faut désirer. Dis-moi que demander à la mer.

— Demande-lui d'être heureux.

Je ferme les paupières. J'ai la tête pleine de Corr, d'océan et des lèvres de Puck.

— Je ne crois pas que le bonheur puisse se trouver sur Thisby et, si c'était le cas, je ne saurais pas le conserver.

La brise qui souffle sur mes paupières fleure le sel, la pluie et l'hiver. L'océan bat contre le rivage sa berceuse incessante.

La voix de Puck chuchote à mon oreille, et son haleine me chauffe le cou dans mon col :

— Il faut lui murmurer ce qu'elle a besoin d'entendre, n'est-ce pas ce que tu me disais ?

J'incline la tête pour que sa bouche effleure ma peau. Le souvenir de ses lèvres est frais là où le vent souffle sur ma joue. Le front de Puck s'appuie contre mes cheveux.

Quand j'ouvre les yeux, le soleil a disparu, et l'océan m'habite, sauvage et tumultueux.

— Oui, c'est ce que je t'ai dit. Et que doit-elle entendre ?

— Que demain, murmure Puck, nous dominerons la Grande Course du Scorpion, tels les roi et reine de Skarmouth, et que je sauverai notre maison et toi ton étalon ;

que Dove ne se nourrira plus que d'avoine dorée, que tu gagneras la Grande Course chaque année, et que tous viendront ici de toutes les îles du monde pour découvrir comment tu t'y prends pour que les chevaux t'obéissent ; que la jument pie emportera Mutt dans la mer, que Gabriel décidera de rester, que j'aurai une ferme et que tu apporteras le pain pour le dîner.

— C'est ce que j'avais besoin d'entendre.

— Alors tu sais quoi désirer, maintenant ?

J'avale ma salive. Je sais que l'océan m'entend, même sans coquillage à lui offrir.

— Que j'obtienne ce qu'il me faut.

Chapitre 57

Puck

Autrefois, quand papa allait partir en mer, la maison était pleine de vie. Même quand il la quittait très tôt le matin ou très tard le soir, suivant l'horaire de la marée et l'état des hauts-fonds, maman se levait toujours pour lui préparer un casse-croûte, tandis que, dans sa chambre, Gabe vérifiait qu'il avait bien pris son rasoir, et que Finn et moi nous accrochions à ses jambes, mettions le nez dans son sac et répandions partout la farine de maman. Le jour où nos parents sont partis tous les deux, c'est moi qui leur ai préparé leur repas à emporter, pendant que Gabe inspectait les bagages de maman et que Finn boudait, accablé de tristesse.

Ce matin, le matin des Courses, j'ai l'impression que c'est moi qui prends la mer. Finn contrôle anxieusement mon sac, et Gabe cire mes bottes. J'attache mes cheveux en queue-de-cheval en me disant : « Alors, le grand jour est arrivé ! » Inutile de me hâter : la matinée sera consacrée aux petites courses, moins sérieuses, et Dove et moi n'avons pas besoin d'aller sur la grève avant le début de l'après-midi. Je plonge la main dans la boîte à biscuits pour prendre de l'argent, au cas où j'aurais besoin d'acheter quelque chose pour Dove, et mes doigts touchent le métal froid du fond. Nous avons tout dépensé.

Comme si j'avais besoin qu'on me rappelle pourquoi je vais concourir ! Je sens un frisson nerveux me parcourir le cou.

Lorsque enfin je me mets en route, Finn m'informe qu'il m'apportera mon déjeuner — non que j'imagine pouvoir manger, mes boyaux ont tout du nid de serpents, ce qui ne facilite pas la digestion — et Gabe m'accompagne dehors.

— Ne le fais pas, Puck ! me dit-il.

Il se penche sur la barrière et me regarde lancer la sangle sur le dos de la selle de Dove. Il n'a pas dormi, ses yeux sont cernés et, dans cette lumière, il ressemble beaucoup à papa. Il a des pattes-d'oie au coin des paupières et commence à prendre l'allure d'un pêcheur.

— Ça me paraît un peu tard pour ça, je réplique en le regardant par-dessus la selle. Explique-moi comment je peux sauver la maison autrement, et je reste ici.

— Ce serait si terrible que ça, de quitter la maison ?

— Mais je l'aime, *moi*, elle me rappelle maman et papa. Et il ne s'agit même pas vraiment de la maison ! Tu sais ce qui partira en premier, si nous la perdons ? C'est Dove ! Je ne peux pas…

Je m'interromps et m'emploie à frotter une tache sur le cuir.

— Dove n'est qu'une jument, dit Gabe. Ne me regarde pas comme ça, je sais que tu l'aimes, mais tu peux vivre sans elle. Tu trouveras du travail sur l'île, je vous enverrai de l'argent, et tout ira très bien.

J'enfonce les doigts dans la crinière de Dove.

— Non, tout n'ira pas très bien ! Je ne veux pas me contenter de trouver du travail, de le faire, et c'est tout ! Je veux Dove, et assez d'espace pour respirer, et je ne veux pas que Finn travaille à l'usine. Je ne veux pas vivre dans un réduit à Skarmouth, avec Finn dans un autre réduit ailleurs dans la ville, et qu'on vieillisse comme ça.

— L'année prochaine, j'aurai gagné assez d'argent pour que vous puissiez venir me rejoindre, vous aussi. Il y a de meilleurs emplois, là-bas.

— Mais je ne veux pas vivre sur le continent, et je *ne veux pas* de meilleur emploi ! Tu ne comprends pas ? Je suis heureuse ici, Gabe, et tout le monde ne souhaite pas partir ! C'est sur l'île que je veux vivre. Si je pouvais avoir Dove, un endroit bien à moi et un sac de haricots, ça me suffirait.

Gabriel fixe ses pieds et fait bouger ses lèvres comme quand papa et lui étaient en désaccord et que mon frère appréciait peu la tournure que prenaient les choses.

— Et tu considères que ça vaut la peine de mourir pour ça ?

— D'après moi, oui.

Il détache une écharde en haut d'une planche.

— Tu n'y as même pas bien réfléchi !

— Je n'ai pas besoin de le faire. Écoute, je veux bien renoncer à la Course si toi, tu restes ici !

Mais je sais déjà en parlant qu'il va refuser, et que j'irai sur la grève.

— Non, Puck, me dit Gabe. Je ne peux pas.

— Tu vois !

J'ouvre la barrière et je fais passer Dove devant lui.

Ça me fait mal, mais je ne ressens aucun étonnement ni aucune colère contre lui. J'ai l'impression que j'ai toujours su, depuis toute petite, qu'il allait partir, mais que je refusais de l'accepter, et je me dis que Gabe devait se douter lui aussi, en entamant cette conversation avec moi, qu'il n'arriverait pas à me dissuader d'aller courir avec Dove. Ce n'étaient que des mots que nous devions prononcer tous les deux.

Quand je passe, Gabe me saisit par le bras, et Dove s'arrête obligeamment tandis qu'il m'attire et me serre contre lui. Il n'ajoute rien de plus mais m'embrasse, comme il le faisait quand nous étions beaucoup plus jeunes et que nos six ans de différence creusaient un gouffre entre nous.

— Tu vas me manquer, je murmure dans son chandail.

Pour une fois, le vêtement ne sent pas le poisson, mais le foin que Gabe a rentré pour moi hier au soir et la fumée du bûcher funéraire.

— Je suis désolé d'avoir tout bousillé comme ça. J'aurais dû vous faire plus confiance à tous les deux.

J'aurais aimé qu'il le dise plus tôt, avant de devenir si triste et si effrayé, mais j'accepte quand même ses excuses.

Gabe me relâche.

— Je vais aller trouver pour toi où on distribue les couleurs, dit-il, puis il me regarde et ajoute : Tu ressembles tout à fait à maman, aujourd'hui.

Chapitre 58

Sean

Nous sommes le 1er novembre, quelqu'un va donc mourir aujourd'hui.

J'entends frapper sur le bois fendillé de ma porte.

— Comment se porte le grand champion de Skarmouth, par ce beau matin ?

J'ouvre les yeux et je tourne la tête. Debout sur le seuil, George Holly promène le regard sur mon petit logement mansardé, où il n'y a rien, hormis mon lit, un lavabo et un poêle minuscule coincé sous la pente du toit. La faible lueur du jour naissant baigne la pièce de bleu lavande.

Je hoche la tête en guise de salut et d'invitation à entrer.

— Quelle ambiance sinistre ! commente Holly. Et vous me semblez bien sombre, vous aussi.

Il tire à lui la caisse remplie de boîtes de conserve près du lavabo, s'assied et croise les jambes. Puis il ôte sa casquette rouge, la pose sur ses genoux et passe la main dessus comme s'il caressait un animal.

— J'ai les nerfs à vif, je n'arrive pas à me calmer. (Je referme les yeux.) Si j'entre dans la stalle de Corr comme ça, il le sentira tout de suite, et je ferais aussi bien de ne pas aller sur la grève du tout !

— C'est la Grande Course ? demande Holly. Vous avez peur ?

— Je n'ai jamais eu peur, je réponds sans rouvrir les yeux.

— Alors est-ce parce que vous courez pour Corr, cette fois-ci ? Que souhaitez-vous vraiment, Sean ?

Je presse une main contre mon visage, en quête de ce calme qui doit bien se trouver en moi quelque part, de cette assurance qui m'habite chaque année avant la Course et chaque matin avant de monter un cheval, quel qu'il soit.

— La liberté ? poursuit-il. Oubliez la course, revenez en Amérique avec moi, et je vous prends comme associé dans mes haras ! Pas palefrenier en chef, ni premier entraîneur, vous serez entièrement libre de vos mouvements !

Je me tais toujours.

— Vous voyez bien ! Vous m'avez menti en me disant que vous cherchiez la liberté. Nous venons d'établir qu'il s'agit de tout autre chose, et c'est ce que j'appelle progresser.

Je détourne la tête. D'en bas monte le brouhaha habituel des écuries un matin de courses, et je n'y suis pas.

— Votre étalon alezan, donc ? Vous avez peur de le perdre en perdant la Course, sous le coup de la loi de Malvern ? Vous êtes pourtant arrivé premier quatre années sur six, n'est-ce pas ? Ça vous donne une excellente cote, alors ça ne doit pas être ça non plus.

Je rouvre les yeux et fixe Holly, et il se tortille sur sa caisse, qui grince sous son poids.

— Deux fois, j'ai été devancé par Ian Privett sur Penda. La troisième fois, il est tombé et il a perdu son cheval, et cette année il l'a retrouvé. Blackwell monte Margot...

— ... qui est très rapide...

Il ne m'a pas laissé le temps de le dire.

— ... et il y a la jument pie. Je ne la connais pas, mais je la crois vraiment redoutable. Je me dis que je pourrais perdre absolument tout.

Holly se gratte le cou et contemple les ombres sous mon lit.

— Cet *absolument tout* me semble au cœur du problème. Vous ne voudriez pas dire Kate Connolly, par hasard ? Ah, je vois que je ne me trompe pas !

— De moi, je peux être sûr.

— Hummm...

— Épargnez-moi vos *hummm*, monsieur Holly ! Vous ne pouvez pas débarquer ici, avec votre casquette rouge et des chaussures pareilles, et vous mettre à jouer au grand sage !

— Me dit l'homme aux pieds nus ? (Holly se lève et fait un pas, qui l'amène tout près du poêle.) Comment vivez-vous ici, Sean Kendrick ? Comment arrivez-vous à préparer une tasse de thé sans vous brûler ? Si vous vous retournez en dormant, vous risquez de tomber dans le lavabo, et vous devez prendre tous les matins votre petit déjeuner au lit parce qu'il n'y a pas de place ailleurs.

— C'est vivable.

— Hummm, répète Holly. *Vivable* couvre une vaste gamme de situations. Vous reviendrez habiter ici, si vous gagnez ?

— La maison de mon père se trouve à une heure de marche, sur les falaises du nord-ouest. Si je pouvais vivre où ça me chante, j'irais là-bas.

Je ne me rappelle pas vraiment la maison, même s'il m'est arrivé de passer devant à cheval, et je n'ai que des souvenirs fragmentaires de l'intérieur : je me revois dans mon lit, près de la fenêtre, ma mère assise sur une chaise. L'endroit est plutôt délabré, maintenant. Sur le papier, il m'appartient, mais il est situé trop loin pour que je puisse y vivre tout en travaillant pour Malvern.

— Vous accepteriez de prendre en pension la poulinière que je viens d'acheter, jusqu'à ce que votre étalon et elle me donnent un joli poulain alezan ?

J'attrape mes chaussettes sur le radiateur et les bottes posées au-dessous.

— Je n'ai pas dit que je monterais un élevage.

— Il aurait été superflu de le préciser. Je reviendrai l'année prochaine, quand vous aurez toute une troupe de chevaux sous vos fenêtres et Puck Connolly dans votre lit, et j'achèterai mes bêtes chez vous au lieu de me fournir chez Malvern. Voilà ce que l'avenir vous réserve !

— Ça semble bien plus réjouissant, quand c'est vous qui en parlez.

Je saisis ma veste avec un soupir.

— Où allez-vous ? Je n'en ai pas fini avec mes prophéties !

Je pose ma veste sur mon épaule.

— À la grève. Jamais vous n'aurez votre joli poulain alezan, si je ne commence pas par gagner Corr.

Chapitre 59

Puck

J'ai rétréci pendant la nuit, quand tous les autres sur l'île grandissaient ; ils font maintenant plus de deux mètres de haut, alors que je ne suis qu'une petite enfant et que Dove semble de la taille d'un jouet ou d'un chiot tandis que nous nous frayons un passage dans la foule. La route qui mène à la grève est en effervescence. Les premières courses ont commencé depuis déjà plusieurs heures et, en bas sur le sable, des coureurs de quinte disputent de brèves escarmouches. Des falaises montent les cris et les rires des spectateurs. Le vent souffle en rafales.

Je lève les yeux. Ces nuages gris dans le ciel se dissiperont vite, ils ne resteront pas toute la journée, ce qui me rassure, car je craignais que le temps ne soit aussi mauvais que le jour de la mort de Tommy. Il fait froid, mais nous sommes en novembre, et je m'y attendais.

Tout le monde me dévisage, et j'entends ou crois entendre sans cesse mon nom. Quelqu'un crache sur les sabots de

Dove, il visait peut-être mes pieds. J'entends des gens s'exclamer avec ce fort accent du continent, et des remarques sur mon éducation dans celui plus saccadé de Thisby et, bizarrement, je me sens étrangère et comme en visite sur une île hostile. Des mains se tendent pour toucher Dove, toute nerveuse et troublée. À un moment, et bien qu'il n'y ait pas d'autres chevaux dans les parages, elle lève la tête et hennit, et tout en bas, loin sur la grève, un *capall uisce* lui lance un cri. Dove frémit et m'entraîne en tirant sur sa longe, et mes talons creusent le sol sur plusieurs mètres avant que je puisse l'arrêter.

J'entends rire alentour, et quelqu'un me demande — pas gentiment — si j'ai besoin d'aide.

— Ce dont j'aurais besoin, je réplique sèchement, c'est que votre mère se soit montrée plus avisée neuf mois avant votre naissance !

— Mais c'est qu'elle mord ! raille un autre.

Je serre les lèvres et passe mon chemin. Gabe doit se trouver quelque part dans cette cohue, peut-être avec mes couleurs, et sans doute aussi Finn avec mon déjeuner.

— Vous cherchez à bouleverser l'ordre établi, Kate Connolly ?

Je cille et recule d'un pas. Juste devant moi se tient un homme vêtu d'un complet marron qui a l'air d'avoir coûté plus cher que notre maison, un carnet à la main, suivi d'un photographe armé d'un flash énorme. Une haie de gens se dresse derrière Dove et moi. Je me sens acculée.

— Je ne cherche pas à changer quoi que ce soit d'autre que ma propre situation.

— Alors, vous ne diriez pas que vous soutenez le mouvement pour l'émancipation des femmes ?

Je me dévisse le cou en cherchant des yeux mes frères, ou Dory Maud, ou n'importe quelle connaissance. Je n'ai jamais vu autant de chapeaux melon de toute ma vie.

— Je suis juste quelqu'un avec un cheval, comme tous les autres sur cette île. Vous permettez ? Vous énervez ma jument.

— Que répondez-vous, me demande le journaliste, à ceux de Thisby qui soutiennent que vous ne devriez pas participer aux Courses du Scorpion ?

— Que je n'ai rien à leur dire, je rétorque avec humeur.

— Une dernière chose, mademoiselle Connolly, comment envisagez-vous l'issue de la Grande Course ? Pensez-vous pouvoir gagner ?

Je fais pivoter Dove et l'entraîne, et ils trottinent pour rester à ma hauteur. Curieusement, ce reporter et ce photographe me perturbent plus que tout ce qui a pu m'arriver jusqu'ici. Je n'avais pas prévu d'être scrutée ainsi, et encore moins par un journaliste du continent.

Je fronce les sourcils et le fusille du regard.

— Allez donc demander à la boucherie Gratton ! On sait tout, là-bas.

Je tente une fois de plus de faire changer Dove de direction, pour les obliger à reculer.

— Puck !

Je me retourne, l'estomac en déroute, et je vois Sean. Lui n'a pas de mal à se frayer un chemin dans la foule, il la fend sans difficulté, et les gens s'écartent sans même paraître s'en rendre compte. Il porte une simple chemise blanche et paraît hors d'haleine, ce qui lui ressemble si peu que, l'espace d'une seconde, j'ai du mal à croire que c'est bien lui.

Il s'approche de moi en tournant le dos au reporter et penche la tête. Je sens avec acuité tous les regards braqués sur nous, mais il n'a pas l'air de les remarquer.

— Où sont tes couleurs ?

— Gabe est parti les chercher.

— On les distribue sur la grève, dit-il. Tu dois aller les prendre là-bas.

— Tu as déjà les tiennes ?

— Oui, et je peux tenir Dove pendant que tu y vas.

Quelqu'un pose la main sur la croupe de Dove, qui frémit. Il y a trop de bruit et trop de monde pour elle, et je crains qu'elle n'épuise toute son énergie sur les falaises avant même que nous ne descendions jusqu'au rivage. Je me souviens du conseil de Peg Gratton de ne laisser personne serrer la sangle de ma selle à ma place, et je décide que Sean n'est pas personne.

— Tu peux faire en sorte qu'ils me fichent la paix ?

Il opine brièvement.

— Merci, je murmure d'une voix si basse qu'elle l'oblige à pencher la tête vers moi pour m'entendre.

Sean étend le bras et fait glisser un mince bracelet de rubans rouges autour de ma main libre, puis la lève et presse ses lèvres sur ma peau. Je reste figée sur place, et je sens mon pouls qui bat plusieurs fois contre sa peau avant qu'il me relâche.

— Pour te porter chance ! dit-il en me prenant la longe de Dove.

— Sean !

Il se retourne. Je lui saisis le menton et je l'embrasse fort sur la bouche, et soudain, je revois ce premier jour sur la plage, quand j'ai sorti sa tête de l'eau.

— Pour te porter chance ! je souris devant son regard médusé.

Un flash se déclenche, et des sifflets admiratifs s'élèvent.

— Entendu, dit Sean, comme si nous venions de sceller un pacte qui ne lui pose aucun problème. (Il se tourne vers la foule.) Si vous voulez que la Course ait lieu, écartez-vous et donnez de l'air à cette jument. Immédiatement !

La foule se disperse, et je me dirige vers le sentier de la falaise. Avant de descendre, je jette un coup d'œil par-dessus mon épaule. Près de Dove, Sean continue à me regarder, et les badauds gardent leurs distances. Je sens l'île sous mes pieds et la bouche de Sean sur mes lèvres, et je me demande si la chance nous sourira aujourd'hui.

Chapitre 60

Puck

Il y a moins de monde sur la grève que je ne m'y attendais. J'arrive dans l'intervalle entre deux courses mineures, et les seuls *capaill uisce* sur le sable sont ceux qui vont participer aux prochaines compétitions. Tous les spectateurs ont quitté le rivage et se sont regroupés sur les falaises, où ils se tiennent aussi près du bord qu'ils l'osent. Le ciel s'est dégagé et a pris ce bleu très profond de novembre, et l'océan à ma droite n'est pas moins sombre que la nuit.

Si je m'autorise à penser que, d'ici peu, je serai en train de galoper avec Dove le long de l'eau, ça me paralysera.

Je trouve assez vite la table des officiels, à l'abri de la falaise. Deux hommes coiffés de melons sont assis devant des piles fascinantes de tissus de couleurs variées. Je me dépêche d'approcher et me penche pour ne pas avoir à crier.

— Je viens chercher mes couleurs.

Je reconnais l'homme de droite, il s'assied près de nous à l'église.

— Il n'y en a plus pour vous, me répond l'autre, les bras croisés sur un des tas.

— Pardon ? je demande poliment.

— Il n'y en a plus, répète-t-il. Bonne journée à vous ! (Il se tourne vers son voisin.) Tu ne trouves pas qu'il fait doux, pour la saison ?

— Monsieur !

— Ça ne me gêne pas qu'il fasse chaud, loin de là, mais on risque d'avoir des moustiques.

— Vous ne pouvez pas faire semblant que je ne suis pas là !

Mais si, ils peuvent, ils bavardent ostensiblement à bâtons rompus et m'ignorent, jusqu'à ce que finalement je renonce. Ravalant ma colère et mon humiliation, je les informe que ce sont des ordures de refuser de me parler et je m'en vais. En chemin, je rencontre Gabe, tout échevelé par le vent, qui descend le sentier de la falaise.

— Où sont tes couleurs ?

— Ils refusent de me les donner, je lui réponds à contrecœur.

— Ils *refusent* ?

Je croise les bras sur ma poitrine.

— Aucune importance, je vais courir sans.

Mais je mens, ça en a, de l'importance, au moins un peu.

— Attends, je vais leur dire deux mots ! s'enflamme Gabe. C'est ridicule !

Son indignation me fait chaud au cœur, même si je doute qu'elle ait de l'effet, mais il arrive que le simple fait de partager ses ennuis avec quelqu'un aide.

Je le regarde descendre et traverser la grève et je comprends, en voyant la tête des officiels quand il s'approche, qu'il obtiendra la même réponse que moi. Je me répète que ce n'est pas si grave, et que je n'ai pas besoin de ressembler aux autres ni de faire partie de leur groupe.

— Le diable les emporte ! s'exclame Gabe en revenant.
Quels vieux schnocks !

Près de moi, quelqu'un s'adresse à la cantonade à la foule
et ordonne à tout le monde, hormis les prochains concurrents, de libérer la plage, car c'est l'heure de la Grande
Course.

C'est donc à nous.

Chapitre 61

Sean

Quand vient l'après-midi, il fait froid sur la plage, malgré un soleil éclatant. Le vent soulève des milliers de moutons sur la surface bleu-noir de l'océan. Là-haut, les spectateurs massés sur les falaises guettent le pâle ruban de grève qui les sépare de la mer.

De temps à autre, je distingue au loin dans l'eau la tête d'un cheval que les courants de novembre drossent vers le rivage. Ceux qui ont été capturés se débattent dans leur harnachement lourd de grelots et de rubans rouges, de fers et de feuilles de houx, de marguerites et de prières. Affamés et méchants, splendides et maléfiques, les *capaill uisce* nous aiment et nous haïssent.

C'est l'heure de la Grande Course du Scorpion.

Sous moi, Corr piaffe, surexcité. La mer chante à ses oreilles différemment d'hier, et il lance un coup de dents à un congénère qui passe près de nous. Avant de rencontrer Puck, je n'avais pas remarqué qu'il y avait tant de cavaliers sur la grève pour cette Course. Partout les chevaux se pressent, se bousculent, se mordent, renâclent et ruent. L'extrémité nord de la plage ne m'a jamais paru aussi lointaine.

Dans trois kilomètres et demi et cinq minutes, tout sera dit.

Je retrouve Puck dans la foule. Alors que les autres s'affairent à attacher des colifichets et des ornements de dernière minute sur leurs chevaux, penchée sur l'encolure de Dove, elle presse la joue dans sa crinière.

— Sean Kendrick.

J'ai reconnu la voix de Mutt avant de tourner la tête. Il est tout près, sur la jument pie. Elle agite la tête, et les clochettes qu'il a tressées dans sa crinière lancent un accord dissonant. Comment s'imagine-t-il qu'elle puisse courir vite, harnachée de toute cette ferraille ?

— Ne m'adressez pas la parole !

— Je te promets une course infernale !

Corr couche les oreilles, et la jument pie l'imite.

— Vous ne pouvez pas m'en imposer, sur cette grève !

Mutt Malvern fait reculer sa jument, qui s'ébroue en cliquetant. Il suit mon regard jusqu'à Puck.

— Je sais bien à quoi tu tiens, Sean Kendrick !

Puck

Je tente sans grand succès de me persuader que ce ne sera qu'un autre sprint ; j'essaie de ne pas regarder la longueur du parcours ; je tâche de me souvenir qu'il me faut non seulement survivre, mais aussi réussir : je dois gagner la Course. Une seconde, je me sens coupable à l'idée que, si j'obtiens ce que je veux, alors ce ne sera pas le cas de Sean, puis je me rassure en me disant qu'avec le prix on peut sûrement et sauver la maison et acheter Corr.

— Puck, descends une minute !

Je suis surprise d'entendre la voix de Peg Gratton. Debout près de Dove, elle lève la tête vers moi. Ses cheveux sont tout ébouriffés par le vent et son expression est grave. Je mets docilement pied à terre. Inexplicablement, elle tient dans ses bras son costume d'oiseau du festival.

— Comment tu te sens ?

— Ça va.

— Gabe m'a dit qu'ils refusaient de te donner tes couleurs, c'est lamentable !

Je secoue la tête sans laisser mon visage trahir quoi que ce soit.

— Bon, dit Peg, maintenant, ôte-moi ça !

Mystifiée mais confiante, je retire la selle du dos de Dove et regarde Peg déplier minutieusement son costume. L'énorme et terrifiante tête d'oiseau a été ôtée, il ne reste que la cape couverte de plumes. Peg l'étale sur le dos de Dove, là où j'aurais mis mes couleurs, puis remet la selle en place et vérifie qu'il n'y a pas de plis.

— Tu portes les couleurs de Thisby, à présent !

— Merci, Peg.

— Ne me remercie pas, dit-elle en s'éloignant déjà. Montre-leur plutôt qui tu es !

Je déglutis. Ce que je suis est tout recroquevillé à l'intérieur de cette fille qui porte le nom de Puck Connolly et prie pour que je survive aux minutes à venir.

— Cavaliers, en place !

Déjà ? Nous venons à peine d'arriver, et je n'ai pas encore vu Sean. Je remonte sur Dove et je fouille du regard la foule des *capaill uisce*. Si je peux juste…

Je l'ai aperçu à l'autre bout de la ligne, menton levé, qui me regarde, lui aussi. Corr porte des couleurs bleu nuit sur son pelage déjà luisant de transpiration. Sean fixe toujours mon visage, alors je lève la main pour lui montrer le ruban noué à mon poignet.

— Cavaliers, *en place pour le départ* !

Je regrette de ne pas être près de Sean et Corr, mais il est déjà trop tard. Trois officiels nous font reculer et aligner derrière de grandes perches de bois. Des centaines de grelots sur des douzaines de sabots résonnent et retentissent. Les *capaill uisce* claquent des mâchoires, soufflent des narines et piétinent, parcourus de longs frissons. J'écarte Dove autant que je le peux de ses voisins. Entourée de prédateurs, elle garde les oreilles couchées contre son crâne.

Le *capall uisce* près de moi secoue la tête, et l'écume ruisselle sur son cou et son poitrail.

Le compte à rebours a commencé.

« Shhhhhhhh, shhhhhhhh », murmure l'océan.

On lève les perches.

Chapitre 62

Puck

Nous démarrons en flèche. C'est aussitôt la pagaille, et la seule chose dont j'arrive à me souvenir, c'est que je dois faire obliquer Dove vers l'intérieur. Aucun cavalier ne choisira d'approcher cette mer de novembre. Les sabots de ma jument martèlent le bout des flots et l'eau salée embrume mon visage. Du sel s'est aussi incrusté, Dieu sait comment, entre mes doigts et les rênes, et les cristaux me brûlent et me râpent la peau.

Quelque chose m'écrase soudain la jambe, et la boucle de l'étrivière s'enfonce douloureusement dans mon os. Je me tourne et vois un grand *capall* bai qui se presse contre nous. J'envoie Dove d'un bond plus avant dans la mer et, juste à moment-là, le bai se tortille et lui lance un coup de dents. Derrière ses oreilles plaquées contre son crâne, je reconnais Gerald Finney. Les jointures de ses doigts crispés sur ses rênes sont toutes blanches, et il ne me regarde pas. Au frémissement transmis par la selle, je sens que Dove connaît ce *capall*, et je serre les jambes contre ses flancs. *N'aie pas peur, Dove, pas maintenant ! On a encore beaucoup de chemin à faire !*

Je me rappelle un peu tard que je dois ménager l'énergie de Dove et la force à ralentir. Des chevaux nous dépassent en trombe, je vois passer successivement la couleur verte de Ian Privett, le bleu clair de Blackwell et le doré de la jument pie, mais aucun étalon rouge à tapis de selle bleu nuit, et je ne sais pas s'il est derrière moi ou trop loin devant pour que je le voie.

Sean

Je cherche Puck et Dove des yeux, mais je ne démêle rien dans cette bousculade de corps. Corr tire et me fatigue les bras, les muscles de mes épaules me font déjà mal, et le frottement du cuir des étrivières me brûle les mollets. Je me demande combien de temps je dois retenir Corr derrière le peloton et chercher Puck. C'est la pire des positions : les *capaill uisce* restent à la traîne non parce qu'ils sont lents, mais pour se battre entre eux ou avec l'océan. Les sabots devant moi m'envoient du sable dans la figure, mes yeux me piquent, mais je n'ai pas de main libre pour les frotter.

À ma gauche, un gris et un alezan qui s'entredéchirent tentent d'associer Corr à leur rixe, mais je le maîtrise et le lance en avant, sans pour autant trop m'éloigner : si Puck se trouve derrière moi, je ne veux pas l'abandonner. Les mains enfouies dans la crinière pleine de sueur sur le garrot de Corr, je sens ses muscles frémir au contact de la mer de novembre et je lui murmure de tenir bon.

Je jette un coup d'œil sous mon bras à droite, toujours à la recherche de Puck, mais je ne vois que le *capall* gris à demi immergé dans les vagues. Il a déjà presque muté en créature marine, les yeux formant d'étroites fentes sur sa tête qui s'allonge. Il se tord et se démène, plus soucieux de son cavalier que de la Course. De l'eau de mer m'éclabousse, et le froid me griffe la joue.

Un autre *capall*, une jument, appuie à main gauche. Elle me lance un coup de dents et m'érafle la jambe, puis son jockey l'écarte d'un geste brusque. Nous ne pouvons pas rester ici, à l'arrière, je vais m'écarter du peloton et trouver Puck. Si elle ne s'est pas encore tirée de cette cohue, elle pourrait être déjà morte.

Je me penche sur l'encolure de Corr pour lui parler à l'oreille, mais, cette fois, je ne sais quoi lui dire.

Peu importe : Corr, qui comprend ce que je veux sans que j'aie besoin de le formuler, jaillit du groupe de *capaill uisce* à l'arrière du peloton.

Un étroit couloir s'ouvre devant nous, là où trois chevaux se disputent la première place. L'année dernière, Corr et moi aurions aussitôt profité de cette brèche, et les autres auraient passé le restant de la Course à compter les longueurs nous séparant du peloton.

Pas cette année.

J'attends.

Puck

Il ne s'écoule qu'une minute avant que Dove soit mordue et, quelques secondes plus tard, une chose tranchante comme une lame de rasoir m'entame la peau. Ça ne me semble pas être des dents de cheval, mais je n'ai pas le temps d'examiner la blessure ni de me demander ce qui l'a causée, car nous sommes prises, Dove et moi, dans une mêlée de corps, et les grondements, les mugissements, les claquements de mâchoires et les cris alentour dominent le hurlement du vent dans mes oreilles.

Sur ma cuisse, je sens la tiédeur déconcertante du sang qui s'écoule le long de ma jambe, mais je n'ai pas encore mal : ce qui m'a coupée l'a fait nettement et proprement.

Dove commence à paniquer. Un mouvement sur la droite lui fait relever la tête d'un geste si brusque qu'une rêne glisse dans ma main et arrache la peau d'une ampoule brûlante. Du blanc cerne les yeux de mon amie.

Il faut sortir d'ici. Du sable me mord la joue et le coin des paupières, mais mes mains sont occupées et je ne peux pas l'essuyer. Je ne vois pas comment avancer, jusqu'au moment où le *capall uisce* à ma droite s'élance dans l'océan, trébuchant sur les vagues et se tordant dans les airs, avant de désarçonner son cavalier.

C'est Finney. Son regard croise le mien une fraction de seconde, ses mains brassent l'eau, puis les dents émoussées de son cheval de mer bai se referment avec un claquement sec sur sa pommette.

La seconde suivante, je les ai dépassés, et ils ont disparu sous l'eau bouillonnante qui nous éclabousse en dessinant une forme sombre sur l'épaule de Dove. Je me sens malade, malade, malade.

Un étroit passage se découpe entre les *capaill uisce*. En fonçant à droite, et si je demande à Dove d'accélérer, nous arriverons peut-être à nous extraire de là.

Inutile de ménager les forces de Dove, si c'est pour y laisser notre peau ! Je presse les mollets dans les flancs chauds de ma jument et, tout à coup, le déclic se fait : elle trouve son rythme et quitte enfin la meute tumultueuse qui nous cernait, et j'aperçois alors, derrière les chevaux de tête, Sean Kendrick sur son alezan aux couleurs bleues.

J'essuie d'une gifle le sang qui coule de l'épaule de Dove. La morsure n'est pas profonde, mais je me sens coupable et je lui demande pardon. Dove tourne vers moi une oreille tremblante. Je relâche un tout petit peu les rênes. Elle reste terrifiée, mais j'ai capté un instant son attention.

Concentre-toi ! Je me remémore nos chevauchées sur les falaises et je cherche à donner à ma jument une allure ferme et régulière. Je revois le *capall uisce* se jeter du haut de la falaise. L'essentiel sera pour nous de ne pas oublier la Course, quand tous les autres ne songeront plus qu'à l'océan.

Je tiendrai bon.

Sean

Un nouvel arrivant a surgi sur notre droite, et Corr, que le contact de l'eau affole, agite la tête en essayant de le mordre. Je le retiens. Le cheval près de nous tressaille mais continue à courir, oreilles couchées, sans perdre le rythme. Il est plus petit que Corr, ou que tout autre sur cette grève, et les muscles qui pompent sous sa peau ne sortent pas de l'ordinaire.

Dove galope à notre hauteur, sans se laisser distancer. Les plumes de son tapis de selle se soulèvent au vent. De temps en temps, je jette un coup d'œil à Puck, puis à Dove. La jument a été mordue, mais la plaie n'est pas profonde. Puck saigne, elle aussi, d'une blessure longue et bien nette : c'est un couteau, et non les dents d'un cheval, qui a tranché le tissu de sa culotte d'équitation, le couteau d'une personne exaspérée par sa présence sur la grève ; mais m'attarder sur le sujet me mettrait hors de moi et me ferait perdre mon sang-froid et ma concentration, ce que je ne peux me permettre.

Alentour en effet règnent le chaos, la confusion et un vacarme affreux : le halètement essoufflé des *capaill*, leurs grognements lorsqu'ils se battent, le martèlement continu des sabots et le souffle puissant de la mer qui dominent les cris et les clameurs de la foule. Même sans l'océan de novembre, le bruit suffirait à affoler un cheval.

Devant nous, un *capall uisce* se tortille et se déporte vers l'intérieur, tandis que son cavalier résiste et tente à tout prix d'éviter l'océan. Deux autres, qui courent en se bousculant et se houspillant, ralentissent, et nous les dépassons. Nous sommes alors cernés par un rempart de jambes, de genoux, de sabots, d'os maculés de sang et de dents qui s'entrecho-quent. Nos voisins cherchent à nous entraîner dans leurs querelles, mais Corr s'interpose, tel un mur frémissant, entre les autres et Dove, qui le sépare elle-même de l'océan.

Nous avons couvert plus de la moitié de la distance, soit un peu moins de deux kilomètres. Cette première partie s'appa-rente à un rite de passage, qui élimine tous ceux qui ne sont pas prêts ou dont les montures restent incontrôlables. Je jette un coup d'œil à Puck, qui me le retourne d'un air farouche.

Le sable défile sous nos jambes, nos poumons haletants noient le bruit de l'océan. Il n'y a plus que nous deux par ici.

En tête de peloton, les chevaux de Blackwell et de Privett se disputent et se provoquent l'un l'autre, à grand renfort de coups de dents. Leurs cous et leurs épaules se frôlent. Juste derrière vient Mutt Malvern, qui cravache sans relâche sa jument pie. Puck persiste à les talonner sur un rythme régulier. Je maintiens Corr à sa hauteur, et nous gagnons du terrain à chaque foulée.

Je sens Corr plus puissant que jamais. Une trouée se des-sine devant nous, je pourrais m'y faufiler et devancer Blackwell, puis Privett. Mutt se laisse peu à peu distancer et se rapproche de nous, il ne compte pas. Je pourrais prendre la tête et remporter cette Course aussi facilement que l'an passé. Dans trois minutes, Corr serait mien.

Mon rêve : un toit au-dessus de ma tête, des rênes dans mes mains et un cheval sous moi. Corr.

Je sens sur mon visage le souffle de la Déesse Jument.

J'ai promis à Puck de rester à ses côtés jusqu'à ce qu'elle se lance, mais Dove ne peut peut-être pas accélérer assez pour dépasser les premiers. Et si je perdais tout en les attendant ? Mais je me dis que nous avons encore bien assez de temps.

Dove part soudain en avant.

C'est là que je comprends que Mutt Malvern a retenu Skata exprès.

Jamais il n'a voulu gagner cette Course.

Puck

L'attaque de la jument pie me prend au dépourvu.

Entre la mer et nous, elle se cabre comme pour s'élancer en avant, puis se laisse retomber sur Dove en lui mordant la nuque, juste derrière les oreilles.

Dove chancelle.

Quand je tourne la tête, je me retrouve face au sourire grimaçant de Mutt Malvern.

— Ça se passe entre vous et moi, Mutt ! s'écrie Sean d'une voix bouleversée.

En essayant de ne pas perdre mes étriers, je me penche très en avant sur l'encolure couverte de sueur de Dove et j'empoigne l'oreille de la jument pie. Sa peau est gluante, très différente de celle de tous les chevaux que j'ai pu toucher jusqu'ici. L'échine de Dove s'enfonce dans mon ventre, mes ampoules me brûlent les mains, mais je m'en moque : je tords violemment l'oreille de la jument pie, qui pousse un glapissement et s'écarte.

Je comprends à peine ce que Sean me crie.

— Libère le chemin, Puck !

Dove, elle, a saisi : tandis que Corr approche à toute allure, elle s'élance entre lui et la jument pie, ce qui me projette sur ma selle au cuir glissant de sang et d'eau de mer.

Skata se tord et bondit, mais nous en sommes débarrassés. Le temps de jeter un coup d'œil derrière moi, et l'épaule de Corr percute celle de la jument pie. Une seconde, Sean pose sur moi son regard et s'assure que je gagne du terrain.

Je veux l'attendre. Je sais qu'il a déjà réussi quatre fois et sans moi, mais je ne veux pas le laisser.

Sa voix me parvient.

— *Fonce !*

J'abandonne les rênes à Dove.

Sean

Impossible de faire une percée.

Si nous pouvions passer devant, Corr distancerait Skata, mais Mutt Malvern, qui a saisi mes rênes, tire sa tête pour l'amener à la portée des dents de la jument pie. C'est du côté où Corr voit mal. Ne pas savoir à quoi il a affaire le rend fou de peur, et il roule ses yeux dans ses orbites et ne cesse de relever le nez par saccades convulsives. Skata fait claquer ses mâchoires et lui érafle la joue. En luttant pour arracher les rênes à Mutt, mon genou heurte violemment le sien, os contre os, et un élancement brûlant me déchire la jambe.

Skata et Corr galopent maintenant épaule contre épaule, et chaque foulée nous emmène plus loin dans l'océan. J'ai un goût de sel dans la bouche, l'eau de mer rend le cuir de ma selle glissant. Corr tremble et vibre de tous ses muscles. Je regarde Mutt, qui peine à conserver son équilibre.

Je ne vois que trop tard le couteau.

Je lève le bras, impuissant à nous protéger, Corr et moi.

Mais, sans nous attaquer, Mutt glisse la lame le long du cou de la jument pie et trace une ligne écarlate. Folle de douleur, Skata se déchaîne.

— Qu'est-ce que tu dis de ça, Kendrick ! hurle Mutt.

Il lâche les rênes.

Skata nous percute de plein fouet.

Puck

Nous rattrapons d'abord Blackwell sur Margot, une jument baie grande et mince, longue comme un wagon, et qui se bat férocement. Le rictus de sa gueule entrouverte me rappelle le *capall uisce* noir qui nous a surpris dans l'appentis. Elle courait déjà à une vitesse incroyable, mais, quand Blackwell a voulu lui donner plus de rênes, elle a foncé tout droit vers l'océan, et il la tient maintenant fermement en main.

Dove, elle, se moque bien de la mer. Je me penche bas sur sa crinière (son encolure et mes mains ruissellent de sueur, et j'ai beaucoup de mal à ne pas lâcher prise) et je lui demande d'accélérer encore, et mon amie m'écoute et dépasse Blackwell.

Il n'y a plus maintenant devant nous que Privett sur Penda. Ils courent à bonne distance de l'océan, et je pourrais me faufiler par là. Si je repoussais Penda plus près de cette mer de novembre, j'arriverais peut-être à distraire l'attention de son cavalier assez longtemps pour prendre la tête, mais cela impliquerait de s'approcher dangereusement près d'un *capall uisce* sans solution de repli, alors que Dove est déjà terrifiée.

L'arrivée est tout près, à cinq ou six cents mètres, pas plus. Je m'interdis de me laisser gagner par l'espoir, mais je le sens courir dans mes veines.

Pourquoi Corr ne nous a-t-il pas rattrapées ? Pourquoi suis-je ici seule face à Penda ?

Je jette un coup d'œil en arrière, mais je ne le vois pas. Je ne distingue que Margot, qui remonte à toute allure, et les plumes du tapis de selle de Dove qui battent follement dans le vent.

Je réentends Sean affirmer que je peux gagner, Peg Gratton m'enjoindre de leur montrer qui je suis. Je sais bien que, au final, ce n'est pas à Dove mais à moi de faire preuve de courage, alors je me penche sur l'encolure de ma meilleure amie et lui demande un dernier effort.

Sean

Je tiens Corr, mais je ne tiens rien. Un cri perçant et clair monte quelque part. Puis je tombe.

Pendant les brefs instants où je flotte entre Corr et la mer, je pense tout d'abord aux douzaines de chevaux qui déboulent derrière nous, puis à la mort de mon père.

Je dois absolument m'écarter. Je dois en touchant le sol rouler sur moi-même pour éviter les sabots qui approchent. Si je ne perds pas connaissance, je survivrai peut-être.

Un moment, tout m'apparaît avec une clarté intense : le visage comme un masque rouge de Corr, un naseau déchiré, l'horizon qui s'étire loin, très loin, et le bleu intense du ciel de novembre tout là-haut.

Le genou de la jument pie se lève à la rencontre de ma tête.

Je heurte le sable, et ma vision explose comme une vague qui déferle. J'ai de l'eau de mer dans la bouche, sous mon corps, le sol résonne du roulement des sabots, et tout est rouge, rouge, rouge et encore rouge au-dessus de moi.

Chapitre 63

Puck

Quand nous dépassons Penda, le regard de Ian Privett croise le mien, incrédule.

Mais la Course est déjà finie.

Même quand je nous vois franchir la ligne d'arrivée, une fraction de seconde avant Margot, qui passe comme l'éclair, talonnée par Ake Palsson et le docteur Halsal côte à côte, je ne parviens pas à y croire.

Je fais ralentir Dove et je lui flatte l'encolure tout en riant et en essuyant mes larmes avec le dos de ma main pleine de sang. Je ne ressens plus aucune douleur, mais je tremble toujours. Je me dresse en chancelant sur mes étriers et éloigne Dove des *capaill uisce* qui passent la ligne : les gris, les noirs, les alezans et les bais.

Je ne vois pas Sean.

Mes oreilles n'arrêtent pas de siffler, et il me faut longtemps avant de comprendre que le bruit vient en fait des clameurs des spectateurs tout là-haut.

Ils crient mon nom et celui de Dove. Je crois entendre la voix de Finn parmi eux, mais peut-être que je l'imagine. Les derniers *capaill uisce* arrivent en se bousculant, se cabrant et se tordant.

Je ne vois toujours pas Sean.

Un officiel approche de moi et tend un bras vers la bride de Dove. En proie à un pressentiment atroce, je n'arrive pas à maîtriser le tremblement de mes mains.

— Félicitations !

Je le dévisage tout d'abord sans comprendre, puis lui demande :

— Où est Sean Kendrick ?

Comme il ne me répond pas, je fais faire demi-tour à Dove. Cette partie de la grève grouille de *capall uisce* en nage et de cavaliers épuisés, elle n'a pas du tout le même aspect que quand nous galopions à sa rencontre. Ce n'est plus qu'une étendue de sable sur laquelle Dove trottine et, d'un être sombre et affamé, l'océan s'est mué en une succession de vagues. Nous revenons sur nos pas et j'inspecte le sable humide. Du sang le macule aux emplacements des bagarres, et un *capall* alezan mort est étendu tout près de l'eau. Plus loin, des hommes recouvrent un corps d'un drap et mon estomac se contracte, mais la victime est plus grande que Sean.

Puis je vois Corr qui se dresse, au bord de l'eau, sur sa silhouette reflétée en rouge par le sable mouillé. Une jambe arrière toute tordue, il s'appuie sur la pointe du sabot et garde la tête baissée. Je m'approche. Il tremble. La selle a glissé sous son corps, presque à l'envers.

Sous lui gît une mince et sombre forme entortillée dans les rênes. Malgré la vase, je reconnais la veste bleu-noir, et la tache rouge que j'ai prise pour un reflet est en réalité du sang, que les vaguelettes diluent peu à peu.

Je n'ai pas cru Gabe quand il me disait qu'il *ne pouvait pas le supporter*. Je pensais qu'on pouvait tout endurer, si on le voulait vraiment.

Mais à l'instant je le comprends parfaitement, parce que je ne pourrais pas supporter que Sean Kendrick soit mort. Pas après tout ce qui s'est passé, après tant d'autres morts. Cela me fait déjà assez mal de voir Corr comme ça, debout sur une jambe sans doute cassée. Sean *ne peut pas* être mort.

Je me laisse glisser à terre. Je fourre les rênes de Dove dans les mains d'un autre officiel et me précipite vers Corr, mais je dois ralentir lorsqu'un goéland descend en piqué juste devant mon visage. Les oiseaux s'agglutinent toujours sur les cadavres de la grève, pourquoi est-ce que personne ne vient les chasser ?

Sean.

Je sursaute devant un mouvement soudain : Sean a levé un bras, il trouve à tâtons l'étrivière et s'y accroche pour se relever. Il titube sur ses jambes comme un poulain nouveauné.

Je me jette sur lui et le serre dans mes bras ; je ne saurais dire lequel de nous tremble.

Sa voix est rauque.

— Tu as réussi ?

Je ne veux pas parler, car ce n'est que la moitié de ce qui devait se produire.

Il s'écarte et scrute mon visage, et je ne suis pas très sûre de ce qu'il y voit.

— Oui, tu as réussi, répond-il à ma place.

— Penda est arrivée deuxième. Où étiez-vous ? Que s'est-il passé ?

— Mutt. (Sean regarde vers le large en plissant les paupières.) Tu ne l'as pas vu, n'est-ce pas ? Je pensais bien que la jument pie l'avait emporté.

Mes blessures commencent à me faire mal, et j'ai l'estomac contracté.

— Il n'a jamais vraiment voulu gagner. Il cherchait juste à te...

— Corr est resté ! s'étonne Sean. J'allais mourir, et il n'était pas obligé.

En l'entendant, je comprends que la loyauté de Corr lui est plus précieuse que la Course.

Sean examine alors l'étalon. Il passe en revue la tête baissée, les naseaux ensanglantés, la jambe arrière tordue, et le spectacle est si affreux que mon estomac se révulse. Sean avance d'un pas, pose précautionneusement la main sur la hanche de Corr et fait courir ses doigts tout le long de sa jambe. Juste au moment où ils s'arrêtent, ses épaules s'affaissent, et je sais que la jambe de Corr est cassée.

Je repense au vœu de Sean : obtenir ce qu'il lui faut.

À cet instant, je ne peux plus croire à une quelconque divinité de l'île et, si je le pouvais encore, je ne pourrais plus l'imaginer autrement que cruelle.

Sean s'écarte et relève d'un coup l'extrémité de la sangle. La selle tombe sur le sable, découvrant une zone nue de pelage frisé, rouge foncé et mouillé. Sean passe la main sur le poil trempé de sueur.

Puis il enfouit les doigts dans la crinière de Corr et presse le front dans son épaule. Il n'a pas besoin de me le dire : jamais plus Corr ne courra.

Chapitre 64

Puck

Le reste de la journée passe à toute allure, entre la remise des prix, les journalistes et les touristes. On me félicite et on me serre la main, et tant de voix retentissent autour de moi que je n'en entends aucune. On soigne ma coupure (« Quelle vilaine blessure, Puck Connolly ! Dites-moi, comment un cheval a-t-il pu vous faire ça ? Vous avez de la chance que ce ne soit pas plus profond ! ») et on chouchoute Dove. Et ainsi de suite pendant des heures et des heures, et je n'arrive pas à m'échapper et à m'occuper de choses importantes.

Après le coucher du soleil, j'apprends qu'on a aménagé dans l'une des criques de la grève un abri de fortune pour Corr, qui ne peut pas marcher jusqu'au haras Malvern, puis je parviens enfin à fausser compagnie aux curieux et descends le sentier de la falaise. À mi-chemin, dans le crépuscule, je découvre Sean, assis par terre adossé à la paroi rocheuse, les yeux fermés. Près de lui, George

Holly le secoue pour le réveiller et tente de le persuader de partir. Je vois d'ici les traits décomposés de Sean. Holly m'adresse de loin un hochement de tête, pour me signifier de passer mon chemin, mais ce n'est qu'après avoir croisé le regard de Sean que je me résous à ramener Dove vers la maison.

Finn me rattrape, trottinant à moitié pour rester à ma hauteur, les mains enfoncées dans les poches de sa veste, et nous marchons quelques minutes en silence. On n'entend que le bruit de nos pas sur la terre et, de temps à autre, le roulement d'un caillou sous les sabots de Dove. La tombée de la nuit fait paraître tout plus petit.

— Tu as les sourcils froncés, me dit finalement Finn.

Je sais qu'il a raison, je sens le pli sur mon front.

— Je suis en train de compter, c'est pour ça.

Mais je calcule sans allégresse, car j'arrive toujours au même total : assez pour sauver la maison, pas assez pour racheter Corr, à supposer que Malvern y consente.

— Tu devrais plutôt te réjouir ! Gabe a dit qu'il organisait une grande fête pour nous à la maison !

Même à la fin de cette longue journée, mon petit frère me semble monté sur des ressorts et il marche comme un poulain par un jour de grand vent.

Comme Finn n'y est pour rien, je fais de mon mieux pour ne pas parler d'un ton cinglant, mais ma voix trahit une ombre d'amertume.

— Je ne peux pas me réjouir quand, par ma faute, Sean Kendrick traîne sur la plage avec un cheval brisé et qu'il ne peut pas acheter.

— Qui te dit qu'il le veut encore ?

Je n'ai pas besoin qu'on me le dise, je le sais, comme je sais que gagner la Course a toujours été secondaire.

Finn me jette un coup d'œil et lit la réponse sur mon visage.

— Bon, d'accord. Pourquoi est-ce qu'il ne peut pas l'acheter ?

Je lui explique, même si ça semble rendre les choses bien pires de les énoncer à voix haute :

— Il devait gagner la Course pour ça. Il n'a pas assez d'argent.

Longtemps, nous n'entendons plus que le bruit de nos pas, le claquement des sabots de Dove et les rafales du vent à nos oreilles. Je me demande si Holly a réussi à éloigner Sean de la grève, ou si Sean va dormir là, sur le sable. Il a d'ordinaire l'esprit plutôt pratique, sauf quand ça concerne Corr.

— Pourquoi on ne lui en donnerait pas, nous ? me demande Finn.

Je déglutis.

— Je n'ai pas gagné assez à la fois pour la maison et pour Corr.

Finn farfouille dans sa poche.

— On n'a qu'à prendre ça !

À la vue de l'épaisse liasse dans la main de mon petit frère, je pile si abruptement que la tête de Dove percute mon épaule.

— Finn… ! Finn Connolly, où vous êtes-vous procuré cela ?

Ses efforts pour réprimer un sourire lui donnent une bouille de crapaud inimitable. Je ne peux pas détacher mes yeux de la pile de billets ; elle semble presque aussi épaisse que le premier prix de la Course.

— Quarante-cinq contre un !

J'ai besoin d'un bon moment avant de retrouver où j'ai déjà vu ces chiffres – sur le tableau de Gratton – et je comprends brusquement où l'argent de la boîte à biscuits a disparu.

— Tu as parié sur…

Je n'arrive pas à poursuivre.

Finn se remet à marcher, en se pavanant un peu.

— Dory Maud disait bien que ça valait le coup de miser sur toi !

Chapitre 65

Puck

Ma mère disait que, quand on est vraiment en colère, il faut se mettre sur son trente et un pour intimider les gens. Je ne suis pas en colère, mais plutôt d'humeur à terroriser, alors je soigne tout particulièrement ma tenue ce matin, le lendemain des courses. Je passe une bonne heure devant le miroir ovale de la chambre de maman à enrouler mes cheveux roux autour d'une brosse et mes boucles sur mes doigts. Je démêle ma tignasse en pensant à la coiffure de Peg Gratton. J'en ai beaucoup moins une fois que les mèches partent toutes dans le même sens et, quand je les attache, c'est le visage de ma mère qui apparaît dans la glace.

Je vais à son armoire et regarde ses robes, mais, comme aucune ne me paraît intimidante, je trouve un chemisier avec un col, et j'enfile un pantalon et mes bottes préalablement débarrassées de toute la plage qui y collait. J'emprunte le bracelet de corail de maman et son collier assorti. Puis je sors dans le couloir.

— Kate ! s'exclame Gabe, surpris. (Il me dévisage, assis à la table de la cuisine ; je l'ai entendu faire ses bagages hier soir.) Où vas-tu comme ça ?

— Au haras Malvern.

— Tu es drôlement élégante !

J'ouvre la porte. Dehors, l'air a une teinte pastel et sent le feu de bois, et il paraît aussi doux qu'hier était cruel.

— Je sais.

Je mets mon cartable sur mon dos, je prends la bicyclette – Dove a plus que mérité un jour de repos – et je pars en pédalant dans ce beau matin vers le haras Malvern.

Quand j'arrive, les écuries débordent d'activité, tout comme la dernière fois : des palefreniers mènent des chevaux au pré, des jockeys conduisent des pur-sang sur la piste pour un galop, et des lads balaient les pavés de la cour.

— Bonjour, Kate Connolly ! me dit l'un d'eux. Sean n'est pas là.

Je ne pensais pas qu'il serait ici, mais ça ne me plaît pas d'entendre ça pour autant.

— En fait, je viens voir Benjamin Malvern.

— Vous le trouverez dans la maison. Il vous attend ?

— Oui, je réponds, parce que, s'il ne s'attend pas à me voir avant, il ne manquera pas de le faire quand je passerai la porte.

— Alors, je vous en prie…, dit le garçon en m'ouvrant la barrière.

Je le remercie et pousse ma bicyclette jusqu'à la maison, un bâtiment ancien situé derrière l'écurie et, à l'instar de son propriétaire, massif et imposant sans être particulièrement beau. J'appuie mon vélo contre le mur, je vais à la porte de devant et je frappe.

Pendant longtemps, il n'y a pas de réponse, puis Benjamin Malvern ouvre.

— Bonjour !

Je passe devant lui et j'entre dans le vestibule, une pièce haute de plafond et entièrement vide, à l'exception d'un petit guéridon contre un mur. Plus loin, je distingue une salle de séjour, une nappe blanche et une seule tasse posée dessus.

— J'allais prendre le thé, me dit-il.

— J'arrive donc à point nommé !

Je m'introduis dans le salon sans attendre d'y être invitée. Tout comme le vestibule, l'endroit est presque vide : une vaste pièce avec des appliques de cuivre sur les murs et une seule table ronde en plein milieu. L'atmosphère paraît un peu désolée, et je me dis que Malvern était peut-être assis là à se demander si la mer lui rendrait un jour la jument pie ou son fils. Je m'assieds sur la chaise en face de celle qui est un peu écartée de la table.

Les lèvres de Malvern se mettent en mouvement.

— Lait et sucre ?

Je croise les bras et le dévisage.

— Comme vous.

Il hausse un sourcil, puis me prépare une tasse de son étrange breuvage. Il la pousse vers moi, s'assied, croise les jambes et s'adosse.

— Et que me vaut une visite aussi impromptue qu'un typhon, Kate Connolly ? Je dois dire que je vous trouve assez mal élevée.

— Oui, vous n'avez sans doute pas tort. Je suis venue vous voir pour trois raisons.

Je porte la tasse à mes lèvres. Il m'observe. Je ferme un œil. Le thé me donne presque l'impression de boire un scone ou de lécher le tapis.

— Trois choses que je veux, je reprends.

— Cela fait beaucoup.

Je tire de mon cartable une petite liasse de billets que je pose sur la nappe.

— Tout d'abord, j'aimerais régler toutes les dettes de la maison.

Malvern fixe l'argent sans le toucher.

— La deuxième ?

Je prends une grande gorgée pour marquer le coup ; cela me demande un héroïsme certain, mais j'arrive à avaler.

— Je voudrais que vous me donniez du travail.

Il repose sa tasse.

— Et quel genre de travail pensez-vous faire ?

— Nettoyer les écuries, monter des chevaux et pousser des brouettes pour commencer. Je crois que je serais douée pour ça.

Malvern me lance un regard songeur.

— Un travail n'est pas quelque chose de facile à obtenir sur cette île, vous savez.

— Je l'ai entendu dire.

Benjamin Malvern frotte ses doigts contre sa bouche et contemple le plafond vide au-dessus de nous. Une fissure court dans le plâtre, qu'il suit des yeux en fronçant les sourcils.

— Cela me paraît du domaine du possible. Et la troisième chose ?

Je pose ma tasse et je le fixe durement : si je dois l'impressionner, c'est le moment !

— Je veux que vous vendiez Corr à Sean Kendrick, même s'il n'a pas gagné la Course.

Malvern grimace.

— Nous avons passé un accord, lui et moi, et il le sait.

— Ce cheval ne vous sert plus à rien, et vous le savez. Que pourriez-vous envisager d'en faire ?

Il ouvre une main, paume tournée vers le haut.

— Vous feriez donc tout aussi bien de le lui vendre ! j'insiste. Ou est-ce que vous aimez torturer Sean Kendrick ? (Je suis sur le point de poursuivre « ... comme se plaisait à le faire feu votre fils ? », puis je me dis que ce serait inutilement méchant et je me ravise.)

— Kendrick vous a demandé de me parler ?

Je secoue la tête.

— Il ne sait pas que je suis venue, et je pense que ça le gênerait, s'il le savait.

Malvern scrute son thé.

— Vous faites une drôle de paire, tous les deux, car vous êtes bien ensemble, je ne me trompe pas ?

— Nous sommes en passe de le devenir.

Il secoue la tête.

— Très bien. Je lui vendrai l'étalon, mais pas question de changer le prix sous prétexte qu'il se tient maintenant sur trois jambes au lieu de quatre. C'est tout ?

— J'ai dit trois choses, et voilà trois.

— Effectivement. Alors, laissez-moi boire mon thé, à présent. Revenez me voir lundi, et nous reparlerons de vos brouettes.

Je me lève et me dirige vers la cour en laissant les billets sur la table. Le souffle de la brise caresse le sol, il ébouriffe la mer, l'herbe de l'île, le foin et les chevaux, et je songe que c'est sans doute la plus belle odeur au monde.

Chapitre 66

Sean

Au-delà des rochers incarnats, la mer de novembre brille dans le soir de l'éclat sombre d'une pierre précieuse. Laissant les falaises blanches derrière nous, je mène Corr vers l'eau. Il ne porte qu'une corde en licol, comme la première fois que je l'ai sorti de l'océan. J'ai depuis longtemps ôté le bandage de sa jambe arrière : cela ne la guérira pas. Holly affirme qu'en Californie on a les moyens de réparer l'os brisé, mais que Corr ne courra pas pour autant, et il me dit qu'il est stupide de ma part de racheter Corr pour le rendre à l'océan.

Mais Corr risque autant d'aller en Californie que de voler, et je doute qu'une telle vie convienne à un *capall uisce*. Il raffole de la mer et adore les courses, et tant que j'ai pu lui offrir l'un ou l'autre, nous avons vécu heureux.

Je le guide donc lentement jusqu'aux vagues. Dans les flots, sa maladresse s'estompera et, porté par l'eau salée, il remarquera moins sa blessure.

Je ne veux pas de cet adieu.

Là-bas, près des falaises, Puck Connolly et George Holly m'attendent, tous deux les bras croisés sur la poitrine, dans la même attitude. Ils m'accordent ce moment de solitude, ce dont je leur suis reconnaissant.

Corr peine à avancer, mais pointe les oreilles vers le large. L'océan de novembre chante tout doucement pour lui, le flatte, le captive et accélère la course de son sang dans ses veines. Nous entrons ensemble dans l'eau glaciale. Corr rougeoie dans la lumière déclinante comme un géant ou comme un dieu. Une vague monte et trempe sa jambe blessée, et il rejette une oreille en arrière avant de la pointer de nouveau vers l'horizon. La mer noire et plane dans le lointain cache peut-être d'autres merveilles que celles des eaux de Thisby.

Il n'y a pas si longtemps que Corr et moi nous ébattions dans ces mêmes vagues, au pied des falaises, et il ne peut plus à présent faire un pas sans y penser.

Je passe les mains le long de son encolure et de son garrot et descends sur l'épaule. Je tenais sa présence pour une chose acquise. Je pose la joue contre son épaule et ferme les yeux, juste une minute, puis je lui chuchote : « Sois heureux ! »

Et, comme je sens que mes jambes ne me porteront pas une minute de plus, je cille pour éclaircir ma vision, lève le bras et retire le licol.

Je recule et sors de l'eau sans quitter Corr du regard. Ses oreilles pointent toujours vers l'horizon, vers l'océan qu'il aime et qu'il va enfin retrouver.

Je remonte mon col, je lui tourne le dos, et je pars en direction du pied de la falaise. Je ne me crois pas capable de le regarder disparaître dans les flots, j'en aurais le cœur brisé.

Puck se frotte les yeux comme s'ils la démangeaient. George Holly se mord les lèvres. Les falaises se dressent au-dessus de moi, et je me dis que je trouverai un autre *capall uisce*, que je monterai à nouveau, que j'irai vivre dans la maison de mon père et que je serai libre, mais cela ne me console guère.

Derrière moi, l'océan murmure « shhhhhhhh, shhhhhhhh ».

Une longue plainte frêle s'élève. Je continue à marcher lentement, les pieds nus sur les cailloux irréguliers.

Le cri reprend, plus bas, plus perçant. Puck et Holly fixent l'espace derrière moi. Je me retourne : debout au bord du rivage, Corr reste là à me regarder, puis relève la tête et appelle à nouveau.

L'océan aspire insidieusement ses sabots, mais l'étalon persiste à me fixer, tête tournée par-dessus l'épaule, et il hennit encore et encore. Les poils se dressent sur mes bras. Je sais qu'il veut que j'aille le rejoindre, mais je ne peux l'accompagner là où la mer l'attend.

Puis Corr se tait et fixe l'horizon. Je le vois lever un sabot, le reposer et tester son appui.

Alors Corr se détourne et fait un pas hors de l'océan. Il relève la tête d'un geste brusque lorsque sa jambe blessée touche le sol, mais continue à avancer et lance un nouvel appel. Un pas l'éloigne de la mer de novembre, puis un autre.

Il bouge avec lenteur, et la mer chante pour nous deux, mais il revient vers moi.

Note de l'auteur

Adolescente, c'était toujours avec étonnement que je lisais des articles dans la presse sur des auteurs qui réfléchissaient pendant des années à l'intrigue de leurs livres avant de les écrire. Pour une jeune fille qui griffonnait les idées de romans au fur et à mesure qu'elles surgissaient dans son esprit, la chose semblait étrange et presque surannée. *Comment pouvait-on ne pas savoir raconter une de ses propres histoires ?* je me demandais, tout en bouclant un autre très mauvais roman en l'espace d'un mois.

Et me voici pourtant maintenant une des leurs. Je voulais écrire sur les chevaux de mer depuis très longtemps et j'avais même entrepris de le faire à plusieurs reprises, d'abord à l'université, puis juste après, et presque renoncé, quand il y a quelques années – après avoir publié trois romans, je pensais avoir acquis de l'expérience –, je me suis replongée dans leur légende. Pour échouer derechef.

À la différence que ce fiasco-ci ne s'est pas conclu dans une explosion, mais sur un gémissement.

Le hic, c'était que la légende s'avérait à la fois complexe et dépourvue du fil directeur qui aurait guidé un écrivain en plein désarroi. Elle présentait de multiples variantes, dont une version Manx, dans laquelle les chevaux de mer étaient appelés des *glashtin*, des versions irlandaises, avec des *capaill uisce*, des *cabyll ushtey* et des *aughisky*, sans compter les variantes écossaises à *each uisge*, et j'en passe. Mis à part les problèmes de prononciation (le terme pour lequel j'ai opté, *capall uisce*, se dit « COPpel OCHka »), leur principal point commun était de désigner un dangereux cheval fantastique surgi des eaux.

Ces légendes comportaient nombre d'éléments magiques qui me séduisaient : les chevaux étaient associés au mois de novembre, ils mangeaient de la viande, et une fois soustraits à l'océan, devenaient les meilleures montures que l'on puisse imaginer… sauf s'ils entraient de nouveau en contact avec l'eau de mer.

Mais elles comprenaient aussi un élément mouvant et inquiétant. Dans certaines versions, le cheval de mer se muait en beau jeune homme roux, qui se promenait au bord de l'eau et attirait les jeunes filles – car, bien sûr, rien de plus irrésistible qu'un étrange garçon aux boucles cuivrées, fleurant vaguement le poisson – avant de les entraîner dans l'eau pour les dévorer. Les poumons et le foie réapparaissaient par la suite, drossés sur le rivage.

C'était ça qui m'achevait : chaque fois que je tentais d'intégrer cette créature mi-homme mi-cheval dans mon récit, je me rendais compte que l'histoire que j'écrivais n'était pas celle que je voulais raconter. Ce n'est qu'avec la trilogie *Frisson* et sa version assez adultérée de la légende des garous que j'ai pris conscience que rien ne *m'obligeait* à prendre les chevaux de mer au sabot de la lettre, et que je pouvais très bien concocter ma propre mythologie à ma guise.

J'ai donc rejeté tous les éléments concernant les *capaill uisce* dont je n'avais pas besoin, pour aboutir à *Sous le signe du Scorpion*, une histoire qui, en fait, n'est ni celle des chevaux de mer, ni un conte fantastique, maintenant que j'y pense.

À présent, si vous désirez en savoir plus sur les garçons roux avec des algues dans les cheveux, je vous conseille vivement de dénicher un exemplaire de l'ouvrage de Katharine Brigg's : *An Encyclopedia of Fairies : Hobgoblins, Brownies, Bogies, and Other Supernatural Creatures*. C'est un excellent point de départ pour tout ce qui a trait au monde des fées.

Je suppose qu'il est encore possible qu'un jour, j'écrive l'autre moitié de la légende.

Mais non, en fait. Ça ne l'est pas.

Remerciements

Je pourrais sans doute écourter cette page en me bornant à déclarer que je tiens à remercier toutes les personnes qui m'ont permis d'explorer des falaises pendant ces dix-huit derniers mois.

Mais ce serait de la paresse, et elles méritent d'être mentionnées par leur nom : Samantha Grefé, mon premier agent, qui a manipulé mon emploi du temps pour que je puisse aller voir des falaises en Californie ; ma merveilleuse équipe des droits à l'étranger, Rachel Horowitz, Janelle DeLuise, Maren Monitello et Lisa Mattingly, qui a organisé mes voyages de façon à me permettre de faire de même en Normandie ; Alex Price et Alex Richardson, mes agents de Scholastic UK, qui ont déployé tous leurs efforts pour m'offrir celles du Sud de l'Angleterre ; et mes très chers amis Erin et Richard Hill, qui ont crapahuté avec moi sur les falaises du Royaume-Uni, non pas une, mais deux fois, dans le Sud et dans l'Est du pays.

Je dois aussi remercier celles et ceux qui ont participé à l'écriture de ce roman : mon infatigable éditeur David Levithan, qui ne s'est pas affolé quand je lui ai dit que mon prochain livre traiterait de chevaux assassins ; mon agent passionnée, Laura Rennet, pour avoir pavé la voie plutôt tortueuse de ce livre ; mes collègues et critiques, Tessa Gratton et Brenna Yovanoff, pour avoir joué à *Trouve le travesti !* ; Carrie Ryan, Natalie « Good Point » Parker, Jackson Pearce et Kate Hummel, pour leurs commentaires sur l'intrigue et leurs histoires de vestiaires de jockeys.

Je suis comme toujours éternellement reconnaissante à ma famille d'avoir tenu la forteresse pendant les dates d'échéance — forteresse aux nombreux éléments mobiles et échéances souvent colorées d'une promesse de vacances. Je remercie aussi tout particulièrement mes parents, qui ne protestaient qu'avec douceur quand nous montions à cru.

Et surtout, il me faut remercier Ed, mon mari, qui m'accompagne toujours dans l'escalade des falaises.

CE ROMAN VOUS A PLU ?

DONNEZ VOTRE AVIS ET
RETROUVEZ L'AGENDA BLACK MOON
SUR LE SITE

www.Lecture-Academy.com

Composition Nord Compo

Impression réalisée par
CPI BRODARD ET TAUPIN
La Flèche
en mai 2012

Dépot légal 1re publication : juin 2012
20.2691.2 – ISBN 978-2-01-202691-9
Édition 01 – Dépôt légal : mai 2012
N° d'impression : 68727